中文社会科学引文索引（CSSCI）来源集刊

中国现代文学论丛

Modern Chinese Literature Research

教育部人文社会科学重点研究基地
南京大学中国新文学研究中心 主办

第十五卷 壹

南京大学出版社

《中国现代文学论丛》编辑部

通讯地址：南京市栖霞区仙林大道 163 号（邮编 210023）

　　　　　南京大学仙林校区文学院 638 信箱

　　　　　南京大学中国新文学研究中心

电　　话：(025)89686720　　89684444

传　　真：(025)89686720

E－mail：wxluncong@126.com

目 录

【学术动态】

Contents

（特约编辑：任一江；英文翻译：张宇）

当叛逆之子成为新一代之父
——"五四"时期父子伦理关系考察之一

杨华丽*

（重庆师范大学 文学院，重庆 401331）

内容摘要：反对父权对于子辈的束缚，是秉持进化论观点的"五四逆子"们的基本立场。他们承接着晚清康有为、梁启超、严复等的呼唤，进一步发现了幼者与子辈的独特价值，坚持建构幼者本位伦理观，甚至出现了幼者崇拜思想。与此相呼应，此期小说中体现爱子辈的作品甚多，作家们甚至因自己未曾更好地保护儿童心理而心生悔恨，也异常深入地关注到了子辈的教育问题。然而此期小说描写的鲜明特色，在于描绘叛逆的儿女们想全心地爱子辈，想让他们"幸福的度日，合理的做人"而不得的悲哀。之所以如此说，是因为此期小说频繁地书写了新一代父辈的困惑与迷茫。一方面，在那些描绘婚姻生活的褪色甚至变味的小说中，孩子的诞生往往是催化剂，另一方面，在反映"五四"女性精英人生理想的溃败的小说中，孩子的出生乃是与庸俗的家庭生活一起捆住她们"奋飞"翅膀的存在。叛逆的儿女们成为新一代之父母的书写中，应该重视的还有因经济窘迫而导致的父子伦理异化问题，叛逆之子想打破的父权思想却隐匿在其字里行间。因而，此期幼者本位伦理观虽占据了主流地位，然而其现实实践与文学书写所显现的景观，要比想象的更复杂而多变。

关键词：叛逆之子；父子伦理；幼者本位；父权思想

- -

从年龄和家庭出身角度来进行统计，活跃在"五四"时期的两代叛逆的儿女们，大都出生于1880—1910年间的绅士家庭中。其中，1880—1894年间出生的一代人，大多接受了完整的传统儒学教育，而在新思潮的传播与影响下，成为"肩住黑暗的闸门"、放"五四"后辈到开阔光明的地方去的那一代。1895—1910年间出生的一代人，则赶上了现代教育的萌芽、发生与高速发展过程。他们接受教育之地，更多地由家庭变成了学堂、学校，传统儒学教育对

＊ 作者简介：杨华丽，文学博士，重庆师范大学文学院教授，硕士生导师。

基金项目：重庆师范大学人才引进项目"'五四'时期小说的家庭伦理叙事研究"（17XRC004）阶段性成果。

他们的影响要小得多，他们离开故土走向外面的天地，也显得更为理所当然。"1895—1910年出生的'五四'后辈较少地拥有父辈那种心忧天下的关怀，他们的'天下'变得越来越小，离开农村在城市中谋得一教师、记者、出版、公务员的职业，成为某一领域的专家。"①在这两代人的人生旅程中，他们和各自的父辈之间、他们两代人之间、他们和各自的子辈之间，既有融洽的一面，也有因时势、性格、观念等造成的冲突。此处将考量的重心，放在这两代人成为新一代孩子之父后的言与行上，而从理论主张以及文学文本尤其是小说文本的艺术呈现入手。

一

反对父权对于子辈的束缚，是秉持进化论观点的"五四逆子"们的根本立场。他们承接着晚清康有为、梁启超、严复等的呼唤，进一步发现了幼者与子辈的独特价值，发出了"救救孩子"的时代呐喊，发现了孩子们"只是他父母福气的材料，并非将来的'人'的萌芽"②的困境，坚持"子女是即我非我的人，但既已分立，也便是人类中的人。因为即我，所以更应该尽教育的义务，交给他们自立的能力；因为非我，所以也应同时解放，全部为他们自己所有，成一个独立的人"③。他们批驳当时"本位应在幼者，却反在长者；置重应在将来，却反在过去"④的怪现状，要求父母放弃生养儿女是对他们有恩的思想，承认自己和孩子都是生命中的一环，承认父辈对于子辈不能终身占有，只是过付的经手人而已。此外，父辈还应以爱为出发点，做到健全地产生子女、尽力地教育子女、完全地解放子女，从而实现子辈人格的完全独立。

在这样的氛围之下，"五四"先驱们出现了幼者崇拜思想。比如刘半农就曾对自己刚满周岁的女儿发出这样的慨叹："呵呵，我羡你！我羡你！/你是天地间的活神仙！/是自然界不加冕的皇帝！"⑤郑振铎也羡慕小孩子，禁不住写了一首诗歌《小孩子》，通过三段以"如果我还是一个小孩子"起头的诗行，想象了小孩子"甜蜜，满足的生活""快乐的生活""自由的生活"，而对成人后"一层层的世网，已经牢牢的缚住我们的周身，不准我们自由行动了"⑥的状态进行控诉。丰子恺曾热切地呼告："我的孩子们！我憧憬于你们的生活，每天不止一次！"他佩服自己的儿子瞻瞻，说他是"身心全部公开的真人"，"什么事体都像拼命地用全副精力去对付"，"我在世间，永没有逢到像你们样出肺肝相示的人。世间的人群的结合，永没有像你们样的彻底地真实而纯洁"⑦。鲁迅自己对于海婴，也充分体现了他的父爱，比如著名的

① 程再凤：《晚清绅士家庭的孩子们（1880—1910）》，华东师范大学 2011 年硕士论文，第 141 页。
② 鲁迅：《随感录二十五》，《鲁迅全集》第 1 卷，人民文学出版社 2005 年版，第 312 页。
③ 鲁迅：《我们现在怎样做父亲？》，《新青年》1919 年第 6 卷第 6 号。
④ 鲁迅：《我们现在怎样做父亲？》，《新青年》1919 年第 6 卷第 6 号。
⑤ 刘半农：《题女儿小蕙周岁日造象》，《新青年》1918 年第 4 卷第 1 号。
⑥ 郑振铎：《小孩子》，《郑振铎选集》第 1 卷，四川文艺出版社 1990 年版，第 24 页。
⑦ 子恺：《给我的孩子们——自题画集卷首》，《文学周报》1926 年第 4 卷第 6 期。

"坏鱼丸事件"中,鲁迅说孩子的话总有道理,比如他病重期间,仍挣扎着把头抬起来向海婴大声地说出"明朝会,明朝会"①。与此相呼应,此期小说中体现爱子辈的作品甚多。许钦文《父亲》②中的叔香,诚挚地请店主的六岁小女吃广柑,因为他正日夜思念着自己六岁的女儿。叶圣陶的《母》③中,刚到某学校任教的梅老师,热切地爱着自己的子女,却为谋生存而不得不来到离家颇远的此地,将孩子"一个留在家里,一个寄养在人家吃奶"。她时常想到、梦到他们而不能回去看望,忍受着母爱被撕裂的痛苦。庐隐《何处是归程》④中的沙侣对十个月大的婴儿十分喜爱。当婴儿醒来时,即便她已十分忙碌,也"连忙放下面巾,抱起小乖,喂奶,换尿布"。鲁迅《幸福的家庭》⑤中那位正为写作"幸福的家庭"一文殚精竭虑的父亲,见女儿被母亲打而哭泣,赶紧放下手中事,抱起孩子,陪孩子玩游戏。此期,郭沫若笔下的主人公爱牟,在异常贫窘之际仍为孩子的衣食住行和精神滋养操心,对儿子们确实有着浓烈的爱。

与这种爱密切相关,此期的作家们甚至因自己未曾更好地保护幼者的心理而心生悔恨。如丰子恺就曾说:"你们所视为奇怪动物的我与你们的母亲,有时确实难为了你们,摧残了你们。回想起来,真是不安的很。"而具体的事件,则是阿宝将自己和软软的鞋子脱下来给凳子的脚穿上,并且得意地叫"阿宝两只脚,凳子四只脚",其母亲发现了,立刻擒了阿宝到藤榻上,且动手毁掉她的创作;瞻瞻学着父亲裁线装书而将本不必裁的一本书裁坏了,引发了父亲的不满;软软想要学着父亲用长锋羊毫写封面,却被父亲无情地夺过去。对这些一般父母不会留意更不会心生愧疚的小细节,丰子恺却深感不安,以为自己扼杀了孩子们的天性。⑥同样感到自己对儿童的精神有了虐杀,因而愧疚不已的,还有作为兄长的鲁迅。在教育部任职期间,鲁迅的重要工作在推进儿童美育方面。他在此期间撰写的文章《致国务院国徽拟图说明书》《拟播布美术意见书》、翻译上野阳一的论文《艺术玩赏之教育》《社会教育与趣味》《儿童之好奇心》,以及他实际参与儿童艺术展览会的筹办等,都使得他对儿童美育、儿童心理有了深刻了解。⑦ 1919 年,鲁迅在《自言自语》中发表了一篇简短的《我的兄弟》,叙述了"我"弟弟喜欢放风筝,却因"我"不喜欢而不被允许的故事。到了 1925 年,鲁迅仍忘不掉这个心结,将其改写成了散文《风筝》发表在《语丝》第 12 期上。他沉痛地说:"然而我的惩罚终于轮到了,在我们离别得很久之后,我已经是中年。我不幸偶尔看了一本外国的讲论儿童的书,才知道游戏是儿童最正当的行为,玩具是儿童的天使。于是二十年来毫不忆及的幼小时

① 萧红:《回忆鲁迅先生》,萧红著、章海宁主编《萧红全集》(散文卷),北京燕山出版社 2014 年版,第 385—386 页。
② 钦文:《父亲》,《国民新报副刊》1926 年 3 月 4 日第 79 号。
③ 叶绍钧:《母》,《小说月报》1921 年第 12 卷第 1 号。
④ 庐隐女士:《何处是归程》,《小说月报》1927 年第 18 卷第 2 号。
⑤ 鲁迅:《幸福的家庭:拟许钦文》,《妇女杂志》1924 年第 10 卷第 3 期。
⑥ 子恺:《给我的孩子们——自题画集卷首》,《文学周报》1926 年第 4 卷第 6 期。
⑦ 参见陈洁:《鲁迅在教育部的儿童美育工作与〈风筝〉的改写》,《中国现代文学研究丛刊》2016 年第 1 期。

候对于精神的虐杀的这一幕，忽地在眼前展开，而我的心也仿佛同时变了铅块，很重很重的堕下去了。"由此极力想补过，求得弟弟的宽恕。对《风筝》一文的阐释，目前学界已有多种向度，即便仅仅从长幼关系的反思上，我们也能体会到该文的可贵。

与这种爱密切相关的是，作家们对孩子教育问题多有关注。众所周知，要让孩子养成健全的人格，正当的教育非常重要。鲁迅曾说："中国的孩子，只要生，不管他好不好，只要多，不管他才不才。生他的人，不负教他的责任。虽然'人口众多'这一句话，很可以闭了眼睛自负，然而这许多人口，便只在尘土中辗转，小的时候，不把他当人，大了以后，也做不了人。"① 这段话的言说对象本是传统的旧派人士。然而从此期乡土作家、教育小说家创作的文学文本来看，在 1915—1927 年间，"在尘土中辗转"的农民、知识分子所在多有，他们堪忧的生存状况使得他们顾不上让孩子享受正当教育，那些少数经济并不困窘的新知识分子，却又因其自身的教育理念问题，同样酝酿着可能的悲剧。比如叶圣陶《祖母的心》②中的杜明辉夫妇是西医，家中时常吃燕窝等补品，经济状况不成问题。这两人虽受了西方医学的影响，却丝毫没有习得西方现代文化的平等、自由观念，根本没有从母亲处争取发言权的欲望。其儿子定儿生病咳嗽，都得按照母亲听说或习惯的方法来治疗；定儿的病阴差阳错地治好之后，母亲坚持不让定儿进新式学校，而请了先生到家里来教。孩子不喜欢死记硬背的方式，夫妇俩却只有软硬兼施，逼他违心地服从、违心地读着背着。一个天性本来活泼的定儿，眼见着就要被折磨得灵气全无。程小青的小说《父亲给的汽车》，写两个同样受过高等教育的父亲徐求真、黄慕新如何教育儿子。两家都是西式家庭，都有一个儿子，但两人的性情、职业和所处的环境不同：徐求真在银行上班，信守承诺；黄慕新在书局上班，平时教育儿子不要撒谎。徐求真的儿子徐国雄，和黄慕新的儿子黄邦杰两人某一天都说自己的父亲要给自己买汽车，且相约得了汽车后一起玩。徐求真准时带回来了汽车，而黄慕新却失约了，向儿子撒了谎。最终，两个孩子在一起玩时，黄邦杰也因爱面子而无师自通地开始撒谎。③ 显然，这两家孩子的未来，因为这儿时不同的教育，已出现了不同的可能。冰心的问题小说《两个家庭》也关注到了不同家庭的教育效果问题。"我"舅母家的邻居陈先生、陈太太关系不合：陈太太是个官宦人家的小姐，不管家政，家里杂乱无章，出外应酬而不在家吃饭，教育孩子毫无方法。而"我"的三哥和大学生妻子亚茜琴瑟和谐，红袖添香对译书。亚茜知书识礼，善管家政，家里清洁有序，不出外应酬，会做可口饭菜，孩子也知礼识仪。三哥和陈华民两人当年同去英国留学，同有报国之志，陈的薪水比三哥还高，然而他因家庭不幸福而自暴自弃，酗酒、堕落，最终因患第三期肺病而去世。两家孩子的命运，因其父母的差异而埋下了不同的种子。

---

① 鲁迅：《随感录二十五》，《鲁迅全集》第 1 卷，人民文学出版社 2005 年版，第 311—312 页。
② 叶绍钧：《祖母的心》，《火灾》（第五版），商务印书馆 1928 年。
③ 程小青：《父亲给的汽车》，《青年进步》1921 年第 48 期。

二

相对于体现对子辈的爱、对教育子辈的思考而言，此期小说描写的鲜明特色，在于描绘了叛逆的儿女们想全心地爱子辈，想让他们"幸福的度日，合理的做人"而不得的悲哀。之所以如此说，是因为"五四"时期小说频繁地书写了新一代父辈的困惑与迷茫。

新一代父辈在孩子出生前后的心态，往往有着不容忽视的变化。在描写新青年们由自由恋爱而结合时，一般作者笔下的情感基调是欣悦的。对于新一代进入婚姻生活后的描写，却以激情渐渐淡去、夫妻日久生厌乃至发生争吵为多。而在婚姻生活的褪色甚至变味的过程中，孩子的诞生往往是有力的催化剂。在一些男作家笔下，这种负面的催化，当然有生儿育女带来经济压力的原因，也有孩子的出现导致妻子对丈夫爱情的部分转移，从而使得夫妻关系恶化的原因。比如沉樱的小说《两只面孔》，就写了婚姻围城中已经快要彼此厌倦的一对夫妻。妻子玉华对可能出轨的丈夫玄之管得甚严，每遇到他对异性稍微关注，都要大为吃醋，反复盘问，直到他保证只爱她本人才作罢。未曾料想，妻子这样的言行反而促使丈夫抓紧一切机会四处打望。小说一开始就写道："那些时髦女人的活泼而且肉感的腿在低头走着路的玄之身边轻捷地闪过时，是特殊地看着动人。今天因为有了别的心事，使玄之不得不破例地迎着面鉴赏，没有再去仰头回顾的余裕了。"可想而知，赶时间的玄之尚且如此，平时有"仰头回顾的余裕"的玄之，该是何种情态！小说随后写他与张女士纠缠不休，甚至向她表白自己的爱，而不承认自己和妻子玉华之间曾有过爱情。小说接着写道：

> 玄之说着认真有些感慨起来。他和他的妻在婚前也曾有过恋爱的时期，但是婚后便和旧式结合的夫妇没有丝毫区别地那样平淡无聊了。她作了孩子的母亲，家庭的主妇，对于他，只是个尽着义务的妻；那爱的慰藉却是没有了，绝对没有了。①

所以在这部小说中，我们看不到玄之对妻子示爱，当然更看不到他表达对孩子的爱，虽然他也是知识分子，也曾受过"我们现在怎样做父亲"的启蒙。

相对而言，女作家们更多关注的不是因孩子的出生而带来的经济问题、夫妻情感淡化问题，而是孩子出生与其人生理想之间的尖锐矛盾。在《丽石的日记》中，已结婚三年的雯薇在常人眼里是幸福的，然而她内心隐藏着深刻的悲哀。她说结婚前的岁月充满希望，好像买彩票而且希望能中彩的时候，结婚后就像中彩了而打算分配这财产用途的时候，只感到劳碌、烦躁。真正困难的是孩子阿玉出世以后，作为母亲的她要承担责任，"现在才真觉得彩票中后的无趣了。孩子譬如是一根柔韧的彩线，把她捆住了，虽是厌烦，也无法解脱"。她的这种郁闷心理，引起了丽石的共鸣。和某军官感慨"一娶妻什么事都完了"相类，丽石深感烦闷的

---

① 沉樱：《两只面孔》，《夜阑》，光华书局1929年版，第90—91页。

原因,乃是"一嫁人什么事都完了"。与雯薇一样,庐隐笔下的肖玉,对于家庭生活始终提不起兴趣。她萎靡不振,担心"将来小孩子出世,牵挂更多了,还谈得到社会事业吗?"但后来她还是不可阻遏地当了母亲。当她的小孩子满月时,她的朋友沁芝去看她,肖玉红着眼圈对沁芝说的是:"还是独身主义好,我们都走错了路!"对此,沁芝深有同感,她感慨道:"这话何等伤痛! 我们真正都是傻子。"所以,沁芝在写给琼芳的信中说:"听说你已经作了母亲,你的小宝宝也已经会说话了。呵,琼芳! 这是多么滑稽的事。"①肖玉、沁芝、琼芳,都属于中国现代第一批女知识分子,她们对独身主义的喜好,对自己是"傻子"的感慨,对生了孩子是"滑稽的"这种感受,与常人的感知存在巨大的差距。那么,是这些新知识女性没有母爱吗? 事实并非如此。庐隐《何处是归程》中的沙侣,与雯薇等有着同样的精英教育背景,本来因怀想少女时代的往事而伤怀的她,忽然就看到了身旁的孩子,她"不由得轻轻在他额上吻了一下"。当孩子醒来,她"连忙放下面巾,抱起小乖,喂奶,换尿布"。她的吻以及照顾孩子的行为,都表现了她对孩子的喜欢。而在《寄燕北诸故人》中,庐隐对新做母亲的朋友及其孩子有着温情的阐释,她说:"星姊正在摇篮旁用手极轻微的摇着睡在里面的小孩子,我一看,突然感觉到母亲伟大而高远的爱的神光,从星姊的两眸子中流射出来,那真是一朵不可思议的灿烂之花! 呵隽妹! 我现在能想象你,那温慈的爱欢,正注射着你那可爱的娇儿呢! 这真是人间最大慰安地。……"②那么,有母爱的新女性们为何不乐意快快乐乐地做母亲呢? 其实,答案正在这批现代女性知识分子的身份意识里,在当时的妇女解放运动的困境中。

我们知道,庐隐等早期女作家的小说具有极为浓厚的自叙传特征,她们笔下的新女性原型大多是她们自己以及那些一起接受了现代高等教育的同学们。这批中国最早接受高等教育的女性精英,对于自己的社会角色、女性身份有着异常鲜明的感知与理解,社会投向她们这批妇女解放的排头兵的目光,也异常纷繁而复杂。诚如冰心1919年时的自我体认那样,在学校时期的她们是处于"破坏与建设时代"的女学生。社会上对于"女学生"的认识,已过了崇拜、厌恶女学生的时期而进入了第三时期。她们充分意识到了自己肩上"所担负的,是二万万女子万世千秋的大幸福",因而这是艰苦卓绝又希望多多的事业。她说:

> 敬爱的女学生呵! 我们已经得了社会的注意,我们已经跳上舞台,台下站着无数的人,目不转睛地看我们进行的结果。台后也有无数的青年女子,提心吊胆,静悄悄的等候。只要我们唱了凯歌,得了台下欢噪如雷的鼓掌,她们便一齐进入光明。假如我们再失败了……那些台下的观者,那些台后的等候者,她们的"感触"如何,"判断"如何,"决心"如何,我们也可以自己想象出来的。……我们的失败,是关系众生。③

---

① 庐隐:《胜利以后》,《小说月报》1925年第16卷第6号。
② 庐隐:《寄燕北诸故人》,《晨报副刊》1927年1月15日第1506号。
③ 谢婉莹:《"破坏与建设时代"的女学生》,《晨报》1919年9月4日。

这激情洋溢然而又暗含悲怆的文字,是冰心署名"女学生谢婉莹"而给《晨报》投的第二篇稿子,发在1919年9月4日第7版的"自由论坛"栏。这篇标示着她们的女学生身份认知的文章,与冰心于1919年8月25日在《晨报》第5版的"自由论坛"栏发表的《二十一日听审的感想》一起,显出冰心这代女学生对社会、时代、身份的敏感。在庐隐笔下,以北京女高师学生为原型的女性形象群体,也都是有着凌云之志的天之骄女。这批参加过李超追悼会的女性,当然熟知胡适的《李超传》,也熟悉《李超女士追悼大会启事》。在这份启事中,她们说明李超求学的原因乃是"深痛神州女界之沉沦,亟欲有所建树"①。与其说这仅仅是追悼会筹备处的声音,不如说体现的是整个女高师学生对自身的定位。她们积极参与"五四"运动,参加各种演讲,争取妇女解放,在报纸杂志上主持女子问题的讨论等,都体现出她们对社会事业的极大关注,体现出她们成就一番社会事业的雄心壮志。然而,她们在求学过程中已感受到来自自由恋爱的痛苦与欺骗,毕业之后,她们曾经的事业与志趣犹存,然而却已被拉入另外一种她们始料不及的生活旋涡中。犹记得理想、事业的她们,体会到的当然是苦痛与忧伤。当她们与其他选择不同道路从而有着不同命运的故人相比较时,这种感受尤其强烈。《何处是归程》②中的沙侣,在平淡的生活中本就消磨掉了不少意志,当她要迎接曾经的同学——独身而学成归国的玲素以及抱独身主义而可自由奋飞的三妹时,她控制不住地在梳妆台前打量起了自己,"镜子里自己的容颜老了许多,和墙上所挂的小照,大不同了。她不免暗惊岁月催人,梳子插在头上,怔怔地出起神来"。这样的打量结果,显然是她将自己与玲素、三妹进行对比的产物。这种自惭形秽,又明显过渡到了自怨自艾:

> 怎么一回事呢?结婚,生子,作母亲,……一切平淡的收束了,事业志趣都成了生命史上的陈迹……女人,……这原来就是女人的天职。但谁能死心塌地的相信女人是这么简单的动物呢?……整理家务,扶养孩子,哦!侍候丈夫,这些琐碎的事情真够销磨人了。社会事业——由于个人的意志所发生的活动,只好不提吧。……哎,我真太怯弱,为什么要结婚?……现在只有看人家奋飞,我已是时代的落伍者。十余年来所求知识,现在只好分付波臣,把一切都深埋海底吧。希望的花,随流光而枯萎,永永成为我灵宫里的一个残影呵!③

这长长的一段心理活动,无疑含着两种不同的声音:过去有着事业志趣的生活、现在仍保持着事业志趣的"奋飞"者的生活,与现世庸俗的婚姻家庭生活、相夫教子的平淡生活。两相对比,新/旧、时髦/落伍、高/下之间的价值判断立现。这价值判断背后,正是独身/结婚这一对对立

---

① 《李超女士追悼大会启事》,《晨报》,1919年11月19日。
② 庐隐:《何处是归程》,《小说月报》1927年第18卷第2号。
③ 庐隐:《何处是归程》,《小说月报》1927年第18卷第2号。

物。而她思想中之所以会形成这样的逻辑链条,正在于她有"十余年来"的求学历程,本有着"希望的花",而且已经不再"死心塌地的相信女人是这么简单的动物!"她和她们那一代人之女醒了,然而醒了、奋斗了那么久,甚至可以说,已经取得了自由恋爱的阶段性胜利之后,她们发现,"结婚,生子,作母亲,……这原来就是女人的天职!"她们和传统的没有受到高等教育的女性到底有何区别? 她们这些醒来的娜拉,到底该朝哪条路走去,才能找到"希望的花"盛开的地方? "何处是归程",可以说是那一时代的女性用整个痛苦的生命体验,面向时代提出的悲怆之问。

　　然而这批新女性的心灵创伤还不止于此。在《胜利以后》这篇值得重视的小说中,庐隐明确地将这批新女性的心理,概括为"回顾前尘,厌烦现在,和恐惧将来"。"前尘"中,她们意气风发,"什么为人类而牺牲咧,种种的大愿望",而"现在"呢,牵扯于无休无止的世俗中,"味同嚼蜡","将来"呢,没有一种愿望能够实现,她们的知识、抱负、理想都成为海市蜃楼! 不仅如此,由于社会上的人对这批新女性的期望本来非常高,所以他们看着她们"胜利以后"的模样,禁不住这样评价:

　　　　现在我国的女子教育,是大失败了。受了高等教育的女子,一旦身入家庭,既不善管理家庭琐事,又无力兼顾社会事业,这班人简直是高等游民。①

　　自视为高级精英、社会栋梁的新女性,现在却被人称为一无所长、无根无依的"高等游民"! 听到这话的新女性沁芝,紧跟着就发出了这样的疑问:"女子进了家庭,不作社会事业,究竟有没有受高等教育的必要?"②读到这样的疑问,一代新女性冲入家庭之后出现的身份困惑就赫然显现在我们面前。家庭/社会,孩子/理想,就这么成了不可打通的存在,逼得她们左冲右突,无路可走。"作着理想的花园的梦的女子,跑到这种的环境之下,……这难道不是悲剧吗?"③沙侣当年就感知到了这样的身份悲剧。庐隐则明白地表示,女性生下孩子后会为孩子付出巨大牺牲:"正是能牺牲自己而爱,爱她们的孩子,并且又是无所为而爱的呵!"④然而她们的这种牺牲并不被社会认可,为此她感到悲愤:"女子因育儿的关系,却被社会如此残酷的待遇,更使我们感觉到不平之愤。"⑤她呼吁"女子不被限制于家事及育儿方面,应当予以同等的机会,发展她们的体力及智力。这一层关系减少工作的时间最密切……"⑥可见,新女性在孩子问题上的犹豫与痛苦,牵连着的其实是整个中国妇女解放的程度问题,是如何看待职业女性、家庭女性的地位问题,如何看待男女平等的问题。

---

　　①　庐隐:《胜利以后》,《小说月报》1925年第16卷第6号。
　　②　庐隐:《胜利以后》,《小说月报》1925年第16卷第6号。
　　③　庐隐:《何处是归程》,《小说月报》1927年第18卷第2号。
　　④　庐隐:《寄燕北诸故人》,《晨报副刊》1927年1月15日第1506号。
　　⑤　庐隐:《中国的妇女运动问题》,《民铎》1924年第5卷第1号。
　　⑥　庐隐:《中国的妇女运动问题》,《民铎》1924年第5卷第1号。

三

　　叛逆的儿女们成为新一代之父的书写中,应该重视的还有因经济窘迫而导致的异化问题,而隐匿其间的,则是叛逆之子一直想打破的父权思想。

　　洪为法的《做父亲去》①写"我"的妻子若若因经济困难只得去南京娘家生产,但受到母亲排挤,日子过得十分艰难。陈明哲《父亲》②中的年轻男子 C 刚当父亲时,觉得"'父亲',这是怎样可怕的一个名词呀!"因为 C 只知道消费,而不知道生产。他认为刚出世的儿子是个麻烦东西,连去岳母家报喜都是麻烦的证明。小说写他去医院,夫人住进了一等病院,他担心负担过重。后见到了岳母,岳母让他抱一下孩子,他不敢。末尾标注是"一九二七,一,十三——平儿生后二日",显然,该小说中的 C 就是作者的代号,C 的感受有作者的印记。郁达夫《茑萝行》中的"我"将孩子视为"烦恼的种子"。最初不知妻子已怀孕,见其呕吐而发怒。"我"在社会上是一个怯弱的受难者,然而在家庭内却是一个凶恶的暴君。"在社会上受的虐待,欺凌,侮辱,我都要一一回家来向你发泄的。可怜你自从去年十月以来,竟变了一只无罪的羔羊,日日在那里替社会赎罪,作了供我这无能的暴君的牺牲。我在外面受了气回来,不是说你做的菜不好吃,就骂你是害我吃苦的原因。"想到孩子即将出生,而"我"将来可能失业,"我"就骂她去死,说她死了自己才可以出头,说自己辛辛苦苦是在为她们做牛做马。最终,"我"只能无奈地将妻儿送上回老家的火车。彭家煌的《父亲》③写新青年镜梅君当父亲以后的情态。其儿子培培只有十个多月,却时常被镜梅君骂为小东西、杂种、小畜生。这一晚,镜梅君回忆起白天打麻将的失败,加之牌桌上那年轻寡妇给他刺激却没有让他得到满足,他十分不快。此时培培像蚯蚓般蠕动起来,立即引发了他的怒骂:"……我打死你,小畜生,闹得人家觉都不能睡,我花钱受罪,我为的什么,我杀了你,可恶的小杂种!"最后,他想到了自己的父母待他的深恩厚德,自觉惭愧,所以抱着培培在房里踱步。但当培培再哭时,他又感到了扰乱,开始吓唬培培。第二天早晨,孩子忘记了,夫人也忘记了,他自己醒得最晚,内心羞怯,但也只是通过"Hello,Baby! Sorry,Sorry!"的言语来道歉。鲁迅的小说《幸福的家庭》④中的父母亲均是新知识分子。这母亲原本是一位"嘴唇通红""笑眯眯的挂着眼泪"的少女,然而在婚姻生活中辗转了五年的她,和卖柴的、卖白菜的小贩讨价还价,把柴堆在床下,把白菜摆成"A"字形,又因女儿打翻油灯而大打出手,已变成了一个"阴凄凄""两手叉腰"的家庭主妇,全无温柔与高雅了。《父亲的忏悔》⑤中的杨先生,在儿子麟儿周年忌这天满是愧疚。他后悔自己当时一味忙着赶稿子而不和孩子交流,不给孩子买他想要的白菊花,

①　洪为法:《做父亲去》,《幻洲》1926 年第 1 卷第 3 期。
②　陈明哲:《父亲》,《现代小说》1929 年第 2 卷第 1 期。
③　彭家煌:《父亲》,《民铎杂志》1927 年第 9 卷第 1 号。
④　鲁迅:《幸福的家庭:拟许钦文》,《妇女杂志》1924 年第 10 卷第 3 期。
⑤　苏兆骧:《父亲的忏悔》,《小说世界》1928 年第 17 卷第 1 期。

不给他买好鞋子、好衣服，而在孩子生病时，他明知道自己的朋友陈医生的医术并不高明，但为了省钱，也因以为那病并不严重而让其医治，结果孩子很快离世。

张资平的小说《百事哀》《小兄妹》《雪的除夕》《植树节》《寒流》等，写的都是贫穷的男教员的艰苦生活。与孩子的关系，成为作者凸显教员生存艰难的重要组成部分。《小兄妹》中的教员 J 本是留学法国归来的博士，经人介绍与从教会女中毕业的女子相识并结婚生子。J 深受欠薪之苦，夜里写稿得了脑病，妻子又快生二胎，J 只得外出四处借钱。他奔忙了两个钟头，拜访十几家商店，才零零星星地借到了二十八块钱，而产科医生就要去了二十元。在回去的车上，J 盘算着如何开支这八元钱，认为孩子、妻子都是他的拖累，他自己这些年是在做牛做马。《百事哀》中的教员 V，家贫、薪水低还常被拖欠。他在妻子分娩、婴儿重病、学校辞退的接连打击下陷入绝境。《雪的除夕》中的教员 V 等着政府发钱过年，无奈债主登门，儿子生病。《植树节》里的 V，面对学校欠薪、米价上涨，他和儿子在植树节时出去走走，但毫无喜悦。《寒流》中的教员 C 是"家庭的暴君"，因时局不稳，学校无薪，只得将夫人与一子一女送回岭南乡下去。与妻儿分别后，他饱尝思念之苦，然而妻儿在时他却并未温柔相待。

在经济压力巨大的情况之下，新青年们成为父亲之后并不能做到真正地、无私地爱孩子。不仅如此，就在那些叙述的缝隙中，还透出了这些"新"一代父亲身上仍潜藏着的传统父权思想。

鲁迅《弟兄》中的张沛君在公益局办公，平时号称与其弟靖甫在钱财上从不分彼此。然而其弟发热之后，他误以为是时症猩红热，紧张至极，潜意识中立即开始算计财产问题，并思谋着只让自己的孩子去读书。在梦中，他命令自己的三个孩子进学校去，"却还有两个孩子哭嚷着要跟去。他已经被哭嚷的声音缠得发烦，但同时也觉得自己有了最高的威权和极大的力。他看见自己的手掌比平常大了三四倍，铁铸似的，向荷生的脸上一掌批过去……"在后续的梦境中，"荷生就在他身边，他又举起了手掌……"①张沛君的虚伪面孔由此被揭穿，但需要注意的是，他之所以"觉得自己有了最高的威权和极大的力"，正是因为拟想中弟弟去世后自己成了荷生的最高统治者，因而可以主宰其生死。

彭家煌《父亲》②中的镜梅君，"担负家庭间大半经济的责任，他常觉自己是负重拉车的牛马，想藉故吵着好脱离羁绊，好自个儿在外面任情享乐……"晚上，镜梅君在床上要画大字，让每一寸皮肤都舒坦，他的夫人和孩子被挤在一边，当培培侵犯到他的领域里，他立马生气；因培培哭泣、家里吵闹而不想再负担家庭责任；培培的哭泣在他眼里乃是一种忤逆行为，于是他"脸子骤然变了，不肯轻易放弃的威严又罩下来，口里又是：'还哭啊，还哭啊，我打你！'"地威吓着。第二天早晨，孩子忘记了，夫人也忘记了，他自己醒得最晚，内心羞怯，但转念一想："重要的感觉却又是：犯不着对属于自己统治之下的妻儿作过分跼踏的丑态；犯不上

---

① 鲁迅：《弟兄》，《鲁迅全集》第 2 卷，人民文学出版社 2005 年版，第 143 页。
② 彭家煌：《父亲》，《民铎杂志》1927 年第 9 卷第 1 号。

在妇孺之前露出文明人的弱点来。"骂孩子为小杂种、小畜生,认为儿子应在自己的威严统治之下的梅君,离"五四"时期呼唤的新一代父亲的距离显然十分遥远。

此期的郭沫若小说中,父亲爱子,而子也爱父。但在郭沫若的父子伦理叙事中,依然存在着父子关系的紧张。这主要体现在爱牟对儿子偶尔的责骂、训斥上。喜怒无常的爱牟生气、发怒时,所有的孩子都不敢说话。在《行路难》中,爱牟因退房问题而与日本房东交涉,受到了侮辱,就把"凡这十几年来,前前后后在日本所受的闷气,都集中了起来"。然后把他的妻儿作为仇人的代替品,把他的怨毒一齐向儿子们身上放射——

> 馎馅!馎馅!就是你们这些小东西要吃甚么馎馅了!你们使我在上海受死了气,又来日本受气!我没有你们,不是东倒西歪随处都可以过活的吗?我便饿死冻死也不会跑到日本来!啊啊!你们这些脚镣手铐!你们这些脚镣手铐哟!你们足足把我锁死了!你们这些肉弹子,肉弹子哟!你们一个个打破我青年时代的好梦。你们都是吃人的小魔王,卖人肉的小屠户,你们赤裸裸地把我暴露在血惨惨的现实里,你们割我的肉去卖钱,吸我的血去卖钱,都是为着你们要吃馎馅,馎馅,馎馅!啊,我简直是你们的肉馒头呀!你们还要哭,哭甚么,哭甚么,哭甚么哟!

把儿子们称为"脚镣手铐""肉弹子""吃人的小魔王""卖人肉的小屠户",而把自己称为"肉馒头",这就把自己被孩子们所累甚至所吃的担忧心态展露无遗。这样的骂语中,儿子纯粹是他生命的对立物、累赘物,父子关系就成为一种施舍与获得的关系,而不是生命间平等对话的关系了。这种食品化自己的倾向,在《未央》中也有体现。他在照拂儿子睡着后,怎么也睡不着,此时,他"觉得他好象是楼下腌着的一只猪腿,又好象前几天在海边看见的一匹死了的河豚,……他觉得他心脏的鼓动,好象在地震的一般,震得四壁都在作响"。"猪腿"而被腌着,显然是即将被吃,"河豚"而成为"死了的",显然也是生命的终结,有被吃的可能。虽然爱牟所想本来意在说明自己当时快被累病了的状态,然而使用这些意象本身,就说明爱牟内心是将儿子当成拖累自己的人,自己的付出是一种牺牲,甚至是无意义的牺牲。而在《十字架》中,爱牟读完晓芙自日本的来信后痛苦不堪,此时他涌出的想法中,就有这样一个:"我不久便要跑到你那里去,实在不能活的时候,我们把三个儿子杀死,然后紧紧抱着跳进博多湾里去吧。"[①]在爱牟眼里,三个儿子就是他和晓芙的私有物,他们完全可以决定这三个孩子的命运,全然不管孩子的人格,不管孩子对生/死的自由选择权。这些"新"一代的父亲显然并不拥有全新的父子伦理观,传统父权思想依然在他们的行为中顽固地存在着。

余 论

饶有意味的是,在这一时期的思想讨论活动中,《妇女杂志》曾以"我将怎样做父母亲"为

---

① 郭沫若:《漂流三部曲·十字架》,乐齐主编《郭沫若小说全集》,中国文联出版社 1996 年版,第 79 页。

题面向社会征稿,并于 11 卷 11 期(1925 年 11 月 1 日)上刊载了当选的 12 篇文章,透出了一丝明亮的气息。在选载之文的作者中,有还未毕业、未曾结婚生子的大学生,有教员的妻子,还有五十多岁的老太太。但不管是何种身份,这些应征者都在传递极为积极的、与"五四"时期主流父亲观相吻合的观念。如果说,署名瑞云的《我的痛悔已迟了》代表 50 多岁、有钱却没有成为好母亲的一批人在向整个社会忏悔,姜超嶽的《把一想的情愿供献出来》通过讲自己培养孩子的经验,在向社会传递成功的例子,那么那些未做父亲、母亲的应征者,则是在想象中呼应了整个社会当时的父母观。比如,来自东大的学生刘孝伯所写的《门外汉的一点意见》,分"未堕地前之准备""诞生后的措施"两种。在前者中,他首先论及女性的选择,认为要讲究自由恋爱,谈恋爱时"不应当在 face 及服饰上用功夫;应当调查对方的体质性情,及其他资禀等是否良好",以及对方家族是否有遗传性疾病等;其次,他论及经济的能力之于做父亲的必要;最后,他论及养育的知识,举了涵括生活习惯、教育、观念的更新等观点 20 条。在后者中,他论及子女堕地时,要让他们饮食有度,起居有节,以养成他们良好的习惯;孩提的时候,宜备些积木圆球攒纸,等等。徐学文的《如何才算不是失责呢》,一开头就问:"从'子'的蜕变到'亲'的地位,在人类里试问有何困难呢?"针对一般认为只要生活能解决就可以生的观点,他认为单单养育是不够的,"更有许多更重大的问题,知识、道德、健康,这些条件,可以说比经济要有几倍的重要"。否则养出来的虽有人的模样,但实在可以影响到社会的堕落,犯了不负责任的罪。吴祖襄《和大家谈谈可能罢》谈做父亲的多种可能,强调教育的重要性,强调这是自己的责任。"我们对于孩子的希望,是要作一个全健的公民,此时我们的希望当已实现;故我们已完结我们自己的责任。"林文方在《愿极意讲求自己的人格》中说:"假使我真的有'做父亲'的命运,那么,我决不愿意以严父自居;我必定要实现我'做父亲'的亲字一义,使我的儿女都感受到我为父的可亲之点。换句话说,我决不愿套着旧家庭的父亲的板调,在我的儿女面前装出铁冷的脸孔,藉以表现自己为父亲的尊严,致至亲骨肉如儿女对待父亲竟演成远见远走的活剧。"《赤裸裸的陈说一下》则是一个未婚的女性就如何行使母亲的职责谈的自己看法。作者认为,在教育儿童上,不是用威逼恐吓逼其就范,而是用"天然的爱"去"感化"儿童。在这些论述中,我们已明显感到,对父权的反叛,父母对孩子无恩而只是负有健全地生他、养他、解放他的责任,父母应该爱孩子,儿女不是父母的私有物,应该尤其注重孩子人格的健全,等等,已成为他们的共识。无疑,这是"五四"时期两代叛逆的儿女们经过艰辛努力而达致的效果,具有值得肯定的风向标的价值。但当我们留意到具体的小说文本中那些已经成为父辈的叛逆之子的具体表现,我们会发现,父子伦理的理论主张是光明的,而其现实实践是黯淡的,至少不是那么光明因而可以简单化对待的:历史远比我们想象的要复杂得多。

网络文艺符号精神分析研究

马立新　　付慧青[*]

（山东师范大学 新闻与传媒学院，济南 250014）

内容摘要：网络文艺符号主要包括网络文学、网络剧、网络音乐、网络节目、网络电影、网络直播、网络动漫、网络游戏、网络短视频等九大能指，其中网络语言符号是九大能指的共同表征。网络文艺主体在对这种符号的创造和使用中显示了主体精神层面的各种症候，主体在"本我"统治下形成了"第二人格"，最终成为拉康镜像中的"伪自我"，并将"他者"形象在多次认同中转化为主体心中的"心象"，最后主体在"本我"快乐原则的统治下，实现了"本我"和群体的狂欢。

关键词：网络文艺；符号生产机理；精神分析

中国网络文艺自网络文学发端，经过二十年左右的迅猛发展，迄今已经形成包括网络文学、网络游戏、网络剧、网络电影、网络节目、网络直播、网络音乐、网络动漫、网络短视频等九大数字艺术类型在内的极其庞大的艺术生态格局。网络文艺不仅在数量和规模上远远超越了传统文艺，而且在符号美学上也显现出很多迥异于传统文艺的异质成分。任何文艺都是人类精神的产物，必然铭刻着人类的精神特征。那么，中国网络文艺的符号创造与创新究竟折射出当代中国人怎样的精神症候，又具有怎样的人学意蕴？本文试图对这个尚无人问津的问题进行初步探索。

一、网络语言符号——注意力生产下的欲望符号

在网络文艺迄今生成的极其庞大和多样化的新型符号系统中，网络语言符号乃是其本

---

　　* 作者简介：马立新，山东师范大学数字艺术哲学研究中心主任、教授、博士生导师。付慧青，山东师范大学硕士研究生。

　　基金项目：国家社科基金艺术学项目《数字艺术伦理学研究》（课题号：13BA010）、山东省社科规划重点项目《数字艺术权利与义务研究》（课题号：18BWYJ07）阶段性成果。

质性的表征。① 网络语言符号对符号对象也就是使用主体有强烈的依赖性,网络语言符号的符号意义只有在使用主体的使用过程中得以显现,因而网络语言符号的存在方式又寄生为主体的第二性,本身作为一种"情感符号",它又是人类感官的延伸,是抽象情感的具象化形式。又因"人是通过语言将自己对现实的感性关系标注为一种以符号为中介的象征"②,因而网络语言作为一种新的表达方式,它的出现必然带有人类心理或精神的强烈印记。将精神分析与结构语言学相结合,进行艺术研究上的"语言转向",通过语言来对言说主体进行精神分析已实属不鲜。拉康就曾提到"无意识是语言的产物,它受制于语言经验,是语言对欲望加以组织的结果"③。那么,网络语言作为一种戏谑式的语言符号,该符号生成以及该符号类型特点的背后又隐藏了符号创造主体怎样的精神状态呢?

一方面,由于网络自由性的存在,网络语言符号是一种摆脱了"话语权势"的"自由语义";网络语言符号自身的社会性、功用性减弱,又使得网络符号成为一种解构式的外延符号,一种基于使用情境下的情绪符号。另一方面,网络的互动性使得网络文艺在生产机制上实现了传播即生产、消费即生产,因而使其符号在传播消费过程中,在能指层面"易变"的同时又在一定条件下发生着"异变",所以网络语言符号的构成方式又是一种能指的序列。

如果从精神分析的角度出发,能指、语言、精神性之间又存在着哪些微妙的联系?在精神分析学大师拉康看来,能指构成了语言,而网络语言符号的构成正是游离于价值序列之外的能指的序列碎片。立足于这一点,对于网络语言符号的创造主体而言,网络语言符号就是对价值世界的逃避,是一种"避世"心理的驱使。前面我们提到,网络语言符号是具有依赖性的,而存在于符号构成中的能指同样具有依赖性,依赖于使用主体,依赖于情绪语境。此外,网络语言符号中单个能指的无意义性,意味着能指又依赖于能指之间的组合方式,这样网络语言符号中的能指就具有了"多重依赖性",而"能指链的'多重依赖性'向下延伸就到了精神过程的隐蔽世界"④。同时,网络语言符号也是放逐所指的能指的嬉戏,而对于网络语言的创造主体而言,他们作为"能指的主人",对于网络语言符号的创造过程就是对于"能指游戏"的把玩,"是以快乐体验为目的的人的自由的虚拟性精神生活领域的扩展"⑤。在这里,快乐既不是产品的属性,也不是生产活动的属性,它是精神分析学性的,因为它把审美的精神关系引入网络文艺符号文本中,沉迷于网络语言符号的创造者会使自己符合于切割的文本,符合于零散的语言、拼贴的形式,这一过程就是符号创作主体对于"能指游戏"把玩的快乐。

我们还提到网络语言符号是一种"解构式的外延符号",而网络语言符号是存在于网络文艺这个符号文本之中,网络文艺符号文本系统由于网络的互动性,为受众对于网络语言的

---

① 马立新、付慧青:《网络文艺符号学研究》,《中国现代文学论丛(第十三卷·2)》,南京大学出版社 2018 年版。
② 蓝若宇:《浅析文化的身份与认同——以网络恶搞为例》,《传媒观察》2010 年第 3 期。
③ [英]玛尔考姆·波微:《拉康》,牛宏宝、陈喜贵译,昆仑出版社 1999 年版,第 4 页。
④ [英]玛尔考姆·波微:《拉康》,牛宏宝、陈喜贵译,昆仑出版社 1999 年版,第 80 页。
⑤ 董虫草:《弗洛伊德眼中的游戏与艺术》,《浙江师范大学学报》2005 年第 3 卷。

元语言符号进行多次解构、无限解构提供了可能。例如"我买几个橘子去,你就在此地不要走动等我回来"这句网络语言,语言主体在这个元语言的基础之上又解构出了"你站在这里不要走动,我去给你搬一棵橘子树来""你站在这里不要走动,我去种棵橘子树""我去吃几个橘子,你就在此地不用等我回来了"等多种的语言形式。同样还有,"你是真的皮""你不是人造革,你是真的皮""皮卡丘都没你皮""皮一下很开心吗?"然而,网络语言符号的这种解构特性是带有"召唤性"的,这种"召唤性"主要体现在以下几个层面:

第一,网络语言符号的可解构性、可解构的无限性以及解构后变义的不确定性又共同引发了网络语言符号能指链的自我扩充,所以网络语言符号系统内部就隐含着一种隐性的"召唤"。第二,前文中提到的受众对于网络文艺文本的阅读行为,其中的"抵抗式阅读"和"破坏式阅读"也都是带有解构特性的审美创造力活动,所以,在网络文艺符号文本中解构"是一直存在于结构内部的一种充盈着勃勃生机的颠覆性力量",而这种"解构性"的颠覆性力量同时又是一种"创造性",网络文艺符号文本的意义就存在于受众在其解构中重构的审美再创造,所以当重构完成之后,解构便重新苏醒,新一轮的解构又重新开启。从这一层面而言,网络文艺符号系统的这种解构性是带有"召唤性"的。最后一点,在伊瑟尔看来,召唤结构存在于文本中的"意义空白与未定性"中,由此发挥受众的能动性作用。对于文本中的"未定性",它实则是属于文本内部的不稳定性结构,而这种不稳定性则取决于受众的审美活动。在前文中,我们提到,受众对于网络文本的阅读行为是一种享乐过程,享乐和文本的结合,是一种实践同另一种实践的对接,一方面这两者的相会绝不可能被准确地固化定位,同时这种相会作为一种动态过程本身就带有一定的不稳定因素,又加之这种动态过程是基于网络互动性实现的,而网络互动的不确定性机制更加剧了这种不稳定性。与此同时,伊瑟尔认为"空白"是诱发受众再创造能动性发挥的又一动力因素,认为"文本结构的空白成为作品和读者相互作用的驱动力"①,是"一种寻求缺失的连接的无言邀请"②。然则,在网络文艺符号文本系统中同样存在着"空白",在网络文艺符号系统的生产机制上,相对于传统文艺的意义先行置入,在互动性的驱动下网络文艺符号系统的意义建构则是一种循环式的更迭。首先,"意义是一个不稳定的特性,它有赖于其在各种话语的构建里的表达";其次,这样的意义建构又带有一定的"未完成"性,而这样的"未完成"性正是网络文艺符号系统中的"空白"所在,只是网络文艺中的能指形式互动性越强,则文本内部存在的"空白"区域越大。同时,网络文艺符号文本中所存在的"空白"区域也是受众对于网络文艺文本的第一种阅读行为——"创造式阅读"发生的原因。

由此我们可以看出,由于网络文艺内部"召唤结构"的存在以及网络语言符号本身的"召唤性",网络语言符号带有一种"引诱"特性,这种"引诱"从精神分析的角度出发则恰恰是对

---

① 刘涛:《解读伊瑟尔的"召唤结构"》,《文艺评论》2016 年第 3 期。

② 刘涛:《解读伊瑟尔的"召唤结构"》,《文艺评论》2016 年第 3 期。

于受众"欲望"的引诱。另一方面,文字重书写,语言重表达,而网络语言所衍生的环境正是基于网络中的情绪语境,作为一种社交语言,它渴望的是情感的互作,是人类欲望表达的一种符号承载。因而网络文艺的符号生产是一种注意力生产,网络语言符号是一种"欲望符号"。

二、"主奴辩证法"下的本我统治

一方面,在精神分析的世界中,欲望是内心之所"想"和内心之所"要",而处于人格结构最原始最神秘处的"本我",则是对这种"想"和"要"的肯定与诉求。"本我"从不思索,它只是愿望和行动。"欲望的替代品就是欲望的表达,是对欲望的不断阐释和更新,是欲望的注脚"①,因此,"本我"将"想"和"要"架构成可能,而这种欲望的表达则意味着"本我"对这种欲望冲动的完成式满足,是对人类内心本能欲求、人类原始真实的渴望的恢复。

另一方面,在网络语言符号中,没有稳定的所指,没有稳定的意指,只有变幻莫测的能指,而能指的丰富性则是为了主体情绪之表达,所以,从某种意义上说能指的所指就指向了"能指的主人",即符号创造主体。前文中提到,网络文艺符号作为一种专注于能指而放逐所指的能指的碎片,它打破了传统文艺符号中能指与所指一一对应的链条关系,所以在拉康看来,"既然两者没有绝对的对应关系,能指在所指的连续体中寻找归宿,找到只可意会而不可言说的欲望"②。

主体的欲望,一方面是通过像称自己为"屌丝""单身狗""心机 girl""绿茶婊"等带有自嘲口吻的网络语言符号或用"陈独秀你不要再秀了""我是一个没有感情的杀手""见过很多猪,还是你最可爱"等此类带有戏谑意味的网络语言表达,来缓解隐藏于内心深处的压抑。这些带有自嘲口吻的网络语言符号是一种象征着语言的"垂直"关系的"联想式"的"隐喻"语言,而这些带有戏谑意味的语言符号则是象征语言"平面的"关系的"横向组合"的"转喻"语言。"隐喻"和"转喻"都是雅各布森对于结构主义语言学的重要阐释。拉康将"转喻"和"隐喻"两种模式引入精神分析中,得出了这样的结论,他认为转喻是"一个沿着能指链从一个能指到另一个能指的历时运动,因为一个能指在一种意义的永远延搁中不断地指涉另一个能指"③。这些"戏谑式"的语言符号是带有"召唤性"解构的"外延"符号,通过一个元语言符号就可以解构再生出一些语言符号,在能指对于下一个能指的指涉过程中就形成了能指链。因为欲望是"他者的欲望",所以欲望的特征也就是网络语言符号能指链中无止境的不断延搁,所以拉康说"欲望是一个转喻"。由此,主体的欲望在能指的不断指涉的"转喻"中得到缓解。这种"转喻"存在于网络文艺符号系统的内部,在网络文艺符号系统的外部依旧存在着

---

① 刘玲:《拉康欲望理论阐释》,《学术论坛》2008 年第 5 期。
② 汪民安:《文化研究关键词》,江苏人民出版社 2007 年版,第 443 页。
③ 汪民安:《文化研究关键词》,江苏人民出版社 2007 年版,第 443 页。

"转喻"。

另一方面,网络文艺世界中能指的多样性与丰富性为主体压抑宣泄的输出提供了更多的可能,主体可以在八大网络文艺能指形式组成的能指链中任意选择,其自身的压抑也在能指链中滑动。由此而论,八大网络文艺能指形式就构成了网络文艺符号系统外部的"隐喻"。因此,主体在网络文艺符号系统的内部与外部"隐喻"中都存在着欲望的可释放,"本我"也在这种双重释放中自由移动。

那么网络语言符号作为一种"欲望符号",在该符号被创造的背后,创造主体的人格结构的另外两个构成——自我和本我又处于怎样的状态之中?本我、自我和超我,这三者在人格结构中的互作形式又是怎样的呢?

1."欲望符号"背后的人格结构互作

在精神分析中,精神学家将人格结构作为主体人格的组成部分,并将其解释为个体差异的内在力量。弗洛伊德认为,处于人格结构中最底层的是"本我",它是一切心理能量之源,它无视规则与纪律,不受道德伦理的规范,它是"一种混沌状态,一锅沸腾的激情"[①],它是一种本能力量,它是个人有机体生命真实目的与先天需要不加掩饰的表达,它无组织同时也不产生共同意志,"快乐原则"是它所信奉的行动源。"自我"是以"本我"为存在基础,是一种可被感觉的理性力量,是意识的可活动区域。在弗洛伊德看来,自我是人内心"心理过程的连贯组织",它遵循的是"现实原则",因而是最接近现实主体的行为意识。"超我"是位于人格结构中的最高机构,它起源于自我,但它是存在主体在社会化过程中形成的道德内化,"是受是非观念和善恶标准'同化'的结果"[②],显而,"超我"遵循的是"道德原则",此外,"超我"也被称为"道德化自我"。

"能量宣泄是本能冲动的力量,反能量宣泄是指抑制本能冲动的力量。"[③]本我作为一种人类原始欲望冲动力量,它的能量运作属于能量宣泄。自我是一种受现实原则限制的心灵管理力量,而超我则是"一切道德限制的代表,是追求完美的冲动或人类生活的较高尚行为的主体"。因而,自我和超我其两者的能量运动除了能量宣泄之外还存在着反能量宣泄,当它作为一种反能量宣泄时,它是一种能量抑制,是人格内部对本我冲动的一种阻力。由此我们可以看出,本我、自我和超我三者之间的能量作用关系。自我与超我作为反能量宣泄的代表同属于本我的对立面,和本我都存在能量上的对抗与冲突:本我与自我的冲突,本我与超我的冲突,自我是本我冲动与超我压制冲动而发生冲突的"中介机构",所以超我与本我能量冲突的发生则需要自我作为过渡;与此同时,自我与超我也会因为能量比的大小而发生冲突。本我、自我、超我能量上的矛盾与对抗产生了内心冲突。我们从能量宣泄的角度可以看

---

① 孙淑娇:《论弗洛伊德的人格理论》,《毕节学院学报》2010年第9期。
② 熊哲宏:《弗洛伊德心理学入门》,中国法制出版社2016年版,第36页。
③ 孙淑娇:《论弗洛伊德的人格理论》,《毕节学院学报》2010年第9期。

出本我、自我、超我三者之间的统治关系：自我统治本我，自我被超我所统治，由此形成了三者之间的统治等级序列。

"主奴辩证法"是黑格尔在《精神现象学》中提出的来阐述自我意识在精神发展的环节中形成的一个寓言。在黑格尔那里，主人是拥有被别人承认的欲望而后拥有了人的尊严，而奴隶则放弃自己的欲望，选择屈从于他人的欲望，因而奴隶与主人的关系是顺从关系，主人统治奴隶。在这种统治关系中，奴隶承认了主人的尊严与人性现实，但是奴隶的尊严却没有得到主人的承认，在这样的一种单方面承认关系中，主人将奴隶视为实现自己欲望的工具或手段。主人强迫奴隶劳动，对奴隶来说这个劳动是被节制的欲望。奴隶在劳动中脱离了"奴"的本性而获得了自为的存在，通过劳动"赋予物的形式是客观地被建立起来的"①，由此，奴隶的意识被重新获得，而主人却成了"消极的没有教化的抽象主观性"②。长远地看，所有的奴役劳动的实现并不是主人的意志，而是奴隶的意志，由此看来，最后的获胜者竟是那个曾经被奴役的奴隶。

将黑格尔的"主奴辩证法"架构于人格结构之中，"本我"都受制于"自我"和"超我"的统治力量，在这种统治关系中，"自我"和"超我"是主人，"本我"是两者的奴隶，而在对网络文艺符号的劳动创造中，这样的统治关系却发生了一种内在的颠倒。究其原因，网络文艺符号的承载体是互联网，而网络世界又是一个相对于现实世界的"真实性"并基于人类想象的虚拟空间，所以，网络世界的"虚拟性"也就意味着网络文艺符号创造过程中，"自我"所要遵循的"现实原则"不存在。此外，网络的虚拟性与现实世界脱节，网络世界中的"网络公约道德"充满了虚幻性，甚至与社会道德脱节，所以"超我"所遵循的"道德原则"也就不再具有公约力。

在这种虚拟化的网络文艺世界中，主体个体追求无限制快乐的原始欲望以一种更加显的方式存在于网络文学、网络游戏、网络动漫这样的网络文艺能指形式之中。网络文学的能指形式主要集中于玄幻类、仙侠类、恐怖类等几大类型。我们再来看网络文学中的语言又是一种怎样的表达。"火焰穿山甲口中火舌四处缠绕，在地面上每一次扫过都能卷走数十万骷髅蚁"③，"它的双手垂直着，有两根手指头不知去向，乌黑藏满了污泥的指甲长而锋利，两只眼珠失去了应有的光泽，一片死暗，像是死掉金鱼的眼睛"④，"太阳高悬，可此刻在秦云的双眸观看下，天空则是弥漫着无尽的青色气息，远处骏马上的父亲'秦烈虎'身上有着些许诡异的气息缠绕，有淡粉色气息、深绿色气息、血红色气息……"⑤，从这些不同题材的网络文学

---

①　张一兵：《不可能的存在之真——拉康哲学映像》，商务印书馆2013年版，第113页。

②　张一兵：《不可能的存在之真——拉康哲学映像》，商务印书馆2013年版，第113页。

③　石三：《苍穹之上》，https://read.qidian.com/chapter/YW-XtYincOfⅥqByXzZ_TQ2/ATGn2kSLWLzwrjbX3WA1AA2。

④　雨水：《超级丧尸工厂》，dushu.baidu.com/pc/reader?gid=4316410136&cid=11114231。

⑤　我吃西红柿：《飞剑问道》，dushu.baidu.com/pc/reader?gid=4316076955&cid=10481187。

中可以看出网络文学的语言多空灵瑰奇、夸张奇特,用语言符号的丰富性与多变性去营造丰富的想象空间。对于网络游戏这一网络能指形式,弗洛伊德的游戏观就明确指出,游戏是人借助想象来满足自身愿望的虚拟活动,网络游戏亦是如此。"游戏者需要凭借自身想象力进入一种'假装意识'"①,游戏与日常生活不同,游戏的诡秘性质最为生动地体现在乔装打扮中。在这里,游戏的"超日常"性质表现得淋漓尽致。乔装或戴面具的个人扮演另外的角色、另外的存在物,乔装就是这个另外的存在物。因而在网络游戏中,游戏者需要完全投入网络游戏的虚拟环境中以及自己所扮演的角色之中。而网络动漫所描绘的世界不是原生社会而是以现实世界为基础的对现实世界美化了的次生世界,网络动漫同网络游戏一样,构建形式都是以虚拟符号为主的带有超现实真实审美体验的二次元世界。由此我们可以看出,网络文学、网络游戏和网络动漫都是虚拟性与互动性组成的想象性空间,这种想象空间是建立在"幻想"机制之上,而"幻想"作为一种"基本的、独立的心理过程,具有超越现实压抑法则的真理价值和无功利性的审美诉求。它所保留的最古老的精神结构,暗含了一种走向'无压抑文明'的深切渴望"②,在这种情况下,"本我"则以一种"幻想"的形式突破"自我"与"超我"的控制而顽强地被表达,从而使其"快乐原则"的主导地位被彰显出来。

此外,前已论述网络语言符号是一种"情绪符号",这样的符号属性带有主体的主观诉求,而这种主观诉求主要来源于"本我"的能量宣泄之需要,因而它是主体的"本我"情感宣泄与情绪表达的符号载体。与此同时,网络文艺创作的自由性使得网络语言符号可以在很大程度上摆脱"话语权势"的控制,摆脱这种被规范过后的带有功利性的语言结构,在很大程度上是不受"话语权势"约束的自我随性表达。约翰·菲斯克曾指出:"大众的快乐可以看作双重的——一种是符号的保障的快乐,一种是解放的快乐。"③因此,网络语言符号的创造是对享乐的迎合,是对自由的吁求,是"本我"欲望的彰显与满足。

拉康在提到语言结构时曾这样写道:"语言结构的强大的制约力授予我们意义,给我们一个稳定的意义。"④但在网络语言符号这里,它的语言构成序列是能指的碎片,是能指的拼贴和挪用,是带有"召唤性"解构的能指链,不存在一个稳定的结构,网络文艺符号系统被这种"不可言说的事物的自我繁殖充满"⑤。所以,在这样的情况下,网络语言对创造主体的制约性减弱,加之网络语言符号相对于传统文艺在一定程度上也是对所指的放逐,所以符号创造主体在符号创造过程中无须动用深层的思考,而只需要在"本我"的统领下介入其表层感官,主体的"自我"与"超我"暂时处于休眠状态之中。与此同时,网络语言符号的召唤式的解构特性不仅在其内部隐藏着主体的"本我"快乐权力的建构,也使得它的符号跨越了网络文

① 王红勇:《网络文艺论纲》,山东教育出版社2014年版,第255页。
② [美]赫伯特·马尔库塞:《爱欲与文明》,黄勇、薛民译,上海译文出版社1987年版,第103页。
③ [美]约翰·菲斯克:《解读大众文化》,杨全强译,南京大学出版社2001年版,第233页。
④ [日]福原泰平:《拉康镜像阶段》,王小峰译,河北教育出版社2002年版,第188页。
⑤ [日]福原泰平:《拉康镜像阶段》,王小峰译,河北教育出版社2002年版,第188页。

艺的世界蔓延到现实世界之中。然而,网络语言符号的解构特性是在创造主体"娱乐审美的游戏意义上得到确立的"①,因而是主体"本我"的快感书写。另一方面,网络文艺符号对创作主体的吸引在于主体可以触及未知,而触及之动因及触及之结果,只是"好玩"。由此我们可以看出,创造主体在符号的创造过程中是在"本我"意志自由的牵引下去达到令自身快乐的目的,因此,创造主体在网络语言符号的创造过程中遵循的是"快乐原则"。

换句话说,在网络文艺符号的创造过程中,"超我"作为创造主体内心的"道德律",其道德规范力量被弱化,而"自我"的制约作用也没有彰显,甚至在一定程度上"自我"的天平也渐渐向"本我"一方偏移,"本我"在无制约、束缚的自由疆场里横行,其本能的欲望与诉求得到了最大程度的释放与满足,主体在这种极度享乐中成为自身感官的奴隶,"自我"也自然而然被"本我"力量奴使。

一方面,网络文艺的符号创造主体在网络文艺的符号世界中通过网络语言来释放"本我"欲望,在"本我"欲望的满足中,"自我"与"超我"被"本我"力量奴使;另一方面,符号创造主体在网络文艺的符号世界进行身份建构的过程中,"本我"的力量依旧位于统治地位。主体在网络文艺世界中通过网络语言来对主体身份进行重新建构,这种建构是基于网络互动性机制完成的,因而又是一种虚拟建构,是"本我"自身满足的一种参与。同时,这种建构的虚拟性又是逃避现实、规避道德伦理的一种"自我"与"超我"的主动妥协与让步。再次,这种身份建构既然回避现实,那么这种身份建构又是基于遮蔽真实,在以娱乐为主导以快乐为原则的"伪语境"下进行的。至此,"本我"在主体语言身份的建构过程中,实现了"主人"对"奴隶"的再统治。

其实主奴辩证关系中的主—奴斗争的动因就是自我意识对于欲望的承认,而"主奴辩证法"就是为了表明,人不能在孤立中成就其人性,只有在自我意识对欲望双方承认的基础上,自我意识才能达到最后的双重统一,自我意识与主体才能实现合体。很显然,就这一层面而言,网络文艺符号创造主体的人格结构中的主—奴关系呈现出了欲望主导下的本我统治,人格结构的本我与自我、超我出现矛盾中的不平衡的承认关系,继而影响了符号创造主体自我意识与现实人格性的形成,最终成为拉康镜像中的"伪自我"。由此我们可以看出,创造主体在网络文艺符号的创造过程中建立起了以"本我"为主体的人格,我们称之为"第二人格",它是对现实世界中"自我"与"超我"规范制约下的"第一人格"中被压抑人格的释放,这样,创造主体就拥有了双重的人格。然而,"第二人格"的建立必然与"第一人格"在现实生活中发生一定的冲突,在这种矛盾关系中产生人格的焦虑。

主—奴辩证关系不仅体现在人格结构中,而且还体现在网络语言符号与符号创造主体的使用关系中。社会性语言符号的主要功能是自我思想意愿的表达,因而主体在使用社会

---

① 王文捷:《另类奇幻的解构性娱乐意态的新兴——世纪之交"非典型性"游戏影像流行文本研究》,武汉大学博士学位论文,2011年。

语言进行交流表达时,需要人格结构中的"自我"的介入。在"自我"意识的主导下,主体可以在理性思维的指引下运用社会语言,在这种情况下,主体可以算是"语言的主人"。在网络语言符号中,创造主体作为"能指的主人",本是网络语言符号的创造者、使用者与言说者,但是网络语言符号是一种无序列的能指的碎片,所以,在网络语言这样的语言言说中,主体摆脱不了在能指中分裂并被能指分裂的悲剧化命运。此外,就其能指本身而言,能指不能描述任何意义,就像拉康所说的,它只不过是空虚的缺失的无意义的场所,因此主体在对网络语言言说的过程中,将面临对意义的主动性否认的危险。网络语言符号的创造主体,创造了语言新的言说形式,赋予了网络语言以新的话语权力,并在语言中构建了其独特的身份——网民。主体在网络语言符号的运用过程中又可以自由地进行戏谑、解构,因而主体在网络语言中是"存在于言说"状态,他不是在说语言,他不是在使用语言,而是被语言使用。主体一旦进入网络语言,其主体性也会随之丧失,最后只剩下语言的"在场",主体的"缺席"。由此我们可以说,主体从对网络语言符号的统治被反转为被统治,网络语言由原先那个被统治的"奴隶"转而成为最终的言说"主人"。

2."镜像"中的他者

在拉康"镜像阶段"理论提出之前,弗洛伊德就提出了相对于"现实的自我"的"自恋的自我"理论,弗洛伊德认为"自恋的自我"是"一系列完全流动的、易变的、无定形的具有力比多投注性质的对自身形象的认同和同化"[①]。弗洛伊德的"自恋的自我"与黑格尔的"主奴辩证法"都被看作主体自我意识的转移,都是在他者的自我意识中进行自我意识的确认。拉康的"镜像"理论则是以黑格尔"主奴辩证法"为哲学基础,是一种主体自我身份确立的过程。在拉康看来,"自我"作为主体的原初形式,是自身在与镜中的理想形象的认同中产生的,是将他者的欲望加之于自身的欲望。到了网络文艺的符号世界中,符号的创造主体意识从对"本我"欲望的肯定变成了对"他者"欲望的追求,并开始了主体自身的异化命运。网络文艺符号的创造主体沦为"他者"的异化命运主要体现在"他者的欲望追求"与"他者身份建构"中。

黑格尔认为欲望是一种欠缺和不在场,是存在的一个空洞,能满足它的只有一种事物——即他者的欲望。"以他者的欲望为对象也就是以'对象之欠缺'为对象,欲望就是超越任何对象的根本否定性,并保持了一种绝对性或无条件性和一种对他者的指向性。"[②]在拉康看来,欲望从根本上来说是一种对缺乏的渴望,而欲望实则就是他者的欲望。主体在他者的欲望之中放弃自身,自我否定,如此一来,这种否定不仅是对主体自身的否定也是对主体欲望的否定。

在网络文艺符号世界中,网络语言符号作为一种互动性极强的"情绪符号",这种符号之间的互动行为实则就是一种满足他者欲望的行为。同时网络文艺又是一种"注意力"生产艺

---

① 汪民安:《文化研究关键词》,江苏人民出版社 2007 年版,第 152 页。

② 汪民安:《文化研究关键词》,江苏人民出版社 2007 年版,第 472 页。

术,网络文艺符号创造主体的参与创造的心理动因则是对"被注意"情感的欲望诉求,而这种"被注意情感"是一种倾向情感,这种倾向情感的表达形式在网络文艺符号世界中则有关注、点赞、转发、弹幕、评论、人气值等几种能指形式,这几种能指形式的主体参与度越高,一是代表存在的"他者"欲望值越大,二是代表"他者倾向情感"越强烈,则"他者"欲望下的"自恋的自我"的主体建构完成得更彻底。但是这种倾向情感的行为发生条件及前提则是需要一个"不在场"的"他者"的"在场",由于网络的虚拟性,"他者"的在场方式相对于现实意义上的"在场"是虚拟的,因而它是在场形式上的"不在场",而这个"他者"的"在场"则是在于他情感上的"在场",需要"他者"的反馈。在网络游戏中,"他者"的"在场"则不仅仅是情感上的"在场",相比于其他的网络文艺"他者"的"在场"方式大多是以弹幕的形式来进行双方情感的交流与传达,网络游戏的互动性是受众之间的意识支配下的虚拟性的行为交往,因而,网络游戏的"他者"的"在场"除了情感上的"在场"外,还有"行为"上的"在场",但是这种"行为"也是"他者"情感的一种表达方式,只不过情感表达的介质不同,其他网络文艺能指形式的情感表达是一种文字符号的形式,而网络游戏中的"行为"情感表达则是一种动作指令符号的形式。所以,在网络文艺的符号世界中,创造主体需要的就是"他者"的情感互作,而创造主体的自我身份的构建也来自"他者"的"意见",因而可以指认为一种"否定性的自欺",是一种丧失主体性的"失我",而这种"被注意"的欲望也就成为"他者的欲望"。

黑格尔曾经谈道:"人的欲望在他者的欲望中发现意义,这主要不是他者掌握着能通向被欲望的对象的钥匙,而是因为欲望的第一对象应该被他者认可。"[①]在前文中,我们提到,网络语言符号是一种"欲望符号",其原因在于在网络文艺内部"召唤结构"和网络语言符号本身的"召唤性"的共同作用下而带有的对于欲望的"引诱"。这种欲望的"引诱"对于网络语言符号本体来说,是对创造主体参与性的"引诱",也就是对创造主体欲望的"引诱",值得注意的是,这里的主体同时也是符号的创造主体,其自身对于网络语言符号的创造动因除了满足自身的意志冲动以及"本我"的欲望之外,另一个原因则是对于"他者"欲望的"引诱"。而这种"引诱"是带有渴望"被关注"倾向的情感,带有被"他者"所承认的期待感,是一种自我降位的欲望投射,诸如"××爸爸""求××爸爸带我装B,带我飞"等网络语言符号在网络文艺中被创造主体广泛运用。在一定条件下,这种对于"他者"欲望的引诱甚至超越了主体对于自身欲望满足的需要,承认"他者"的欲望并将其自居,甚至将这种"他者"的欲望转嫁为自身在符号创造过程中的全部情感倾入。

此外,创造主体在符号创造过程中还存在一种对"他者"欲望的想象秩序,这种想象秩序是镜像、认同作用和交互作用的秩序,这种想象秩序的基底构成则是以"他者"欲望为参构的。而这里的"他者"已不是上述存在状态下"不在场"但情绪"在场"的"他者",而是一种在想象型关系中的虚拟的"他者"。网络文艺符号世界又是一种"拟像符号"系统,创造主体在

---

① [英]玛尔考姆·波微:《拉康》,牛宏宝、陈喜贵译,昆仑出版社 1999 年版,第 89 页。

这样的一种镜像中指认自身,而这种"指认"实则是一种本体论上的"误认",因为在这个过程中,是主体将自身的欲望移置到一种"虚拟"之中。"欲望的满足总是他者欲望的象征在意指链中的转喻过程",例如,对于热衷于网络剧、网络电影中穿越题材的主体而言,这类题材是距离现实生活较远的题材中的一类,而此类时空又是一种不存在的想象时空,主体只能通过想象秩序的建立来完成自身欲望的移置。同样,在网络动漫中亦是如此,主体通过这种想象秩序将自身的欲望移置到动漫中的虚拟形象中去。而像"网络游戏"这样的互动性极强的能指形式,人物符号、情境符号构成了网络游戏主要的内容符号。这里的人物符号,一个是游戏者这个本我符号和游戏者在游戏中所扮演的角色符号,游戏中角色所带有的技能和装备我们称之为"次生角色符号"。主体在进入游戏时要自觉进行身份的转换,主游戏者虽然是带有两个身份识别的人物符号,由于网络游戏自带的沉浸效应,在游戏中游戏者会自动地切换到角色符号,至此,本体符号和角色符号以"同构"的形式存在,主体的身份也借此转换完成。而这种身份转换的完成,也就标志着主体在游戏的想象秩序中,在虚拟的角色符号中"指认"了自身。

相比于以上网络文艺能指形式中的虚拟的"他者",网络直播则是真实"他者"的虚拟性呈现,是可直观感受到的"他者"的在场。受众对于网络直播中"美女主播"的喜爱则是对内心那个"镜像"中"他者"形象的想象构建。在这里,想象不仅是一个主观心理构成活动,而且是将感性行为操作中的现实模仿、类比和齐一。主体在网络直播中的想象秩序"是这样一种经验维度,即在这种维度中,个体寻求的不是简单地去抚慰大的他者,而是通过使自己成为心目中的'他'或'她'而消解自身中的他性"①。

主体在网络文艺中对于"他者"欲望的认同和想象型的移置,并将"他者"形象在多次认同中转化为主体心中的"心象",进而在网络互动性机制的致瘾下,进一步"反转",掩盖原来主体性而成为新的主体。如此,"生存在想象界中的、具有镜像结构的自我迷失了内部和外部的界限"②,只能通过回归"他者"的形式,从"他者"的欲望,成为"他者"身份。因此,我们不得不承认,符号创造主体对网络文艺符号的编码过程是一种有意无意的文化误读,是主体身份获取的错位。

三、能指"游戏"背后的狂欢

"狂欢"理论是巴赫金提出的文学理论概念,按照巴赫金的理解,"狂欢"意味着"狂欢广场式的自由自在的生活,充满了两重性的笑,充满了对一切神圣物的亵渎和歪曲,充满了不敬和猥亵,充满了对一切人一切事的随意不拘的交往"③。

① [英]玛尔考姆·波微:《拉康》,牛宏宝、陈喜贵译,昆仑出版社1999年版,第103页。
② [日]福原泰平:《拉康镜像阶段》,王小峰译,河北教育出版社2002年版,第59页。
③ [苏]巴赫金:《陀思妥耶夫斯基诗学问题》,白春仁、顾亚铃译,生活·读书·新知三联书店1988年版,第184页。

网络文艺作为一个虚拟性空间,主体身份的虚拟性与"他者"的不在场性,使得网络语言符号的言说地位大大提高,甚至在有些网络文艺的能指形式中,网络语言符号成为重要的甚至是唯一的符号在场。网络文艺中的主体通过网络语言符号这个中介形式,进行欲望表达、情感释放、身份认同,于是网络语言的对话盛宴成为主体进入"狂欢"的重要途径。既然网络语言符号是一种无序列无规则的能指碎片,那么主体在使用网络语言符号的过程中,就不需要遵循任何的语义规则与语法规范,是一种带有创造性的使用。因而在网络语言的使用过程中,主体"本我"的欲望诉求也得到了极大的满足与能量宣泄,最终实现了个体"本我"的狂欢。然而,网络语言符号的生成机制遵循的是传播即生产、消费即生产的"共时"模式,其符号可以在这种圆形的循环结构下不断地更迭、置换并多次"易变",最终实现符号的"共时性"的原因就在于多主体实时的共同参与下而构建的,是群体"本我"欲望的共同"在场"。因此,个体的"本我"狂欢就走向了群体的狂欢。

"在狂欢仪式上,等级制完全被打破,插科打诨的语言、俯就的态度和粗鄙的风尚主导了所有诙谐游戏。"[1]符号创造主体们在网络文艺世界中享受个体狂欢和群体狂欢之下的双重狂欢过程中,形成了狂欢—民间—笑—自由的序列。

在这里"民间"与"官方"相对,第一层面是身份上的相对,网络文艺空间的极大自由性,对主体身份姿态的要求不高,"在假定场景中消弭了贵贱上下的森然界限,毁弃一切来自财富、阶级和地位的等级划分"[2],因而是群众性参与下的艺术能指的自由构建。第二层面是形式上的相对,相对于精英艺术象征的传统文艺,网络文艺则是大众文艺的代表,无论是在艺术形式还是艺术内容呈现上都带有极大的通俗性与娱乐性。因此,"民间"所体现出来的狂欢精神是一种快乐、自由的精神,是对快乐原则的张扬。

这里的"笑"则是指主体在戏谑式的、自嘲式的网络语言符号创造过程中的"游戏"态度。这样的网络语言是一种语言符号的身体转向,是带有自我降位的自贬化色彩的,是主体在网络文艺符号的创造过程中,力求把所有精神性的东西世俗化、肉体化,用一种"游戏"式的狂欢化态度去获得对于这个世界的独特感受,这种全新的感受可以消除主体内心的陌生与恐惧,使世界接近主体,也使主体接近世界。

最后"自由"是相对于"权威"而言。于网络文艺符号系统而言,无论是本体还是网络文艺各个能指之间都存在着极大的自由性,网络文艺符号系统内部的网络语言符号作为一种摆脱了"话语权势"的"自由语义",暂时摆脱了秩序体系和律令话语的钳制,创造出了"绝对欢快的,无所畏惧的,无拘无束的和坦白直率的言语"。网络语言符号的自由可解构性也成为网络文艺符号系统内部的不断可更新的持续的力量,使得网络语言具有了狂欢式的特征,"由蓬勃强大的改造力量催生出不可摧毁的新生命力",而成为狂欢式语言,这种狂欢话语本

---

① 汪民安:《文化研究关键词》,江苏人民出版社 2007 年版,第 174 页。
② 汪民安:《文化研究关键词》,江苏人民出版社 2007 年版,第 174 页。

身既是游戏，又是对游戏精神的戏仿，双重的游戏功能成全了狂欢话语的完美表达。因而这样的狂欢话语使得主体同时感受到个体内在情绪的抒发的"酒神精神"和对外在理性所标画的超越世界的追寻的"日神精神"，但是这样的狂欢话语作为一种精神上的新秩序，"它们不再表达什么，不再提示什么，不再教诲什么，只剩下本身的超越一切的语言的荒谬存在"①，亦"不再有说教的力量"，最终主体在这种"具有迷惑的力量"的狂欢化享乐中走向了狂欢的极致化——疯癫。

---

① ［法］米歇尔·福柯：《疯癫与文明》，刘北成、杨远婴译，生活·读书·新知三联书店 2007 年版，第 325 页。

文学地理视域中的"西北书写"

——以茅盾《新疆风土杂忆》《白杨礼赞》为中心

李继凯　　胡冬汶*

（陕西师范大学 文学院,西安 710119）

内容摘要:本文主要借鉴和运用文学地理学的理论方法,集中论述茅盾笔下的"西北书写"及其代表作的经典性。茅盾与中国大西北结缘很深,他非同寻常的"走西口"给他带来了独到的生命体验,使他在创作上尤其在散文创作方面取得了佳绩。其中,《新疆风土杂忆》《白杨礼赞》《风景谈》等都是脍炙人口的名篇,被选入各类读本、教材和参考书中,并在许多文学史文本中受到高度评价,被普遍视为中国现代文学的经典作品。其蕴涵的文学地理内容和意趣非常丰富,呈现了当年大西北的地理人文色彩(如新疆、陕甘宁的风土人情等)以及丝路风情风光(如变化中的西域和挺拔的白杨等)。本文着力细读细析《新疆风土杂忆》《白杨礼赞》二文,从其文学地理的文学表达亦即"西北书写"中,彰显其魅力独具的经典性。

关键词:茅盾;文学地理;《新疆风土杂记》;《白杨礼赞》;经典性

作为中国现代文学巨擘的茅盾一生地理行迹多变,相关书写丰富。青年时期他在北京读书,1920 年代后期避难时曾留居日本,1940 年代后期去苏联观光考察 4 个月,新中国成立后主要在北京工作、生活,兼有因国事出访过一些国家。除这些外,他在新中国成立前的空间活动轨迹基本是在中国南部地区,诸如浙江、上海、武汉、广东、香港等地。但是因缘际会促成抗战时期茅盾一生唯一的一次西北之行,这次西北之行带给茅盾独特的文化地理体验和生命感受,并在他的理论写作和文学创作上都留下痕迹,尤其使得他在散文创作方面取得佳绩,诸如《新疆风土杂记》《白杨礼赞》《风景谈》等都是根据这段西北经历写成的散文名篇,这些作品被选入各类文学读本、教材和参考书中,并在许多文学史文本中受到高度评价,被视为中国现代文学的经典作品。这些作品中蕴含丰富的地理、历史文化信息,具有浓郁的地理

---

　　* 作者简介:李继凯,陕西师范大学文学院教授,博士生导师。胡冬汶,陕西师范大学文学院博士研究生,昌吉学院讲师。

人文色彩。笔者以为,《新疆风土杂忆》《白杨礼赞》作为茅盾创作中特殊的"西北书写"文本是值得重读和探究的,本文即立足于细读这两篇作品,分析其作为独具面貌的地域书写的魅力和经典性。

一、人文地理之缘:西北行旅及西北书写

1938 年,正值抗战初期,茅盾主要在武汉、广州、香港等地从事文艺抗战活动。这年 4 月在香港出版的刊物《立报》副刊《言林》担任编辑,到下半年,《立报》销量下滑,处于赔钱状态,使得茅盾及家人生活上出现困难,加之时局严峻,香港日后也必是日军侵占的目标,去留成了一个严峻问题。茅盾"遂萌生离开香港的念头。但去向未定,初拟返沪,便于照顾母亲"①。虽萌生返回上海的想法,但并未决定下来。到了这年 12 月,新疆学院院长杜重远携自己撰写的《三渡天山》(后改名《盛世才与新新疆》)向茅盾宣传介绍新疆并邀请茅盾到新疆迪化从事文化教育工作。时任《立报》总经理的萨空了也建议他应杜重远之邀去新疆工作。新疆毕竟地处偏僻荒远的西北角,加之对于新疆的政治形势也有担心,茅盾犹像未决,并先后向廖承志、谢觉哉等打听新疆的情况,最终还是决定接受杜重远的邀约,去新疆工作。由此,茅盾踏上了丝路,也开启了"探路"之旅。

1938 年初,茅盾携家眷开始了西北之行,一行人由香港到昆明,并于 1 月 9 日乘飞机从昆明飞到兰州,与张仲实汇合,因盛世才对于是否接纳茅盾这样的知名文化人士进疆仍在犹像中,一直未做交通安排,茅盾等人在兰州滞留 45 天之久,在这些日子里,茅盾对兰州的地理风物人情有所体验和观察。2 月 21 日,茅盾一行乘坐飞机从兰州飞到哈密,在哈密住留约 15 天,然后乘坐汽车从哈密至七角井,住一夜,第二日继续乘车至鄯善,路途中曾参观坎儿井,在鄯善停留一晚,又乘车到吐鲁番,住一晚后继续乘车直至抵达迪化。② 这是茅盾西北之行去时的行迹。及至后来,复杂的新疆形势变化更趋诡谲,盛世才的反动面目日益暴露,茅盾等人在新疆的处境更是危险重重,于是茅盾设法寻机离开新疆,最后因收到母亲去世的电文,遂在 1940 年 4 月末以"奔母丧"为由获准离疆,经由迪化一路乘车至哈密,复从哈密乘飞机抵达兰州,再到西安,并于 1940 年 5 月末抵达延安,停留了 4 个多月,离开延安后又分别在西安和宝鸡停留,于这年 12 月飞赴重庆。

考察茅盾历时约两年的西北之行,其行程轨迹大致是昆明—兰州—哈密—鄯善—吐鲁番—迪化—哈密—兰州—西安—延安—西安、宝鸡—重庆,全部行程中,大部分空间距离都是乘飞机,少部分行程乘坐汽车,途经之地,有些地方是匆匆一过,而在兰州、哈密、迪化、西安、延安这几个地方都有不同时长的住居,其中在迪化和延安两地停留时间最长,并从事具体的工作,有基本日常生活的铺开。此次西北之行,限于当时交通落后和社会形势的不安

---

① 茅盾:《茅盾全集·附集》,人民文学出版社 2001 年版,第 146 页。
② 张积玉:《茅盾与张仲实在新疆时期的交往史实考辨》,《中国现代文学研究丛刊》2015 年第 9 期。

定,加之时长有限,在迪化、延安担任工作众多,茅盾细致考察、沉潜下来体验的地区虽然不多,但还是初步获得了对于中国西北之地的总体印象,并对个别地区尤其是新疆迪化地区有了比较深刻的体验和认识。这段经历对于茅盾来讲是一生中重要而特殊的生活经验,使得他在一个具体的时间段内脱离东南沿海城市化程度相对较高的地区,离开主流汉文化区域,来到西北高原地区,观览到落后贫瘠的西北乡村之地,也进入边缘的多民族异质文化区域,接触到有别于东南沿海地区的地理风貌、人文景观,也得以观察中国西北的农民、陕北的知识分子以及新疆的少数民族族群。可以说,这是全新的生命经历和体验,这种"生活视野转变促使他有了全新的审美经验"①,并体现在文学创作中。

在新疆期间,茅盾担任新疆学院教育系的主任并几乎承包了该系全部的教学工作,同时还担任新疆文化协会会长一职,工作事务繁杂,且有安全上的忧虑;后来在延安时期,茅盾在鲁迅艺术文学院任教,也去陕甘宁边区文化协会讲学,也比较繁忙,难得有沉静下来的连续创作时间,但是茅盾仍然在继续写作,包括文论写作和文学创作。

具体而言,作为理论素养深厚的理论家,茅盾在旅行途中随机讲学做报告,也围绕新疆的具体文化教育工作和延安的文化文学状况发表意见,创作了几十篇文论作品。一是旅行途中,在甘肃学院做了两次题为《抗战与文艺》和《华南文化运动概况》的专题报告。二是在新疆期间,具体开展文化教育工作过程中做的报告和写作的论文,更多是为新疆文化、文艺发展提供意见,如《中国新文学运动》《在抗战中纪念鲁迅先生》《新疆文化发展的展望》《文化工作的现状与未来》《为〈新新疆进行曲〉的公演告亲爱的观众》《演出了新新疆万岁以后》《六大政策下的新文化》《由画展得到的几点重要意义》《边疆回教地区文化发展的几点意见》《通俗化、大众化与中国化》《关于诗》等,此外,茅盾还在新疆《反帝战线》上发表了八篇关于国内外政治评论的文章。② 三是在兰州、延安、西安三地写作的文论作品,如《抗战与文艺》和《谈抗战初期华南文化运动概况》《论如何学习文学的民族形式》《旧形式、民间形式与民族形式》《中国市民文学概论》《关于〈呐喊〉和〈彷徨〉》《纪念鲁迅先生》等。

就文学创作而言,基于在西北从事的具体工作和获得的生活经验,西北之行期间及其后,茅盾基本未围绕西北经历、记忆和新的经验进行小说创作,只在离开西北后写作了一篇新疆题材的描写动物的短篇小说《列那和吉地》(发表于 1942 年的《文学创作》第 1 卷第 2期)。西北之行酿就的文学书写主要是诗歌和散文。诗歌如《筑路歌》《新新疆进行曲》,而且,根据目前文献发现,这两篇文艺作品是"茅盾唯一的一支歌和一首新诗"③,"歌词和新诗这两种艺术形式,茅盾一生中仅在新疆运用过"④。而散文写作的成绩是不俗的,写作出很多成熟的作品,如《兰州杂碎》《风雪华家岭》《西京插曲》《"战时景气"的宠儿——宝鸡》《秦岭

---

① 郑亚捷:《抗战时期茅盾对新疆文艺发展的意见》,《中国现代文学研究丛刊》2012 年第 5 期。
② 周安华:《茅盾在新疆》,《新疆社会科学》1983 年第 5 期。
③ 周安华:《茅盾在新疆》,《新疆社会科学》1983 年第 5 期。
④ 周安华:《茅盾在新疆》,《新疆社会科学》1983 年第 5 期。

之夜》，有些作品成为散文名篇，脍炙人口，如《白杨礼赞》《新疆风土杂忆》《风景谈》等。其中《风景谈》一文借景抒情，通过片段组接的方式，将沙漠驼队、晚归的种地人、参与生产劳动归来的知识分子、沉浸于讨论和学习的青年男女、清晨吹喇叭的士兵等若干幅自然景致与置身其中的人文画面组织在一起，既描写了抗战时期西北地区的自然景致和日常生产生活的片段和画面，书写赞美了自然美、生活美，更由衷赞美了立于其中的体现着坚韧民族精神的北国的人民，正如文中所写："我仿佛看见了民族的精神化身而为他们两个。如果你也当它是'风景'，那便是真的风景，是伟大中之最伟大者！"①

由《风景谈》《新疆风土杂忆》《白杨礼赞》及其他散文作品可以看出，与茅盾之前的散文写作相比，植根西北经验的散文书写"象征体式依然，心境却大大开阔，风格变为明朗、雄壮、激越"②。在一定程度上可以说，茅盾基于西北之行的散文书写在其全部散文写作中别具一格，显示出独特的艺术魅力，可以构成文学地理意义层面的"西北书写"，并具有经典性意义。

二、独特的新疆风土叙述——细读《新疆风土杂忆》

《新疆风土杂忆》是茅盾离开新疆后写成的回忆性散文，如文题所言，属于琐忆性质，写作时间据茅盾自述，"此篇大概写于一九四〇年冬或一九四一年初夏，后来发表于一九四二之《旅行杂志》"③。在1958年11月茅盾重改旧文，并言明是为了消弭新疆地区之外的人们尤其是青年知识分子对于盛世才和新疆地区情形的误解而写作此篇。

茅盾在新疆是作为著名作家受邀前来做文化教育工作的，日常接触人群多是迪化地区的中上阶层人士，也较有机会参与大型活动、各级筵宴，更因工作便利能接触到新疆政治、经济、文化等领域的事务，从而获得、了解各种各样的信息。茅盾虽然受着盛世才政权的监控，没有充分的自由，但在当时落后的交通条件下，他的行迹可到之地还是比较广远的，他游览过迪化近郊的白杨沟风景区，对于新疆地区的自然地理景观和植被、树木等有近距离的观察。在迪化市区工作，住地离当时的城中心也不远，日常工作、生活出行中，对于迪化市区范围内的社会生活情状和人事也多有了解。而且身为作家，有自觉敏锐的体验生活的意识和观察能力，加上与之来往过从的各阶层人士非常多，茅盾有较多机会听闻知悉新疆社会的各种丰富信息。此外他还阅读新疆地方书籍，增加自身对于新疆的了解，如他在文中就多次提及《新疆图志》一书。茅盾在新疆居留工作的时间虽只有一年零两个月，但他对于新疆社会各方面的信息、内容了解之广，认识之深已远超当地很多人，这是他写作《新疆风土杂忆》一文的扎实生活基础。今天来看，茅盾这篇散文应该是叙写新中国成立前三四十年代新疆社会生活面影、情状最全面最丰富且最优秀的篇章之一了。

---

① 茅盾：《风景谈》，中国青年出版社2012年版，第6页。
② 郑亚捷：《抗战时期茅盾对新疆文艺发展的意见》，《中国现代文学研究丛刊》2012年第5期。
③ 茅盾：《新疆风土杂忆》，方铭编《茅盾散文选集》，百花文艺出版社1984年版，第163页。

首先，《新疆风土杂忆》基本可以算是半文言或准文言的散文，传统语文语体特征尤为鲜明。茅盾的其他散文作品，包括因西北之行而写成的其他散文作品，几乎全部是白话散文，只有《新疆风土杂忆》一篇系由文言与白话结合写作，甚至部分段落，文言成分过半，谓为文言散文亦可。如文中写迪化冬日之寒冷："驴马奔驰后满身流汗，出汽如蒸笼，然而腹下毛端，则挂有冰珠，累累如葡萄，此因汗水沿体而下，至腹下毛端，未及滴落，遂冻结为珠，珠复增大，遂成为冰葡萄。"①基本是以文言的方式描写寒冷季节牲畜出汗结冰的情状。茅盾早年因乌镇没有新式学堂，就读于私塾，加之家中藏书甚丰，积累下深厚的旧学底子，及至茅盾参加新文学运动，虽以白话语体写作，但亦擅长文言写作和表达，我们在茅盾与友朋的私人书信中可看出他多是以半文言语体措辞、致意。某种程度而言，中国现代时期的作家们，虽然基本用白话写作，但旧学根基厚实，早年的学习里包含着文言写作和表达训练，因此就私人自我表达的层面，他们很习惯、乐于并擅长运用文言方式书写和表达，在我们所见胡适、陈独秀、鲁迅、周作人、茅盾、钱锺书等人的私人信件中，可见文言运用之普遍和醒目。所以，我们或可揣想，当茅盾在离开新疆，脱离了险境之后，以回忆的方式书写新疆见闻时，自有属于他私人性的有趣、愉快感受的一面，所以他选择了半文言这种很个人化的、私人性的语体方式来叙写，而且在表达自我感受的时候还在行文中嵌入文言诗歌。在这篇散文中嵌入文言诗歌，可以视为茅盾私人感受的强化表达，一定程度敞开了他的精神世界，如叙及迪化霜挂枝头的情形联系到神话传说，遂评论"此说虽诞，然颇有风趣，因亦记以歪诗一首：晓来试马出南关，万树银花照两间。昨夜挂枝劳玉手，藐姑仙子下天山"②，从中可见一斑。当然，可能还有一个原因是新疆见闻极丰富，用白话来写，文章在篇幅上会太长，毕竟，以半文言或准文言的方式来写，此篇散文字数已是万字有余。

其次，《新疆风土杂忆》所叙写的内容十分丰富、厚实，涉及三四十年代新疆地区历史、政治、经济、文化文学、宗教、物产、风俗、人口、人情、日常生活等方面，基本涵盖该地区社会生活的全部方面。因此从内容上看，这篇散文可视为当时新疆尤其是迪化地区社会生活情景的较充分完整的全记录。全文以片段组接的方式勾画出新疆的图景，诸如左宗棠与新疆及定湘王庙、坎儿井，新疆富人之富庶程度与论富之独特，《敕勒歌》与南北疆草原风光，新疆的盐，维吾尔语，边地迪化气候之寒冷和冬季作为交通工具的爬犁，迪化冬季的霜和神话传说，新疆的多元宗教和道士的特殊性，新疆的可口且堪为第一的各种水果，新疆的来源复杂的人口，新疆的汉族商人和商道，博格达峰与天池、雪莲和雪蛆以及石莲，哈萨克族、维吾尔族入夏时移居山中避暑的生活及日常饮食，维、哈族人的吸食麻烟与赌博的风习，维吾尔族的谋生之道、歌舞文艺美术之长以及日常生活、饮食习俗，新疆的其他民族，迪化的各种特色餐食和看旧戏与电影的日常娱乐，迪化的男女之别、女性的解放与离婚，等等。由以上粗略罗列

---

① 茅盾：《新疆风土杂忆》，方铭编《茅盾散文选集》，百花文艺出版社1984年版，第149页。
② 茅盾：《新疆风土杂忆》，方铭编《茅盾散文选集》，百花文艺出版社1984年版，第150页。

即可知此篇散文内容含量之丰富宽广，即便不能说巨细无遗，但也算是应有尽有。由此也能够给读者留下"大美新疆"的印象。向来人们多称赏茅盾作为"社会分析派"代表作家的笔力，由此文也可略见一斑。

再次，基于理性的细致观察和审慎择取，化为简洁精准、生动传神、活泼有趣的表达。"茅盾是现代中国文学史上理性意识最为强烈的作家之一"①，这一理性特征作为个人的核心精神气质也显现在茅盾的散文创作中，在《新疆风土杂忆》中依然有表现。这篇散文虽具有个体私人性表达的成分和气质，但也是以理性气质与精神作为根基的。这篇散文叙写的丰富内容源于茅盾冷静、细致、深入的观察和了解，这种观察是很有精准特征的，是基于强大的理性气质，同时，茅盾从新疆得来的见闻是异常丰富芜杂的，却以冷静的艺术力量进行筛选择取，且以简洁客观的风格加以表达，给人以简洁、传神、准确、客观的印象。如描写"'坎儿井'隔三四丈一个，从飞机上俯瞰，但见黑点如连珠，宛如一道虚线横贯于砂碛"②，再如描写白杨沟崖壁上生长的石莲，"壁上了无草木，惟生石莲。此为横生于石壁之灌木，叶大如掌，形似桐叶，白花五六瓣甚巨，粗具莲花之形态，嗅之有浓郁之味，似香不香，然亦不恶"③。不唯对自然事物的观察描绘细致入微，茅盾对于风俗民情景象也是观察准确、叙述精准，如描写牧区人们制作马奶酒的情形："维、哈族人善调制马乳，法以乳盛革囊中，摇荡多时，略置片刻，又摇之，如是数回，马乳发酵乃起沫，可食。味略酸而香冽，多饮觉微醺；不嗜酒者饮马乳辄醉。"④再如描述维吾尔族肉食待客的习俗："待客，隆重者宰一羔羊，白煮，大盘捧上，刀割而食。主人倘割取羊尾肥脂以手塞客人口中，虽系大块，客人须例张口承之，不得以手接取徐徐啮食，更不得拒而不受。盖此为主人敬客之礼，不接受或不按例一口吞下者即为失礼。客人受后，例须同样回敬主人。"⑤于全篇之内，多见各种源自精细观察、精准表述的内容。在理性观察客观叙写的同时，我们也充分感知行文表达的生动传神、鲜活有趣的一面，比如上引描写肉食敬客习俗片段，再如文中用了偏长一点的篇幅讲述在迪化观赏的一出嘲笑富而不仁之辈的短剧⑥，仿佛是讲述幽默滑稽故事，简洁、形象、有趣，令人忍俊不禁，而这样的貌似冷静，实为戏谑的使人喷笑的文字在茅盾散文里是不多见的。再引两例，一是描写冬季新疆的人们乘坐爬犁的情景："迪化的'把爷'们，冬季有喜用'爬犁'者。这是无轮的车，有滑板两支代替了轮，车甚小，无篷，能容二人，仍驾以马。好马，新钉一付高的掌铁（冬季走冻结的路，马掌铁必较高，于是马也穿了高跟鞋），拖起结实的'爬犁'，在光滑的冻雪地上滑走，又快又稳，真比汽车有意思。"⑦二是描写人们去夏牧场度假的情形："维、哈两族之'把

① 汪应果、吕周聚主编《现代中国文学史》，南京大学出版社 2007 年版，第 146 页。
② 茅盾：《新疆风土杂忆》，方铭编《茅盾散文选集》，百花文艺出版社 1984 年版，第 144 页。
③ 茅盾：《新疆风土杂忆》，方铭编《茅盾散文选集》，百花文艺出版社 1984 年版，第 155 页。
④ 茅盾：《新疆风土杂忆》，方铭编《茅盾散文选集》，百花文艺出版社 1984 年版，第 156 页。
⑤ 茅盾：《新疆风土杂忆》，方铭编《茅盾散文选集》，百花文艺出版社 1984 年版，第 159 页。
⑥ 茅盾：《新疆风土杂忆》，方铭编《茅盾散文选集》，百花文艺出版社 1984 年版，第 158 页。
⑦ 茅盾：《新疆风土杂忆》，方铭编《茅盾散文选集》，百花文艺出版社 1984 年版，第 149 页。

爷'每年夏季必率全家男女老小,坐自家之大车,带蒙古包、狗,至其羊群所在之山谷,过一个夏季的野外生活。秋凉归来,狗马皆肥健,毛色光泽如镜面,孩子们晒成古铜色,肌肉结实。"①以上两处叙写,皆显示生动、活泼、有趣味的风格特色,而这样的叙写在全篇之内是较多见的,亦可从中窥见茅盾好奇、愉快的心绪和兴致。

第四,《新疆风土杂忆》富有浓郁的地理、人文风俗志特点。这篇散文的丰富内容里,很多都是叙写新疆的历史、地理、经济、文化、物产、人情、世俗生活等内容,都烙印着独特的新疆印记,诸如坎儿井,吐鲁番的热,哈密瓜、香梨、桑葚,驾"爬犁","挂枝"的雾和博格达的仙女传说,称为"定湘王"庙的城隍庙,道士之任和尚职责,汉族天津帮商人,博格达、天池、白杨沟美景,牧民制马奶酒,吸麻烟和赌博,维吾尔族的善歌舞和日常衣食住行习俗,新疆的狗和黄羊,迪化的娱乐生活等,林林总总,色彩纷繁,充溢着浓郁的日常生活气息和鲜明的地方民俗色彩与魅力。经由作者的历史人文叙述、自然地理情况描绘、各族人民日常生活内容的描摹,呈现了独特、真切的新疆面影,一方面可作为20世纪三四十年代新疆的日常生活记录和民情风俗图志,是研究新疆历史、政治、经济、文化、民俗重要的文学佐证和资源;另一方面,这篇散文置于今天读者的面前,也是帮助读者了解、认识昨日新疆与今日新疆的有价值、有分量、有魅力的文学作品,毕竟,文章描述叙记的很多生活、文化方式、内容和风习在今天的新疆大地还传承存活着,是活着的自然与社会民俗内容,从这个意义上说《新疆风土杂忆》是新疆地区自然地理、人文民俗的文学活化石也是不为过的。当然这也构成这篇散文的艺术魅力之一,就是接地气,着落到新疆真实、本色且丰富的现实生活深处,流溢出鲜活的、生动的、富于日常生活气息的活泼劲和趣味性。如写吐鲁番夏季的炎热:"五月以后则燥热难堪,居民于正午时都进地窖休息,仅清晨薄暮始有市集。以故吐鲁番居民家家有地窖,街上跨街搭荫棚,间亦有种瓜果葡萄盘缘棚上者,市街风景,自有一格。最热之时,亦在阳历七八月,俗谓此时壁上可以烙饼,鸡蛋可以晒熟;而公安局长蹲大水缸中办公,则我在迪化时曾闻吐鲁番来人言之,当必不虚。"②这段描写到现在也是准确而有趣的,只是有了空调、风扇,不至于蹲大水缸里办公,不过到现在,硬件条件差的学校,在酷暑时是准许同学们带水盆装凉水置课桌下脚放其中来散热解暑的。再比如描述维吾尔族人的日常生活习俗细致真切,其情其景历历在目:"维族人席地而坐。炕之地位占全室过半有强,或竟整个房间是一大炕,炕上铺毡,毡上更有大坐垫。有矮几,或圆或长方。维族人上炕坐时,足上仍御牛皮软底靴,实则此为袜子;下炕则加牛皮鞋,无后跟,与吾人之拖鞋相仿,出门亦御此鞋。长袍左衽,无纽扣,腰束以带。头上缠布,或戴无帽结之瓜皮小帽,帽必绣花,面甚小,仅覆头顶之一部。……"③

除上述几点外,《新疆风土杂忆》并没有运用象征体式,而是描述居多,叙记为主,直接的

---

① 茅盾:《新疆风土杂忆》,方铭编《茅盾散文选集》,百花文艺出版社1984年版,第156页。
② 茅盾:《新疆风土杂忆》,方铭编《茅盾散文选集》,百花文艺出版社1984年版,第146页。
③ 茅盾:《新疆风土杂忆》,方铭编《茅盾散文选集》,百花文艺出版社1984年版,第159页。

主观性抒情、言志内容也甚少见到。它是以片段组接的方式把繁杂丰富的内容组合在一起，不专门写过渡句，但又衔接自然，浑成一体。尽管茅盾作为一位外地人，所述新疆生活或有个别细节不够准确，但总体看，《新疆风土杂忆》可谓一篇综合理性精神与趣味表达，富含丰厚的社会、历史、文化内涵，又洋溢浓郁日常生活烟火气息的并具有浓郁新疆地理风俗气息的优秀散文，窃以为是茅盾散文作品中最优秀的篇目之一，也算得上是记写新疆历史、风物、民俗等内容的最好的散文作品之一，堪称经典。

三、自然与人文的交响——细读《白杨礼赞》

茅盾素以社会理性的剖析著称，以全景式再现社会生活的小说写作名世，而其西北之行前的散文创作多立意于一时一地的所见所思所感，格局似不够阔大，如《雾》《虹》《卖豆腐的哨子》等作品。但西北行之后，从《风景谈》《白杨礼赞》《新疆风土杂忆》等作品中则可见出茅盾散文创作的成熟和思想艺术风貌的变化。显然，比之此前作品的迷茫、忧郁感伤情思和偏狭窄的格局，《白杨礼赞》明显表现出境界阔大、情绪热烈、明朗味足的特征。可谓有"满满的正能量"。

首先，《白杨礼赞》作为茅盾西北之行总体印象的表达以及"白杨树形象"的选择。《白杨礼赞》并非拘于茅盾游历西北的一时一地的个别印象，而是此次西行经历的总体印象。西北地区是一个大的地理空间概念，是陕西、宁夏、青海、甘肃、新疆五个省或自治区的统称，新中国成立前使用西北概念也是指这一大的区域。西北地区深居于内陆，面积广大，区域内的历史、民族、物产、风习更是丰富至极。茅盾三十年代末的西北行足迹只到了陕西、甘肃、新疆三个省区的部分地方，即便如此，一路的见闻也是丰富驳杂，截取一个点或片段进行书写是容易的，但试图在一篇不长的散文作品里描述出对于西北地区的整体印象是极不容易的。但茅盾的思想艺术发现力是非凡卓越的，他敏锐地捕捉到了与他的个人品性、气质特点契合的西北形象的表征，就是白杨树，进而以散文书写建构了"白杨树形象"，借此形象表达他对于西北、西北人民和西北精神的总体印象和认识。

白杨树，在西北的确是非常普通的树，耐旱抗寒，抗病虫害能力强，多能长成材，于田间地头，院落周围，道路两旁，随处可见。在西北的黄土高原、沙漠横亘、戈壁千里、村落人家的图景中，白杨树生长于其中是非常醒目的，这与东南地区雨水丰沛、气候温暖、植被丰茂、树木品种多样的自然地理景观很是不同。白杨树某种意义上成为西北自然地理环境的标志，也是西北人民生活于其地的证明之一，在西北，高高的白杨树是醒目的，而且凡有白杨树伫立的地方必有人家，必有人的活动存在，它是西北的树，同时也是西北地区人的生活和痕迹存在的表征和印证。即便是现在，西北地区的城市多种植其他景观树木，但在广阔的乡村，仍然以白杨树为主。茅盾准确地感知并凝视了白杨树，从实到虚书写了"白杨树形象"，就如文中所写："那就是白杨树，西北极普通的一种树，然而实在不是平凡的一种树！"①

---

①　茅盾：《白杨礼赞》，方铭编《茅盾散文选集》，百花洲文艺出版社 1984 年版，第 172 页。

其次，"白杨树形象"与特定时代以及西北形象的统一。《白杨礼赞》的写作时间是 1941 年 3 月，是在离开西北地区大约三个月的时间中写就的，此时正值抗日战争的相持阶段，亦是最艰难的时期。这一时期，中国以及中国民众在抵御侵略全民抗战的共同命运里凸显出无与伦比的包含着团结、气节、风骨、抗争和牺牲等内涵的伟大民族精神。书写和表达这民族精神需要一个载体，而茅盾找到的艺术承载体是白杨树。西北之地，土地辽阔，海拔高，多干旱，人口稀少，较之中国东南地区，是比较贫穷落后的，也更显边缘和沉滞。但是西北之地也自有其天高地阔、时光苍茫的风貌，而且西北之地民众淳朴、坦诚、宽厚、顽强，民性偏于豪放、雄壮，富于执着精神，这地方民性与精神是在艾青诗歌《手推车》里抒写歌咏过的。可以说"白杨树形象"和时代民族精神以及西北形象与西北民众的精神正相契合，三者有机结合在一起，就是我们在《白杨礼赞》里看到、感知和被感染到的震撼心灵的表达："白杨不是平凡的树。它在西北极普遍，不被人重视，就跟北方农民相似；它有极强的生命力，磨折不了，压迫不倒，也跟北方的农民相似。我赞美白杨树，就因为它不但象征了北方的农民，尤其象征了今天我们民族解放斗争中所不可缺的朴质，坚强，力求上进的精神。"①

再次，《白杨礼赞》富于经典性艺术魅力。《白杨礼赞》是艺术特征和感染力比较鲜明强烈的散文作品。具体而言，一是反映出茅盾散文善于运用托物言情、寄意和以实写虚的散文叙述手法。此文实写西北的白杨树，进而建构"白杨树形象"，通过赞美白杨树来表达对于西北民众和中华民族精神的赞美，物与人的统一，虚与实的结合自然恰切，毫无违和感，进而给予阅读者的思想启示也是顺畅酣畅的。二是直抒胸臆表达策略的运用直截了当。全文以首尾呼应的方式直接表达赞美之情。在散文中，三次以断语性的陈述句直接抒情——"我赞美白杨树"，富于情感的冲击力和感染力。三是形神具备的精彩描写与形象塑造。茅盾写作素来观察周到，叙述清楚。这一特点在《白杨礼赞》中更是表现突出。散文先是细致入微地描绘了白杨树的外在形貌，堪称经典："那是力争上游的一种树，笔直的干，笔直的枝。它的干呢，通常是丈把高，象是加以人工似的，一丈以内，绝无旁枝；它所有的丫枝呢，一律向上，而且紧紧靠拢，也象是加以人工似的，成为一束，绝无横斜逸出；它的宽大的叶子也是片片向上，几乎没有斜生的，更不用说倒垂了；它的皮，光滑而有银色的晕圈，微微泛出淡青色。"②在形的描摹的基础上是对于白杨树神韵的准确的精神性把握："这是虽在北方的风雪的压迫下却保持着倔强挺立的一种树！哪怕只有碗来粗细罢，它却努力向上发展，高到丈许，二丈，参天耸立，不折不挠，对抗着西北风。"③白杨树"是伟岸，正直，朴质，严肃，也不缺乏温和，更不用提它的坚强不屈与挺拔，它是树中的伟丈夫！"④形的描绘和神韵的捕捉两位一体，使得"白杨树形象"形神兼备，它进一步指代、象征北方人民和民族精神就水到渠成了。四是鲜明

---

① 茅盾：《白杨礼赞》，方铭编《茅盾散文选集》，百花洲文艺出版社 1984 年版，第 173 页。

② 茅盾：《白杨礼赞》，方铭编《茅盾散文选集》，百花洲文艺出版社 1984 年版，第 172 页。

③ 茅盾：《白杨礼赞》，方铭编《茅盾散文选集》，百花洲文艺出版社 1984 年版，第 172 页。

④ 茅盾：《白杨礼赞》，方铭编《茅盾散文选集》，百花洲文艺出版社 1984 年版，第 172 页。

的刚性、热烈风格。《白杨礼赞》的情思抒发既不迷茫,也不忧郁感伤,而是顽强、坚定而热烈的赞美之情,充满着内在的力量;而艺术表达是直接的、酣畅而强烈的,富于感染力和冲击力。

可以说,中国文学自古就有借物抒情言志的传统,并最终在我们的文化系统中赋予一些自然物以特定的文化内涵,比如梅兰竹菊之于人的高洁、坚贞品格与精神的象征意味。某种程度上可以认为,茅盾的《白杨礼赞》,也赋予白杨树这一自然物以稳定、鲜明的精神内涵,即"朴质,坚强,以及力求上进的精神"。这一精神内涵的影响是深远的,超越出抗战民族精神的表达,使得"白杨树"成为精神文化的符号。笔者曾时有将秦地文学甚至西北文学命名为"白杨树派"的想法,其内在精神的相通和外在风貌的契合,就是其立论的依据。

此外,我们也不能忽略《白杨礼赞》的思想艺术面貌与茅盾本人精神、气质的深切契合。总体看,茅盾的人生观念端正积极,言行尤其是著述特别强调个体的有为和于世有益,有比较偏于硬气的刚性气质,加之漫游西北地区,受人文地理特性的感染,拓展了视野,开阔了心胸,豪情激烈的一面更被激发出来,自然衍化出《白杨礼赞》这样艺术风貌的作品。

自古至今,从别的地区来到西北、短暂或长久留居西北地区的作家文人大多难以忘怀在西北的经历、经验和记忆,往往会基于在西北的行迹和经验进行创作,留下脍炙人口的名篇佳作,如岑参的边塞诗《白雪歌送武判官归京》,洪亮吉的《伊犁记事诗四十二首》,左宗棠的西域诗,王蒙的新疆题材创作,红柯的西北叙事,等等。茅盾的《新疆风土杂忆》与《白杨礼赞》是他行旅西北生成的作品,这两篇作品的问世已近 80 年,至今魅力不减。两篇佳作写作时间接近,而内容不同,风格有异,各有其美,凝聚了茅盾西北之行的特殊生命经验,显现出浓郁鲜明的地域文化色彩,确实堪为茅盾"西北书写"的典范之作,自成经典。其价值也明显超乎古今一般的所谓"游记"。我国大西北辽阔广远,蕴藏深厚,实是酝酿、孕生文艺作品的宝地,而且历经几代人的建设,西北地区已发生了巨大的变化,可谓旧貌换新颜,适逢我国发起"一带一路"发展规划,作为"一带一路"的重要区域,大西北欢迎并期待更多作家和文化人士的光临,我们期待他们游历、体验大西北,创作出更多更好的作品。

孙犁小说世界里的浪漫乡土

孙晓燕*

（南京师范大学 文学院，南京 210097）

内容摘要：1945 年至 1956 年是孙犁建构他小说世界最为重要的十年。在这个阶段，孙犁形成并稳固了自身独有的艺术品格，将民族传统的田园诗风，自然地与现代浪漫主义的审美意蕴衔接交汇，在文学的世界里建构了乡土浪漫的乌托邦构想。

关键词：孙犁；小说；浪漫主义

- -

黑格尔以为"艺术家在他的创作中也是一种自然物，他的艺术本领也是一种自然（天生）的才能，他的活动不是和它的感性材料完全对立的概念活动，而是……以最内在的自我和那对象同一起来。这时主体就完全渗透到客体（对象）里"①。哲学家对于艺术创作的主体与客体之间理想化关系的评述，应该是忽略了艺术外在的环境与现实存在的影响，在人类不同的历史发展阶段，有时确是一种奢谈。但尽管囿于现实境况，艺术家那个"最内在的自我"总会在他们的创造里获得一种实现，显出迥然有异的艺术个性。1949 年新中国成立之初，"社会主义的现实主义"的苏联文学创作模式成为主流意识所倡导的文学观②，但对于作家创作的自由度与风格化，以及借鉴西方古典文学（包括俄罗斯文学）等问题也采取了审慎的接纳态度。这就使得作家创作的主体意识与艺术个性在一定程度上得以保留和展现。从战争的烟尘中胜利突围而出的新中国，又被裹挟进"抗美援朝"的国际战火之中，战争成为建国初期文学格外关注的创作主题。"荷花淀派"的创始人孙犁将抒情传统和现代浪漫主义的艺术格调融汇于战争题材小说的创作实践之中，他的战争抒写既不同于鹤立鸡群的路翎之"另类"，更迥异于听命于主将令的峻青的英雄"传奇"，而是借着战火建构了他理想的一片浪漫乡土，

---

* 作者简介：孙晓燕，文学博士，南京师范大学文学院副教授。

① ［德］黑格尔：《美学》第 2 卷，朱光潜译，商务印书馆 1979 年版，第 376 页。

② 周扬：《为创造更多的优秀的文学作品而奋斗——一九五三年九月二十四日在中国文学艺术工作者第二次代表大会上的报告》，《人民文学》1953 年第 11 期。

成为自身灵魂逃逸现实的浪漫归宿。

创作于 40 年代末期,因反映土改运动而获得 1951 年度斯大林文学奖的《太阳照在桑干河上》,被史家认为运用了"现实主义和浪漫主义相结合(尽管从未承认过这一点)的创作手法"①。"尽管从未承认过这一点",这句加在括号中的补充性评述,不仅说明了作者丁玲未必认可这一客观事实,更表明了浪漫主义不被认同许可的时代遭际。作品被文学史评述为运用浪漫主义创作手法以"田园诗般的优美笔调,描写受到人们高度赞美的苹果园:闪光的露珠晶莹透明,村里的顽童光着屁股无忧无虑地玩耍……"②而这些"诗意化的语言"所营造的浪漫氛围,最终成为"足以驱散任何理想化的怀疑"③的有力"工具"。相较于丁玲早期小说"富有浪漫色彩的独白"④的艺术格调,《太阳照在桑干河上》对于地域风光的诗意化描绘,远远逊色于其早期作品所拥有的现代浪漫气质。刻意背离自身浪漫天性的丁玲,即使是这浮光掠影式的浪漫描绘,亦作为一种工具,为革命现实主义的创作原则而服务。

与"洗心革面"投身于革命文学浪潮,力求成为革命"武战士",彻底与自身浪漫艺术个性决裂的丁玲相比,孙犁恪守着与自身个性相谐的"田园牧歌"式的抒情传统和浪漫艺术品格,将其贯穿于 1949 年前后的文学创作之中。40 年代初期,孙犁认为"浪漫主义适合于战斗的年代,英雄的时代",而当时"生活本身就带有浓烈的浪漫主义色彩",时代需要"积极的浪漫主义"作为渲染,"目的是要加强人们的战斗意志"。⑤ 客观现实促成了孙犁有意识地接受了高尔基的"力图加强人的生活意志",唤起"对现实和现实的一切压迫的反抗"的"积极的浪漫主义"的文学创作观。⑥ 带着这样的认知,孙犁将文学创作的笔触投入抗日战争题材的描写之中,逐渐形成了独特的艺术风格。以 1945 年的"白洋淀纪事"系列的小说创作为肇始,将战争融入自然和人性所构筑的乡土浪漫的抒情叙写之中,创造了"荷花淀"派诗化的浪漫品格。

20 年代下半叶形成的现代田园抒情小说被史家称为"土生土长的中国式的浪漫主义"⑦,避离现实的创作姿态确是与现代浪漫主义相吻合,和"人在自我忘却和近乎无意识的状态下,作为宇宙伟大和声中的一个音符和自然融为一体"⑧的西方现代浪漫主义自然观也

　　① 〔美〕R. 麦克法夸尔、费正清编《剑桥中华人民共和国史——中国革命内部的革命(1966—1982)》,中国社会科学出版社 1992 年版,第 791 页。

　　② 〔美〕R. 麦克法夸尔、费正清编《剑桥中华人民共和国史——中国革命内部的革命(1966—1982)》,中国社会科学出版社 1992 年版,第 791 页。

　　③ 〔美〕R. 麦克法夸尔、费正清编《剑桥中华人民共和国史——中国革命内部的革命(1966—1982)》,中国社会科学出版社 1992 年版,第 791 页。

　　④ 〔美〕R. 麦克法夸尔、费正清编《剑桥中华人民共和国史——中国革命内部的革命(1966—1982)》,中国社会科学出版社 1992 年版,第 790 页。

　　⑤ 孙犁:《论战时的英雄文学》(写于 1941 年),《孙犁文论集》,人民文学出版社 1983 年版,第 4 页。

　　⑥ 〔俄〕高尔基:《谈谈我怎样学习写作》,戈宝权译,见《论文学》,孟昌、曹葆华、戈宝权译,人民文学出版社 1978 年版,第 163 页。

　　⑦ 陈思和:《中国新文学整体观》,上海文艺出版社 2001 年第 2 版,第 305 页。

　　⑧ 〔丹麦〕勃兰兑斯:《十九世纪文学主流·英国的自然主义》,徐式谷、江枫、张自谋译,人民文学出版社 1997 年版,第 46 页。

有着一些可以重叠的维度。虽然从周作人开始,经由废名到沈从文的创作,都是一脉相承于抒情传统和民族传统的审美理念,但这个小说流派的精神质地是倾向于现代浪漫主义的。孙犁的艺术个性体现出与田园抒情流派在内在审美层面上的一致性:"把大自然美的景物描写和具有风俗美的人与事作为小说一种美学追求的总体象征,抒情式地将自己对人类的悲悯或热爱倾注于画面和写意人物的描写之中。"① 由此,孙犁的小说创作被研究者认为是田园抒情小说在抗战时代的延续和承传。② 二三十年代处于边缘化的田园抒情小说,其浪漫的田园诗风在孙犁的小说世界里得以充分地展现,民族传统的田园诗风和现代浪漫主义的审美意蕴在孙犁的笔下交相辉映。这除却创作个体艺术的天分与主体的追求之外,被注入充满时代精神的现实内容亦成为抒情和浪漫被允许存在的必要前提。

以《荷花淀》《芦花荡》为代表的白洋淀乡土小说,开启了"荷花淀"派田园牧歌式的乡土浪漫。这主要体现在作为小说中有机组成的"风景画"与"风俗画"的抒情书写。《荷花淀》的开篇对于浪漫乡土的描绘极富代表性:

> 月亮升起来,院子里凉爽得很,干净得很,白天破好的苇子湿润润的,……女人坐在院子当中,手指缠绞着柔长修长的苇眉子。苇眉子又薄又细,在她怀里跳跃着。
>
> 要问白洋淀里有多少苇地?不知道。每年出多少苇子?不知道。只晓得,每年芦花飘飞苇叶黄的时候,全淀的芦苇收割,垛起垛来,在白洋淀周围的广场上,就成了一条苇子的长城。……
>
> 这女人编着席。不久在她身子下面,就编成了一大片。她像坐在一片洁白的雪地上,也像坐在一片洁白的云采上。她有时望望淀里,淀里也是一片银白世界。水面笼起一层薄薄透明的雾,风吹过来,带着新鲜的荷花荷叶香。

荷花淀秀丽的湖色、编织芦苇的地方习俗以及女人,三位一体地融构成一幅灵动优美的乡土风景画和风俗画。作品一开始就将自然景致的风俗画卷的浪漫描写映入读者眼帘,使得浪漫气息所浸润着的乡土最终定格于"天人合一"的悠远意境中,在创造作品浓郁的地域色彩和浪漫的异域格调的同时,暗合了作者面对客观现实的浪漫人生态度。他说:"看到真善美的极致,我写了一些作品。看到邪恶的极致,我不愿意写,这些东西我体验很深,可以说是镂心刻骨的。可是我不愿意写这些东西。我也不愿意回忆它。"③建构优美的风景风俗画以避让丑恶现实的浪漫构想,还体现在他对于题材和人物的艺术处理上,虽然战争成为孙犁不可回避的现实选择,但作家总以侧面叙写的结构方法,将现实乡土的残酷淡化,甚至滤去革命

① 丁帆、王世城:《十七年文学:"人"与"自我"的失落》,河南大学出版社1999年版,第118页。
② 陈思和:《中国新文学整体观》,上海文艺出版社2001年第2版,第306页。
③ 孙犁:《文学和生活的路——同〈文艺报〉记者谈话》,《文艺报》1980年第6—7期。

的暴力和血腥,让诗情画意的浪漫乡土成为规避现实的一方乐土。在《芦花荡》中,严峻残酷的战争甚至呈现出纯净的浪漫和喜剧的风格。"干瘦得像老了的鱼鹰"的撑船老头,在月明风清的夜晚,撑着"像一片苇叶"的小船,在"有水鸟飞动和唱歌的声音",同时也是"敌人紧紧封锁"的苇塘里,"运输粮草,护送干部;而且不带一枝枪","就像一个没事人","按照早出晚归捕鱼撒网的那股悠闲的心情撑着船,编算着使自己高兴也使别人高兴的事情"。当过于自信的老人在护送任务中出现一些小的差池时,在表现心疼负伤孩子的长辈心情之外,还将一个没有完成任务的战士惭愧的心态,体现得惟妙惟肖。对于老人复仇斗争的书写,则以顽皮孩童捉迷藏的轻松格调替代了残酷斗争的沉重和血腥。

> 这里的水却是镜一样平,蓝天一般清,拉长的水草在水底轻轻的浮动。鬼子们追上来,看看就扒上了船。老头子又是一篙,小船旋风一样缠着鬼子们转,莲蓬的清香,在他们的鼻子尖上扫过。鬼子们像是玩着捉迷藏,乱转着身子,抓上抓下。
>
> ……
>
> 老头子把船一撑来到他们的身边,举起篙子砸着鬼子们的脑袋,像敲打顽固的老玉米一样。
>
> 他狠狠的敲打,向着苇塘望了一眼。在那里,鲜嫩的芦花,一片展开的紫色的丝绒,正在迎风飘撒。
>
> 在那苇塘的边缘,芦花下面,有一个女孩子,她用密密的苇叶遮掩着身子,看着这场英雄的行为。

老头不仅为伤员复了仇,还从"芦花下面"的女孩子那里挽回了自己的自尊和颜面。对于战争场面浪漫轻松的叙写,以及对于人物行为戏谑的描述,把一个人性化的抗日英雄塑造得栩栩如生。与此同时,作家多选择女性形象作为风景、风俗画卷中的人的形象凸现。他认为:"女人比男人更乐观,而人生的悲欢离合,总是与她们有关",使得自己"以崇拜的心情写到她们"。① 和欧洲骑士出于自恋而对贵妇人造作的崇拜相比,孙犁对于女性的"崇拜的心情",确是在男性自然本真的审美基础上,赋予了女性人性舒展完美的浪漫理想色彩。"将人生诗意化既是他感受生活的方式,也是他表达生活的方式。"②风景风俗画的铺陈和美好人性的抒写,建构了孙犁式的乡土浪漫乌托邦构想,这不仅体现在孙犁40年代的抗战文学中,且成为贯穿作家一生的"文学情结"。

　　1949年之后,浪漫的"乡土情结"仍是孙犁固守的精神家园。与此同时,他着力探寻文学新路,表达作为一名革命战士对于时代真诚的应和。诚如有的研究者认为:"从这位典型

---

① 孙犁:《〈孙犁文集〉自序》,《孙犁文论集》,人民文学出版社1983年版,第557页。
② 董之林:《追忆燃情岁月——五十年代小说艺术类型论》,河南人民出版社2001年版,第141页。

的解放区文学家的写作中还是可以看到,传统与文化就像一只神秘的手操纵着作家,使他们无论表现什么题材,都会由于延续了历史上不同的文学流派,展现出彼此不同的写作方式。"①无论将孙犁归于以废名、沈从文为代表的田园抒情小说,还是以鲁迅为代表的乡土小说流派;亦不管是延续抗战文学的创作题材,抑或是关注时代的现实题材,乡土文化中的浪漫传统始终是作家所追求的目标,只有乡土生活才使"人们心中主要的热情找着了更好的土壤,能够达到成熟境地,少受一些拘束"②的浪漫主义理念,始终流贯在孙犁1949年后的小说创作中。乡土情结被演绎为故乡情怀、童年记忆,表达着作者对农村这块清新、淳厚、负载着传统美德的文学热土的挚爱和眷恋,对自己青春与生命价值的认同和珍惜,以及借此对残酷现实的一种逃避和反抗,折射出作者向往田园、澹泊宁静、与世无争的传统保守的文人心态。孙犁引领着"十七年小说"中乡土浪漫的艺术风格,与处于主流地位的"山药蛋"派乡土文学做隐性的抗衡。

和现代浪漫主义者对于自然风景的感知一样,孙犁所"熟悉的地方景色在他心中产生的并不只是转瞬即逝的快感,而且是未来岁月的食粮和支柱"③。风景、风俗画的诗意描绘,成就了孙犁"乡土情结"最醒目的浪漫审美体现。"可以当作一篇带有强烈的抒情成分的诗歌来读"④的《风云初记》⑤,以饱含诗情的抒情笔调将儿女柔情和变幻的时代风云和谐地熔铸于灵动的山光水色之中,描绘了一幅滹沱河两岸中华儿女的抗日风云图。而以农村土改后阶级分化的现状作为背景依托的《铁木前传》⑥,在铺展着乡土景致与风情的卷轴中,又皴染着作家"有关童年的回忆"⑦的浪漫情怀。作为孙犁1949年后颇具代表性的这两部小说,与创作于抗战时期的小说相比,以更加醇厚的抒情笔墨描绘着乡土的风景与风情画,彰显出作者对于人性、人情抒写愈加迫切的心境。同样是战争题材,"白洋淀"系列将"战争"写意性地涂抹于那飘摇着一湖芦苇、荷花的河荡中,与其中所流泻着的男人和女人爽朗的笑声共同构筑了乡土文化语境中纯净明快的浪漫喜剧性格调。风景、风俗画的描绘在成为"战争"反衬的同时,也成为美好的人性与人情的具象化载体。在《风云初记》里,芒种在星空下那段牵牛织女星的奇妙想象,不仅抒发了生命个体对于爱情的美好期盼,也表现了作为浪漫载体的自然景况和风俗对人性的抚慰和滋养。清新的自然中流泻着的和谐的人性与美好的人情,酿

① 董之林:《追忆燃情岁月——五十年代小说艺术类型论》,河南人民出版社2001年版,第122页。
② [英]渥滋渥斯:《〈抒情歌谣集〉序言》,曹葆华译,《欧美古典作家论现实主义和浪漫主义》(一),中国社会科学出版社1980年版,第260页。
③ [丹麦]勃兰兑斯:《十九世纪文学主流·英国的自然主义》,徐式谷、江枫、张自谋译,人民文学出版社1997年版,第50页。
④ 黄秋耘:《一部诗的小说——漫谈〈风云初记〉的艺术特色》,《孙犁研究专集》,江苏人民出版社1983年版,第488页。
⑤ 孙犁:《风云初记》,人民文学出版社1955年出版(一)、(二)集。
⑥ 孙犁:《铁木前传》,《人民文学》1956年12期。
⑦ 孙犁:《关于〈铁木前传〉的通信》,《孙犁文论集》,人民文学出版社1983年版,第542页。

造出甘醇的民族地域文化的意境和现代浪漫主义的诗情。

被席勒称为"感伤诗人"的浪漫主义者,是"以自己内在的努力使带有缺陷的对象完善起来,并且依靠自己的力量使自己从有限的状态转移到绝对自由的状态",由此"给予人性的最完满的表现"①。对于孙犁而言,风景、风俗画的描绘不仅仅是浪漫主义文学的创作手法,更承载着作家对于现实生活和浪漫人生的认知与构想,这体现出作为一个现代浪漫主义者的生命观。寓现实主义的生活图景于浪漫主义诗情抒发之中的《铁木前传》更明显地展现了浪漫的生命观。在表达现实题材的表象之下,依然流贯着对于理想人性矢志不渝的浪漫追寻,小说中凝聚着故乡情怀、童年记忆的风景风俗画,表达出作家对于美好人性热切的期盼,呈现出淡淡的感伤和悲悯。小说开头就展开了追忆童年的乡村风俗画的描绘:

> 在人们的童年里,什么事物,留下的印象最深刻?如果是在农村长大的,那时候,农村里的物质生活是穷苦的,文化生活是贫乏的,几年的时间,才能看到一次大戏,一年中间,也许听不到村里来卖艺的锣鼓声音。于是,除去村外的田野、坟堆、破窑和柳杆子地,孩子们就没有多少可以留恋的地方了。
>
> 在谁家院里叮叮当当的斧凿声音,吸引了他们。他们成群结队跑了进去。那一家正在请一位木匠打造新车,或是安装门户。……
>
> ……
>
> ……希望是永远存在的,欢乐的机会,也总是很多的。如果是在春末和夏初的日子,村里的街上,就又会有叮叮当当的声音,和一炉熊熊的火了。这叮叮当当的声音,听来更是雄壮,那一炉火看来更是旺盛,真是多远也听得见,多远也看得见啊!
>
> ……
>
> ……童年啊! 在默默的注视里,你们思念的,究竟是一种什么境界?

这透着淡淡感伤的故乡童年的追忆,将"因为地位"等因素引发的让作家感到苦恼的"人和人的关系"所产生的理性思索②,浸润在浪漫的追怀意绪中。相较于"白洋淀"系列的乡土小说,1949年后孙犁对于乡土景致与风情的着意抒写,在承继抒情传统和展现浪漫主义艺术个性的基础上,愈加凸显创作主体避让现实的主观意识,与人性、人情交相辉映的风景风俗画所建构的浪漫乡土,成就了作家试图逃逸现实政治笼罩的创作蹊径。《铁木前传》中所反

---

① 〔德〕席勒:《论素朴的诗与感伤的诗》,曹葆华译,《欧美古典作家论现实主义和浪漫主义》(二),中国社会科学出版社1981年版,第323、313页。

② 孙犁在《关于〈铁木前传〉的通信》中谈道:"进城以后,人和人之间的关系,因为地位,或因为别的,发生了艰难环境中意想不到的变化。我很为这种变化所苦恼。""因为这种思想,使我想起了朋友,因为朋友,我想起了铁匠和木匠,因为二匠,使我回忆了童年,这就是《铁木前传》的开始。"见《孙犁文论集》,人民文学出版社1983年版,第543页。

映的农村土改后阶级分化的状况,不仅被作家有意识地淡化,而且在诗意抒写的风景风俗画之中显出一种苍白淡然的面目。

有史家认为,在孙犁战争题材的小说中,"关于女性活动的描绘往往占很重要的地位,其中有勇敢矫健的革命行为,但也有一些委婉细腻的男女爱情,有时这种细腻的感触写得太'生动'了,就和整个作品的那种战斗气氛不太相称,因而也就多少损害了作品应有的成就"①。对于1949年后审美取向习惯于宏大崇高艺术风格的接受者而言,他们欣赏的恢宏粗犷与威武阳刚的风格在孙犁对于战争的描述中是缺席的,而以纤细阴柔的艺术风格取代,这主要体现在作家对于女性和爱情的现代浪漫主义的艺术表达之中。

"无论是西方还是非西方文化,自然传统上都是女性的。"②在母亲的意象上,女性和自然、乡土是同构的,博大的胸怀和美丽的风姿赋予人类生命与爱情,同时女性比男性更加易于感受自然和爱情所拥有的浪漫情愫。与沈从文30年代践行用女性构筑"希腊人性的小庙"的美学理想相比,孙犁编织的是新时代女性和自然的浪漫神话故事。在抗战题材的"荷花淀"系列中,作者采用了"武戏文唱"的叙述方式,战争不仅没让女人走开,还为女性注入了更加人性化的浪漫气息,有人认为这样的叙写,"和整个作品的那种战斗气氛不太相称,因而也就多少损害了作品应有的成就"③。但对于追求人生诗意化理想境界的孙犁而言,这种有意识的艺术表达,在实现避让现实的消极浪漫时,更体现了作家傲视时代"大众化"的艺术追求,无论是对于严酷的战争岁月,抑或是时代所规范的战争文学模式,都吹进了一股清新的浪漫气息。

坐在铺满月光的苇席上的水生嫂,与荷花淀梦幻般的景致共同幻化成了优美的浪漫意境,战争的外衣不能遮蔽像水生嫂那样的女性所散发出的人性与神性的辉光。《村歌》的双眉,《山地回忆》里的妞儿,《风云初记》里的春儿,《铁木前传》中的九儿、满儿等一系列女性形象都无一例外地被赋予人性的关注,甚至一些女性还闪现着"五四"个性主义的浪漫色彩。除了被时代的论者所诟病的拥有"小资产阶级的思想感情",确是"一个道道地地的小资产阶级的典型人物"的双眉之外④,《铁木前传》中的满儿则明显闪现着"五四"个性的现代浪漫主义色彩:

> 小满儿头上顶着一个大笸箩,一只手伸上去扶住边缘,旁若无人地向这里走来。她的新做的时兴的花袄,被风吹折起前襟,露出鲜红的里儿;她的肥大的像两口大钟似的棉裤脚,有节奏的相互摩擦着。她的绣花鞋,平整地在地下迈动,像留不下脚印似的那样轻松。

---

① 王瑶:《中国新文学史稿》(下),上海文艺出版社1982年修订重版,第657页。
② [美]卡洛琳·麦茜特:《自然之死——妇女、生态和科学革命导论》,吴国盛等译,吉林人民出版社1999年版,第5页。
③ 王瑶:《中国新文学史稿》(下),上海文艺出版社1982年修订重版,第657页。
④ 王文英:《对孙犁的村歌的几点意见》,《光明日报》1951年10月6日。

她那空着的一只手,扮演舞蹈似地前后摆动着,柔嫩得像粉面儿捏成。她的脸微微红胀,为了不显出气喘,她把两面红润的嘴唇紧闭着,把脖子里的纽扣儿也预先解开了。

相对于外表所展现的个性色彩,那充满着生命力的浪漫人性本质更成为作家探究关注的重点,小说是这样描写的:

　　……夜晚,对于她,像对于那些喜欢在夜晚出来活动的飞禽走兽一样。炎热的夜晚,她像萤火虫儿一样四处飘荡着,难以抑止那时时腾起的幻想和冲动。她拖着沉醉的身子在村庄的外墙外面、在离村很远的沙岗上的丛林里徘徊着。在夜里,她的胆子变得很大,常常有到沙岗上来觅食的狐狸,在她身边跑过,常常有小虫子扑到她的脸上,爬到她的身上,她还是很喜欢地坐在那里,叫来凉风吹拂着,叫身子下面的热沙熨贴着。在冬天,狂暴的风,鼓舞着她的奔流的感情,雪片飘落在她的脸上,就像是飘落在烧热烧红的铁片上。

犹如吉卜赛女郎旺盛而野性的浪漫生命一般,满儿对于自由和爱情的渴望是炽烈执着的,因而被研究者比拟为卡门和安娜·卡列尼娜。① 环境无法泯灭满儿与生俱来的生命个性意识,在爱情和婚姻的人生旅途中,满儿高举着"五四"个性解放的浪漫旗帜,这闪烁着个人主义浪漫色彩的人性光辉是孙犁赋予的,他让《铁木前传》散发着"五四"个人主义的浪漫星火和余温。

　　"由现实、激情和诗意这缺一不可的三方面构成"了孙犁的浪漫小说,其中,"现实激情地鼓动他笔下的现实扬起希望的帆"②。《风云初记》里的春儿是作者笔下第一个血肉丰满的女共产党员形象,女性的温柔和战士的激情在她身上的和谐统一,使其成为孙犁文学天地里特立独行的女性形象,美好的青春和爱情使她向往着与芒种的厮守相伴,瞬间的恍惚之后又毅然走出儿女情长的方寸天地,民族大义让她更认可和期待的是一个背枪的战士,这俨然是撑冰船送夫归队的水生嫂(《嘱咐》③)在又一时空里的翻版,所不同的是水生嫂那淡淡的哀怨和嗔怪为春儿逐渐成熟和坚定的革命意志所淡化和取代。当然,作为少妇的水生嫂和作为姑娘的春儿在年龄、身份上的差异,使得人物形象的塑造会有不同,但是不难觉察的是,主流意识形态所倡导的新时代英雄的神话品格在春儿身上初显端倪,那渐为战火和革命豪情所剥离的女性浪漫特质,像在月夜编席的水生嫂周围飘荡的荷花的清香一样,渐行渐远,弥散在遥远的时空中。《铁木前传》里的九儿,在童年的恋想中无奈地披上阶级的外套,"她严

---

① 董之林:《追忆燃情岁月——五十年代小说艺术类型论》,河南人民出版社 2001 年版,第 148 页。
② 董之林:《追忆燃情岁月——五十年代小说艺术类型论》,河南人民出版社 2001 年版,第 136 页。
③ 孙犁:《嘱咐》,《进步日报》,1949 年 3 月 24 日。

肃地思考:它的结合,和童年的伴侣,并不一样。只有在共同的革命目标上,在长期协同的辛勤工作里结合起来的爱情,才能经受起人生历程的万水千山的考验,才能真正巩固和永久吧"。可以想象,被贴上政治标签的人性和爱情离枯萎的日子不会久远。60 年代废名的侄儿,即著名评论家冯健男就认为:"幼年的九儿的形象本来是很动人和富有性格特色地表现出来了的,但后来,在这个人物形象的塑造上却嫌火候不足,就形象的鲜明性和性格的深刻性来说,不足以和小满儿相抗衡。四儿(文本中的先进青年团员。笔者注)的形象,整个说来比较平面,缺乏浮雕性,也不足以和六儿的形象争辉。……由此也可以看出,塑造新型英雄人物的形象,是我们的作家艺术家的一个头等重要的课题,特别是写新与旧的斗争的时候,新的英雄人物的形象需要毫不含糊地,出人头地地塑造出来,达到足以长自己志气、灭敌人威风的地步。"①这段评价从另一个角度说明了孙犁于现实和浪漫的困境徘徊犹豫的心境。从写意人物水生嫂到抒情的写实人物春儿,再至形象模糊的九儿;从水生夫妇朴实明快的恩爱到战争风云里春儿和芒种浪漫的爱情历程,直至九儿和六儿在阶级对立里分化的爱情;从浪漫的抒情到感伤地追忆童年、理性地思考现实:这一系列的变化可以真切地感受到作家在应和着时代要求与张扬文学主体意识的双重标准下举步维艰的焦虑与无奈,这使得孙犁小说中乡土浪漫的精神气质呈现出悖离浪漫主义的趋向。幸好,政治运动和病魔遏制了孙犁的这种倾向,1956 年后,孙犁中断了他的小说创作,让"荷花淀"的浪漫气息定格于历史的瞬间,成为永恒。

---

① 冯健男:《孙犁的艺术(中)——〈铁木前传〉》,《河北文学》1962年第 2 期。

论苏青沦陷时期的文学创作

——从《我看苏青》及张爱玲的洞见与执迷谈起

冯 兰 程小强*

（1. 西北大学 文学院，西安 710127；2. 宝鸡文理学院 文学与新闻传播学院，宝鸡 721013）

内容摘要：张爱玲在《我看苏青》一文中对冰心和苏青的抑与扬流露出浓重的傲慢与偏见。这既源于张爱玲与冰心在出身、成长体验、文学观念上的巨大差异及对冰心的片面了解，又源于张爱玲对苏青不顾事实地拔高，甚至借谈苏青之机以阐发自己的文学观。质而言之，苏青的《结婚十年》等小说呈现出"一地鸡毛"式的写实性、生活流及自然主义特色，缺乏多数现代名家写作的高度，但歪打正着地替张爱玲的"妇人性"即"神性"文学论做了恰如其分的注解。苏青的散文创作所胜不在思想深刻和感慨深沉，而在于话题宽泛时髦与内容驳杂，与1940年代中国社会进程及文学的现代性行进合拍。其散文创作的宽度弥救了其小说创作高度不足的实际。

关键词：苏青；张爱玲；《结婚十年》；自叙传；生活流

一、冰心与苏青：张爱玲的傲慢与偏见

张爱玲在《我看苏青》一文中言："如果必须把女作者特别分作一栏来评论的话，那么，把我同冰心白薇她们来比较，我实在不能引以为荣，只有和苏青相提并论我是甘心情愿的。"[①] 在张爱玲对中国新文学作家的语录式评价史上，这段言论被引频次居高不下，且被大多数的引用者用以坐实苏青和张爱玲在沦陷时期创作风格上的近似，从而确立苏青和张爱玲的创作同属1940年代海派文学的写作范畴。这尚属适度阐释。然而在有些论者眼中，张爱玲轻

---

* 作者简介：冯兰，西北大学文学院博士研究生；程小强，文学博士，宝鸡文理学院文学与新闻传播学院副教授，硕士生导师。

基金项目：2019年度国家社会科学基金一般项目"中国现代虚无主义文学思潮研究"（项目编号：19BZW137）的阶段性成果。

① 张爱玲：《我看苏青》，《流言》，北京十月文艺出版社2012年版，第237页。

视冰心、白薇以及数位新文学作家，被视为张爱玲具备开阔的文学视野的表现："被张爱玲讨论过的现代作家除了上述那么多位，还有……，这只是很不完全的统计，但已可充分看出她对'五四'新文学的熟稔。"①前引张爱玲扬苏青与抑冰心白薇之言论，已属不厚道之言②，后来者的引述则囿于人情与研究偏好等非文学因素，更属大错特错了。具体到张爱玲对冰心的偏见，实见出其对新文学作家了解的有限，而非想当然的"熟稔"。几乎在张爱玲同期参与的另一场对谈中，冰心再次"躺枪"：

> 古代的女作家中最喜欢李清照，李清照的优点，早有定评，用不着我来分析介绍了。近代的最喜欢苏青，苏青之前，冰心的清婉往往流于做作，丁玲的初期作品是好的，后来略有点力不从心。踏实地把握住生活情趣的，苏青是第一个。③

暂且不论丁玲一生"与革命相向而行"，其创作整体上应和时代中国诉求，且艺术上保持着不断精进。冰心的清婉主要源于个人形象与文学形象的塑造，冰心的文学与个人形象和1920年代的青春中国高度合拍，成为"五四"以来中国文学的一道靓丽风景。在张爱玲看来，这份众口一词的"清婉往往流于做作"，这是对冰心近乎刻薄的误解，甚或有意诋毁。稍事细究不难发现，此番误解和诋毁，其实源于张爱玲与冰心在多个层面上的差异。从两位女作家的出身看，冰心生逢国家战乱和时局动荡，但她的成长小环境却出奇安稳、平静与小资，其自幼时以来几乎没有尝到一点那个时代里的人们普遍遭遇的生存艰窘，并未过早地形成对生命脆弱又无常的感慨，反而在乱世中一路接受优质的中西教育，来自母亲的爱的滋养和基督教的博爱精神，更为她的写作奠定了一生的思想基础。这在那个时代实属难得，冰心后来与吴文藻结秦晋之好更属锦上添花。所以，冰心自"五四"时期操刀文学起的数年间，即已完整地建构起"爱的哲学"，所谓"清婉"更成为文学青年冰心的时代标准像。于张爱玲而言，远优于冰心的一般小军官家庭的高门巨族出身，并未给她带来千金之实惠，反而适逢高门巨族在近代中国无可遏抑地走向衰落，她幼时以来目睹与经受最多的，正是旧家族于无情的衰落中在道德、人情、物理等方面的惨烈与残酷，尤其目睹高门巨族因金钱争夺战引起的亲情沦丧，父爱、母爱及各种亲情于张爱玲而言几乎形同讽刺。这些遍布大家族内外的各种变态

---

① 宋以朗、符立中编《张爱玲的文学世界》，新星出版社2013年版，第24页。

② 察以苏青的心理，张爱玲于沦陷时期暴得大名，苏青乐意于张爱玲如此夸耀自己。这对于长期深陷绯闻与生存困境的苏青来说有百利而无一害。极具反讽意味的是，苏青对冰心则有着与张爱玲相反的认知："渐渐地孩子程度高了，妈妈便拿出新旧作品同她讨论讲解；……《寄小读者》《辣心》等等也是最伟大而值得阅读的作品。"见苏青：《现代母性》，《苏青文集·散文卷》（中），安徽文艺出版社2016年版，第51页。"有一次他教《墨子·兼爱》，一面解释，一面连连摇头说：'这种古文沉闷得很，其实不必读，只有冰心的散文，真是恬静、美丽、温婉、多情……唉！'""他常常称赞我，说我的文章像冰心。"见苏青：《涛——生活的浪花》，《苏青文集·散文卷》（上），安徽文艺出版社2016年版，第132页。

③ 张爱玲：《女作家聚谈会》，《杂志》1944年第13卷第1期。

之爱与欲,及人与人之间赤裸裸的金钱关系,始终充斥于其沦陷时期的文学叙事中。所以,张爱玲言冰心的"清婉往往流于做作"并非发诛心之论,而是源于其内心的苍凉与绝望,但客观上印证了"以小人之心度君子之腹"的古语。

成长体验差异固然是一个很重要的原因,可对冰心在不了解的情形下的贸然言谈就是张爱玲的疏失了。至少在1928年,冰心已意识到自己的创作需要有所突破了,所以1928至1937年间的冰心尽管创作上处在一个沉潜期,但已经在有限的创作中做出了不俗的探索,如《我们太太的客厅》《冬儿姑娘》《相片》《西风》等小说在心理小说的写作尝试、现实主义文学的深入开掘、东方主义的观察视域与文明批判层面上,都有着相当可贵的探索意识与突破努力。自1940年初开始,冰心先后创作了散文《默庐试笔》《请客》《力构小窗》《探病》《做梦》《从歌乐山到箱根》等,散文小说集《关于女人》,短篇小说《空屋》,等等。这些创作使冰心"终于告别了为少男少女写作的天真与单纯,而具有了中年人的深沉与复杂","作品的语言修辞也有了回环往复的曲折与跌荡顿挫的力度","都显示出冰心在情感修养和文章艺术上达到了超越早年诗文过于诗意抒情的成熟"。① 笔者也曾撰文认为冰心1940年代的创作标志着其已由"蒙昧的青春"进入了"了解的中年"②,深沉、厚重与同情的了解已代替其"五四"时期的清婉之风了。即如当时还是文学青年的吴小如所言:"作家无分男女,'火候'是瞒不了人的。冰心的文章,乍看上去颇有浅稚之感;但仔细玩味,其稳健洗练处却比《流言》的一触即发来得浑茂,不信你自去体味。张爱玲好谈京戏,果然,她的作品毋宁说很像马派老生的圆熟。在马连良为圆熟,而张爱玲却有时近于油滑。"③清婉之于冰心只是一个阶段的文学面孔,远不是世纪老人全部的文学与人生面。张爱玲以其并不宽泛的新文学阅读视野所做出的判断实在片面,以及基于不了解的随意与刻薄。

至于张爱玲所言将其与冰心白薇比较的不能引以为荣之论,这点直接源于张爱玲与冰心1940年代的创作分流,即所谓"道不同不相为谋"。1940年代的张爱玲将其自幼时以来经受的几乎所有家败经验和世乱经验集中起来,推出了其于沦陷时期1943至1944年的两年辉煌创作。在这些创作中,张爱玲写出了一众小人物们"在新旧更替的时代,在父亲、母亲、恋人等变态心性行为的基础上,金钱主宰着一切,普通人/弱者以一己之私为基点而伤及无辜/更弱者,只求谋取安稳、苟全性命,并体验着绝望、颓废、荒凉、苍凉、凄凉等负面情绪"④,彻底将人类存在的本质导向虚无。为了克服虚无、反抗绝望,张爱玲全面构建其妇人性与凡俗性话语体系,积极为身逢乱世的小人物们的每日生存提供生存启示,劝导他们每日应沉迷于岁月静好的现世生活而无须挣扎,借此逃脱斩钉截铁和清坚决绝的人生/家国选择。再看看1940年代冰心唯一的短篇小说《空屋》,小说讲述了两个因跑警报而相识的青年

① 解志熙:《人与文的成熟——冰心四十年代佚文校读札记》,《鲁迅研究月刊》2010年第1期。
② 程小强:《人到中年的体验与了解——冰心四十年代文学行为分析》,西北师范大学硕士论文,2010年。
③ 吴小如:《读张爱玲〈流言〉》,《旧时月色——吴小如早年书评集》,北京大学出版社2012年版,第221页。
④ 程小强:《张爱玲晚期写作研究》,中国社会科学出版社2019年版,第106—107页。

男女"我"和虹,他们在一座环境优美的半山发现了被暂时搁置不用的庭院及屋舍。伴随着对这个空屋布置和陈列的幻想,"我们"的恋情也在不断加深,最后却因各自家庭的破产而不得不终结。在《空屋》中,冰心将青年男女的爱情置于抗战的时代大环境下观照,不断恶化的时代环境无法为青年男女的爱情提供最基本的保障。然而,冰心没有因为同情个体遭遇而放弃对国家灾难的尊重,没有选择罔顾国家灾难而放肆宣扬个人现世安稳、岁月静好的诉求:"爱情婚姻不仅关乎个体能否领略人生的真义、谋自我的扩充、求人格的完成,能否作出立德立功立言等垂世不朽的事业,而且关乎能否'图谋祖国社会的改良'这样的宏图大业。这确乎是'五四'那一代知识精英的真实心声。他们即便在抉择最具个人性的问题时,也要将其与国家的兴盛、民族的发达和历史责任的承担联系起来。"①同样,刘再复以王国维分析《红楼梦》和《桃花扇》的看法为起点,认为在中国古典文学的两大类型中,张爱玲真正继承的是《红楼梦》的"哲学、宇宙、文学"写作维度,这一点超越了《桃花扇》型的"政治、国民、历史"思考。② 如果将冰心的写作对应于"政治、国民、历史"的思考,张爱玲确实偏好"哲学、宇宙、文学"的叙事。这点在1980年代中期以来的文学去政治化、宣扬自由主义与文学性的背景下被放大,进而推动形成1990年代以来的"张爱玲热",但如果回到1943至1944年的大环境下,抗战造成国破家亡,千万人流血牺牲,祖国大地一片凄惨,当此之时而奢谈"哲学、宇宙、文学"就是不负责任,而非才华横溢的高明。其时,已身经抗战疾苦的冰心在《空屋》中所传达的个人之于"政治、国民、历史"的负责任思考与相应的家国立场,契合与持守中国古典知识分子心忧天下、情系家国的人格传统与传统士大夫家国天下的文学传统,这才是真正值得尊重的。所以,此番张爱玲与冰心的创作分流更见出张爱玲沦陷时期人与文的不负责任,是张爱玲将其妥协主义写作在沦陷时期推向投降后的必然。

至于张爱玲拒绝了冰心和白薇之后,将自己与苏青绑在一起的此番说辞,直接效果是:苏青大方地承认并确认了这一说法后③,当时及后来的研究评论大都将张爱玲与苏青看成海派文学在1940年代的新发展,或成就了张爱玲与苏青在1940年代沦陷时期文坛上的"双璧"地位,而鲜有人对这一历史化的说辞有所质疑与反驳。但从来如此、众所周知、言之凿凿之结论,未必就一定正确,这点当然涉及苏青在沦陷时期文学创作的水准了。

二、《结婚十年》《续结婚十年》④:无法承受生命之重

苏青的自传体小说《结婚十年》叙写了女主人公苏怀青从与徐崇贤结婚到连续生女而备

---

① 方锡德:《佚文〈惆怅〉:冰心唯一一部爱情小说的意义》,《长江学术》2008年第3期。

② 刘再复:《张爱玲的小说与夏志清的〈中国现代小说史〉》,刘绍铭、梁秉钧、许子东编《再读张爱玲》,山东画报出版社2004年版。

③ 如发表于1945年3月《杂志》月刊第14卷第6号的《苏青张爱玲对谈记——关于妇女、家庭、婚姻诸问题》一文前言:"当前上海文坛上最负盛誉的女作家,无疑的是张爱玲和苏青。"

④ 《续结婚十年》写作和发表时间均在抗战胜利后,本文为了考察苏青沦陷时期文学的方便,考虑到《续结婚十年》对《结婚十年》更多的是传承而非分裂,故置于一个话题内论述。

受歧视,其间历经忍耐、期盼和尖锐的思想斗争,最终夫妻离异。《续结婚十年》叙写离婚后的苏怀青在沪上历经与前夫争夺孩子抚养权、赚钱养家糊口、与各色男子周旋被多次骗色、重操写作以维持生计、历经抗战胜利而感受生之苍凉。两部小说集中展示了一个一心追求新生活的时代女性的挣扎和无奈。对这两部小说的评价与研究,成为苏青研究的重点。一般论者大都能注意到苏青的自叙传写作过于注重现实生活的活力和热情而缺乏启示的重要写作特色,在写作内容上高度依赖个人经历及体验,尤其从现代中国女性的解放轨迹上看,其写作接续"五四"文学关于"娜拉"出走的话题,具备相当的文学史意义;尽管时代在轰轰烈烈中一往无前,但生于其中的女性解放步伐并没有迈出多少,"娜拉"们走出家门之后仍举步维艰,她们的生存境遇并没有得到彻底改观。

在沦陷时期的文学叙事中,苏青的《结婚十年》与钱锺书的《围城》、张爱玲的《连环套》、师陀的《结婚》所指趋同,均从不同层面指向中国现代时期以来各色"异乡人"在摩登都市的求存体验。苏怀青与徐崇贤因每日琐细生计而耗尽情感,徐崇贤混迹十里洋场又多次出轨与苏怀青离婚,苏怀青则在离婚后与各色男子周旋以求再嫁而终未如愿,各式男性与其交往大都目的不纯,多为骗色之举,苏怀青在历经沧桑后终于认清了大都市吞噬人性、颓废堕落的本质。《围城》让无锡一带小县城里的小知识分子方鸿渐走进十里洋场,在现代摩登颓废与欲望风潮中游离飘荡,灵魂根本无处安放,尤其在重返沦陷时期的殖民都市后,终于认清了大都市人与人之间相互倾轧的本质。张爱玲的《连环套》叙写乡下女性进入都市变身为都市人的玩物,主人公霓喜只因身无长物又眷恋都市,满心欢喜地做起都市人的玩偶而毫不知耻,甚至连一点人之为人的挣扎都没有了。师陀的《结婚》直指上海的颓废与欲望成风及都市吞噬小人物于无形的魔力,胡去恶的小小如意算盘遭遇上海资本的大手笔之后像小丑一样被唾弃于尘埃中。海派文学的异乡人"乌托邦"叙事成为 1930 年代以来重要的文学主题,苏青的创作从女性体验和女性视角出发,叙写了女性在都市求存过程中面临的每日生存艰窘,以及她们在求存过程中所呈现出的奋斗、彷徨、挣扎和无奈,丰富了上海沦陷时期女性求存与挣扎的心理含量。

从创作主体经验来看,苏青在《结婚十年》和《续结婚十年》中呈现的是无奈之中的勉力而为,而非才华横溢。自叙传写作有多种写法,一般大都能接近刻骨铭心。如清人沈复的《浮生六记》、郁达夫的《沉沦》、丁玲的《莎菲女士的日记》、谢冰莹的《女兵自传》、劳伦斯的《儿子与情人》《虹》等,都各具内容与形式上的创新。细察苏青的自叙传小说,则大都流于日常生活的流水账记述,内容多可与创作者经历直接印证,情节并不曲折,形式组织更见粗糙,几乎就是按中国传统小说的时间流布局,其中夹杂一些生活流与部分意识流,显示出浓重的自然主义倾向。现代小说要求的 fiction 功能是越过传统小说 novel 和 story 对讲故事功能的要求,在虚构中营造一种有意味的形式,写意特征明显。苏青的自叙传小说侧重文学的纪实功能和传记功能。至于其中原因,当在于苏青的自叙传创作在内容上太倚重个人经历,形式上极少探索与创新,也就极难创作出形式与内容俱佳的现代长篇小说,也可以说是缺乏一般现代小说创作能力。即使写个人自传,也缺乏一般作家大都具备的境界与感慨,诚如张爱玲和后来者所言:"多一点枝枝节节,就多开一点花"①、"苏青小说中人物应该是最近于真实的,我说过,苏青的想象力不足,很多拘于写实性"②。苏青在生存压力的逼迫下选择卖文为生,甫一出手,便是这种杀鸡取卵般的实录式自叙传写作。所以,苏青选择生活流式的自叙传写作几乎是无奈之中的唯一选择:"我的文章做得不好,我自己是知道的,这不好的原因,第一是生活经验太不丰富,第二是写作技术的低劣。"③吴小如亦有所评:"人们往往引她(编者按:指张爱玲)与苏青并论,把《流言》和《结婚十年》共为一谈。其实,沦陷区八年来所有的女作家,什么梅娘之流,全肤浅得不值一顾。如果论天才,包括苏青在内,谁也及不上张爱玲。"④此确乎为明理之言,可张爱玲浪费笔墨撰写《我看苏青》一文动机何在?

在《我看苏青》一文中,张爱玲这样看待《结婚十年》的意义:"苏青最好的时候能够做到一种'天涯若比邻'的广大亲切,唤醒了往古来今无所不在的妻性母性的回忆,个个人都熟悉,而容易忽略的。实在是伟大的。她就是'女人','女人'就是她。"⑤《结婚十年》《续结婚十年》叙写一个现代小知识女性自青春以来的婚恋与离婚经历,还原了一个女性为人妻、为人母之际所亲历的市井俚俗生活,如婚后必须面对日复一日的日常衣食住行困窘和各种夫妻矛盾。此类原生态生活场景与生命体验的大面积呈现,背后是小说家功能的缺失,其写作也就缺乏将此类体验植入文学之际所应做出的批判现实与人性抗争探索,更近似于1990年代以来新写实小说的"一地鸡毛"叙事。胡兰成曾夸赞苏青:"听她说话,往往没有得到什么启示,却是从她那里感染了现实生活的活力与热意,觉得人生是可以安排的,没有威吓,不阴暗,也不特别明亮,就是平平实实的。"⑥苏青小说对日常生活取自然主义写法,家庭生活和日常都市生活场景在小说中呈流水账形态,缺少比较深沉的情绪体验及显豁的人生启示,更缺乏一个女性在历经生活磨砺之后对生命本相的抵近。如在《续结婚十年》中,苏怀青离婚后与近十位男子的爱欲行为模式几乎相同,而所有体验都如出一辙,至于变化就是一次又一次地加深着无奈,甚至都不愿意写出一些苍凉和虚无。即以上述,张爱玲将一个女性如此凡俗化的人生体验推颂到"伟大",实在让人匪夷所思。细察张爱玲的文学叙事和文学观念,这样伟大的人性与妇人性提法恰好是其于沦陷时期的发明。张爱玲在其名文《自己的文章》中言:"超人是生在一个时代里的。而人生安稳的一面则有着永恒的意味,虽然这种安稳常是不安全的,而且每隔多少时候就要破坏一次,但仍然是永恒的。它存在于一切时代。它是人的神性,也可以说是妇人性。"⑦

① 张爱玲:《我看苏青》,《流言》,北京十月文艺出版社2012年版,第250页。
② 黄恽:《缘来如此——胡兰成、张爱玲、苏青及其他》,福建教育出版社2014年版,第131页。
③ 苏青:《自己的文章——代序》,《苏青文集·散文卷》(下),安徽文艺出版社2016年版,第116页。
④ 吴小如:《读张爱玲〈流言〉》,《旧时月色——吴小如早年书评集》,北京大学出版社2012年版,第221页。
⑤ 张爱玲:《我看苏青》,《流言》,北京十月文艺出版社2012年版,第238页。
⑥ 胡兰成:《谈谈苏青》,钱理群编《二十世纪中国小说理论资料》第4卷,北京大学出版社1997年版,第272页。
⑦ 张爱玲:《自己的文章》,《流言》,北京十月文艺出版社2012年版,第91页。

质而言之,这种日常凡俗生活"伟大"论的目的在于否决抗战时代国家、民族对个体提出的担当与责任要求,稀释他们逃避于时代大灾难、躲避于都市"亭子间"的道德负罪感,成全普通人/弱者苟全于乱世的生存诉求,并将之上升为其文学叙事的最大启示。平心而论,在《结婚十年》《续结婚十年》中,苏怀青于沦陷时期上海的努力求存距离"伟大"何止十万八千里,但歪打正着地替张爱玲的"妇人性"即"神性"文学论做了一次恰如其分的注解。当然,最能阐释张爱玲这一"妇人性"文学诉求的还是她自己于沦陷时期以《倾城之恋》《连环套》等为代表的小说创作。

在另一段文字中,张爱玲谈到苏青小说叙事的又一特点:"即使在她的写作里,她也没有过人的理性。她的理性不过是常识——虽然常识也正是难得的东西。"①缺乏理性缘于苏青的生活经历并不曲折,如其青少年时代静心于学校教育,并未经受过家族战争和太多的人情冷暖,青年时代顺利步入婚姻,婚后生活圈子狭窄而生活单调乏味,及至进入摩登都市上海,其离婚前每日将大量精力花费在算计衣食住行、开支用度上,离婚后则专注于与男子屡败屡战的周旋,以及较为单纯的文化读书人事业。如此基于每日生计的心性行为及相应体验直接形成其自叙传小说写作的生活化风格,而不是较具理性的哲理化或抒情性写作。张爱玲有效地概括了苏青小说叙事的重要特征。但饶是如此,作为文学创作,苏青在流水账式的鸡毛蒜皮记述外,尚稍具理性地传达出一代知识女性的隐秘心思,这些隐秘心思成为中国现代女性心理成长的重要环节,如"我知道男子都爱保护女人,你愈装出必须依赖他的样子,他愈乐于被你利用"②,"我也知道文人是应该清高的,不应该做作谀辞,尤其是对于有钱有势的人。即使他是真好,你对他说好了给人家听起来也仿佛拍马屁似的,据说做文人是应该反其道而行,向富贵者骄而对贫贱者作揖打躬的;虽然矫枉过正,却是有人赞美"③,"她在事实上虽然屡屡更换男人,那是不得已,也许她就根本不会遇见过自己所爱的人,假使一旦真是有了所谓'爱人',即使他不很爱她,她也会刻骨铭心地苦恋着他的。女人都是现实主义者,因为物色对象之不易,所以一遇到略为相像的男人便把握住了,惟恐又错过机会,可能把各种想象加到他的头上去,于是他们便结合了,在男人是根本无所谓,然而女人却又发现他的弱点过多,觉得自己万不能再为包谎时,她只得哭了,说是上了大当,究竟谁又是上谁的当呢?"④这些稍具理性的隐秘心思见证了一个现代中国知识女性几乎全部的心灵史,是每经一事就进行小小计算考量之后获得的稍显肤浅的人生体验,又能借助伦理学、社会学、心理学、历史学而夹以稍显粗疏的社会分析。但万变不离其宗,生活化的底色决定了一个女性将大量精力花费在与各式男性的各种算计上,及至深陷于每日琐细生活、无力自拔又不甘心就此沉沦于新旧家庭的纠结、无奈、彷徨与虚无,都在在指向现代中国女性艰窘的求存史。这

---

① 张爱玲:《我看苏青》,《流言》,北京十月文艺出版社 2012 年版,第 240 页。
② 苏青:《续结婚十年》,安徽文艺出版社 2016 年版,第 40 页。
③ 苏青:《续结婚十年》,安徽文艺出版社 2016 年版,第 75 页。
④ 苏青:《续结婚十年》,安徽文艺出版社 2016 年版,第 197 页。

是苏青小说叙事的又一重要意义。

在《我看苏青》中,张爱玲谈论最多的是对"物质"的理解与执迷:"生在现在,要继续活下去而且活得称心,真是难,就像'双手擘开生死路'那样的艰难巨大的事,所以我们这一代的人对于物质生活,生命的本身,能够多一点明了与爱悦,也是应当的","说到物质,与奢侈享受似乎是不可分开的。可是我觉得,刺激性的享乐,如同浴缸里浅浅地放了水,坐在里面,热气上腾,也感到昏濛的愉快,然而终究浅,即使躺下去,也没法子淹没全身","全上海死寂,只听见房间里一只钟滴答滴答走。蜡烛放在热水汀上的一块玻璃板上,隐约照见热水汀管子的扑落,扑落上一个小箭头指着'开',另一个小箭头指着'关',恍如隔世。今天的一份小报还是照常送来的,拿在手里,有一种奇异的感觉,是亲切、伤恸"。① 张爱玲的小说叙事借重于《红楼梦》的写作传统,其对物质表现出超乎一般作家的迷恋。其小说叙事中有着 20 世纪中国文学极不多见的物质细节呈现,如新旧家具陈设、日常生活器用、各色饮食服饰、现代摩登都市景观、各种日常生活细节等在在为张爱玲所倾心迷恋,并成为其文学叙事的重要组成部分,形成其文学叙事整体上紧促的写作风格,以及较现代一般作家更大的语言表意密度。进而言之,高密度的物质描写于张爱玲而言成为其对抗时间一维性、强化生命过程的有效工具,体现了其对现世安稳、岁月静好的生命诉求的执着,成为其不断妥协于生活与人生,最终妥协于时代,疏离于民族灾难的底气所在与生命依靠。所以,物质在张爱玲这里最大限度地发挥了其使用价值外的价值,使得迷恋物质、堆砌物质成为与张爱玲生命过程融为一体的刻骨铭心体验。相较于张爱玲的发掘,苏青"的作风是近于自然主义的",迷恋物质使得其人与文显得"怕荒凉""平实而热闹"。② 物质与生活在苏青的写作中被混为一谈,对物质的看重源于一个挣扎于生死线上的女性对最低限度生活的要求,物质在苏青这里被强化为生存必需,由此反衬出时代之艰、人心之恶对一个女性的刻薄。所以,苏青的小说叙事多见出其为每日生计而忧惧不安、四处奔走、彷徨无地又偶或尽失尊严的体验与经历,后来即有论者称其为"吃饭主义"③。张爱玲在《我与苏青》一文中大谈物质,是张爱玲罔顾苏青关于物质叙写的意义,并且有意抹杀了苏青将物质作为生活第一要素的看法,纯粹为宣扬自己关于物质作为生命哲学意义的理解而故意为之,实质上是在借谈苏青的人与文大抒与印证自己的文学观,苏青成为一个被利用、绑架、裹挟的对象,成为一个打了折扣的张爱玲或张爱玲的跟班。④

---

① 张爱玲:《我看苏青》,《流言》,北京十月文艺出版社 2012 年版,第 240—242 页。
② 胡兰成:《谈谈苏青》,《二十世纪中国小说理论资料》第 4 卷,北京大学出版社 1997 年版,第 271—272 页。
③ 黄恽:《缘来如此——胡兰成、张爱玲、苏青及其他》,福建教育出版社 2014 年版,第 181 页。
④ 对这一不正常的现象,当时即有论者表示相应的疑问和反感:"世人誉作家文笔的佳妙,常说酷肖某人。如言某人的文章极像鲁迅翁,或其渊博典雅,与周作人相类。只是笔者觉得苏青文字之美,就在她有独特的风格,苏青决不是丁玲,她不是谢冰心,或端木蕻良。如果要我赞美她的一句话,就是'苏青是与众不同的苏青'而非今日中国的第二个某某名作家。"见宝斋:《记苏青》,白鸥编《苏青与张爱玲》,知识产权出版社 2015 年版,第 58 页。只要稍具一点文学史知识或了解一点文学现场,此所谓"今日中国的第二个某某名作家"是谁当不言自明。

三、苏青散文：重绘一份文学地图

在《我看苏青》一文中，张爱玲对苏青的散文几乎没有做出评价。无独有偶，胡兰成写于同期的文章《谈谈苏青》对苏青散文着墨亦不多，再稍事搜检几十年来有关苏青的评价与研究，对苏青散文的研究都显得比较薄弱。这种现象可从两个层面解释：一是苏青散文在内容上比较驳杂，社会评论、时事评论、文明批评、个人自传、怀人记事、日常生活琐记、女性解放、婚育家庭等都被诉诸笔端，相较于现代时期一般作家散文写作而言，显得内容驳杂又偏于一般泛泛感受，文学性因素也比较稀薄，和1940年代兴起的知性散文尚有相当距离，整体上呈现出质量不高的特点。研究对象限制了研究价值，难以引起大面积关注合乎情理。二是在中国现代散文审美史和思想史上，苏青的散文缺乏丰富的审美意蕴和深邃的感慨，和中西散文的小品文、随笔传统都有相当距离①，导致研究者长期无法厘清其散文价值，顺带也忽视了苏青散文对时代的贡献。即使作为一般研究对象，探讨苏青散文价值的命题本身就会受到质疑。笔者选择将苏青散文置于中国现代文学的发生场，从一个较为宏阔的历史现场切入，或可有新的发现。

苏青的散文创作呈现出三个特点：一是重复并补足其自叙传长篇小说《结婚十年》《续结婚十年》关于其人生经历的叙写，多记述其少年时代以来的人事，如其多地求学情形的叙描就显示出一般村镇富家小儿女的温馨、小资、青春气息，以及在中国近现代转型时期的村镇教育、甚至大学教育的种种不足与滑稽处。这些单纯的生活里没有什么大彻大悟、斩钉截铁、壁垒分明，大都充满了青春的愉快、淡淡的忧愁甚或为个体求解放的慷慨陈词及愤愤不平，更在成年之际的回忆中寄寓了一份对过往人事的通透理解："看她写身边琐事，虽只是些平淡的日常生活，然而生趣盎然，回味无穷。"②如《女生宿舍》《元旦演剧记》《说话》《算学》《红叶》《涛——生活的浪花》《外婆的旱烟管》《一月来的寄宿生活》《试教记》《小脚金字塔——我的姑母》《钱大姐》《河边》《夏天的吃》等均属此类之作。及至回忆学生时代结束，迈入婚姻及入住摩登都市上海后，则不断低吟出一个女性体味时代之艰与人性恶俗后的苦涩，甚至对一众上海小市民在战时的艰难求存过程中呈现出的人生种种败象做出针砭。这一部分大体上和其自叙传小说合拍，价值观也较为相近，文风更显直截了当。《断肉记》《烫发》《王妈走了以后》《过年》《海上的月亮》《我的手》《11月11日上午》《归宿》《如何生活下去》等都属此类写作。至如《豆酥糖》写人与人之间朴素厚重的温情则属于难得之言。二是基于个体观察与经验，越过现代中国时期流行的泛泛的抒情性写作，接续1920年代以来中国现代散文的社会批评与文明批评传统，所涉话题颇为广泛，在形式上更接近于杂话式的"随感录"

---

① 胡兰成如此评论苏青的写作："苏青的文章，不但在内容上，而且在形式上都不受传统的束缚，没有一点做作。"见胡兰成：《谈谈苏青》，《二十世纪中国小说理论资料》第4卷，北京大学出版社1997年版，第273页。不仅是没有受到传统的束缚，甚至也看不出来受西方散文传统影响的痕迹。

② 宝斋：《记苏青》，白鸥编《苏青与张爱玲》，知识产权出版社2015年版，第56页。

写作。如《我的女友们》写出上海人天生对最低限度生活的满足及对政治疏离的天性。《小天使》道出不对等的婚姻使人倍感无聊,进而逼促良家妇女走向彻底的人性堕落。《上海事件纪念》写出上海小市民在国破家亡的关头对生命的厚爱与妥协求存之志。《我们在忙些什么》写在一个男权中心时代,被禁锢的女性所面对的种种不公,男性变态的欲望、双重人格、对女性多重要求都使得女性解放任重道远。《搬家》对精致刻薄的上海人记述,写他们隐藏在精致自私面相背后的痞子气、瘪三气和流氓气。《拣奶妈》由乡民们在饥馑年代对女婴的残酷对待展开了一幅不多见的战时浙江生民图,乡村破败图景令人触目惊心,甚至为求生存而失却正常天伦底线。《听肺病少爷谈话记》直指摩登上海社会里女性扭曲的金钱观与爱情观,一众少女争先恐后地同患肺病少爷谈恋爱,实质上爱的不是患肺病的少爷,而是少爷身后丰厚的家产。《写字间里的女性》就是摩登都市光辉外衣遮盖下的底层女性生存寓言:"我所看见的写字间里的女性,她们的脸色都是沉郁的,目光都是呆滞的,即使装扮得很整齐、很漂亮,也不过如月份牌上美女般悬着不动点缀点缀而已,毫无生气。"①《女像陈列所》写出上海人的世俗气与市侩气。这些批判言论大都表现出相同的价值取向,多发负责任的言论,自觉抵制摩登都市的颓废风与欲望风。《救救孩子》写对无法亲自抚养小孩而致其死亡的忏悔心理。《救命钱》直指一个重利轻命的社会对待生命的粗暴,以及可能引起的人与人以及全社会的信任危机。《买大饼油条有感》《谈看报》则揭示沦陷时期上海小市民浓厚的虚伪风习。《骨子里》批判上海小市民骨子里的堕落与无耻。《敬凶》指出敬凶实质就是行凶的本质。《为杀夫者辩》批判封建主义在摩登上海的根深蒂固,视野相当开阔,心理学、法律、文学、伦理学、社会学等话题均有所涉。至于《道德论——俗人哲学之一》《牺牲论——俗人哲学之二》则是苏青最具水准的散文,其关于历史、时代、道德、人心、伦理的精彩宏论应和了1940年代中国现代知性散文的写作,相应的创作水准或也不逊于同时代的伟大作家。②《好色与吃醋》《谈女人》《饭》《吃与睡》《死后的同情》《牌桌旁的感想》《谈宁波人的吃》《谈性》《赌徒与荡妇》《好父亲》等充满了智慧,亦不乏精彩之论,对人性之发见尤其入木三分,对近代以来中国人的隐秘心思及欲望的发掘达到一定高度。三是对女性、婚育、家庭问题的持续集中思考。这些思考中灌注了大量的女性主义、科学主义与平等话语思想,成为1940年代沦陷时期文学关于女性解放与生存问题思考的集大成。如《生男与育女》指出重男轻女的怪现状:"世有连产四女欲求一子而纳妾者,未闻室有四子欲得一雌而纳妾者","男人要老婆,而不要自己老婆替人塑老婆;苟将来科学的力量能使精卵会合时必男不女,则来日之'老婆'将

① 苏青:《写字间里的女性》,《苏青文集·散文卷》(上),安徽文艺出版社2016年版,第210页。
② 如《牺牲论——俗人哲学之二》中谈到被人利用而做出牺牲者之愚不可及:"因为这'牺牲'二字,在人类耳朵里已是个怪漂亮的名词,有许多'烈士'殉名者流往往不惜父母辛苦给他养大来的身体,为着'光荣''伟大'等字眼纷纷爬上坛去,咬牙切齿努力忍住死的痛苦。这就叫作自动牺牲。于是,他完了,永远地完了。利用他的人那时真算得到了好处,不唯可以始终藏起那副凶恶的屠夫相,而且还有成人之美的不虞之誉。"见苏青:《牺牲论——俗人哲学之二》,《苏青文集·散文卷》(中),安徽文艺出版社2016年版,第81—82页。

供不应求矣。还是请上帝开个瓦窑,则既可预防公妻主义,且亦替女人受过,功德无量!"①《科学育儿经验谈》《现代母性》《论女子交友》《论夫妻吵架》《论离婚》《恋爱结婚养孩子的职业化》《再论离婚》《论红颜薄命》《我国的女子教育》《第十一等人——谈男女平等》《组织里弄托儿所》《真情善意和美容》《看护小姐》《家庭教师面面观》《做媳妇的经验》《谈婚姻及其他》《厨下》《妇人之道》《交际花》《女作家与美貌》《谏夫》《未亡人》《挑断脚筋之类》《女人与老》《女性的将来》《夫妻打官司》《敬告妇女大众》等都在上述问题上展开讨论,大都具备相应的建设性意见,有些看法虽属矫枉过正而不切实际,但其大胆设想必然推动女性解放在思想上的启迪与提供行动上的指导。这些文字一方面继承上海近代以来在普及科学的婚育与养教知识方面的开风气之先;一方面则从中国女性身处转折时代里的生存困境与隐秘诉求出发,替她们争取身为女性在大变动时代里对平等、自由、尊重、人格、经济独立、独立思考等生存诉求与发展权利,尤其对损害婚姻、养育、女性生存等诸多不合情理、压抑人性的制度、风习、观念等做出了严苛的批判,深层次地触及民国女性的生存世相与艰窘。至于其一贯坚持女性主义声音,对男权中心主义从理论到具体表现形式上做出全方位的批判,着意于从心理层面破除中国现代女性在解放道路上的种种束缚与禁锢,甚至呼喊出了超越现代时期的更深广历史时空内女性解放的呼声,在当时即获肯定:"她于男女问题,尤能发一针见血之谈,为数千年来在男性社会中处于附庸地位的女人鸣不平。"②难能可贵的是,苏青没有忽视女性在争取独立过程中对自身欲望、情感、人格、尊严、道德的放纵,对她们有意或无意间屈从男权社会的自辱行为,也做出了毫不留情的批判,从而在女性解放问题上形成一个比较系统、全面且辩证的论述。

苏青的文学叙事因受自叙传写作的根本特征所限,也就不及中国现代时期多位作家所能达到的高度,甚至在陷于生活流之后几乎没有高度可言,与 1990 年代以来的新写实小说写作多有可比拟处,这是苏青文学叙事的最尴尬处。整体梳理了其散文创作之后,不难得出一个结论:苏青以其散文写作所能拓展的宽度弥补了其文学叙事整体上没有高度的尴尬。从 1940 年代中国文学版图来看,女性解放已经在现代中国如火如荼地进行了 20 余年,彼时一批作家如国统区的茅盾、老舍、巴金、曹禺、冰心、路翎、胡风、端木蕻良等都对女性解放话题做出了兼具高度与深度的思考;解放区的作家孙犁、丁玲、赵树理等也都在尊重中国共产党的意识形态诉求,继承革命现实主义传统对女性的塑造,兼顾中国传统女性价值的基础上,对女性解放做出了力所能及的探讨。在沦陷区文学各式各样的妥协和虚无论调甚嚣尘上之际,苏青关于女性所面临诸种问题的思考不仅推动了上海摩登都市女性解放的步伐,更完成了沦陷区、国统区、解放区对女性解放的同步思考。这是苏青的文学叙事给予的 1940 年代任何沦陷区作家都无法代替的贡献。

① 苏青:《生男与育女》,《苏青文集·散文卷》(中),安徽文艺出版社 2016 年版,第 38 页。
② 宝斋:《记苏青》,白鸥编《苏青与张爱玲》,知识产权出版社 2015 年版,第 52—53 页。

不止留下"匆匆""背影"

——论O.M.社的文学史意义

金 钰[*]

（南京师范大学 文学院，南京 210097）

内容摘要：O.M.社是以朱自清、俞平伯为首的一个松散的文学社团，曾出版《我们的七月》《我们的六月》两期刊物。本文通过对O.M.社作者队伍的聚合方式、与其他文学团体的关系以及刊物形成过程的梳理，力图还原O.M.社的真实生态。同时，在对《我们》具体作品细致考察的基础上，以"我们的南方"作为切入O.M.社与江南文化关联的入口，廓清O.M.社群体"雅"而"静"的文学品格和承载着"江南记忆"的文化追求。从而探得O.M.社是如何在一个广阔复杂的文学社群场域中，成为"五四"整体文化语境中不可替代的唯一。

关键词：O.M.社；文学品格；文化追求；文学史意义

一

O.M.社是以朱自清、俞平伯为首的一个松散的文学社团，也被称为"我们社"[①]。"O.M."实为"我们"的拼音"Wo Men"的简写代号。该社没有严密的组织形式和明确的会员名单，仅于1924年7月、1925年6月出版《我们的七月》《我们的六月》两期刊物。两期刊物的尾页均印有"我们社"的社徽。该徽章由叶圣陶篆刻，为双圈的英文字母"O"内嵌入大写英文字母"M"。O.M.社主要以办刊的方式实现成员的聚合，社团成员即为《我们》供稿的作者。在这些作者中，有名有姓的共16人，分别是俞平伯、朱自清、丰子恺、顾颉刚、潘漠华、刘大白、白采、刘延陵、叶圣陶、张维祺、金溟若、冯三昧、沈尹默、吴辑熙、木雁、坚铭。其中，多人是"五四"时期重要文学社团的参与者、组织者。如叶圣陶、刘延陵、顾颉刚、俞平伯、朱自

＊ 作者简介：金钰，南京师范大学文学院博士研究生。

① 在文学史上，还有一个称为"我们社"的文学团体。该社团1928年5月20日在上海成立，曾于上海四川路海宁路357号创办晓山书店（原名为我们书店），出版《我们社丛书》并发行《我们》文学月刊。主要成员有林伯修（杜国庠）、洪灵菲、戴万平等，多为广东潮汕籍作家。

清、刘大白、丰子恺均是第一个纯文学团体——文学研究会的成员。① 前五人还出席了文学研究会召开的"南方会员年会",共同商讨会务。而从文学研究会机关刊物《文学旬刊》的第73期起,俞平伯、叶圣陶、顾颉刚等轮流担任该刊主编。在《文学旬刊》改名为《文学》(周刊)并附在上海《时事新报》发行后,金溟若也曾于第108期发表作品《孤人杂记》。再如,刘延陵、叶圣陶、朱自清、俞平伯、顾颉刚、潘漠华是新文学史上第一本纯诗期刊《诗》的重要作者,前两者兼任该刊的主要编辑。叶圣陶不仅在《时事新报》的副刊《学灯》上连续推出了《〈诗〉的出版的预告》《〈诗〉的出版的预告(二)》②,刘延陵、叶圣陶二人还一同在《文学旬刊》上为《诗》的预热唱了一出的"双推磨"③,以造成更大的舆论声势来吸引读者。同时,潘漠华是"湖畔诗社"以及湖畔诗社的前身"晨光社"的主要发起者,张维祺、朱自清、刘延陵、叶圣陶亦是"晨光社"的成员。后三者还同为"晨光社"的文学顾问,每月随社员外出活动时随意授课,并对社员的习作进行辅导。尤其是朱自清,可以说是晨光社的精神领袖。在他的实际领导下,晨光社举办了数次文学演讲会——"请名人随时演讲"。据汪静之回忆,他们曾请俞平伯在浙一师的课堂上讲演过,"蕙兰中学、安定中学和杭州女师的社员都来听讲"④。以上种种均可证明:O.M.社具有很强的交叉性,其成员在1924年之前就已经开始了局部的人际交往,而这也为后来O.M.社的形成奠定了基础。那么O.M.社是如何在错综复杂的文学社群关系网中实现特殊的聚合呢?原来,O.M.社的成员之间有着千丝万缕的联系,主要表现为同学、同事、师生、朋友四种关系。学生时期,朱自清、俞平伯、顾颉刚为北京大学校友;后来,朱自清、刘延陵、叶圣陶先后来到位于吴淞炮台湾的中国公学任教,三人常于江边散步谈心。共同创办一个专载新诗的定期刊(即后来的《诗》月刊)的念头,便是在三人的一次午后聊天中冒出来的。不久,朱自清、俞平伯、刘延陵、叶圣陶又共同就职于浙江一师。前三人还成为被学生称道的"后四大金刚"成员。⑤ 应朱自清之邀,随后来到浙一师的叶圣陶为了便于与朱自清联床夜话、切磋学问,决定与朱自清同住一屋。其于1925年《文学周报》第192期发表的《与佩弦》,便生动地记录了二人于1921年"岁尽日"秉烛夜话、促膝长谈的情形。二人还时常于西湖泛舟,品诗谈文。最让朱自清难以忘怀的是一次深冬的夜游,他于十余年后特意著文《冬天》⑥追忆这段往事。而因共同好友夏丏尊,后一同供职于春晖中学的朱自清与丰子恺相识、相知。由此又使俞平伯、叶圣陶与丰子恺有了更多交集。丰子恺的第一部

---

① 叶圣陶的文学研究会会员编号为6,刘延陵为49,顾颉刚为51,俞平伯为53,朱自清为59,刘大白为79,丰子恺为125。参见贾植芳编《文学研究会资料》,河南人民出版社1985年版,第15—16页。

② 《〈诗〉的出版的预告》在1921年10月18、19、20日的《时事新报·学灯》连载。《〈诗〉的出版的预告(二)》在1921年11月4日、5日、6日的《时事新报·学灯》连载。

③ 叶圣陶用"佚名"发表了《盼望》,刘延陵用"YL"发表了《诗论》。

④ 参见董校昌:《晨光社的活动及成立》,《新文学史料》1985年第3期。

⑤ "后四大金刚"的另一成员为王祺。因叶圣陶晚于其他人一年奔赴杭州任教,故不在其列。"后四大金刚"这一称谓是相对于先前任教的夏丏尊、陈望道、刘大白和李次九组成的"四大金刚"而言。

⑥ 朱自清:《冬天》,《中学生》1933年第40号。

漫画集《子恺漫画》出版后，大家纷纷为其写序作跋；同时，金溟若为朱自清任职温州十中时的学生，潘漠华、张维祺在浙江省立第一师范亦师从朱自清；不仅如此，朱自清、俞平伯、刘延陵、叶圣陶原本便是挚友，发表过作品合集《雪朝》。几位老友除了在文艺创作方面彼此认可，顾颉刚、叶圣陶、俞平伯、朱自清等还达成了"学术研究不应受到金钱的侵扰、生计的压迫，而应做到真正独立"的共识，成了旨在"通过卖书赚钱，为学术研究奠定经济基础"（具体原则为社员每人每月交纳十元来集资出书）的朴社成员。同时，在朱自清于浙江任教时，俞平伯、叶圣陶、潘漠华等均应邀而至，或湖中品茗、或把酒尽欢，好不惬意。因与朱自清的交情，俞平伯还赴春晖中学讲演《诗底方便》，赴宁波第四中学为同学们讲"中国小说之概要"。随着交往的不断增多，数人的感情也愈发深厚。故而，共同的"五四"记忆和重叠的人生轨迹让他们结为同道，彼此惺惺相惜，形成了理想一致、志趣相投的同人结合体。而如此紧密的"人与事"的关系网络或许是该团体称之为"我们"的主要缘由。

在此基础上，不妨将O. M.社与上文提及的文学研究会、中国新诗社、晨光社、湖畔诗社以及与之有着不浅渊源的语丝社加以比较。在《中国新文学大系·文学导论集》的《导言》中，郑振铎虽承认《我们》的"主张没有那么鲜明了"，但还是将其与《诗》《文学旬刊》一并视为文学研究会的刊物。① 但参见载于《我们的七月》中的《本刊启事》，会发现事实并非如此——"本刊所载文字，原O. M.同人共同负责，概不署名。但行世以来，常听见读者们的议论，觉得打这闷葫芦很不便，颇愿知道各作者的名字。我们虽不求名，亦不逃名。又何必如此吊诡呢？故从此期揭示了。"② 这一简短的启事虽不能视为O. M.社的集体宣言，却昭示了O. M.社的整体价值取向。即鲜明的同人色彩与无功利的文学目的。并且，O. M.社的核心成员俞平伯在回答研究者的提问时也表示："写稿者都是熟人，可共负文责。又有一些空想，务实而不求名，就算是无名氏的作品罢……这两期可称同人刊物……恐不能算'文学研究会'的外围刊物。从第一期作者不具名一点即可知之。"③ 由此可见，组织松散的O. M.社仅是志同道合之士的自然聚合，旨在形成自我之特色而无意在文坛"呼风唤雨"。相比较于《文学旬刊》执着地关注现实人生中的各类问题，《我们》的内容芜杂、门类广泛，尽显无所顾忌、任意而谈的风格，其文学目的与表现出启蒙者姿态的文学研究会不尽相同。同时，与中国新诗社、晨光社、湖畔诗社专情于新诗不同，O. M.社虽也刊发诗歌，但更青睐的文学体裁是散文，包括论文、随笔、书评、杂记等。因此，《我们》可视为O. M.社群体作别诗国青春、步入散文人生的集体性宣言。在《我们的六月》刊行半年后，朱自清出版了诗、散文合集《踪迹》，叶圣陶与俞平伯合出了散文集《剑鞘集》。三年后（即1928年），朱自清出版了散文集

---

① "不久，北平的一部分文学研究会会员也在《晨报》上附刊一种《文学旬刊》。广州的一部分文学研究会会员也出版一种广州《文学旬刊》。叶绍钧、俞平伯、朱自清等又在上海创办《诗》杂志及《我们》。但他们的主张没有那么鲜明了。"郑振铎：《导言》，《中国新文学大系·文学论争集》，上海良友出版社1935年版，第11页。

② O. M.社：《本刊启事》，《我们的七月》，亚东书局出版社1924年版，第258页。

③ 俞平伯：《俞平伯书信集》，河南教育出版社1991年版，第188页。

《背影》,俞平伯出版了散文集《杂拌儿》。1930年6月,俞平伯又出版《燕知草》,虽兼收诗、歌谣、曲等文体,整体上仍以散文小品为主。在《我们》上只发表漫画作品的丰子恺也后来居上,于1925年后大量发表散文作品,后结集成《缘缘堂随笔》。与O. M. 社关系紧密的夏丏尊以春晖中学"平屋"的生活为素材,出版《平屋杂文》。无论是O. M. 社群体在"旧时代正在崩坏,新局面尚未到来的时候"有心疏离"时代的火焰与旋涡"①,还是"诗神"不再钟情于即将而立之年或原本少年老成的O. M. 社群体,朱自清、俞平伯、叶圣陶、刘延陵等都相继告别了诗歌这一宣泄青春激情的文体。由此,也可以钩稽出"五四"时期一批知识分子精神成长的内在理路,管窥新文化青年的心灵道路选择。而同样是进行散文创作,O. M. 社与稍后出现的语丝社亦有差别。先来看二者间的一些交集:两个社团的刊物都展现出"任意而谈,无所顾忌"的格调,成员之间亦存在诸多互动。如俞平伯、顾颉刚均为语丝社的成员,且"语丝"二字正来自《我们的七月》中刊载的张维祺的《小诗》:"伊底凝视,伊底哀泣,伊底欢笑,伊底长长的语丝,一切伊底;我将轻轻淡淡第放过去了。"又如,俞平伯在《我们的七月》刊行一个月后两次致信语丝社领袖周作人,询问他对于《我们》编辑体例及文稿的意见,并热情地向周作人邀稿,"您如有想说的话,最好写下一点给我们,长短均可。如懒于正式作文,则取信札体裁亦可,若以外另给我们以粮食,则自然就更欢迎了"②。为了表达对O. M. 社的关注与支持,收到信的周作人以书札的形式评述了《我们》中顾颉刚与金溟若的作品,在对前者进行肯定的同时,还表示:"何不劝其多发表,或找一点给《语丝》乎。"③不仅如此,周作人还将朱自清的《〈子恺漫画〉代序》刊发在了1925年第54期的《语丝》中。而《我们》的另一主编朱自清也曾在信中通过俞平伯向语丝社的成员江绍原邀稿:"绍原兄允译恋歌,亦请力催!此期必须有他的稿才好!"④并为语丝社成员孙福熙的《山野掇拾》⑤撰写书评。但通过前人对语丝社较为成熟的研究和笔者后文对O. M. 社的分析,再加上朱自清本人对语丝社的评价"觉其太'小',就是太俏皮了,全是这一路,未免单调。且每周一次,究竟不能免懈了"⑥,还是能够明确判断出两者之间的文学追求与价值取向是不尽相同的。

在廓清了O. M. 社作者队伍的聚合方式以及O. M. 社与其他文学团体的关系后,便更易理解《我们》的形成过程,还原O. M. 社的真实生态。通过细密梳理O. M. 社成员的日记和通信,可以大致推敲出这一期刊的生成过程。在1925年朱自清与俞平伯的三次通信中,两人详尽地商讨了集稿、选稿、支配版税、拟定目录、是否署名、出版日期等诸多细节,表现出兼为《我们》作者与编者的极大热忱。而在俞平伯与白采的通信中,还记载了他向白采为《我

---

① 朱自清:《哪里走》,《一般》1928年第3期。
② 俞平伯:《俞平伯全集》第9卷,花山文艺出版社1997年版,第205页。
③ 周作人:《周作人俞平伯往来通信集》,上海译文出版社2013年版,第18页。
④ 朱自清:《朱自清全集》第11卷,江苏教育出版社1998年版,第132页。
⑤ 朱自清:《山野掇拾》,《我们的六月》,亚东书局出版社1925年版,第217—229页。
⑥ 朱自清:《朱自清全集》第11卷,江苏教育出版社1998年版,第131页。

们》的创刊号争取其长诗《羸疾者的爱》初刊权的情形——"五征其稿","至缄札累万言",可谓诚意满满。但白采以"不愿传露,必不得已第一次发表亦不欲假手他人"为由拒绝了此次约稿。然而俞平伯没有放弃,十个月后,在为《我们的六月》集稿时,他再次向白采发出邀请。此时白采已将《羸疾者的爱》付梓印单行本,只好将本应刊载在《徽音》的唱和程本海"哭祖父诗"的《自己墓上的徘徊》交给俞平伯。① 不仅在集稿方面尽显良苦用心,主编俞平伯为了《我们》的栏目设想也煞费苦心。如他致信周作人表明自己的一些编辑理念:"我想于第二期'本刊评论'一刊取署名式,以征外来的意见。只要不滥答及谩骂或无聊浅薄,总在欢迎之列。"②除此之外,主编朱自清也曾为期刊的"补白"的内容"烦恼",他致信俞平伯道:"补白文字,弟处所存甚少,自己又没有,必请兄借给。"③可见,《我们》凝聚着主编朱、俞二人的心血。这样便很容易理解朱自清收到《我们的七月》时的那份欣喜心情——"下午亚东寄《我们的七月》三册来,甚美,阅之不忍释手"④。而当有人批评"《我们的七月》不大好;似乎随便;又说没有小说风格"时,一向谦和的朱自清也反驳道:"我说并不随便,或因小品太多,故你觉如此。因思'小品文之价值'应该说明。我们诚哉不伟大,但自附于优美的花草,也无妨的。"⑤从中不难看出朱自清对《我们》的偏爱和对自我办刊理念的坚持。尤其是最后一句,十分符合朱自清此时的心境。即他与俞平伯通信中谈及的"刹那主义""日常生活中的中和主义"和"平凡主义"⑥。故而,朱自清没有受外界批评的影响,在《我们》的第二期仍只刊登了一篇小说,即金溟若的《"我来自东"》,使期刊整体上仍以小品文为主。但遗憾的是,《我们》的刊行时间仅有一年左右。其停刊的导火索其实是1924年冬春晖中学发生的一次学生风潮。训育主任匡互生为与学校行政发生争端的学生黄源力争,未果。学生罢课表示不满,守旧教员趁机压抑学生运动,攻击思想先进的新教师。最终,事件愈演愈烈,学校开除了为首的28名学生,匡互生、丰子恺、夏丏尊等教员集体辞职。⑦ 朱自清因家累无法离开,但良朋星散,在白马湖畔"平屋"和"小杨柳屋"煮酒言志、切磋诗文的清朗时光唯有在梦里追忆了。1924年11月25日朱自清在日记中载道:"丰先生辞职,事甚纠纷。——我精神坏极!夏先生等议辞职。"⑧这一事件带给朱自清很大的挫败感和失落感。这些辞职的教师,虽然有的未直接参与《我们》的创办,却是那段时期朱自清心灵上深深依赖的朋友,如一直以来从旁照拂的"老大哥"夏丏尊。半年后,朱自清托俞平伯找的工作有了结果,寂寞的日子终于熬到了头,

---

① 参见白采:《自己墓上的徘徊·附述》,《我们的六月》,亚东书局出版社1925年版,第184页。
② 俞平伯:《俞平伯全集》第9卷,花山文艺出版社1997年版,第205页。
③ 朱自清:《朱自清全集》第11卷,江苏教育出版社1998年版,第132页。
④ 朱自清:《朱自清全集》第9卷,江苏教育出版社1998年版,第5页。
⑤ 朱自清:《朱自清全集》第9卷,江苏教育出版社1998年版,第7页。
⑥ 参见朱自清:《朱自清全集》第11卷,江苏教育出版社1998年版,第124—130页。这三通信也刊载于《我们的七月》。
⑦ 参见姜健:《江苏历代名人传记丛书·朱自清》,江苏人民出版社2013年版,第90—91页。
⑧ 朱自清:《朱自清全集》第9卷,江苏教育出版社1998年版,第34页。

但属于《我们》的时光也一去不复返了。除此之外，致使《我们》停办的还有宣传不到位、期刊宗旨不明等，这或许是更深层次的缘由。因为连《我们的七月》作者之一金溟若都对这本刊物缺乏一定的了解，认为"《我们》是朱先生和俞平伯两人的私人不定期刊物，创刊号上只登载他们两人的作品"①。事实上《我们》的确没有像《诗》一样在刊行前多次预热，读者对其知之甚少。同时，该社社员分散在北京、上海、浙江各地，导致了沟通不便、集稿困难，尤其是在1924年年底主编俞平伯由杭州到北京定居后。而刊物最初的创新理念"O. M.同人共同负责，概不署名"②也令读者颇不适应，影响了刊行量——"《我们》现在只销去一千二百余本，甚滞！亚东印了三千本呢！"③对比几年前朱自清、俞平伯、叶圣陶、刘延陵等创办的新诗期刊《诗》和出版的诗歌合集《雪朝》在刊行后供不应求、两月内再版的"盛况"，《我们》第一期的销量成绩实属惨淡。即便在朱自清的坚持下，《我们》的第二期没有按叶圣陶的思路继续匿名刊行——朱自清在信中写道，"此次弟嘱亚东先排'长条'，后再'装'页，可以快些。署名一层，圣不以为然。但弟因一图推广，二图便利（如周岂明说），故仍署名"④，但依旧没能逃脱停刊的命运。然而O. M.社的文脉并没有就此终止，学者朱惠民将O. M.社的文学活动和文学史影响纳入白马湖作家群，从而确立了"白马湖流派"的历史存在，揭示了O. M社的"变迁之故"。在此不再赘述。但要明确的是：O. M.社作为一个文学社团，在文学史上具有独标高格的意义。它做出了中国新文学史上集体"实际"⑤放弃作品署名权的最初尝试。即便这份尝试看似随意且并不太成功，却富有极强的理想化色彩和鲜明的先锋姿态。更为重要的是，O. M社是新文学史上第一个以"小品文"见长的文学社团，是1920年代散文园地的积极拓荒者和实践者。其形成不仅体现了"五四"落潮后一批知识分精神成长的内在理路和心灵道路的自然选择，其存在更意味着1920年代的中国散文文坛并不是只有"语丝社"独步辉煌、独自绽放。立足O. M.社的生态还原，或许对完整而全面地构建"五四"散文格局有所裨益。

二

但若问题的探寻就止步于还原O. M.社的真实生态，可能就嫌简单化了，毕竟以上的梳理均是对表象的认知。当从更为宏阔的文学史、文化史的视野审视O. M.社群体时，便能探寻出O. M.社创作中更深层的思想渊源以及在此基础上形成的文学品格。在整理《我们》的具体作品时，笔者发现一个颇值得玩味的现象，即白话新诗与旧体诗的分布比重。《我们的

---

① 金溟若：《怀念朱自清先生》，《传记文学》1964年第5期。
② O. M.社：《本刊启事》，《我们的七月》，亚东书局出版社1924年版，第258页。
③ 朱自清：《朱自清全集》第11卷，江苏教育出版社1998年版，第136页。
④ 朱自清：《朱自清全集》第11卷，江苏教育出版社1998年版，第136页。
⑤ 1923年7月，《浅草》第2期发表了一则《"无名作家"社公约》的宣传广告，首次提出了"无名作家"的说法。但实际上该社团后来没有任何活动，未真正刊行《无名作家》这一杂志。

七月》刊载新诗 11 首、旧体诗 15 首。《我们的六月》刊载新诗 6 首、旧诗 13 首。从数量上来看，《我们》第一期的白话新诗与旧体诗勉强"势均力敌"，第二期则完全处于劣势。有研究者认为：朱、余二人编排旧体诗是用以"补白"①，使版面更加活泼、内容更加丰富。但"五四"时期盛行一时的小诗同样短小精炼，可用来"补白"。浙东地区的小诗创作亦热闹非凡，茅盾来宁波做新文学演讲时还举了朱自清的小诗《笑声》为例②。那为什么《我们》在大多数情况下放弃小诗而选择旧体诗"补白"呢？或许《诗》月刊的重要成员郑振铎的这番话可以回答这一问题："诗歌是人类的情绪的产品。我们心中有了强烈的感触，不管他是苦的，乐的，或是悲哀而愤懑的，总想把他发表出来；诗歌便是表现这种情绪的最好工具。诗歌的声韵格律及其他种种形式上的束缚，我们都要一概打破。"③不拘泥于固定的形式而执着于"真率"的诗情，这种对诗体解放的坚定追求同样属于 O. M. 社。但笔者认为，在新文学期刊中用旧体诗"补白"更体现出了作为主编的朱、俞二人对诗歌书写理念，尤其是新旧体诗写作的独到见解。且看俞平伯的旧体长诗《芝田留梦行》，其内容与散文《芝田留梦记》一致，均为记杭州湖上成梦之作。这一梦似乎是梦回旧中国的神游，文风馥郁秾丽，颇具古代名士风流的雅趣。再看《我们的七月》中主编俞平伯为所选旧体诗做的批注，"有以七言绝句改成为长短句，颇有浑成之美，录其两首"④，"右两首诗并系前人所作，忘其姓名矣，一杂仙气，一具鬼气，比较玩讽，至饶幽趣"⑤，尽显传统文人的审美况味。俞平伯还认为："五四以来，新诗盛行而旧体不废。或嗤为骸骨之恋，亦未免稍过。譬如盘根老树，旧梗新条，同时开花，这又有什么不好呢？"⑥朱自清后来在诗学著作《新诗杂话》中也肯定了传统诗词对中国新诗成长带来的潜在与显在的双重影响。其对旧体诗的独到见解也成为其日后积极从事以古典诗歌、中国歌谣和古诗笺注为主的古典诗学研究的动因所在。另一个颇值得玩味的现象是：与白话新诗均署名不同，旧体诗的创作者大多匿名。28 首旧体诗中，署名的只有 9 首⑦，能明确辨析作者的仅 8 首：俞平伯占 6 首（其中还包括当时匿名发表的 3 首）、沈尹默和白采各 1 首。这一现象是否也暗示了曾经的"新"诗人在创作旧体诗时的暧昧态度。毕竟从为白话新诗摇旗呐喊到局部退回旧体诗的园地，也不过短短一两年。总体来看，在诗歌方面，《我们》呈现出"新"与"旧"交织的斑驳面貌，内蕴着传统文人之"雅"，这与 O. M. 社群体在创作中自觉或非自觉

---

① 补白指用来填充期刊空白的短文。《我们》中，"补白"多用实线框起，体裁为旧体诗、小诗、杂记等，总体上以旧体诗居多。

② 参见茅盾：《文学上各种新派兴起的原因》，《中国现代文学研究丛刊》1984 年第 1 辑，北京出版社 1984 年版，第 174—175 页。

③ 郑振铎：《短序》，《雪朝》，上海商务印书馆 1922 年版。

④ O. M. 社（俞平伯）：《我们的七月》，亚东书局出版社 1924 年版，第 183 页。此期主编为俞平伯，推断该批注系他所做。

⑤ O. M. 社（俞平伯）：《我们的七月》，亚东书局出版社 1924 年版，第 194 页。

⑥ 俞平伯：《荒芜〈纸壁斋集〉评识》，《读书》1982 年第 1 期。

⑦ 具体署名情况为：俞平伯 3 首、坚铭 2 首、木雁 2 首、白采 1 首、沈尹默 1 首。但木雁与坚铭均为笔名，虽经多方查找，未能明确辨析出实际作者。

地承袭传统美学诗魂不无关系。

而《我们》刊载的其他体裁作品,尤其是散文,彰显了 O. M. 社创作的另一个文学品格——"静"。"沉默是顶好的道路"①,俞平伯在《文学的游离与其独在》的结尾中如是说。虽然这是与"五四"并不符合的姿态,但 O. M. 社的核心成员却在某种程度上不无巧合地展现出"静默的身影"。朱自清曾两次谈及叶圣陶的沉默:"不得不说圣陶的静默,是我们朋友里所仅有。"②"我看出圣陶始终是个寡言的人,大家聚谈的时候,他总是坐在那里听着。他却并不是喜欢孤独,他似乎老是那么有味道地听着。"③然而"静默"之于叶圣陶,又不仅仅是性格使然。在散文《暮》中,他不仅表达了对湖光山色之间"薄暮"的那份难以言传的微妙体验,更借李后主的遭际道出了心灵独白:"如其不是独处在那里,旁边伴着的有爱人或至友,向来也只有默对吧。在这样的境界之中,有什么可说呢?有什么可说呢?"④但静默的仅仅是叶圣陶吗?能够看透叶圣陶的朱自清也是如此吧!《我们的七月》中刊载了他与俞平伯的通信:"我们只须'鸟瞰'地认明每一刹那自己的地位,极力求这一刹那里充分的发展,便是有趣的事,便是安定的生活。"⑤显然,"刹那"里蕴藏的"自我"指向的不是激进的"自我主义"的扩张,而是宽和的"自我价值"的发现。即在承认生命必然有限和理想必然残缺的前提下,以静默的姿态和审美的精神经营好眼前可以把握的每一刻,从而于外在现实与内在心灵的中和里获得人性的某种圆满,而这也是遭受了精神重挫的前辈江南文人一再躬行的生存之道。这种智性思维在某种程度上指向了禅宗哲学。事实上,和很多现代作家一样,O. M. 社群体的核心成员俞平伯、朱自清、叶圣陶、丰子恺等都与佛学有着不解之缘。俞平伯是晚清著名学者俞樾的曾孙,俞樾将他乳名取为"僧宝",并让他四岁时到苏州塔倪巷宝积寺挂名为僧。朱自清在中学时就最喜读贾丰臻编著的佛教普及书籍《佛学易解》,大学时代依然对佛经着迷,曾在西城卧佛寺街鹫峰寺买入《因明入正理论疏》《百法明门论疏》《翻译名义集》等。⑥丰子恺师从李叔同(弘一法师),一生坚守着为老师十年画一本"护生画"的誓言,45 载完成了 450 幅图文并茂的《护生画集》。叶圣陶与弘一法师、印光法师亦有着不浅的因缘。他分别于 1927 年、1936 年、1947 年著文《两法师》《弘一法师的书法》《谈弘一法师临终偈语》怀念二人。而《我们》刊载的大部分作品恰好见证了 O. M. 社群体的"佛缘"。如丰子恺为《我们的六月》封面所画的芭蕉,恰与佛教的第一义谛有关,指代佛学之"空"。芭蕉的主干没有实心,只由一层又一层的皮包裹而成。因而,佛教中常有"行如芭蕉"的说法,如《增壹阿含经》卷第二十七:"色如聚沫,受如浮泡,想如野马,行如芭蕉,识为幻法。"又如俞平伯在论文《文

---

① 俞平伯:《文学的游离与其独在》,《我们的六月》,亚东书局出版社 1925 年版,第 67 页。
② 朱自清:《叶圣陶短篇小说》,《你我》,商务印书馆 1936 年版,第 170 页。
③ 朱自清:《我所知道的叶圣陶》,《你我》,商务印书馆 1936 年版,第 58 页。
④ 叶圣陶:《暮》,《我们的六月》,亚东书局出版社 1925 年版,第 90 页。
⑤ 朱自清:《信三通》,《我们的七月》,亚东书局出版社 1924 年版,第 197—198 页。
⑥ 参见朱自清:《买书》,《水星》1935 年第 1 卷第 4 期。

学的游离与其独在》中运用了"法相"这一佛教术语，认为"游离与独在是文学真实且主要的法相"。而在《西关砖塔塔砖歌》中，他更是对"一弹指""维摩疾"①等佛家词语信手拈来。在《鬼劫》中，俞平伯还通过围绕"欲""痴""慧"的神鬼对话，明晰了自我对"刹那"的把握："我有这一刹那，我爱这一刹那，我消受这一刹那。短，短，短……无内的短；大，大，大，无外的大。"②所谓"刹那生灭，因缘凑泊"，在释迦牟尼传道的原始佛教阶段，佛书上提出了"诸行无常""诸法无我""一切皆苦"这"三法印"。③ 可见，"刹那主义"指向的是一种无常观。无论是对万象的洞察，如《文学的游离与其独在》《"海阔天空"与"古今中外"》；还是对情感的解剖，如《析"爱"》；抑或是对山水的观赏，如《西湖的六月十八夜》《湖楼小撷》，O. M. 社群体都以一种静默的姿态咀嚼着无常的人生，颇具江南文人的"佛"性慧根。在这种人生观的基础上，俞平伯对"记梦"有着极大的偏好，称自己为"逢人说梦之辈"④。在仅刊发两期的《我们》中，就发表了《芝田留梦记》《芝田留梦行》《呓语》(《呓语(一)呓语之十九——S 去的时候》《呓语(二)呓语之二十》)这四篇以"梦"为题的作品。《金刚经》有云："一切有为法，如梦幻泡影。"梦可以视为对无常现实的一种心灵补偿，亦是佛教"十喻"⑤之一。在《鬼劫》中，俞平伯借鬼的反复吟唱，道出对梦与人生无常的理解——"一切似吾生，吾生不似那一切。如梦如幻泡，如露亦如电。可是——梦那有这般朦胧，电那有这般闪瞥，朝露初不如是的易干，幻泡初不如是易灭。又何况——这般绮梦好难寻；电的明，露的莹，幻泡的圆灵，更何足以亚吾生。"⑥在散文中，俞平伯的表述变得更为平静、委婉。如《西湖的六月十八夜》开篇，他写道："我写我的'中夏夜梦'吧。有些踪迹是事后追寻，恍如梦寐，这是习见不鲜的；有些，简直当前就是不多不少的一个梦，那更不用提什么忆了。"⑦彼时，俞平伯的心象与梦幻般的西湖美景相融，不自觉地流露出某种沉默而隐匿的愿望。但他真的愿意在朦胧的月色中做着不醒的长梦吗？在这篇散文的最后，俞平伯回答道："这场怪短的'中夏之梦'，我事后至今不省得如何对它。它究竟回过头瞟了我一眼才走的，我那能怪它。喜欢它么？不，一点不！"结尾的两句表明：虽然在江南的柔梦里可以得到暂时的解脱，但梦醒后的现实江南才是他灵魂的真正安放之地。

---

① 弹指，佛家语，以拇指与中指压覆食指，复以食指向外急弹，为古代印度所盛行表示虔敬、许诺或警告之风俗。一弹指，即弹指一次所需之时间，系诸经普遍用来形容极短暂之时间；维摩疾，佛家典故，维摩诘居士是大乘佛法中一位著名的在家菩萨，堪称是佛陀时代第一居士。他为说法讲经，而现身有疾，因为其有疾病，国王大臣及王子僧人等几十人，都前往问病，维摩诘长者即趁此时对他们说法。

② 俞平伯：《鬼劫》，《我们的七月》，亚东书局出版社 1924 年版，第 18 页。

③ 参见谭桂林：《俞平伯：人生无常与刹那主义——现代文学主题的佛学分析之一》，《20 世纪中国文学与佛学》，安徽教育出版社 1999 年版，第 183 页。

④ 俞平伯：《自序》，《燕知草》(上)，开明书店出版社 1930 年版。

⑤ 十喻，佛家语，即以十种譬喻说明一切法不实的空观道理。原出《摩诃般若经》初品："解了诸法，如幻、如焰、如水中月、如虚空、如响、如犍闼婆城、如梦、如影、如镜中缘、如化。"

⑥ 俞平伯：《鬼劫》，《我们的七月》，亚东书局出版社 1924 年版，第 16—17 页。

⑦ 俞平伯：《西湖的六月十八夜》，《我们的六月》，亚东书局出版社 1925 年版，第 155 页。

不妨这样理解：于 O. M. 社群体而言，这种"雅"而"静"的文学品格与他们的现代文艺观是交织互渗、矛盾共生的。而这种文学品格又让 O. M. 社在充溢着"戾气"与"锐气"的"五四"文坛中显得尤为特别。毕竟，达到除尽"火气"见"清气"的文学境界，体现的已不止是一种思维范式和精神气质，更标举出一种独特的生存姿态。而这也恰恰体现了 O. M. 社之于五四文坛的特殊意义。事实上，O. M. 社群体的确能在受到现实的打击后，更为平静地在"自我"的世界里寻索真谛。这种"静默姿态"与数百年来江南文人注重精气神的"静坐"状态有着异曲同工之妙，均是一种"养心"的方式。① 费振钟将其概括为"处世心机"，认为："江南文人在历史的暴虐政治中，养成了自审的心理习惯，但这种自审的反思意味，不在于汲取思想的力量来抗衡现实，而在于通过不停的心灵之辨调节个人的心情，获得内心与现实的平衡……从南朝'元嘉体'山水诗人谢灵运之辈，直至清代闲居金陵小仓山谈论'夕阳芳草'的'性灵'派文人袁枚，其间始终运思着江南文人同一型式的处世之道。"② 因此，在考察 O. M. 社以诗性传统之"雅"和生存哲学之"静"为表征的文学品格外，对 O. M. 社群体以"江南记忆"为根底的文化追求的进一步探索便显得尤为重要。

<h2 style="text-align:center">三</h2>

如果说"从诗样青春到散文岁月"体现了一种时间维度上的成长嬗变，那么"'我们'的南方"便彰显了 O. M. 社群体在空间维度上自始至终的地域特色，凸显了其最为根本的文化追求。具体来看：《我们》编于宁波与上虞，发行于上海。能够查询到籍贯的 12 位作家为清一色的南方人，更准确的说法是江南人。朱自清自称"我是扬州人"。俞平伯原籍浙江湖州，成长于苏州。叶圣陶、刘延陵、顾颉刚同为江苏籍。其余 7 人，除白采为江西籍，丰子恺、刘大白、冯三昧、潘漠华、沈尹默、金溟若均为浙江籍。由此可见，《我们》是氤氲在江南士风中创办起来的，"地缘"成为该同人刊物的另一个精神纽带。不妨将 1925 年 10 月 20 日朱自清在《语丝》发表的《我的南方》视为已经解散的 O. M. 社的"隐性"宣言："我的南方，我的南方，那儿是山乡水乡！那儿是醉乡梦乡！五年来的彷徨，羽毛般地飞扬！"那份寄寓在江南青山碧水中的"彷徨"指向的是"五四"落潮后广大知识分子的迷茫与挣扎，更是朱自清、俞平伯、叶圣陶、刘延陵、顾颉刚等"我们"同人相似、相通的心境。但仅仅是"彷徨"，他们并没有"沉沦"下去。以朱自清为例，即便只能"羽毛般地飞扬"，他仍努力践行"丢去玄言，专崇实际"的人生理念。无论是散文创作的成果，如《桨声灯影里的秦淮河》《温州的踪迹》等，还是思想体系的建立，如对"刹那主义""平凡主义"的深入思考，或是对新文学社团的热心参与，如对晨光社的指导、对湖畔诗派的支持、对 O. M. 社的领导等，都展现出傲人的实绩，尽显先驱者风范。同时，在朱自清的热心教导和扶持下，更多青年学生，如汪静之、潘漠华、魏金枝、赵平福

① 参见费振钟：《江南士风与江苏文学》，湖南教育出版社 1995 年版，第 125 页。
② 费振钟：《江南士风与江苏文学》，湖南教育出版社 1995 年版，第 115—116 页。

（柔石）、冯雪峰、朱维之、马星野、金溟若、赵瑞蕻等都对新文学的兴趣大大提升，从而走上文学的道路。浙地刊发的新文学作品骤增，源源不断地为"五四"文坛注入新鲜血液。就这样，以朱自清先后任职的浙江省立第一师范（杭州）、省立第六师范（台州）、省立第十中学和第十师范（温州）、省立第四师范（宁波）、私立春晖中学（上虞白马湖）为轴心，形成了一个又一个文学活动圈。这些圈子随着朱自清教学活动的开展和社会交往的增多而不断扩大并产生交集，辐射范围愈来愈广，为 O. M. 社以及随后形成的更有影响力的文人团体——"白马湖作家群"奠定了基础。

回到《我们》期刊本身，除了作者群体的籍贯因素，《我们》在整体风格上也呈现出江南特有的雅致。O. M. 社群员大多出身平民阶层，核心成员在求学期间均无留学国外的背景，学业多在国内完成，如刘延陵、顾颉刚、潘漠华、朱自清、刘大白[1]。俞平伯还先后两次做了留学的"逃兵"，留英、留美都有始无终。有的甚至没有进过大学，如丰子恺、叶圣陶。他们的作品自然而然打上了更为鲜明的本土印记。如两期的封面，因均出自丰子恺之手，展现出了某种和谐统一的格调。《我们的七月》整体为白底蓝线，画面主要由飘曳的柳枝、雨后的霓虹、丛生的怒草和波光粼粼的湖面四部分构成，动静兼具。《我们的六月》同样匠心独具，整体为绿底白线。朱自清在与俞平伯的通信中如此评价："浓荫大树，中为河水，岸边在大树下，作二人吹箫笛，下为草地（轻轻的嫩草与《七月》之怒草不同），颇有意致。"[2]实际出版时，丰子恺将两人吹箫改为一少年静坐于浓荫下读书，增添一份静穆之感。而赤背少年坐于什么树下呢？系南方特有的芭蕉树。江南地区多雨，芭蕉在人们的记忆里常与淅淅沥沥的细雨联系在一起——"窗前谁种芭蕉树，阴满中庭。阴满中庭。叶叶心心，舒卷有余情。伤心枕上三更雨，点滴霖霪。"而这幅漫画展现的是另一种江南风光："江南日暖芭蕉展。"南人多细腻，却喜欢在房前屋后种上又大又绿的芭蕉。它像屏风、像雨棚，仿佛生命的哀愁、人生的风雨都可以这样被挡了去。而《我们》又何尝不是朱自清同道们的"芭蕉"呢？庇佑着他们不甘毁灭的文学理想，使那些彷徨迷茫的思绪，有了栖身之地；使那些平凡的"刹那"，有了不平凡之意义。另外，《我们》不仅凝结了"五四"落潮时期 O. M. 社同人种种幽曲的"心灵词语"，更承载了属于他们的一段段魂牵梦绕的"江南记忆"。《温州的踪迹》中的两篇《绿》与《白水漈》为朱自清与金溟若等学生郊游后所写的游记。金溟若曾回忆道："朱先生兴致很好，常由他主动要我邀人结伴去郊游。温州的近郊，都印下我们的足迹：我们到过三角门外，去看妙古寺的'猪头钟'；到江心寺后看古井；渡瓯江去白水漈；坐河船去探头陀寺；访仙岩的雷响潭和梅雨台。那些踪迹，朱先生都把他收入《温州的踪迹》中。"[3]俞平伯的《江南二月》《西湖的六月十八夜》《芝田留梦记》《芝田留梦行》《湖楼小撷》无不是他居住于杭州西湖边小楼时的所闻

---

① 刘大白虽有海外经历，但不是留学，而是东渡亡命日本；朱自清在清华大学中文系任职后获得游学英国的机会，进修语言学和英国文学，后又漫游欧洲五国，但是在其求学生涯结束后，性质类似访学。

② 朱自清：《朱自清全集》第 11 卷，江苏教育出版社 1998 年版，第 137 页。

③ 金溟若：《怀念朱自清先生》，《传记文学》1994 年第 5 期。

所见、所思所感。这些文字寄情山水，不仅是对南宋永嘉四灵的"性灵派"余韵的继承，更与清旷灵秀的江南文化有着深层次的联系。东晋以后，自然山水不再是神秘主义的天意比附物，而开始成为独立的审美对象，这一转变在我国是以"江南的苏醒为标志的"[①]。伴随着中央政权的第一次南迁，在政治、经济、文化等诸多方面"苏醒"的江南逐渐成为传统文人的精神资源和审美对象，也由此开启了对"江南风物"痴情描摹的时代。而在江南文人的深情笔端，又永远不会缺少"美人"的身影，毕竟她们是构成"江南风物"的一部分，本身便是"装饰了别人的梦"的风景。浸透着江南士风的O. M. 社的一些创作便淋漓尽致地展现出江南文人对女性纤柔软丽特质的追踪与记录。他们或通过感觉思维的联想暗示对女性的崇拜，如朱自清在《白水漈》中通过语言的取喻展开了诗意的想象："有时微风过来，用纤手挽着那影子，它便袅袅的成了一个软弧；但她的手才松，它又像橡皮带儿似的，立刻伏伏帖帖的缩回来了。我所以猜疑，或者另有双不可知的巧手，要将这些影子织成一个幻网。——微风想夺了她的，她怎么肯呢?"[②]或直接以女性作为审美对象予以热情的关注。如朱自清在《"海阔天空"与"古今中外"》中回忆一个女子跳舞的场景："黄昏的电灯光映着她裸露的微红的两臂，和游泳衣似的粉红的舞装；那腰真软得可怜，和麦粉搓成的一般。她两手擎着小小的钹，钱孔里拖着深红布的提头……她舞得如飞一样，全身的曲线真是瞬息万变，转转不穷，如闪电吐舌，如星星眨眼；使人目眩心摇，不能自主。"[③]又如丰子恺的漫画《三等车窗内》[④]中对女性的细腻摹写。该漫画勾勒了一对并肩站立的男女，男青年虽有侧脸，但无明显的五官轮廓，倒是女青年的背影，包括衣着、配饰、发型等构成了画面的主体，引人注目。这种对女性执着怀想的创作心理倾向渗入了鲜明的文化感，最终指向的是传统江南文人的审美感受与精神诉求。

在O. M. 社的"江南记忆"中，值得一提的还有"江南味"。朱自清曾写信给俞平伯，谈到了一次饮酒后的"泥醉"："新春曾泥醉一次，是喝了'新酒'以后。那一醉真非同小可，一夜不得安眠，尽是梦想颠倒! 我自恨笔不健，不能将那时的难受传些给苦忆江南的老兄，因为此亦'江南味'也。"[⑤]信中提及的"江南味"是由饮酒的快意而遥想到的闲适疏放的理想生活状态，内蕴着对江南古典雅趣最为会心的传承。虽然这封信没有刊载于两期的《我们》中，但在《我们的七月》里收录了与之相关的作品——俞平伯的散文《瓶与酒》和《酒》。前者借"瓶与酒"的错综关系论述了文艺的本质，批判了文坛的一系列不良现象。后者辨别了酒味的两个范畴:酒力和酒兴，并以"宽博的酒量、沉静的酒德、精微的酒品"劝勉诸君、表明心志。有趣的是，因《我们的七月》最初为匿名发表，所以在《酒》的开头，俞平伯还以另一位作者的口吻对《瓶与酒》进行了点评，构成了极有张力的"自我对话"。在《我们》中，与之密切相连的还有

---

①　吴海庆:《江南山水与中国审美文化的形成》,中国社会科学出版社2011年版,第38页。

②　朱自清:《温州的踪迹》,《我们的七月》,亚东书局出版社1924年版,第86页。

③　朱自清:《"海阔天空"与"古今中外"》,《我们的六月》,亚东书局出版社1925年版,第40—41页。

④　丰子恺:《三等车窗内》,《我们的六月》,亚东书局出版社1925年版。

⑤　朱自清:《朱自清全集》第11卷,江苏教育出版社1998年版,第130—131页。

丰子恺的漫画《人散后，一钩新月天如水》。这是丰子恺公开发表的第一幅作品，以极疏朗简洁的笔触描绘了"小杨柳屋"友人把酒言欢、酒尽人散后的场景。画面大片留白，意境隽永含蓄，颇有水墨山水画的气韵和丝丝静定的禅意。"江南味"里不仅有酒的"辣"与"醇"，更有独特的"鲜""酸""苦""甜"。朱自清在日记中数次谈及江南美食——油焖笋、芋艿煨鸭、苔菜饼、茴香豆……无不是对江南风俗文化的真实描摹。在《"海阔天空"与"古今中外"》的结尾，他还写道："我们对于过去的自己，大都像嚼橄榄一样，总有些儿甜的。我们依着时光老人的导引，一步步去温寻已失的自己；这走的便是'忆之路'。在'忆之路'上愈走得远，愈是有味；因苦味渐已蒸散而甜味却还留着的缘故。最远的地方是'儿时'，在那里只有一味极淡极淡的甜；所以许多人都惦记着那里。"①朱自清不仅一次回望那让人魂牵梦绕的"忆之路"，惦念着儿时的江南。在《〈忆〉跋》的开头，他写道："最后的驿站，在白板上写着朱红的大字'儿时'。这便是'忆的路'的起点……飞去的梦因为飞去的缘故，一例是甜蜜蜜但又酸溜溜的。"②朱自清在江南生活了二十余年，所有的童年时光都是在文化名城扬州度过的。那么，便不难理解他对江南深入骨髓的认同感和归属感。此时，正值中年的朱自清虽不会像同为江南人的陆游那般慨叹"白发无情侵老境"，但"青灯有味似儿时"的情感却是共通的。以上种种均表明：一群与江南之地有着天然血脉联系的现代作家坚持在寄情山水中重铸江南神韵，与前辈文人形成了精神气质上的内在"同构"。一方面，那些难以忘怀的文字、画面、味道承载了有关"江南"的全部情感体验。他们以此为内驱力，将江南地区自然山水与人文历史的双重熏陶铸进"人格"与"文格"中，建构出属于自我的心灵诗，其创作彰显了江南文化之特色；另一方面，他们的永恒追忆也构成了不断发展的江南文化本身，使"江南"最大程度地发挥了表情达意之功能。无论是对前朝传统不自觉的心灵感应，还是对"江南风物"和"江南味"的自觉追求，O. M. 社群体文化基因中的"江南记忆"都在清旷灵秀的山水间激活了。这种精神关联虽然是无形而隐蔽的，却成为照亮其文化追求道路上永久不灭的"青灯"。故而，朱自清笔下的《我的南方》实际上也是 O. M. 社同人们共同的南方，"人生幸得生江南，群山耸翠水拖蓝"，同人亦"同心"，《我们》才真正凝结为"我们"。

    总体来说，O. M. 社群体以及在此基础上发展而成的白马湖作家群置心于佛而置身于世，以出世的精神做入世的事，前进而不激进。无论时代氛围多么紧张、现实斗争多么残酷，他们始终展现出一种"柔而不弱、和而不流"的精神风貌，担负起教育、出版、创作三位一体的文化使命，于现实世界与心灵世界的对应化过程中做出将审美人生化的积极探索和人生审美化的有益尝试。在寡言甚至无言的静默里，O. M. 社群体从江南的诗性精神中汲取生命勃发的力量，在"羽毛般地飞扬"中实现"有根"的文化聚合，以"雅"而"静"的文学品格和承载着"江南记忆"的文化追求完成了对江南审美艺术传统的自觉体认和属于自我的"心灵还

① 朱自清:《"海阔天空"与"古今中外"》,《我们的六月》,亚东书局出版社 1925 年版,第 53—54 页。
② 朱自清:《〈忆〉跋》,《我们的六月》,亚东书局出版社 1925 年版,第 211—212 页。

乡",而这也是历代江南文人的价值取向。基于此,便更易理解赵景深在《现代小品文选》的序言中对《我们》的高度评价:"这两本书在历史意义上与《诗刊》有同等价值,我们讲到诗,不能忘记《诗刊》,讲到小品文,不能忘记上举的二书。"①毕竟在"五四"那样一个广阔复杂的文学社群场域中,无论是作为新文学史上第一个以"小品文"见长且真正意义上集体放弃作品署名权的文学社团,还是作为一个凭借独特文学品格和文化追求进行具体创作从而实现"心灵还乡"的文学群体,O. M. 社都足以称为"五四"整体文化语境中不可替代的唯一。故而,即便仅刊行两期的《我们》影响力有限,O. M. 社在中国新文学史,尤其是散文史上都不应被视为只留下一个模糊"背影"的"匆匆"过客。

附录:

表一 《我们的七月》作家作品一览表(按原刊顺序)

1924 年 7 月 主编:俞平伯

作品名称	作品类别	作者	备注
《夏》	漫画	丰子恺	封面画
《鬼劫》	诗剧	俞平伯	
《正义》	散文	朱自清	署名:朱佩弦
《浣溪沙》	诗歌(旧体诗)		补白
《泪的徘徊》	散文	叶圣陶	
《温州的踪迹》	散文	朱自清	署名:朱佩弦;实为四篇,包括:(一)《月朦胧,鸟朦胧,帘卷海棠红》;(二)《绿》;(三)《白水漈》;(四)《生命的价格——七毛钱》。
《湖楼小撷》	散文	俞平伯	实为五篇,包括:(一)《春晨》;(二)《绯桃花下的轻阴》;(三)《楼头一瞬》;(四)《日本樱花》;(五)《西泠桥上卖甘蔗》
《琴河感旧》	诗歌(旧体诗)		补白
《苦狱》	小说	潘漠华	署名:若迦
《生命》	诗歌	John Galsworthy	补白;作者即约翰·高尔斯华绥
《赠 A. S.》	诗歌	朱自清	署名:佩弦;A. S 君为邓安石(邓中夏);1924年 4 月 26 日曾发表于《中国青年》第 28 期。
《赠 M. G.》	诗歌	俞平伯	署名:平伯
《小诗》	诗歌		补白;两首
《风尘——兼赠 F 君》	诗歌	朱自清	署名:佩弦
《卖艺的女人》	诗歌	潘漠华	署名:潘训

---

① 赵景深:《序》,《现代小品文选》(上),上海北新书局 1933 年版,第 5 页。"二书"即《我们的七月》《我们的六月》。

作品名称	作品类别	作者	备注
《浣溪沙》	诗歌（旧体诗）		补白
《我的泪灼耀着在》	诗歌	潘漠华	署名：前人，即同前一作者，故为潘漠华
《小诗》	诗歌	张维祺	两首
《七绝四首》	诗歌（旧体诗）	佚名；俞平伯	补白；包括：《津浦道中》《为 C. K. 题居庸关照片》《偶忆吴苑西桥之风物以记之》《海上秋鸥》。虽均未署名，但《偶忆吴苑西桥之风物以记之》（改名为《吴苑西桥旧居门前》）和《海上秋鸥》后来均收录于诗集《忆》，作者系俞平伯。
《人散后，一钩新月天如水》	漫画	丰子恺	插画
《江南二月》	诗歌（旧体诗）	俞平伯	署名：援试
《所见》	诗歌		补白
《吴声恋歌十解》	诗歌	俞平伯	署名：平伯
《浣溪沙两首》	诗歌（旧体诗）		补白；两首
《旧诗新话》	论文	刘大白	
《诗底新律》	论文	俞平伯	署名：平伯
《浣溪沙 倦》	诗歌（旧体诗）	俞平伯	补白；虽未署名，但后来收录于 1980 年版《古槐书屋词》，作者系俞平伯。题目只保留词牌名，文字也有改动。
《瓶与酒》	散文	俞平伯	署名：平伯
《酒》	散文	俞平伯	署名：前人
《诗两首》	诗歌（旧体诗）		补白；该诗本无题目，笔者加。
《茸芷缭衡室札记》	札记	俞平伯	署名：前人
《诗两首》	诗歌（旧体诗）		补白；该诗本无题目，笔者加。
《信三通》	通信	朱自清（致俞平伯）	署名：佩弦 平伯；时间分别为：1922 年 11 月 7 日；1922 年 1 月 13 日；1923 年 4 月 10 日。

表二　《我们的六月》作家作品一览表（按原刊顺序）
1925 年 6 月　主编：朱自清

作品名称	作品类别	作者	备注
《绿荫》	漫画	丰子恺	封面画
《血歌——为五卅惨剧作》	诗歌	朱自清	
《北海子的落日》	摄影	吴辑熙	
《"海阔天空"与"古今中外"》	论文	朱自清	署名：自清
《文学的游离与其独在》	论文	俞平伯	署名：平伯

作品名称	作品类别	作者	备注
《两千年前玉门关外的一封情书》	杂记	俞平伯	补白;署名:平伯
《析"爱"》	论文	俞平伯	署名:平伯
《五绝两首》	诗歌(旧体诗)	坚铭	补白
《黄昏》	漫画	丰子恺	署名:子恺
《暮》	散文	叶圣陶	
《诗一首》	诗歌(旧体诗)	白采	补白
《不寐》	散文	顾颉刚	署名:颉刚
《时新旦角戏》	杂记	顾颉刚	补白;署名:颉刚
《"我来自东"》	小说	金溟若	
《秦淮感旧》	诗歌(旧体诗)	木雁	补白
《梦》	散文	潘漠华	署名:若迦
《呓语》	诗歌	俞平伯	署名:平伯;实为两篇,包括:《呓语(一)呓语之十九——S去的时候》《呓语(二)呓语之二十》
《相和歌》	杂记	顾颉刚	补白;署名:颉刚
《一封信》	诗歌	刘延陵	
《巡回陈列馆》	散文	刘延陵	
《西湖的六月十八夜》	散文	俞平伯	署名:平伯
《花瓣》	诗歌	冯三昧	
《对于〈鬼劫〉的意见》	短评	顾颉刚	补白;署名:颉刚
《自己墓上的徘徊》	诗歌	白采	署名:采
《三等车窗内》	漫画	丰子恺	署名:子恺
《旧诗新话》	论文	刘大白	署名:大白
《绝句四首》	诗歌(旧体诗)		补白
《〈忆〉跋》	散文	朱自清	属名:佩弦;该文系朱自清为俞平伯的散文集《忆》写的跋。
《山野掇拾》	书评	朱自清	属名:佩弦;该文系朱自清为孙福熙《山野掇拾》的书评。
《芝田留梦记》	散文	俞平伯	署名:援试
《石门道中》	诗歌(旧体诗)		补白
《芝田留梦行》	诗歌(旧体诗)	俞平伯	署名:援试
《南柯子》	诗歌(旧体诗)	沈尹默	补白;署名:尹默

作品名称	作品类别	作者	备注
《西关砖塔塔砖歌——为先舅氏汲侯许君作》	诗歌(旧体诗)	俞平伯	署名:屈斋
《题家书后》	诗歌(旧体诗)	木雁	补白
《信两通》	通信	顾颉刚（致俞平伯）	署名:颉刚;时间分别为 1918 年 5 月 17 日、1924 年 5 月 15 日。

二十世纪三十年代民众教育馆之教育戏剧探微
——以山东省立民众教育馆为考察对象

苗 芳*

（南京大学 文学院，南京 210013）

内容摘要：二十世纪三十年代，教育戏剧活动在社会教育进程中发挥出不可替代的关键作用。山东省立民众教育馆之教育戏剧随其核心领导者的变动，工作理念不断调整，其自身经历了萌芽期、成长期及盛衰期。在"训政"时期，山东省立民众教育馆以化装讲演稿打破教育工作的瓶颈，发起"教育戏剧运动"，借助戏剧之形式推广教育，凭借艺术即经验的特性，超越文字的障碍，凸显出感化民众、教育民众、询唤新民的启蒙作用。如今反观，其亦为当下教育戏剧活动提供了宝贵的历史经验。

关键词：山东省立民众教育馆；教育戏剧；艺术经验；新民

- -

　　国民政府自初成以降，经历了十年内战，从破坏敌人的军政时期进入稳定国情的"训政"时期。政府解释训政"就是民众教育"[①]，欲建设现代化的新国家，必须通过民众教育来培育"新民"。民众教育馆上启明末通俗教育馆，是西潮东渐教育思想的中国化产物。一九三〇年民众教育馆专指图书馆，一九三二年二月二日国民教育部颁布《民众教育馆暂行规程》，将各地称呼繁杂的社会教育机构进行整合，统称民众教育馆，其内部可附设下属单位。各省、市、县分别设置相应的民众教育馆，履行各片区民众的教育职能。学界对于民众教育馆的社会教育功能研究较为翔实。针对其中教育戏剧活动研究，李朴园曾于一九三三年撰文《剧话：献给从事社会教育的人们》肯定其价值，小秋《我们底化装讲演》一文声明利用戏剧形式实施教育的卓越效果，阎折吾等人提出"教育戏剧运动"，江苏省立南京民众教育馆将其发扬光大。而当下学界较少涉猎，仅有朱煜的《民众教育馆与基层社会现代改造——以江苏为中心1928—1937》[②]第

　　＊ 作者简介：苗芳，南京大学文学院博士研究生，云南师范大学传媒学院讲师。

　　① 中国第二历史档案馆编《中华民国史档案资料汇编》第5辑 第1编 教育（二），江苏古籍出版社1994年版，第700页。

　　② 朱煜：《民众教育馆与基层社会现代改造——以江苏为中心1928—1937》，社会科学文献出版社2012年版。

四章第三节中的第三小点"'戏剧化'的熏陶"中有所提及。涂玲慧在《教育戏剧——"京剧进课堂"探微》①一文中,少量论述了一九一五年"通俗教育研究会"提倡的改良戏曲与教育社会。缘何于此,大抵因其戏剧艺术的本体价值不足挂齿。笔者认为有必要拂去堆叠的尘灰,再现三十年代民众教育馆中教育戏剧的历史意义及价值。当时全国各民众教育馆曾大范围地实施教育戏剧,因山东省立民众教育馆(以下简称为山东民教馆)较早推行化装讲演活动,且有多部剧本留存,并对当地民众生活产生一定影响,故本文取其为考察对象。

一、山东省立民众教育馆之教育戏剧历程

江苏省立南京民众教育馆成立后,各省纷纷效仿。一九二九年八月二十三日,山东民教馆成立。山东民教馆的教育戏剧运动随其核心人物的变动,工作理念不断调整。核心人物历经赵为容、吴级宸及阎折吾等人的不断迭代;历时进程亦从追求注意力,灌输教育目标的萌芽期步入培养讲演员,聚焦教化效果的成长期,续而发展至考究戏剧艺术,感化民众的盛衰期。虽其教育戏剧运动以失败而终,但探寻其兴衰历程具有一定历史价值。

(一)山东民教馆之教育戏剧萌芽期(1931—1932)

山东民教馆"最初是由山东旧有之公立通俗图书馆,社会教育经理处及通俗讲演所三者合并起来的。成立之目的有三:(1) 举办各县所不能进行之民教事项;(2) 实施各种民教设施以为指导各县社会教育之标准;(3) 作各县民教馆的模范"②。一九三一年发表的《山东省立民众教育馆现任职员一览表》中显示,该馆下设四个部门,分别为:总务部、出版部、讲演部、扩充部。讲演部下设固定讲演组、电影讲演组、化装讲演组、巡回讲演组。《教育部公布民众教育馆暂行规程》要求各省、市、县分设民众教育馆,指定内部功能部门,分别是:阅览部、讲演部、健康部、生计部、游艺部、陈列部、教学部、出版部共八部。一九三三年,山东民教馆行政组织变动为:秘书处、宣传部、推广部、训练班、经济稽核委员会、各种临时委员会。讲演股下属于推广部,讲演又分普通讲演、化装讲演、巡回讲演、幻灯讲演、留声机讲演、科学讲演、学术讲演等七种。化装讲演仅为其中的一小分支。

山东民教馆"附设民众影戏院一所,其前身是由山东省立实验剧院"③。实验剧院曾因作品过于艺术化而歇业,原场地由省教育厅划分至山东民教馆名下。影戏院每天放映电影,五天更换一次影片。影片制作本是商业行为,全以卖座为指归,所以内容趋向娱乐化,教育成分缺失。为教育民众、宣传思想,山东民教馆于电影放映前十分钟进行讲演,然而"来寻娱乐的民众不接受直接教训"④,教育效果惨不忍睹。一九三一年八月底,发生韩人排华事件,

---

① 张生泉主编《教育戏剧的探索与实践》,中国戏剧出版社 2010 年版。
② 山东省立民众教育馆:《山东省立民众教育馆设施概览》,山东省立民众教育馆 1933 年版,第 1 页。
③ 山东省立民众教育馆宣传部:《化装讲演稿》第 1 集,山东省立民众教育出版部 1932 年版,第 1 页。
④ 阎折梧、赵波隐:《教育戏剧运动发端(一个从理论到实践的小报告)》,《山东民众教育月刊》1934 年第 5 卷第 7 期。

山东民教馆在电影放映的空档上演了化装讲演《万宝山前》,故事里中国警兵帮助韩国人认清日本人的奸险嘴脸,鼓舞民众联合起来打倒日本帝国主义。因为是演戏,观众欣然接受。由此,山东民教馆的教育戏剧进入萌芽期,化装讲演愈发受人欢迎。领导者为留法归国的讲演部主任赵为容。他认为"化装讲演是以戏剧为'形式',以讲演为'骨干'的"[1]。"不以艺术欣赏为目的,但陈道德之信条。"[2]其演出周期与电影一样,每隔五天更换内容,剧本亦由最初表演十分钟的短剧成长为演出三十分钟的独幕剧。

化装讲演因受民众喜爱,诸多单位争纷模仿,山东民教馆将演出剧本印刷出版。《化装讲演稿第一集》(1932)收录了根据时事政治编写的十二部爱国剧。《化装讲演稿第二集》(1932)收录了十二部与都市现象有关的社会剧,前两集所收皆为赵为容编写。《化装讲演稿第三集》(1932)收录了七个社会剧,其中六个独幕剧,一个多幕剧,作品来源包括赵为容改编的剧本及其他同事编写的剧本。前三集剧本中的人物具有典型化、象征化的特质,人物设置、故事情节较为简单。

以赵为容为领导的化装讲演活动,播撒下山东民教馆之教育戏剧的种子。其以观众为导向,以吸引民众视线为初步目标,将"讲"与"演"有效结合的教育方式获得初步成功,但演出时常常出现低俗化的内容。又因讲演部人员意见不一,人才流动较大,如馆长董淮川所云:"从十九年七月到现在,不到两年的工夫,各部同人的变动以讲演为最。其原因,兴趣不浓,能力不够,态度不宜。"[3]赵为容一九三二年八月离开山东民众教育馆,由吴级宸接替讲演部部长,肄业于上海艺术大学、师从田汉的阎折吾由南至北加入其中。自此,山东民教馆的教育戏剧步入成长期。

(二)山东民教馆之教育戏剧成长期(1932—1934)

发掘戏剧在教育中的先天优势后,吴级宸领导着阎折吾等人快速壮大化装讲演部,山东民教馆的教育戏剧随之进入成长期。其具体表现在三方面:其一,山东民教馆召开讲演员训练班,为其及各县市培育讲演人才;其二,扩大巡回讲演队伍,深入农村田间普及教育;其三,一九三四年在《山东民众教育月刊》[4]开辟"讲演员训练班专号"与"民众戏剧专号"探讨戏剧相关内容,教育戏剧逐渐成型。

一九三二年九月山东民教馆拟举办讲演员训练班,并发布招生简章,预计招收男女共15人,文中写道:"本馆鉴于通俗讲演在民教上效果极高,而是项人材极感缺乏,特决定举办讲演员训练班……学生毕业后本馆得酌量介绍职业,并得留馆服务。"[5]报名者共计125人,

---

① 山东省立民众教育馆宣传部:序,《化装讲演稿》第3集,山东省立民众教育出版部1932年版。

② 阎折梧、赵波隐:《教育戏剧运动发端(一个从理论到实践的小报告)》,《山东民众教育月刊》1934年第5卷第7期。

③ 渭川、林恒、级宸:《一个教学做合一的实验:举办讲演员训练班报告》,《山东民众教育月刊》1933年第4卷第2期。

④ 《山东民众教育月刊》为山东民众教育馆编辑出版,创刊于1930年。

⑤ 山东省立民众教育馆:《民众教育消息汇志:本馆举办讲演员训练班》,《山东民众教育月刊》1932年第3卷第9期。

通过考试,最终录取 27 人,16 人系招录,其余 11 人为各县民教馆保送者。由此得见其已发掘化装讲演的绝佳教育宣传效果,继而着力培养从事此项工作的专门人才。一九三二年十月,《山东民众教育月刊》刊出《演剧说书与杂要》一文,翻译自日本作家川上武夫的著作《民众教育》。该文极力强调戏剧感化人群的贡献,映射出该馆对于教育戏剧愈发重视的态度。一九三三年出版了《化装讲演稿》四、五、六集,剧本艺术性有所提升。董淮川亦称:"各县及外省选用本馆稿本化装讲演者日渐增多。"[①]出于"集民教事业之大成,作全省民教之策源地"的理想,山东民教馆"敢于举办一般民教馆所不能的几种事业,例如巡回演团,民教人员训练班"[②]。讲演部每年进行两次下乡巡回讲演,至赵为容离开该馆时,已经完成五次巡讲。往届讲演人员不过十人。一九三二年十一月,第六次巡讲中,"全团三十四人之多……本馆附设的讲演员训练班全体学员"齐上阵。如表一所示,巡回讲演每日演出内容由普通讲演、化装讲演、电影幻灯三个部分组成。戏剧表演收效甚好,"随时看到演戏有人来,说话有人走的现象"[③]。在农村的广阔土地上,教育戏剧的作用愈发凸显。

表一　来自《本馆第六次巡回讲演纪略》

工作日期	工作项目	内容概略	工作时间	工作地点
二十五日	普通讲演	讲题三个	午后二时至四时	研究院大操场
	化装讲演	1. 魔术两个 2. 新戏五个	午后一时至五时	同上
	电影幻灯	1. 幻灯片十个 2. 苦学生前部	午后七时至十时	同上
二十六日	普通讲演	讲题五个	午后七时至八时	旧戏台
	化装讲演	1. 魔术两个 2. 新戏五个	午后二时至五时	研究院大操场
	电影幻灯	1. 幻灯片十五个 2. 苦学生后部	午后七时至九时半	同上
二十七日	普通讲演	在剧情报告中	午前十一时至午后四时	同上
	化装讲演	1. 魔术两个 2. 新戏七个	午前十一时至午后四时	同上
	电影幻灯	1. 幻灯片十五个 2. 总理奉安片	午后七时至九时半	同上

一九三三年三月《山东民众教育月刊》发"讲演员训练班专号",汇报演员训练班的经验与总结。其中《教学做合一的实验》一文谈及化装讲演是"直接刺激的力量,能够使听者动容

---

① 山东省立民众教育馆:《山东省立民众教育馆设施概览》,山东省立民众教育馆 1933 年版,第 36 页。
② 山东省立民众教育馆:《附录:本馆二十三年度工作计划纲要》,《山东民众教育月刊》1934 年第 5 卷第 8 期。
③ 吴级宸等:《本馆第六次巡回讲演纪略》,《山东民众教育月刊》1933 年第 4 卷第 1 期。

落泪"①。化装讲演活动教育民众的效果显著,可困于求才不得,只得自行培养化装讲演之专门人才,试行教、学、做合一的方式。一九三三年十月《山东民众教育月刊》发"民众戏剧专号",探讨民众戏剧的定义、形式、语言等问题,针对其问题,学界业界如左明、陈治策、马彦祥、谷剑尘、郑君里、李朴圆、高阳等学者纷纷应答。山东民教馆的成员小秋撰写《我们底化装讲演》一文,回应如何开展民众戏剧的问题,并称:"我们底化装讲演中已试探了民众戏剧可由的道路。"②该文阐述了近期化装讲演活动之改进,故事内容由简入难,从教化到感化,剧本主题进行分类,分析观众群体特征,增加游行演出频率,进一步提高教育效果,在"化装讲演稿编演中顺便探索大众戏剧的道路"③。然而,这期间的化装讲演仍是重视宣传效果,忽视艺术价值,存在"为着剧情的兴味份子加浓"而刻意"低级趣味"的现象。直到一九三四年,阎折吾、赵波隐提出"教育戏剧"一词,山东民教馆的教育戏剧走向巅峰。

(三)山东民教馆之教育戏剧盛衰期(1934—1937)

山东民教馆的化装讲演一直附庸在电影前,这是从事化装讲演同仁们所不平的,其"老早就有把偏房扶正的决心"④。"山东省立民众教育馆从二十三年度把附设的民众影戏院分为两组:一是电影组;二是戏剧组。"⑤随后,阎折吾、赵波隐发起了教育戏剧运动,赴北平招收学制两年的戏剧班,拟录10人,实际录取10人,备取6人,共计16人。经过排演与学习,每月定期推出公演。

十九世纪末至二十世纪初,戏剧的教育功能即被教育界、戏剧界的前辈关注。一九一五年,俞惊坤提出改良戏剧"推成出新,裨益社会,殊非浅鲜"⑥。一九二一年,陈大悲翻译了希力亚德的文章,强调教育的戏剧不同于爱美剧,其目的"专在演者底发展上"⑦,具体表现在三个方面:角色对于演员的影响,掌握异域国家的知识,矫正个人的身体姿态。一九三三年,李朴园直言:戏剧"在农民教育上占着如何惊人的位置"⑧。

一九三四年九月,阎折吾、赵波隐在《山东民众教育月刊》上发表的《教育戏剧运动发端(一个从理论到实践的小报告)》一文中,明确提出"教育戏剧"并定义,阐明其是"指导生活,改良社会,推进人类文化的戏剧。……结构与表演,具有民众教育意义的主题,而上演效果又能给予

① 渭川、林恒、级宸:《一个教学做合一的实验:举办讲演员训练班报告》,《山东民众教育月刊》1933年第4卷第2期。

② 小秋:《我们底化装讲演》,《山东民众教育月刊》1933年第4卷第8期。

③ 小秋:《我们底化装讲演》,《山东民众教育月刊》1933年第4卷第8期。

④ 阎折梧、赵波隐:《教育戏剧运动发端(一个从理论到实践的小报告)》,《山东民众教育月刊》1934年第5卷第7期。

⑤ 阎折梧、赵波隐:《教育戏剧运动发端(一个从理论到实践的小报告)》,《山东民众教育月刊》1934年第5卷第7期。

⑥ 俞惊坤:《戏剧在教育上之价值》,《教育周报》(杭州)1915年第94期。

⑦ 希力亚德:《戏剧研究:教育的戏剧之意义与效果(未完)》,陈大悲译,《晨报副刊》1921年10月12日。

⑧ 李朴园:《剧话:贡献给从事社会教育的人们》,《山东民众教育月刊》1933年第4卷第8期。

观众以深刻的印象，获得教育的，(非教训的，是感化的)良好效果的一种戏剧"①。二人指出现阶段的教育戏剧生端于化装讲演，但又与之有所不同，表现为："教育戏剧纯以自身上演效果为评价，以其感化力量之伟大，借收教育上之功能! 虽为教育之宣传工具，而不失其戏剧艺术本身的价值。……抛弃一切伤害戏剧艺术不合理的手法，务使内容技巧人生化，合理化。"②阎折吾等人强调民众教育与民众戏剧的交叉融合，重视教育戏剧的教育意义及演出效果。

一九三四年八月，戏剧组首演了《爱的教育》《姐妹花》《爸爸》《回家以后》《寄生草》等与城市生活较为亲近的剧本，获得成功。山东民教馆将化装讲演稿第六集中未能收录的剧本结集成册，刊发《化装讲演稿第七集》(1934)。此外，他们极具针对性地推出教育戏剧小丛书《爱力》(赵为容 1934)、《一夜豪华》(阎折吾 1934)、《船上一童子》(赵为容 1934)、《母性之光》(阎折吾 1934)等6种剧本。然而，阎折吾预测的"不可乐观的将来"如期造访。山东省教育厅厅长何思源因观看前实验剧院戏剧部主任王泊生所演的旧戏，感觉甚美，欲恢复旧有之实验剧院，"特召王泊生赴教育厅商洽"③，并下令将山东民教馆现有的影戏院收回，更名为山东省立剧院，命王泊生为院长。阎折吾回忆道："我们最初有一个很合用的小剧场，一天到晚的上课、排戏，舞台工作皆在那里面，后来凭空地剧场被省立剧院收了过去，顿时生活感到失了重心。虽然我们在一个小饭厅改造的小舞台上公演了十多次，然而终于因为地方不合适而减少了工作效率。"④又因戏剧班演员的纷纷离场，戏剧班日渐衰败。阎折吾感叹："每当一个演员在自动或被动地退学时，我总特别感觉到遭遇着一种令人灰堕的打击，同学们也是一样地叹息，哭泣，送别，有心无心的减少工作的兴味!"⑤随着演员的退却，教育戏剧实验最终以失败收场。

其教育戏剧失败之原因在以下几点，其一，过度强调戏剧艺术。作为民众教育馆的附属部门，在教育背景下实施职业戏剧，过度追求戏剧艺术、剧场效果，一方面丧失了最重要的群众基础，另一方面也损伤了教育戏剧的本质。其二，盲目将戏剧职业化与教育戏剧相结合。职业戏剧以"叫座"为第一天职，而教育戏剧以教育为终极使命，想兼具两者，好似指雁为羹。其三，与社会时代背景息息相关，畸形地看脸、捧角的台柱体制，使剧团与导演身处被动，封建的家长制干扰学生的学习动力，加速了教育戏剧的失败。阎折吾在《剧场生活》中哀怨道："在中国旧的封建势力根深蒂固的今日，欲使戏剧职业化，依据个人的考察，实在不敢乐观。"⑥然而，这并不

① 阎折梧、赵波隐:《教育戏剧运动发端(一个从理论到实践的小报告)》,《山东民众教育月刊》1934 年第 5 卷第 7 期。
② 阎折梧、赵波隐:《教育戏剧运动发端(一个从理论到实践的小报告)》,《山东民众教育月刊》1934 年第 5 卷第 7 期。
③ 江苏省立镇江民众教育馆:《一月来各省市中重要民众教育消息汇志(二十三年九月):山东省:一、恢复实验剧院》,《民众教育通讯》1934 年第 4 卷第 7 期。
④ 阎哲吾:《剧场生活》,中华书局 1937 年版,第 138 页。
⑤ 阎哲吾:《剧场生活》,中华书局 1937 年版,第 152 页。
⑥ 阎哲吾:《剧场生活》,中华书局 1937 年版,第 145 页。

意味着山东民教馆的教育戏剧毫无价值，相反，其在三十年代的社会教育进程中产生了不可替代的价值与意义。

二、山东省立民众教育馆开展教育戏剧的价值与意义

《民众教育馆工作大纲》的第二章第三条指出："民众教育馆之施教目标，在养成健全公民，提高文化水平以改善人民生活，促进社会发展。"①而民众教育馆自身最大的困境是无法吸引民众接受教育，山东民教馆借助教育戏剧活动打破了僵局，吸引大量民众，为其他教育手段夯实群众基础，积极走出辖区，送教育上山下乡，彰显出自身的艺术价值与意义。

（一）吸引普通民众，超越文字限制，提供正当娱乐

梁漱溟有云："要求社会改进，就要先从扫除文盲、改良农业、组织合作社，改善人民生活，以及提高文化为最要紧。"②然而全国占比百分之八十五以上的农村人口并无求学好知之心。浙江省立民众教育馆馆长孟宪承亦言："现在民众教育发达上的一个阻碍，就在民众领受教育不踊跃，谁也不能不这样感觉罢。……再说娱乐，也是一个很紧要的问题啊！人们不能有工作而没有游戏，有劳苦而没有讴歌。"③

山东民教馆借助教育戏剧自身的娱乐性、休闲性吸引群众注意，使得教育打破城市藩篱，超越文字限制，传入乡间故里。一九三七年五月，阎折吾带领山东民教馆的同志到鲁西沿黄河各县送娱乐。"准备的教育戏剧有屠户、放下你的鞭子、械斗、上了不识字的当、为国牺牲、最后一计、老坏的末路、睁眼瞎子、烟鬼、奶奶的主张、看谁用着谁等剧。"④如表二所示，每日演出到场观众数以千计，剧组采用了"地台子戏"的方式进行表演，效果非常完美。

表二　来自《堤上之行——巡回鲁西各县实施堤工教育记》

工作地点		月／日	时间	工作项目	观众人数	备　注
聘城	城内	5	下午二时	挂图展览，教育戏剧五幕，新书词两段	3000	场所在万寿观
		6	下午八时	教育电影六本，幻灯画片	10000	堤工占 1/2，场所在教场
		5	下午二时	挂图展览，教育戏剧五幕，新书词三段	4000	与昨日内容不同
		7	下午八时半	教育电影五本及幻灯画片	20000	

----

① 教育部编《教育法令汇编》，正中书局 1940 年版，第 245 页。
② 梁漱溟：《我们在山东的工作》，中国文化书院学术委员会编《梁漱溟全集》第 5 卷，山东人民出版社 2005 年版。
③ 孟宪承：《成年生活的需要与教育》，《教育与民众》1929 年第 1 卷第 5 期。
④ 阎哲吾：《堤上之行——巡回鲁西各县实施堤工教育记》，《山东民众教育月刊》1937 年第 8 卷第 4 期。

工作地点		月\日	时间	工作项目	观众人数	备 注
寿张	城内	5	下午三时	教育戏剧四幕,挂图展览,新书词两段	2000	场所在民众体育场戏台上,当日正在演"会戏"。
		9	下午八时半	教育电影五本及幻灯画片	10000	场所同上
	孙口镇	5	下午二时	教育戏剧三幕 新书词两段	400	场所在堤旁林甲土台上现众各堤工
		10	下午八时半	教育电影五本及幻灯画片	10000	场所同上观众 9/10 为堤工
	黑虎庙	5	下午三时	教育戏剧两幕及挂图展览	1000	团员马立元君由后台落地为开水烫伤,戏即中止
		11	下午八时半	教育电影七本及幻灯画片	30000	场所在庄内土场上现众 9/10 为堤工
		5	下午一时	教育戏剧两幕及挂图展览	3000	今早附近五十里以内民众,郓城梁山民众全来赶会与曹州梆子戏合演。
		12	下午八时半	教育电影九本及幻灯画片	40000	场所改在西黑虎庙大场上,观众仍感拥挤。
范县	城内	5	下午八时半	教育电影六本及幻灯画片	10000	场所在石牌坊大场
		13				
		5	上午十一时	教育戏剧《放下你的鞭子》一幕	1000	场所同昨参加儿童健康检阅表演,作大场剧之试验
			下午三时	教育戏剧五幕及挂图展览	2000	场所在进德会戏楼上,十四日整日大风沙,未工作。
		15	下午八时半	教育电影七本及幻灯画片	20000	场所同昨
濮县	城内	5	下午八时半	教育电影五本及幻灯画片	20000	场所在体育场
		16				
		5	上午十时	教育戏剧两幕	3000	场所借用城内"大会"戏台
		17				
	杨集	5	下午二时	教育戏剧三幕	500	空场上演地台子戏
		17	下午八时半	教育电影四本及幻灯画片	10000	当晚返城
	辛庄集	5	下午四时	教育戏剧三幕	500	在大场上临时搭成之简便舞台上出演
		18	下午八时半	教育电影四本及幻灯画片	10000	当晚返城

教育戏剧打破了传统的教育阶级固化、艺术欣赏等级化的已有形态。教育戏剧真正地走进田间地头,送教育上山下乡,跨越文字的限制,吸引目不识丁的民众目光,为其他教育方式奠定坚实的群众基础,为贫苦百姓提供正当的娱乐方式,陶冶民众审美情操。除此之外,教育戏剧在教育民众、启蒙民众、镜像观照个人方面,同样发挥出不可替代的重要作用。

(二)经验即是教育,镜像观照自我,询唤社会新民

人们在习得前人生存经验的基础上,通过自我实践不断修正个人生活经验。对于艺术,亚里士多德倡导"模仿说",苏珊·朗格主张"情感形式"说,杜威则力导"艺术即经验"的观点。"艺术不是无用的摆设,不是有闲阶级的无病呻吟。"[1]艺术是直接反映生活的经验,是连接民众生活经验的工具。具有能量的艺术是唤起民众自我成长的启蒙方式。恰如杜威所悟:"所有反思性论述对道德影响的总和,与建筑、小说、戏剧对生活的影响相比,是微不足道的。"[2]

民众通过戏剧演出,在观赏中勾连起自我生活经验,在戏剧表演的亦真亦幻的镜像中,关照自我,体察感悟,反思人生。山东民教馆每年两次,途径十几县、市巡回讲演,借助戏剧载体传承教育思想。在第六次巡回讲演后,其记略中写道:"当我们的第一组在西门外讲演过缠足之害及妇女必须识字之后,当场有一个老妇向我们说,她的儿子订了个大脚的媳妇,因为恐怕遗笑乡里,所以数年未敢迎娶,自从听着我们讲演以后她恍然决疑。"[3]"戏剧是直觉的使观众得到生活的酸甜苦辣,喜怒哀乐的宣泄与调剂。"[4]教育戏剧于无形之中用经验感化民众,借艺术形式传递教育思想,形成"能自动而非木偶,能自主而非傀儡,能自治而非土蛮,能自立而非附庸"[5]之功效。

欲建新国,必先新民,"新民为今日中国第一急务"[6]。"欲新一国之民,不可不先新一国之小说。欲新宗教,必新小说;欲新政治,必新小说;欲新风俗,必新小说;欲新学艺,必新小说;乃至欲新人心,欲新人格,必新小说。何以故?小说有不可思议之力支配人道故。"[7]梁启超所言的不可思议之力,即是小说(包括戏剧)带给人们的直接经验感受,而戏剧又超越了文字的界限,直观、真实地呈现在民众眼前,以沉浸式的情感体验,唤起民众,以国家意识形态询唤社会新民。这种教育方式是学校课堂教育、政府宣传讲座、科学美术展览所无法比拟的。虽山东民教馆的教育戏剧最终因决策的偏颇无果而终,但它也极大地影响了其他地区的民教馆,其中,江苏省立南京民众教育馆尤为突出。

(三)身先示范、启迪他人、发扬教育戏剧

江苏省立南京民众教育馆前身是一九一六年成立的"江苏省立通俗教育馆"[8]。"民国十六年革命军奠都南京以后,江苏教育当局鉴于'唤起民众'之重要,首先把通俗教育馆改为

①　邓文华:《审美经验的守望》,世界图书出版公司 2005 年版,第 134 页。

②　[美]杜威:《艺术即经验》,商务印书馆 2010 年版,第 399 页。

③　吴级宸等:《本馆第六次巡回讲演纪略》,《山东民众教育月刊》1933 年第 4 卷第 1 期。

④　熊佛西:《平民戏剧与平民教育》,《戏剧与文艺》1929 年第 1 卷第 2 期。

⑤　梁启超:《梁启超全集》第 2 册,北京出版社 1999 年版,第 918 页。

⑥　梁启超:《梁启超全集》第 2 册,北京出版社 1999 年版,第 655 页。

⑦　梁启超:《梁启超全集》第 2 册,北京出版社 1999 年版,第 884 页。

⑧　江苏省立南京民众教育馆:《二十年来中国社会教育大事记:民国五年(一九一六年二月六日至四月十五日):江苏省立通俗教育馆筹备成立》,《教育辅导》1936 年第 2 卷第 8—9 期。

民众教育馆，于是这种机关，就普遍于全国了。"①山东民教馆一九三四年七月提出教育戏剧运动口号，并北上招生，又于九月二十五日刊登《教育戏剧运动发端(一个从理论到实践的小报告)》一文，江苏省立南京民教馆作为全国民教馆之领袖，迅速捕捉到其教育价值，预备投入其中。

一九三四年十二月，江苏省立南京民教馆在自编刊物《教育辅导》上，刊登高美撰写的《中国教育戏剧的考察及检讨》，直指山东民教馆、无锡民众戏剧以及定县农民戏剧三种教育戏剧的不足，称山东民教馆"最初的化装讲演虽然幼稚些，可是还可以教育民众一点东西"②，现在的教育戏剧没有一点教育意义，为其教育戏剧的出场埋下伏笔。次年六月，《教育辅导》刊出《我们的教育戏剧》一文，作者坦言对自身话剧演出与化装讲演的不满，认为话剧过于艺术，讲演过于说教。"我们想把化装讲演升格——编制完整的脚本、提高趣味、增加艺术成分，使他在'教育工具'的条件下变成纯粹的戏剧。"③

江苏省立南京民教馆在吸收了山东民教馆的不足后，在以下三个方面进行改进：第一，扩大教育戏剧范围，创办教育戏剧团，在各地民众中选拔演员，分设各地教育戏剧分团，将戏剧的教育效果广泛传播；第二，严格把控教育主题，将剧本主题划分为四个方面，每个演出剧本必须契合其中一项，具体为：宣传纪念、知识灌输、精神陶冶、社会改进，由此确保戏剧演出的教育性；第三，重视教育戏剧剧本完美，演出完毕后送审专家批评，调查观众意见，以此反哺，促进自身教育戏剧不断良性循环。

山东民教馆教育戏剧失败于快速职业化、艺术化过程中，引发了剧本远离民众，市场决定内容，名角左右剧团。而江苏省立南京民教馆前瞻性地避免了戏剧职业化道路，选择民众参与的教育戏剧团，扩大受众群体，避免了名角的困局；以教育为目的，戏剧为形式，抓住核心教育主题，实施教育戏剧活动；借助专家的力量，不断修正发展方向。阎折吾自山东民教馆回宁后，一九三七年加入了江苏省立南京民教馆。二十世纪三十年代民众教育馆的教育戏剧为当下国内的教育戏剧活动提供了宝贵的历史经验。

三、反　思

民众教育馆作为教育史上极为重要的一个历史现象，不乏教育学者关注，而民众教育馆中的教育戏剧活动，往往较少有学者涉足。现在看来，其艺术价值仍毫无与曹禺戏剧对话之可能。但是，民众教育馆借助那些"启发爱国思想的戏剧，发扬民族精神的戏剧，宣传主义的戏剧，提倡尚武精神、提倡新生活的戏剧，改善国民道德、改良风俗习惯的戏剧，鼓舞做良好父母、良好夫妇、良好子女的戏剧，教导民众生活知识技能的戏剧"④，有效地跨越文字界限，

---

①　陈礼江：《民众教育馆在社会教育系统上的地位》，《教育辅导》1937年第3卷第1期。
②　高美：《中国教育戏剧的考察及检讨》，《教育辅导》1934年第1卷第2期。
③　邱杰尔：《我们的教育戏剧(附表)》，《教育辅导》1935年第1卷第7期。
④　张道藩：《戏剧与社会教育》，《文艺月刊》1937年第10卷第4—5期。

粉碎阶级娱乐固化,填补贫苦民众精神生活,用民众接受的艺术经验询唤新民,用戏剧形式推进民众教育。这正是陈独秀所谓的"交游娱乐之所观感,皆教育"①。

二十世纪三十年代提出的教育戏剧的概念指借助戏剧的艺术形式,开展主题教育的活动。如今"教育戏剧"的理解、运用与上文的教育戏剧似乎稍有异变。当代教育戏剧的所指从早期的应用于学生课堂、民众社区的戏剧活动,逐渐演变为参杂商业韵味的,专注于幼儿或中小学的创造性课堂教学方法。教育戏剧的内涵与外延急剧变化,这与概念的混乱不无关系,学者徐俊②曾细致区分,故不再赘述。对于当下运用于青少年及幼年的教育戏剧,徐俊提出的"戏剧教学法"不失为一种有效的尝试。而国外的教育戏剧实况正如曹路生所言:"在国外教育戏剧的环境跟我们不一样。教育戏剧有很多的成分是民众戏剧,它大部分的经历不是局限在小学、中学,它是到农村里面去,到工厂矿区里面鼓动农民要革命、造反,就像我们的苏维埃戏剧一样。"③其实,这与二十世纪三十年代我国教育戏剧的本质是相通的。

对于教育戏剧的历史认识,白冰认为二十世纪二三十年代,熊佛西在河北定县开展的农民戏剧是"以教育戏剧作为序曲"④。李婴宁称:"中国的现代'戏剧教育'是随着现代话剧的引进而为人们意识到并日益彰显的。早在二十世纪三十年代,这一概念就已经被提倡并专门放到农友、工友间实践,在抗日战争的前、中、后期,对学生及其他民众都起过很大的宣传教育作用,且此后社会不管经历什么样的意识形态、政治主张,基本就没有停止过。可以说,我们的戏剧教育少说也有七八十年的历史了。……但是现在,我们引进的是一种在世界已经风行、在中国从未见过的'教育戏剧'方法和理念。"⑤由此可以推论,二十世纪三十年代民众教育馆提出的"教育戏剧"及阎折吾等人发起的"教育戏剧运动"并未进入学界视野。

在当下教育戏剧概念窄化的视阈中,重新审视三十年代民众教育馆的教育戏剧活动具有一定意义。在明确教育戏剧能指与所指的基础上,三十年代的教育戏剧可否为当下的教育戏剧活动提供一些历史经验?教育戏剧是否应当广泛地走进民众生活?教育戏剧启蒙民众的历史使命是否需要继续?这是政界、学界、业界无法回避的问题,同时亦是一个需要多边合力推进的事业。

---

① 陈独秀:《今日之教育方针》,戚谢美、邵祖德编《陈独秀教育论著选》,人民教育出版社1995年版,第30页。

② 徐俊:《教育戏剧的定义:"教育戏剧学"的概念基石》,《湖南师范大学教育科学学报》2014年第6期。

③ 曹路生:《第四届上海国际小剧场戏剧展演论坛——现场发言辑录》,孙惠柱、汤逸佩主编《边缘的消失:第四届上海国际小剧场戏剧展演论坛》,广西师范大学出版社2008年版,第2页。

④ 白冰:《序言》,引自张生泉主编《教育戏剧的探索与实践》,中国戏剧出版社2010年版,第1页。

⑤ 李婴宁:《中文版序(一)》,[英]大卫·戴维斯:《想象真实:迈向教育戏剧的新理论》,曹曦译,中国人民大学出版社2017年版,第6页。

朦胧诗的追寻母题与引路人的矛盾冲突

聂 茂*

（中南大学 文学院，长沙 410012）

内容摘要：20 世纪 80 年代，朦胧诗创作群体要把心中的不满、压抑、苦闷和焦虑释放出来，诗人以"追寻"为母题，借助西方诗歌高度密集的意象群和中国古典诗歌优美的意境，形成了名重一时的"崛起的诗群"。朦胧诗创作群体遭受种种非议，作为前辈的"引路人"应当负有一定的责任，他们的心理积习仍然停留在陈旧诗歌的表达模式里。面对这种崭新的审美范式，他们感到的是痛苦，是被时代抛弃的失落感。某种意义上，朦胧诗的追寻母题与"引路人"主导的"成人仪式"发生戏剧性冲突，撞击了中国新时期文学和第三世界文学心路历程的精神余脉，为被压迫者在苦难的挣扎中赢得一份尊严，写下了沉重的一笔。

关键词：朦胧诗；创作群体；追寻母题；引路人；冲突

一、"崛起的诗群"与新的审美原则

20 世纪 80 年代，朦胧诗创作群体要把心中的不满、压抑、苦闷和焦虑释放出来，诗人以"追寻"作为母题，借助西方诗歌高度密集的意象群和中国古典诗歌优美的意境，形成了名重一时的"崛起的诗群"。可以说，朦胧诗创作群体的集体努力使中国新时期文学在现代化进程中写下了亮丽的一笔，但这种亮丽因为上一辈诗人的"非议"和"责难"而蒙上了一层阴影。

诺贝尔文学奖获得者、著名英国诗人艾略特认为，艺术家必须抹平强烈的个性抒发冲动，让自己从诗歌中抽取出来，而不是带有强烈的个性特点和个人印记。现代诗歌的本质是"诗本身"，而不是诗人浓郁的个性色彩。那么，什么是"诗本身"，或者说什么是他眼中的现代诗歌？在艾略特看来，现代诗歌不是封闭的情感盘旋，而是"跃出诗外"的"无我之境"。他

---

* 作者简介：聂茂，中南大学文学院教授，博士生导师，主要研究方向：中国现当代文学与传播学。

基金项目：国家社科基金后期资助项目《中国新时期文学的自信力研究》（批准号：15FZW061）之阶段性成果。

郑重其事地告诫道:"要写诗,要写一种本质是诗而不是徒具诗貌的诗……诗要透彻到我们看之不见的意义,而见着诗欲呈现的东西;诗要透彻到,在我们阅读时,心不在诗,而在诗之'指向'。'跃出诗外'一如贝多芬晚年的作品'跃出音乐之外'一样。"[①]实际上,艾略特之"跃出诗外"、透彻到"看之不见意义"的诗歌观点与我国晚唐著名诗人、诗评家司空图所说的"弦外之音"相类似。不过司空图所说的"弦外之音"也是道家思想的延伸。中国道家思想重视"有"与"无"之间的关系,力求"有"中见"无","无"中见"有"。在"有"中冥想,虚实相间,有无相生。能够表现出来的都是"实",与此对应却未物化的为"虚"。所以庄子有言:"筌者所以在鱼,得鱼而忘筌……言者所以在意,得意而忘言。"(《庄子·杂篇·寓言第二十七》)

艾略特和庄子虽分属不同的国度、不同的两个时期,却在这一点上形成了交汇和共振,充分说明了艺术的共性,也恰恰佐证了艺术是相通的,真正的艺术能够穿越过往、勾连未来。如果说艾略特的"跃出诗外"追求的是"扼住命运咽喉"的生命不屈,那么中国朦胧诗创作者的弦外之音就是愤怒和呐喊,是北岛"我不相信"的质疑和反抗。从之前的"人生体悟者"到反省自我的"批判质疑者",从"他我"到"无我",这种变化是环境挤压和氛围侵蚀的结果。表达内容是情感的外在显现,但是这种显而易见的对应关系在传统看来还是大逆不道、难以理解,显示出诗歌的代际矛盾和时代隔膜。顾城的父亲顾工也是诗人,他就无法理解儿子怎么将嘉陵江写成"戴孝的帆船"和"暗黄的尸布"。嘉陵江是沿岸子民的母亲河,一直被认为是气势雄伟的,是山河大美的化身,怎么就想到了孝衣、尸布这些充满了晦气和衰亡的物象呢?同样的嘉陵江怎么就会出现两种截然不同、方向相反的情感指向呢?

史班德(S. Spender)指出:"现代是对苦痛、对感性体悟的意识,对过去的自觉。"[②]尽管中国新时期的朦胧诗创作主体有了史班德意义上的"现代意识"的张扬,但他们在艺术的表现上仍然沿袭着陈旧的宏大叙事的抒情方式,动不动就是"一代",就是对国家和民族等"巨型语言"过分投注的倾诉。顾城的《一代人》如同两句文字游戏的格言,在绝大多数情况下会在游戏结束后烟消云散,但是这首诗引起了一代人的共鸣,留给了文学史一首充满美感和哲理的诗歌。除了诗歌本身的内在经典质素之外,宏大叙事和巨型语言对真实感官和人性造成的压抑,使人们的审美一直处于饥渴的非正常状态。所以《一代人》一出现就与整个时代有机粘合在一起。徐敬亚也写过一首诗叫《一代》:"第一粒雪就掩埋了冬天。"这与希腊诗人埃利蒂斯之《海伦》的"落下一滴雨夏天便被杀死"有着形式上的相似性,甚至可以说前者是对后者的模仿。[③] 但是在精神底色上,两者有着本质的不同,前者是一首爱情诗,以表达爱情的忠贞和决绝,而后者却是一首"伤痕"诗。形式相近,质地相反,这种跨时空的历时对一

① 叶维廉:《比较史学——理论架构的探讨》,东大图书公司1983年版,第108页。

② S. Spender, *The Struggle of the Modern*, Berkeley and Los Angles, University of California Press, 1972, p.72.

③ 参见聂茂:《厉风、噤雨或失去天空——八十年代诗歌刍议》,见聂茂:《因为爱你而光荣》附录,国际文化出版公司1995年版,第106页。

直处于人文贫困中的中国读者来说,既是一种崭新的陌生化审美体验,也是对既有阅读经验的挑战和考验。尤其对那些同为诗人的专业读者来说,这种考验更为猛烈。上一辈诗人公刘就显示出了极大的不适应,他对诗歌的理解和对诗歌范式的定义还停留在传统现代诗歌的惯性里,加之自己诗坛权威地位的逐渐边缘化,以及用"体制化的眼睛"去读朦胧诗,必然把朦胧诗视为异类,会有一种不可避免的"隔代的痛苦感"和"被时代抛弃的感觉"。这种对自我的质疑和不知所以的迷失感说到底是"年代错乱"的反映。"来自不多""世事悲苍"是他们彼时心境的典型写照。他们对朦胧诗的指责恰恰说明,"新审美原则的崛起"非但没有在政治运动结束后得到缓解,他们没有接纳崭新的审美范式,反而对诗歌创作现状的日益陌生而怒不可遏,而且其原有的精神资源在新的时代和审美原则面前找不到恰当的落脚点,内心更加紧张。他们与其说是捍卫诗歌艺术,不如说是要在已经置换的幕布下重新刷出自己的存在感。艾略特认为诗歌创作可以发出三种声音:"第一种声音是诗人对自己或不对任何人讲话。第二种声音是诗人对一个或一群听众发言。第三种声音是诗人创造一个戏剧的角色,他不以他自己的身份说话,而是按照他虚构出来的角色。"①按照艾略特的理论,朦胧诗创作者们已经进入艾略特所说的"第三种声音"即所谓的"戏剧独白"阶段的话,那么,他们的上一代还继续停留在模拟第一或第二种声音阶段。朦胧诗之前的上一代诗人的思维模式就是在艾略特所说的"第一或第二种声音"阶段,也就是艾青曾经讥讽过的"蝉音"。艾青有一首诗《蝉的歌》很好地诠释了这种"蝉音":"八哥说:你整天都不停,究竟唱些什么呀? 蝉说:我唱了许多歌,天气变化了,唱的歌也就不同了。八哥说:但是,我在早上、中午、傍晚,听到你唱的是同样的歌。蝉说:我的心情是不同的,我的歌也是不同的。"朦胧诗之前的上一代诗人根据"气候变化"来歌唱,但听起来却是同样的腔调,这种"蝉的歌"式的"亚创作"是朦胧诗主创者们所十分憎恨和坚决反叛的。叶维廉指出:朦胧诗的创作群体"要把当代中国的感受、命运和生活的激变与忧虑、孤绝、乡愁、希望、放逐(精神的和肉体的)、梦幻、恐惧和怀疑表达出来"②。因此这是一种多维结构的诗歌,其中有多个声部,而不是一个声音的独奏。与传统的情绪表达和流动的静态诗歌不同,朦胧诗的这些创作诉求和艺术追求冲破了汉语诗歌已经板结的情感表达方式和审美习惯,大大丰富了第三世界文学中汉语诗歌的艺术表现力。

二、多重错位背景下的"追寻"母题

应当看到,中国百年新诗的发展建立在各个时期的政治风潮、文化环境和社会因素等基础之上,既见证了传统社会在衰敝、瓦解、重构的整体性变革与变迁,又浓缩了外来文明刺激、冲击和融合下的转型镜像,其内在的张力和审美的动力不仅伴随着"言文一致""言文合

① F. O. Matthiesen's The Achievement of T. S. Eliot, New York: Oxford University Press. 1958.
② 叶维廉:《中国诗学》,生活・读书・新知三联书店 1992 年版,第 258 页。

一"等时代精神的启蒙需要,而且洋溢着人、生命、时代、社会的新型关系的激情和幻想,包括创作主体新的艺术创造和自我价值实现在传统经验中的个人体验。① 在朦胧诗的群体性特色中,这种印象尤为强烈。与以往的诗作者对政治的热情主要表现在家国情怀和浓重的抒情色彩不同,朦胧诗有一个现象十分有意思,即这一拨诗人有十分突显的母题:追寻。如顾城的《一代人》:"黑夜给了我黑色的眼睛,/我却用它寻找光明。"梁小斌的《中国,我的钥匙丢了》:"我要顽强地寻找,/希望把你重新寻找,都在追寻。"人生、理想、光明都曾经被那个疯狂的年代所埋没。回顾理想的缺失和人性的扭曲,那种信仰坍塌后重新建构时的彷徨与焦虑正与鲁迅形成了隔空回应。

杨炼在《火把节》里也表达了这种"彷徨和焦虑","永不宁静的灵魂啊/痛苦地追求啊/熊熊燃烧"。这种"追寻"并不是为了特定的目标和具体的任务,也不指向未来的向度,而是文化意义上的反思。杨炼有一首诗叫《自白》,"所有的出生都应该是神圣的","动荡的雾中/寻找我的眼睛",诗歌除了直接抨击血统决定一切的谬论之外,还在执着地追寻,尽管这种追寻的希望微弱而无助,"我来到废墟上/追逐唯一照耀过我的希望/那不合时宜的微弱的星",尽管旧有的体系已经倒塌,但"追寻"依然"不合时宜"。但是,朦胧诗人的"追寻"与上一代诗人已经完全不同。上一代诗人的追寻与国家宏大叙事有着精神气质的一致性,更为重要的是,他们自觉地融入主流抒情的大潮,成为其中的一分子,从而带来了身份的安全感和内容的认同性,理直气壮、义正辞严、义无反顾成为他们的精神底色。朦胧诗人则不同,他们不再执着于终极目标的实现,而是更加注重过程本身的体验。质疑的精神和思考的气质使他们不再相信所谓的终极,所以朦胧诗创作群体的"追寻"更注重对"过程本身"的体验。目标的不确定和指向内心的自我修行使这种行动带有强烈的理想主义色彩,尽管悲壮,但并非无果而终。与上一代人在乌托邦理想上的破灭相比,朦胧诗人的憧憬更多地集中在"青春""爱情"和"家庭"等充满了个人化的关注上,他们用"小型语言"回到人性自身。如舒婷的《致橡树》:"我必须是你近旁的一株木棉,做为树的形象和你站在一起。"这样的情感,在马丽华笔下,却变成了水中月、镜中花,想追却又不敢追:"世间最深的悲哀,莫过于/认准了……却不能为之献身。比追寻更苦,更绝望,因为面对着所爱,但我不能……"为什么不能? 马丽华坦言:"在我们这个时代的国度里,是不可以随便爱自己爱人以外的他或她的。我想起了自己从前,默默地埋葬掉的那许多不合时宜的爱,痛苦而压抑。爱而不能(或不敢),在我,则常被自诩为道德的美和情操的高尚的。那'十字架',对不起,就让未来世纪的人们抛卸去吧。"面对新的社会规则和体制,朦胧诗创作群体极其迷茫,他们在精神上反对层级秩序,拒斥体制管束,与无政府主义有着很大的相似性。他们自觉自愿地踏上了精神的自我放逐之旅,对时间极其敏感,介怀于存在意义和价值趋向。但是青春已逝,面对浪费掉的时间和往昔,他们用伤感

---

① 参见孟泽:《"绝对的开端":"新诗"创生的诠释与自我诠释》,《湘潭大学学报(哲学社会科学版)》2015年第 2 期。

的情绪表达无果的追寻,所谓"把失去的青春夺回来"之说,无非是主流话语对逝去者的抚慰,或者说是对他们开出的一张无法兑现、没有金额的空洞支票。除此之外,他们还有现实的焦虑。时代日新月异,自己却没有应对生存的硬实力,他们突然发现自己被这个时代"抛弃了",从而构成了中国的"迷失一代"。

除了时间上的错位外,朦胧诗人所处的空间位置也不再是当初的坐标。他们当初从城市出发,到"最艰苦"的农村和边疆,但是当一段历史尘埃落定后,他们才发现一切都已物是人非,城市突然成为一个矛盾的存在,回不去是一种煎熬,回城同样意味着噩梦。毕竟"政治流放"的结束仅仅是政治符号的重新界定,时间、空间均已斗转星移,因此噩梦是现实矛盾和心理恐惧的后遗症。像屈原回首龙门,杜甫北望长安一样,朦胧诗创作群体同样需要一些符号的仪式感来祭奠逝去的青春,因此他们有意无意选择了一些历史感厚重、文化意味深长的地方,如长城、黄河和古战场等作为他们追寻的起点。从这个意义上说,他们并没有完全走上一条心灵的孤独旅程,并非心甘情愿走上绞刑架的精神高蹈者。他们的追寻仍然脱不开与民众同行的思路。因为他们走的仍然是"五四"以来,"伤痕文学"中"为民代言"的路子。也就是说,他们期望得到民众的认同和主流文化的认可,北岛后来坦承,当时的"诗人戴错了面具:救世主、斗士、牧师、歌星,撞上因压力和热度而变形的镜子"①。这是一种"下意识"的冲动。卡尔·荣格(Carl Jung)指出,所谓"下意识"(unconsciousness)亦即人的过去的留存,其中或其下便是人类的"集体下意识"(collective unconsciousness)或全人类的"封存的记忆"(blocked-off memory),包括还未变成"人类"以前的记忆。这种下意识的种族记忆,使得若干"原始意象"(primordial images),对人类具有经常而强烈的吸引力,②表现在文学中便是神话的镜显。福莱(Northrop Fry)认为,神话是一切文学作品的原型,其中心神话是追求(quest)包括金羊毛、圣杯或中国的唐僧取经式的循环。"一个没有神话的人也是一个无根的人。同时,神话和文学都需要'诗一般的信仰'(poetic faith),一个民族如果丧失了这种信仰,就会成为'没有根'的民族。"③梁启超也指出:"拿神话当作历史看,固然不可,但神话可以表现古代民众的心理……从神话研究,可以得着许多暗示。"④而很长时间以来,神话已经从中国文学的母题中消失了,朦胧诗群重提这个古老的文学母题,并义无反顾地投身其中,发掘新的时代精神和审美价值。

三、"求变—压抑"的动态特征与"引路人"的指责

对照朦胧诗创作群体,可以看出,"求变—压抑的原始类型"是他们创作题材的母题,也是他们用"追寻"作为自己"神话"内核的最基本的架构。

---

① 北岛:《朗诵记》,《2000年文库——当代中国文库精品·北岛卷》,明报出版社1999年版,第130页。
② Carl Jung, *Psychology and Religion*, New Haven, Connecticut: Yale University Press, 1938, p.63.
③ 张系国:《让未来等一等吧》,洪范书店有限公司1984年版,第69页。
④ 梁启超:《伪书的分别评价》,载夏晓虹编《梁启超学术文化随笔》,中国青年出版社1996年版,第164页。

他们既有荷马史诗中"奥德赛"的英雄式的追寻,如杨炼的《诺日朗》;又有乔伊斯《尤利西斯》中的"无根式"的追寻,如顾城的《泡影》;既有柏拉图的理想国和桃花源的乌托邦式的追寻,如舒婷的《诗神与爱神》;又有陀思妥耶夫斯基《地下室手记》和塞林格的《麦田守望者》中主人公那种"孤独无助式"的追寻,如车前子的《我的塑像》。西方的"原始类型"在一定程度上是稳定的、静态的,不会随着时间的变迁而不断调整,中国朦胧诗则完全不同,他们有着显著的"求变—压抑"之"动态"特征,以并不恒定的内核作为反叛的具体指涉,以被压抑作为反叛的精神原动力。之所以如此,是因为在"求变"与"压抑"之间并非真空地带,而是横立着代表了"正统"和"主流"的"引路人",这是一种庞大的力量,也是罩在他们头上挥之不去的阴影。这种"引路人"往往以朦胧诗创作群体的"长辈"自居,或者苦口婆心,或者循循善诱,试图拉回这些已经误入艺术歧途的晚辈们。他们有些是政治上的长辈,有些干脆就是血缘上的长辈,如顾工之于顾城是父子关系,公刘、柯岩等人与顾工同辈。"引路人"并非任何派系意义或者政治力量的对立面,而是以"挽救"为口号,以"关心"和"爱护"为旗帜,将反抗者置于道义上的不平等地位,从而把朦胧诗派拉回自己预想的既定轨道上。比方,公刘就公然表示对顾城"反抗"的失望,隐藏着自己的正统地位和审美标准被漠视的愤怒,而且作为"引路人",也没有得到应有的尊重:"我写文章是为了帮助他。特别是他在诗中把长江比作'尸布',怎么可以这样比喻?这是耻辱。"①在他看来,物象的意义都是规定好的,是"引路人"集体智慧的结晶,后辈诗人可以进行局部调整,置换一下生活场景,怎么能把意义全部推倒,重新树立一种异于"常理"的意义体系呢?柯岩在给顾工的信中则说:"顾城这孩子还是很有诗的感觉的。他比较单纯,问题是怎样引导。"而顾工对儿子的"引导"更为具体:他带着顾城去革命圣地,并"抓住每个空间、时间向他灌注我认为应该灌注的革命思想。这样的引导又引导,我想总该能扭转孩子的大脑和诗魂,他也会唱起我们青年时代爱唱的战歌!"但是很不幸,毫无作用。面对儿子的不驯,顾工"多想把他说服、征服——甚至是万不得已的压服……但,看来我在节节败退"②。正因为"节节败退"的形势过于严峻,所以,"引路人"这一"集体"迅速集合队伍,亮出自己的立场。比如,作为这一"集体"代表之一的丁力认为朦胧诗是"古怪诗",急切呼吁朦胧诗人应该在诗界前辈的"引导"下去写,否则整个诗坛就会有陷入"黑屋子"的危险。③ 另一个代表郑伯农还特地提出了"对青年诗人的两种引导"方式,并搬出最高领导的讲话"要正确地引导他们"④。政治地位和父辈身份的双重权威构成了"引路人"的标签,孙隆基指出:"中国式集体主义的逻辑就是母胎化,集体控制个人的方式就是不让他/她成长。这是一种'原初的自恋狂'(primary narcissism)意识,因为婴儿不觉得妈妈是一个分离的个体,而只是自己欲望的延伸。"⑤随着时间的增长,这种感觉也慢

---

① 公刘:《公刘谈"朦胧诗"》,《文艺报》1981年第16期。
② 顾工:《两代人——从诗的"不懂"谈起》,《诗刊》1980年第10期。
③ 丁力:《古怪诗论质疑》,《诗刊》1980年第12期。
④ 郑伯农:《在"崛起"的声浪面前——对一种文艺思潮的剖析》,《诗刊》1983年第12期。
⑤ 孙隆基:《未断奶的民族》,巨流出版社1995年版,第251页。

慢变成"衍生的自恋狂"（secondary narcissism）。同时，由于孩子都是从母亲身体里分离出去的，母亲也自然地将子女看成自己的一部分。"爱子女的天性也就是自恋的本质之表达。"①这是对"引路人"文化心态的最好注释，也是朦胧诗群对"集体控制、挤兑个体"，乃至虚化和"去我"的厌恶和叛逆。

四、"引路人"的必要性与"成人仪式"

一个人在"成长"的过程中，需不需要"引路人"？或者说，需要什么样的"成人仪式"？北岛的《迷途》就是回答："沿着鸽子的哨音/我寻找你/高高的森林挡住了天空/小线上/一棵迷途的蒲公英/把我引向蓝灰色的湖泊/在微微摇晃的倒影中/我找到了你/那深不可测的眼睛。"②"引路人"可以有，但是不能像上帝一样规定好一切，而应该像这"迷途的蒲公英"一样，它并没有伟大的方向。更重要的是，"引路人"不能是被认定和强制赋予的，不能是天然的长辈、老师，或者戴上某种光环的权威，而是诗人自己认作的"引路人"。否则诗人与"引路人"不但没有平等可言，还会成为他们的复制品。老一辈诗人要"引领"的是他们已经走过的路，不然自己的光辉被束之高阁，曾经的辉煌难道要陷入寂寞？毕竟他们要自己选择，而不是吃他们的馍馍，以他们的经验和教训作为箴言。任何一代人都有自己的人生，他们可以在"追寻"的过程中获得独有的体验，而不是成为老一辈的替代品。作为父辈的"引路者"担心年轻人的艺术之路可能不是大道坦途、大江大河，而是曲径小道、小溪、水井，这又何尝不是一种别样的人生呢？这是他们的权力，也是他们自己的快乐。李松涛愤怒地写道："我从娘肚里一爬出来/就陷入了教导的重围/我被点拨着启迪着指引着/无数列祖列宗先哲师长/想把我塑造成他们的样子/以各不相同的道路/为我指出各不相同的道路。"现在，他要"让抗暴的欲望爬上心头"，为的是"把眼睛收回来，我看自己/把耳朵收回来，我听自己/把鼻子收回来，我嗅自己/把手收回来，我抚摸自己/把心收回来，我感受自己"③。颇有意味的是，"在但丁、歌德、泰戈尔等人的诗中，也常常有一个'引路人'，与朦胧诗创作群体'政治—父制'双重权威不同的是，他们诗中的'引路人'通常是女性，是爱的使者和化身：她们既是男性对女性的虚幻的想象，又是男性欲望的集中体现"④。但是这种"引路人"通常具有较强的亲和力，能够带领他们走完"成人仪式"的始终。

诺贝尔文学奖得主、葡萄牙作家若泽·萨拉马戈（Jose Saramago）说自己，"没有向导，没有人给他建议。然而，他以一个富有创造性的水手的惊奇虚构着他所发现的每一处地方。人的尊严每天都遭到我们这个世界上强权人物的侮辱；普遍的谎言已经取代了多数真理，当

---

① 孙隆基：《未断奶的民族》，巨流出版社1995年版，第124页。
② 北岛：《履历》，生活·读书·新知三联书店2015年版，第96页。
③ 松涛：《沧桑——水浒一日游》，《昆仑》1989年2期。
④ 张闳：《灰姑娘，红姑娘——〈青春之歌〉及革命文艺中的爱欲与政治》，《今天》2001年夏季号，第269—270页。

人类丧失了对其同类应得的尊敬时,他也就丧失了自尊"①。

从这个意义上说,中国新时期朦胧诗创作群体与作为"引路人"的强权人物形成了剧烈的冲撞,为了撕开普遍的谎言,赢得自己的尊严,他们向世界展示了自己的心路历程。它高蹈艺术上的"叛逆"精神,充分肯定人的自我价值和人格尊严。它极大地丰富了诗歌的内涵,建构了诗歌的崭新审美范式,增强了诗歌的想象空间,打破了当时现实主义创作原则一统诗坛的局面,重新界定了诗歌的边界和意象的意义范围,为中国当代诗歌注入了新的生命力,形成了一个"崛起的诗群",同时也给新时期文学带来了一次意义深远的艺术变革。

---

① [葡]若泽·萨拉马戈:《师傅与徒弟》,姚建斌译,《世界文学》2000 年第 1 期。

幽冥时空书写的现世意涵

——中国后新时期小说中的南方女鬼

石晓枫*

(台湾师范大学 国文系,台北 23446)

内容摘要:自"五四"之后,感时忧国的写实主义一枝独秀;1949 年之后,开始出现"旧社会把人变成鬼,新社会把鬼变成人"的口号,其意亦在阐扬革命现实主义;乃至 1966~1976 年"打倒牛鬼蛇神"的呼声,其中暗示的讯息,无不指向封建社会之陋习,而集体劳动改造,其中理性思维的强调与强健体魄的民族想象,更是无所不在。1980 年代起,在强调人道主义和启蒙精神的同时,另有一批鬼魅叙事却以怪诞、幻异、死亡等非理性因素崛起,"人"的张扬与"鬼"的渲染并存。在革命现实主义熏染下成长的一代,为何钟情于谈玄说鬼? 这是本论文首要的问题意识;而择取南方作家之文本,乃为与北方小说中的鬼魅形成对照。就地域言,叶兆言(1957—   ,江苏南京)、苏童(1963—   ,江苏苏州)等南方作家笔下的鬼魅,似乎以女性角色居多,且在氤氲地域情境的熏染下,鬼魂总在雨后以神秘而略带艳情的姿态现身。除此之外,此批南方作家尚写就诸多新历史小说,其中寓托的现世讽喻,亦将为本论文探讨重点。

关键词:后新时期;鬼魅;地域;叶兆言;苏童

一、前 言

德国学者莫宜佳在讨论中国中短篇叙事文学时,曾经提出"异"的观照角度,她认为中国古代短篇小说可定义为:跨越通往"异"的疆界,并申明"有关奇异、鬼怪、非常、不凡的形象和

---

* 作者简介:石晓枫,台湾师范大学国文研究所博士,台湾师范大学国文系教授。

基金项目:台湾"科技部"补助专题计划"中国新时期小说中的鬼魅叙事及其意义"(MOST 104 - 2410 - H - 003 - 089 - MY3)的阶段性研究成果。

事件的描写是它的中心概念"①,由六朝的神、灵、鬼等志怪叙事,到唐代的传奇、明代话本,乃至清代笔记小说等,而"异"术大师蒲松龄集其大成,"异"书写贯穿中国短篇叙事作品的发展史。承此思维,本文试图处理当代小说中的"异"书写。现代中国小说原以启蒙、写实为号召,自"五四"之后,感时忧国的写实主义一枝独秀;中共建政之后,开始出现"旧社会把人变成鬼,新社会把鬼变成人"的口号,其意亦在阐扬革命现实主义;乃至"文化大革命"时期"打倒牛鬼蛇神"的呼声,其中暗示的讯息,无不指向封建社会之陋习,而集体劳动改造,其中理性思维的强调与强健体魄的民族想象,更是无所不在。自一九八○年代起,在强调人道主义和启蒙精神的同时,另有一批鬼魅叙事却以怪诞、幻异、死亡等非理性因素崛起,"人"的张扬与"鬼"的渲染并存。在革命现实主义熏染下成长的一代,为何以及如何承袭古典小说思维,重新钟情于谈玄说鬼? 这是本论文首要的写作动机。

其次,本文以南方作家作品为观察对象的原因在于,论者曾指出江南巫风盛行,与其自然条件的水泊稠密、森林广布、气候湿润不无关系②,而据此总结江南文化具有阴性、柔性、唯美气质③,及以伤感、怀旧、耽于冥想为江南文人的固有心态者④,更不乏其人。在当代文学领域里,将叶兆言(1957— ,江苏南京)、余华(1960— ,浙江杭州)、格非(1963— ,江苏丹徒)、苏童(1963— ,江苏苏州)、毕飞宇(1964— ,江苏兴化)等人并列为南方作家,亦是学界常见的观点⑤,可见地域对文化结构、感觉结构和语言结构,确实可能存在着潜移默化的影响。在诸多南方作家中,本文拟以叶兆言、苏童为主要观察对象,源于二人因创作"新历史小说"系列、"重述神话"系列而常被相提并论。⑥ 此外,有论者指出苏童的"南方"多描绘市井气的世俗空间⑦,有追求俗趣一面的传承,而叶兆言因其家世影响,相对而言比较偏

① 〔德〕莫宜佳:引言,《中国中短篇叙事文学史——从古代到近代》,韦凌译,华东师范大学出版社 2008 年版,第 5 页。

② 张兴龙:《江南文化的区域界定及诗性精神的维度》,《东南文化》2007 年第 3 期。

③ 陈望衡:《江南文化的美学品格》,《江海学刊》2006 年第 1 期。

④ 晓华、汪政:《南方的写作》,《读书》1995 年第 8 期。

⑤ 例如晓华、汪政有《南方的写作》(《读书》1995 年第 8 期)一文,王德威有《南方的堕落与诱惑——小说苏童》(收录于苏童:《天使的粮食》,麦田出版社 1997 年版,第 11—40 页)一文,张学昕的专书则直接命名为《南方想象的诗学——论苏童的当代唯美创作》(复旦大学出版社 2009 年版)。

⑥ 以下诸文多由不同侧面将二者并列比较,例如郭佳音:《论叶兆言、苏童等作家的"重述神话"》,《中国现代文学研究丛刊》2011 年第 10 期;徐兆淮:《且说才子型作家与学者型作家——从苏童、叶兆言小说谈起》,《扬子江评论》2007 年第 6 期;黄毓璜:《面对共同的历史——周梅森、叶兆言、苏童比较谈》,《钟山》1991 年第 1 期;王干:《叶兆言苏童异同论》,见孔范今、施战军主编,陈晨编选《苏童研究资料》,山东文艺出版社 2006 年版,第 203—210 页。此外,费振钟:《江南士风与江苏文学》(湖南教育出版社 1995 年版)一书,更直接以江南诸种特质统摄之,将叶兆言、苏童并置讨论。

⑦ 例如李宁:《魅影"南方"——苏童小说世界的构造》,河南大学中国现当代文学硕士学位论文,2005 年,第 23—25 页。

向于典雅士风的继承。① 同时,叶兆言与苏童在 1980 年代末至 1990 年代初,均曾分别写就数篇与"鬼"相关的作品,计有苏童的短篇《蝴蝶与棋》《纸》《樱桃》,中篇《妻妾成群》以及长篇《城北地带》《河岸》;叶兆言的短篇《绿色咖啡馆》及中篇《半边营》②,以下将根据此八篇作品进行重点论述。

二、南方书写与人性铭刻

南方自古信鬼而好祀,在此地域情境的熏染下,作品中不约而同都隐现柔靡阴郁的水乡氛围。而在此背景里现身的鬼魅,亦是湿漉漉水淋淋的,苏童笔下的鬼魂恒常在雨后出现,例如《樱桃》里的女孩首次现身枫林路,便在潮滑路面、木门青苔边,脸色苍白、眼睛深如秋水,而在日后无数次的相遇里,"尹树记得那个名叫樱桃的女孩总是在雨后的早晨出现,她的白色睡袍和倚墙而立的整个身体也散发出雨水或树叶的气息,湿润、凄清而富有诗意"③。《蝴蝶与棋》里的"我"则在夜雨潇潇的春天投宿灰暗斑驳、纸页泛潮的小旅店,从而窥见隔壁房间披着红色雨披的女子。至于叶兆言小说里的主角李谟,亦是在没完没了的南京细雨里,于绿色咖啡馆与神秘女子多次邂逅。

在此氤氲情境里,作家犹长于借由周遭景物,渲染出亦真亦幻的氛围,例如叶兆言笔下时隐时现的咖啡馆、因频繁赴会而脸色逐日发青的李谟、相框里遇见的自己,以及苏童《蝴蝶与棋》里如幻影般存在的围棋二老。而《纸》里少年扑到坟包上抓到的蟋蟀,仿佛亦成为引领鬼魂青青入梦的媒介。小说中种种情节的设置与氛围的营造,有论者指出与传统志怪有所关联,例如《绿色咖啡馆》开篇描述咖啡馆有沉重的茶色玻璃门,门面上题名:

> 绿色咖啡馆几个字,厚重古朴,仿佛从古代墓碑上拓下来的。门前一对小狮子,蹲在一人高一尺见方的细水泥石柱顶端,低着头,冷冷地看行人。④

---

① 叶兆言祖父为作家叶圣陶,父亲叶至诚曾任江苏省文联创作委员会副主任,母亲姚澄则是省锡剧团的著名演员,此段家世背景常被提出,以为书香世家熏陶的佐证。叶兆言本人在接受访谈时也曾经表示:"我在做人方面的低调就是受祖父影响的。但写作是一个实践性非常强的活动,祖辈与父辈的影响我想更多的是在写作的姿态上。我祖父八十岁时都坐在书桌前看书写作思考,我觉得这是一个读书人一个作家应该保持的一种姿态……"(叶兆言、姜广平:《传统其实是不可战胜的》,《西湖》2012 年第 3 期),以及"祖父给我最大的影响,是他一生都在勤奋写作。他在自己年满八十的时候,每天还要工作八小时,伏案写作八小时。他勤奋的伏案背影,对我一生的影响最大,他给了我一个标准——只有不停地写作的人,才是作家"。(刘莉娜:《叶兆言:作家,以及写作之家》,《上海采风》2011 年第 7 期)。其他尚有桑哲:《作家·作文·做人——访著名作家叶兆言先生》,《现代语文(教学研究版)》2006 年第 7 期,可参看。

② 各篇发表年代如下:苏童:《妻妾成群》(1989)、《纸》(1993)、《城北地带》(1994)、《樱桃》(1995)、《蝴蝶与棋》(1995)、《河岸》(2009);叶兆言《绿色咖啡馆》(1988)、《半边营》(1990)。

③ 苏童:《十一击·樱桃》,麦田出版有限公司 1994 年版,第 109 页。

④ 叶兆言:《绿色咖啡馆·绿色咖啡馆》,江苏文艺出版社 1995 年版,第 357 页。

马兵以为此段描述与志怪小说同具生发隐喻之效,他且指出与神秘女人见面之后,同事告诫李谟脸色发青不正常部分,乃投射了《画皮》的意趣。① 我以为小说最具想象力与转折之处,在于李谟后随神秘女人至其住处,见床头镜框里放着的男人照片,于咖啡刺鼻香味里竟幻化为自我影像。由此空间骤转,人与环境融为一体,进入另一个平行时空。《聊斋志异》里有《画壁》一则,写朱孝廉偶于寺院壁上见佳人图绘,神摇意夺,遂入壁与之相亲,出而恍然。《绿色咖啡馆》里相框人物与现实人物在相异空间里的叠影,便类同于《画壁》中真幻空间的转换。而《聊斋》里的朱孝廉重回现实空间后,审视壁画,则拈花人"螺髻翘然,不复垂髫矣"②。此处以壁上人物发饰之改变,暗示朱氏曾出入虚实空间的遗迹,又不免令人联想及苏童《樱桃》的收束,那女孩曾向尹树索取的蓝灰格子手绢,最后正被躺在尸床上的死者紧紧攥住,成为樱桃曾往返生死空间的信物。

除此之外,梦境陈述本是《聊斋志异》的惯用手法,据统计《聊斋》里明确涉及梦幻的有六十多篇,梦境成为异类、异人与人类交往的特殊场所,在非梦状态下不便或不可能做到的事,都可能在梦境里发生。③ 苏童《纸》里卅年前被流弹波及的扎纸少女青青便穿着花旗袍,抱着红纸箱,款款入少年之梦。而《聊斋》里《绿衣女》一则,写于璟于醴泉寺读书,深山中女子推门而入,"绿衣长裙,婉妙无比","声细如蝇""宛转滑烈"④,更漏既歇之际离去,方现出绿蜂原形。凡此变形故事于古典小说中屡见不鲜,苏童《蝴蝶与棋》中小彩原来是"蝴蝶精"的意象,亦显然承此而来。

经由以上比较,可见叶兆言与苏童于小说情节开展和细节铺陈方面,力图向传统致敬的努力。然而这些神秘而略带艳情的鬼魅情爱故事,又开展出何种当代意义与南方风格?首先,文本中女鬼的温柔、友善与人性化,在中国当代小说的鬼魅系统中,形成"南方鬼"明媚阴柔的形象一路。此与阎连科等人笔下粗粝质朴、刚强硬朗的"北方鬼"形象,如《耙耧天歌》中独自养大一窝傻痴儿女,甚至自行安排就死,熬煮自己骨头疗治儿女疯病的妇女尤四婆等,形成殊异对照。

其次,孤独的人性铭刻为这类鬼魅小说所展现的最重要特质。有别于传统女鬼多半"美丽异常,但又恐怖危险"⑤的形象,叶兆言《绿色咖啡馆》里的神秘女子、苏童《纸》里十年前死于非命的妙龄少女青青,虽然对主角都展现出性的隐秘诱惑,然而在性事之外,小说更值得玩味的部分,在于对年已卅岁却未曾与女性有太多接触经验的单身汉,以及甫进入青春期的懵懂少年,那种内在孤独与惶惑之感的书写,借由生死不明、真幻莫辨的神秘女性,他们经历

① 马兵:《先锋的"鬼"话——〈绿色咖啡馆〉的返魅叙事》,《时代文学(下半月)》2010年第7期。
② 〔清〕蒲松龄:《聊斋志异会校会注会评本(一)》第1卷,张友鹤辑校,里仁书局1991年版,第16页。
③ 见石育良:《怪异世界的建构》,文津出版社1996年版,第75页。
④ 〔清〕蒲松龄:《聊斋志异会校会注会评本(二)》第5卷,张友鹤辑校,里仁书局1991年版,第678页。
⑤ 〔德〕莫宜佳:《中国中短篇叙事文学史——从古代到近代》,韦凌译,华东师范大学出版社2008年版,第63页。

了成人仪式或走向象征性的另一世界，以致《绿色咖啡馆》里的李谟即使已约略知晓女子身份，但下班后依然义无反顾地跨上自行车，"向他熟悉的方向骑过去"①。

同样地，苏童《樱桃》里的尹树，在邮局同事眼中是冷漠、散淡的怪人，他寡言且孤独；而穿着白色睡袍从医院里幽幽走出，向邮递员问信的樱桃，则是新死而渴求关爱的女鬼。在苦等信件不至的失望里，女孩对尹树提出"我想跟你说说话"②的要求，并给出医院（实为太平间）方位，请尹树休假日前往探望，在看似惊悚的"遇鬼"情节里，其实更深刻地传达了人鬼殊途而同归的孤独感。由此，论者曾推导出小说将"志异"之"异"过渡到"异化"之"异"的结论，并指出"这些小说引'鬼'上身，看重的乃是志异叙事对荒诞虚无的人生体验的体贴传达，以及其丰沛的想象所赋予文学空间的内暴力"③，说诚不诬。若联系到苏童小说常被指涉及的"罪恶""苦难""死亡""堕落""疯狂""暴力""逃亡""欲望"等生命即景④，鬼魅叙事所展现的，正是流通于人鬼之间被理解的欲望，亦即莫宜佳所谓人类自身内在"魔怪"情感⑤的另类发现。以志异为表，书写现代人的孤独体验，因而是当代鬼话的特殊表现。

三、历史中的女性亡魂

在上述偏重审美意趣的说鬼短篇之外，叶兆言及苏童另有中长篇小说，或涉历史，或写成长，其中亦不乏鬼影幢幢。先论一般被视为"新历史小说"系列的《半边营》与《妻妾成群》。叶兆言的《半边营》乃"夜泊秦淮"系列之一，背景为一九三〇、四〇年代的南京，苏童《妻妾成群》着意表现者，亦为女人在一九三〇年代的处境。⑥《半边营》叙写时间约当国共重新开战的一九四六年，时华府太太病弱中，大女儿斯馨年纪不小、待字闺中，世交德医师有意娶为续弦，然同代人华太太对其另有私情；二女儿乃娴性格较外放，与军官祖斐结为夫妻；子阿米由母亲做主娶葆兰为妻，葆兰后因难产失血过多、延误就医而死。《妻妾成群》则写家道败落的少女颂莲，以大学生身份被陈佐千纳为四妾，时陈佐千年已半百，前有三房太太，分别为长年念佛的毓如、面善心恶的卓云以及唱戏出身的梅珊，小说描述妻妾在陈家宅院里钩心斗角的

---

① 叶兆言：《绿色咖啡馆·绿色咖啡馆》，江苏文艺出版社1995年版，第369页。
② 苏童：《十一击·樱桃》，麦田出版有限公司1994年版，第110页。
③ 马兵：《通向"异"的行旅——先锋文学的幻魅想象与志异叙事》，《上海文学》2016年第10期。他并申言"李谟对那个身份不明甚至生死不明的女人的追逐何尝不是一种孤独情境下的寄托？《樱桃》中女孩苦候信件不来，暗示她被抛弃的命运，而尹树是'邮局里的一个怪物'，总用冷漠的目光拒绝着同事的交谈，他们的相逢不也可以看作两个脱序者的相逢？"
④ 张学昕：《南方想象的诗学——论苏童的当代唯美创作》，复旦大学出版社2009年版，第42页。
⑤ ［德］莫宜佳：《中国中短篇叙事文学史——从古代到近代》，韦凌译，华东师范大学出版社2008年版，第15页。
⑥ 苏童在访谈中曾针对《妻妾成群》提道："我不是要写30年代的女人，而是要写女人在30年代，这是最大的问题。"见苏童、张学昕对谈记录：《回忆·想象·叙述·写作的发生》，见张学昕：《南方想象的诗学——论苏童的当代唯美创作》，复旦大学出版社2009年版，第226页。此处意应指《妻妾成群》要彰显的不是时代记录，苏童更有兴趣的部分在于对女性处境的设想。

诸种情事风波,连丫鬟雁儿亦暗地争宠。后花园古井是陈家禁区,据闻前代女眷不守妇道者都死在井里。颂莲眼见梅珊偷情被沉入井底,亦因刺激过大而精神失常,小说收束于五房太太文竹于来年春天被迎娶入门之际。

叶兆言曾自谓"《半边营》写的是女人的故事,这一家人都是女人。阿米是男人,但他是女性化的男人"①。小说情节的安排颇类张爱玲《金锁记》,《半边营》里华太太对儿子阿米及女儿斯馨的态度,一如《金锁记》中七巧对儿子长白与女儿长安的牵制。七巧向白哥儿探问夫妻床笫之事,于牌桌上大肆宣扬,"旁边递茶递水的老妈子们都背过脸去笑得格格的,丫头们都掩着嘴忍着笑回避出去了"②。华府里葆兰在蜜月里暗自垂泪,"连佣人们都看出了蹊跷,背后捂着嘴说笑,那话要多难听有多难听"。而老太太则尽问媳妇一些"乡下人都问不出口"的话③,先是责骂阿米导致葆兰被丈夫误会,后又因嫉妒夫妻情深乃渐有恶声于葆兰。妻子冤死,阿米难忘,日日给亡妻写信,却因此被指为导致亡灵眷恋、鬼气萦绕,初生婴儿哭止异常,"小眼睛里似乎老是能发现别人看不到的什么",道士请来后婴儿虽不再哭闹,后却病夭,"迷信的说法是葆兰在阴间太寂寞,要儿子去陪伴"④。华府充满闹鬼的魅影,实源于葆兰生产前后囿于迷信及流言四窜的家族阴惨之气。

至于《妻妾成群》则更是一页女性的斗争史。颂莲初至后花园,古井桌凳,架上紫藤沉沉盛开,"颂莲想起去年这个时候,她是坐在学校的紫藤架下读书的,一切都恍若惊梦"⑤。紫藤场景营造了幽暗与光明、野蛮与文明双重世界的对照,于陈家宅院里,所有关于罪恶、堕落、疯狂、欲望的争逐,围绕着陈佐千周遭的女人一一展开。苏童同样以潮湿的场景暗示欲望之滋生,譬如梅珊在紫藤架下唱戏时"脸上、衣服上跳跃着一些水晶色的光点,她的绾成圆髻的头发被霜露打湿,这样走着她整个显得湿润而忧伤,仿佛风中之草"⑥。再如与飞浦对坐时,"颂莲的心里很潮湿,一种陌生的欲望像风一样灌进身体,她觉得喘不过气来,意识中又出现了梅珊和医生的腿在麻将桌下交缠的画面"⑦。天色阴晦的江南秋日,潮湿的欲望在梅珊与医生、颂莲与飞浦,以及颂莲与陈佐千之间蔓延,然而欲望/性事对应的往往是死亡/亡魂的伺机而动,一场阴雨中的闺房对话,使陈佐千与颂莲的性事也沾染上垂死气息,古井幽魂于午后闲谈间阴魂不散,弥散在鬼气幢幢的宅院里。小说发展到最后,梅珊踵继前代家眷,"偷男人的都死在这井里"的自我预言落实,遂于偷情事件曝光后,最终深夜被投井。

叶兆言《半边营》与苏童的《妻妾成群》,以新历史小说形式书写家族恩怨。在氛围及情境的营造方面,传统小说常将鬼故事发生的时间设定于黄昏或夜晚,场景则多于偏僻的郊

① 叶兆言:《关于半边营》,《作家》1995 年第 7 期。
② 张爱玲:《回顾展Ⅰ——张爱玲短篇小说集之一·金锁记》,皇冠文学出版有限公司 1992 年版,第 171 页。
③ 叶兆言:《夜泊秦淮·半边营》,远流出版事业股份有限公司 1992 年版,第 324、332 页。
④ 叶兆言:《夜泊秦淮·半边营》,远流出版事业股份有限公司 1992 年版,第 377 页。
⑤ 苏童:《妻妾成群·妻妾成群》,远流出版事业股份有限公司 2003 年版,第 169 页。
⑥ 苏童:《妻妾成群·妻妾成群》,远流出版事业股份有限公司 2003 年版,第 176 页。
⑦ 苏童:《妻妾成群·妻妾成群》,远流出版事业股份有限公司 2003 年版,第 222 页。

外、阴森的墓地及旷废的宅第等①，叶、苏二人所铺陈的宅院悲欢主要承袭古典小说描述，其中普遍也有含冤闹鬼的情节，然而于古典的叙述套式之外，小说家还想表达什么？

论者多谓苏童善写女人、叶兆言常言历史，然而作家笔下的女性其实以鬼魂形象（或借由鬼魂映衬），开展出较诸传统女性更顽强的特质。《半边营》宅第闹鬼，夜晚多哭声话语的描写，固然源于葆兰魂魄徘徊萦绕的执念，《妻妾成群》里古井女鬼"苍白的泛着水光的手在窗户上向她张开，湿漉漉地摇晃着"，并一再喧响着"颂莲，你下来。颂莲，你下来"②的魅惑，亦是一种强力的召唤。相对于鬼魅的无所不在，小说家笔下的生者亦以强硬的意志与之对抗，《妻妾成群》收束于"颂莲说她不跳井"③的宣言，彰显了女性对于颓靡、阴暗男权势力的抵抗，纵然这抵抗终以疯狂告终，然而即使疯狂或被害，女性亡灵还是反复以更具复仇性的魂魄形象被预演。梅珊生前所唱戏码《女吊》与《杜十娘》，俱属刚烈凄艳的形象，鲁迅曾不无得意地指出绍兴人"在戏剧上创造了一个带复仇性的，比别的一切鬼魂更美，更强的鬼魂。这就是'女吊'"④。有冤必申，有仇必报，是女吊，亦是梅珊含冤而死、终将萦回不散的具象展示。

苏童另有长篇《城北地带》⑤，其中幽灵美琪形象的塑造，颇有异曲同工之妙。少女美琪被红旗强暴后，在香椿树街居民耳语的二度伤害下，最终以投河自杀结束生命。然而苏童却赋予美琪一鬼魂化身。生前的美琪承载着受苦的身体，在居民冷眼中畏怯行走，然而死后的美琪却以少女气味的召唤，让达生不自觉勃起。在小说的隐喻空间里，美琪死后的身体成为男性欲望与挣扎的投影，这是女性鬼魂身体所引发的性诱惑。此外，含冤而死的美琪游走于香椿树街，既是早夭的女儿，同时也代表着其他被迫害而死去的少女，例如暗夜罹难的锦红等，复活的鬼魂形象乃成为个体/集体历史铭刻的载体，她是无数遭到凌辱的女性化身。美琪的鬼魂因此在另一方面也表征并强调女性所受到的伤害，在香椿树街始终延续着。⑥ 至于幽灵美琪执意握着她的红心贴纸游走街巷，更证明了女性身体在香椿树街上的顽强存在。

论者曾经归纳苏童笔下的女性生活图景，一是表现为对生命本能的追求（简称原欲），二是表现为为一己之私欲而相互倾轧（简称私欲），三是表现为失去尊严的动物性生存。⑦ 然而在美琪的鬼魂及梅珊、颂莲等亡灵或疯妇身上，我们显然看到更具尊严感的身体控诉；她们

① 石育良：《怪异世界的建构》，文津出版社1996年版，第73页。
② 以上引言分见苏童：《妻妾成群·妻妾成群》，远流出版事业股份有限公司2003年版，第217—218、193页。
③ 苏童：《妻妾成群·妻妾成群》，远流出版事业股份有限公司2003年版。
④ 鲁迅：《鲁迅全集》第6卷，人民文学出版社1991年版，第614页。
⑤ 苏童：《城北地带》，麦田出版有限公司1995年版。
⑥ 此部分关于美琪鬼魂身体的说明与论述，主要受到唐红梅《鬼魂形象与身体铭刻政治：论莫里森〈蒙爱的人〉中复活的鬼魂形象》（《外国文学研究》2006年第1期）一文启发。
⑦ 刘茜茜、刘桂华：《论苏童"妇女系列"小说中的女性悲剧》，《湖北师范学院学报（哲学社会科学版）》2009年第5期。

是女性魅惑身体、复仇身体与顽强身体的凝聚,在苏童文本中,女鬼遂挺立为形象化的存在。

最后,《河岸》里则有一名始终未曾现身,却以传说形式贯穿全书的女性亡魂:金雀河边烈士邓少香的名字,"始终是江南地区红色历史上最壮丽的一颗音符"。[①] 库文轩"曾经"是烈士邓少香的儿子,胎记是革命烈属的认证,然而当身份遭到质疑时,库文轩被迫接受惩罚与改造;当库东亮也不再是邓少香的孙子时,就只能作为一个"空屁"被放逐于船上。父子对于邓少香漫长的凭吊,导致幻觉的屡屡出现:

> 秋风吹打父亲的横福,船体会变得很沉重,令人觉得女烈士的英魂正在河上哭泣,她伸出长满藓苔的手来,拖曳着我们的船锚,别走,别走,停下来,陪着我。……我喜欢女烈士在春天复活……她黎明出水,沐浴着春风,美丽而轻盈,从船尾处袅袅地爬上来,坐在船尾,坐在一盏桅灯下面,从后舱的舷窗里,我多次看见过一个淡蓝色的湿润的身影,端坐不动,充满温情,……[②]

此后在烈士殉难的棋亭、父子栖身的驳船上,父子均不断听到"下来,下来,给我下来"的魅惑与召唤。[③] 改造十三年,得不到邓少香亡灵的宽恕,库文轩最终响应的方式是驮碑投河,力求保全/证明自己的烈属身份。

德里达(Jacques Derrida,1930—2004)在《马克思的幽灵:债务国家、哀悼活动和新国际》一书中,对于马克思/父者幽灵的存在有这样的叙述:"由于我们看不见那个下令'起誓'的人,因而,我们也就不能完全确定地识别他,我们必须求助于他的声音。"[④]此抽象的声音隐喻,在《河岸》中以烈士亡灵的身份被具象化呈现,油坊镇众人前仆后继地回应召唤、争夺身份、力图对号入座种种行止,其实展现了革命意志、社会主义幽灵的无所不在。历史不断以烈士邓少香的鬼魂为名,对库文轩进行"身体"的献祭与召唤,也彰显出血统/身份证明的缠绕与萦回。

综上所述,在叶兆言和苏童的历史/成长/家族书写里,无论是宅院街巷中执拗的女性亡灵,或是作为历史幽灵意志显现的存在,女性鬼魂一方面成为历史的载体,另一方面又以其顽强的意志,对历史的霸权与虚无性,进行了无比强烈的反讽。

四、小结:鬼魅现形的当代意义

本文所讨论苏童、叶兆言的鬼魅叙事作品,写作时间多集中于一九八〇年代末至九〇年

---

① 苏童:《河岸》,麦田出版社 2009 年版,第 13 页。

② 苏童:《河岸》,麦田出版社 2009 年版,第 56—57 页。

③ 此在小说中《河祭》《孤船》《下去》各节,都有相关描述。见苏童:《河岸》,麦田出版社 2009 年版,第 189—191、300—301、324—325 页。

④ [法]雅克·德里达:《马克思的幽灵:债务国家、哀悼活动和新国际》,何一译,中国人民大学出版社 2016 年版,第 9 页。

代初。论者曾以叶兆言的《绿色咖啡馆》为本,指出此类返魅叙事在寻根文学之后以更决绝的方式,终结了一九八〇年代"人"的神话与"启蒙"神话。① 如前所述,新时期文学以来,"人"的张扬与"鬼"的渲染,其实并存于中国当代文学写作系统里,而在革命现实主义熏染下的一代,为何重新钟情于谈玄说鬼?

长于江南水乡的苏童,曾在演讲中提到童年时正当一九七〇年代初,在手抄本小说传诵的日子里,邻居大哥曾在夏日傍晚为大家讲述"恐怖的脚步声"。一个鬼故事的中断宣告了作家苏童文学时代的开始,在驱逐鬼神的无神论时代,他迷恋上鬼故事;在禁止想象的红色年代里,他也因此拥有想象的能力。② 约莫同时,北方的莫言亦曾应台湾杂志社之邀,写就一批神怪作品③,并于《好谈鬼怪神魔》一文中表示:"近年来我写了一些具有神秘色彩的小说,写了一些在过去的浊世中卓尔不群的高人,一方面是因为眼前生活的庸俗乏味使我感到无话可说,另一方面就是下意识地向老祖父学习。"④这些非正统的、具有民间色彩的鬼故事,包括《聊斋志异》及手抄本恐怖小说等,相较于成长过程里的标语、口号,其实更具备真切的情感⑤;相较于当下渐趋俗化的市场氛围,也保留了更多丰富的想象,这或许可以解释返魅叙事兴起的个人/内在性因素。

再者,回到其时外部的文坛现象进行考察,便可以发现在一九九〇年代中市场化大潮即将来临前,这批鬼魅叙事其实表达出企求融合传统与当代、先锋与通俗文化的努力,"新历史小说"系列对应于"新写实主义"的兴起是一例;作家对于短篇鬼魅的实验性书写亦是一例。新历史小说以历史的外壳写现实,可视为向传统寻根的余绪,鬼魅叙事则以持续的实验性手法写现实,以作为先锋疲乏的转向尝试。

也因此,在苏童、叶兆言的系列短篇鬼话里,相当着重技巧的探索,例如《蝴蝶与棋》借由"往事追述"的手法,以及"蝴蝶"与"棋"的意象,推动并改造物理时间,引进另一个时空情境⑥,也形成平行时空的错位。《樱桃》则于篇末揭示了幽明时空的往返痕迹,以引发惊诧效果。其他如《绿色咖啡馆》里总在街市间时隐时现的空间错位、我与相框男子的角色错位,《纸》里亡灵入梦入眼的真幻莫辨,乃至于新历史小说里鬼魂归返的阴惨氛围,都根源于时空界线被打破的自由想象。

---

① 马兵:《先锋的"鬼"话——〈绿色咖啡馆〉的返魅叙事》,《时代文学(下半月)》2010年第7期。

② 此为苏童2014年5月11日应台北文学季主办单位印刻出版社之邀,以"我的文学时代"为题,在诚品敦南店B2视听室所做的演说内容。

③ 1992年3月,台湾《联合文学》杂志曾制作一"莫言短篇小说特展",刊出七个短篇,分别为《神嫖》《良医》《夜渔》《辫子》《天才》《地震》和《翱翔》。见《联合文学》1922年第8卷第5期(总89期)。

④ 见《好谈鬼怪神魔》一文,收录于孔范今、施战军主编,路晓冰编选《莫言研究资料》,山东文艺出版社2006年版,第28—29页。

⑤ 苏童在访谈中便曾经如此表达。参见苏童、王宏图:《苏童王宏图对话录——短篇小说的艺术(节选)》,见孔范今、施战军主编,陈晨编选《苏童研究资料》,山东文艺出版社2006年版,第68页。

⑥ 张学昕:《南方想象的诗学——论苏童的当代唯美创作》,复旦大学出版社2009年版,第108—109页。

叙事效果的有意为之,是作家共同的创作自觉,但相较于贾平凹、莫言等人拥有较多民间资源,南方作家可能更仰赖于西方思潮的借鉴,苏童便曾表示鬼魂书写"是小说中必不可少的跳跃动作","这是一种叙事上要达到某种力量的要求,也可以说是来自南美魔幻的手法"①。诚然,莫言小说中魔幻写实手法亦多为论者所称道,然则成长背景的影响,又是否会导致南北作家汲取创作养分时的取舍差异?

观察五〇后作家如莫言、阎连科等,成长于北方,青少年阶段经历"文革"与军旅生涯,因此其鬼魅叙事里多有反映战争及饥荒之作,土地及故乡概念亦相当浓厚。相对而言,在六〇后南方作家的鬼魅叙事里,固然亦有源于童年记忆的"文革"书写,如苏童《纸》里隐约可见的时代投射②,然而整体言之,生命经验的厚重度相形之下是较为薄弱的,也因此在写作资源上,此批作家更钟情于新历史小说的创作,也更倾向于援引古典以重铸当代场景。

也因此,本文最终要指出的,是叶兆言、苏童如何在"拟旧的由头里搬演新意"? 反模仿③当是其拳拳致力者,此可见于女鬼形象的翻转与时代意义的赋予,例如《河岸》里的历史幽灵隐喻。又如《绿色咖啡馆》里李谟受陌生女子吸引,仿佛逐步导向传统小说所谓"阴气索命"的桥段④,但当双方发生亲密接触之后,他的脸色反而愈加红润了。而《樱桃》里少女对尹树的召唤,也不似志怪中的女鬼,有明确的报复/报偿动机,而只为弥补自我落空的等待。孤独在当代反而是致命之伤,此为鬼魅作品经由细节性的颠覆所展现的新意。

再如物化为精魂本亦为鬼魅作品常见主题,但在苏童的《蝴蝶与棋》里,除了人(小彩)、物(蝴蝶精)相通的书写之外,小说更借由棋手与捕蝶者神秘的身份互换,一方面表达出"人的感觉和生活的不确定性"⑤,另一方面展现了对于"逃脱"的渴望以及自由的憧憬⑥,凡此同样在传统志怪叙写里,翻转出当代新意。

总之,叶兆言、苏童的鬼魅叙事以江南柔靡温润的水乡为背景,发挥先锋的实验精神,并糅合传统的民间色彩,书写当代人性的孤独意识,翻转传统的女性形象,从而带领读者进入差异的、异质的时空,一方面使小说充满阅读兴味,另一方面也形塑了具有南方色彩的鬼魅书写。

---

① 苏童、王宏图:《南方的诗学:苏童、王宏图对话录》,漓江出版社 2014 年版,第 87—88 页。

② 《纸》中的老人要用街头的标语(唯物/现实象征)折一匹纸马(唯心/神怪象征);少年则在国庆节的文艺会演扮演《红灯记》里的李玉和,恍惚间错觉青青朝舞台跑来,此处亡灵的现身也形成实景与虚景、国庆庆典与鬼魅传说的强烈反差。

③ 此为叶兆言所强调者。见马兵:《先锋的"鬼"话——〈绿色咖啡馆〉的返魅叙事》,《时代文学(下半月)》2010 年第 7 期。

④ 类似作品有莫言《怀抱鲜花的女人》,小说采用传统书生与妖魅遇合之模式,其中"魅"的形象便暗示着死亡气息之迫近。

⑤ 张学昕:《南方想象的诗学——论苏童的当代唯美创作》,复旦大学出版社 2009 年版,第 129 页。

⑥ 此种变形所暗示的自由意念,另可见于莫言《翱翔》一文,我以为《翱翔》里关于燕燕化为飞鸟的想象,是对美女婚配无法自主的惋惜,也传达出关于自由翱翔的美好想望。

用现代理性批判精神重构大宋王朝

——以何辉的长篇历史小说《大宋王朝》系列为考察中心

陈爱强*

(鲁东大学 文学院，烟台 264025)

内容摘要：近年何辉陆续发表的长篇历史小说《大宋王朝》系列，不但继承了新时期以来中国当代历史小说通过历史反观、接通中国当代社会文化精神的文学传统，而且运用"五四"文学以来的现代理性批判精神重评、重构宋太祖赵匡胤宋初时期的精彩历史故事。再把《大宋王朝》放到中国当代历史小说"雅俗融合"的发展趋势中来考察，如果说二月河的历史小说是"俗"的代表，那么前者在现代理性批判精神的观照下，形成了重新解读宋朝历史谜案、倡导现代英雄观、"大结构"的情节框架、舒缓相间的叙事节奏等现代性特征，则成为中国当代历史小说中"雅"的代表。这也是《大宋王朝》系列小说的文学史价值所在。

关键词：现代理性批判精神；现代英雄观；大结构

- -

新时期至今以来，中国当代历史小说延续了"五四"新文学开创的"重史"与"重文"这两种写作传统①而得以继续发展，从凌力的《少年天子》、二月河的"落霞三部曲"(《康熙大帝》《雍正皇帝》《乾隆皇帝》)、唐浩明的《曾国藩》、刘斯奋的《白门柳》等作品，到近年热播的历史题材影视剧《步步惊心》《后宫·甄嬛传》《如懿传》等，均具有共通的精神文化指向，即通过中国古代历史折射、接通了当下社会文化思想，"叙说中华民族有价值的人生辉煌表象背后的曲折与艰难，……并希望通过探究、还原这辉煌与艰难之间的内在隐曲，着力显示出民族历史文化的深邃复杂和非凡人生的痛苦与崇高"②。这也是其文学史意义与审美价值所在。

---

* 作者简介：陈爱强，文学博士，鲁东大学文学院教授。

① 可参考鲁迅在 1935 年著的《故事新编》"序言"中的内容。鲁迅指出创作中国现代历史小说的两种方法及不同特点，一种是"对于历史小说，则以为博考文献，言必有据者，纵使有人讥为'教授小说'，其实是很难组织之作"，也就是依据历史事实进行小说创作；另一种是"至于只取一点因由，随意点染，铺成一篇，倒无需怎样的手腕"。

② 刘起林：《关于重审历史文学价值内核的问题及其思考》，《理论与创作》2004 年第 1 期。

然而这些历史作品主要集中在讲述汉、唐、明、清等历史阶段的故事,对其他历史时期却鲜少涉猎,不能不说是当下历史文学的一个缺憾。何辉教授近期陆续发表的长篇历史小说《大宋王朝》系列则试图对此进行弥补,他把目光投射到宋太祖赵匡胤开创的大宋王朝历史故事中,力图通过"大历史观铺陈赵宋王朝兴衰"①,把历时三百二十年的大宋王朝的精彩故事图卷徐徐展现在世人面前,特别是宋初的刀光剑影、政治权谋、血腥战争、缠绵爱情等,让读者在"历史真实"与"文学真实"相互交织的文字盛宴中重返宋朝,在抒情和史诗中与众多的历史人物共同体验、经历人生的喜怒哀乐,在偶然因素与必然宿命的相互角力之间寻找历史与人之命运的多重轨迹。像作品所指出的,当一个新王朝出现在中国大地上,"又一批或高尚或卑鄙或正义或邪恶的人在这一个既充满苦难又创造富足的伟大时代中演绎出激动人心的故事"②,同时也构成了《大宋王朝》的核心写作宗旨。除此之外,作者的另一个目的在于"亦抱着庄严之态度,希望这部作品能成为承载中华文化基因、隐藏中华历史密码的文本之一,因此也将在一定程度上挑战读者的理解力"③。正是因为何辉怀抱着严肃严谨的写作态度,《大宋王朝》系列小说既具有与"中国崛起"意识形态背景相契合的时代警世意义,又体现出一位经受过"五四"新文学精神洗礼的中国当代作家采用现代理性批判精神重评、重估及重构中国传统文化的宏伟志向,凸显出"雅"的一面。这也导致《大宋王朝》与当代其他历史作品相比,在思想价值观念、叙事手法与节奏、情节结构安排、塑造人物形象等方面都体现出一定的现代性与创新性特征,亦成为当下中国历史小说中一个丰美的收获。

一、用现代理性批判精神重新解读历史神秘现象

《大宋王朝》系列共计八部,以 2013 年为开端至今已出版前五部,分别是第一部《大宋王朝·沉重的黄袍》、第二部《大宋王朝·大地棋局》、第三部《大宋王朝·天下布武》、第四部《大宋王朝·鏖战潞泽》和第五部《大宋王朝·王国的命运》。根据作者已经公布的写作计划,后面三部分别是第六部《大宋王朝·内廷的烛影》、第七部《大宋王朝·笔与剑》和第八部《大宋王朝·太宗的雄心》。从已经出版的系列小说来看,作者以中国知识分子自"五四"新文学以来就深入人心的现代理性批判精神来重新解读赵宋王朝开创与发展的历史进程与人物命运,全景式地呈现出大宋王朝初期的苦难与辉煌、守成与创新、丑恶与善良、冷酷与温情、阴谋与智慧等多种力量相互角逐与博弈的历史故事。

首先,不同于二月河的作品经常借助一些"鬼神"神秘现象与离奇事件来增加作品的神秘玄幻色彩,何辉用现代理性批判精神对那些神秘现象进行解释和解读。在第一部《大宋王朝·沉重的黄袍》中,就以后周大臣薛怀让想起雕刻在一块木头上的神秘预言"点检做天子"

---

① 张清芳:《大历史观铺陈赵宋王朝兴衰》,《中国社会科学报》,2017 年 3 月 23 日。
② 何辉:《大宋王朝·鏖战潞泽》,中国人民大学出版社 2017 年版,第 6 页。
③ 何辉:《大宋王朝·王国的命运·后记》,作家出版社 2018 年版,第 351 页。

为故事开端,这个神秘的"天道"现象在半年后成为赵匡胤及部下发动"陈桥兵变"推翻后周统治,在"黄袍加身"后建立大宋王朝的一个正当理由。它在当时还产生了深远的社会影响与精神影响:"至于究竟是谁在那块木头上刻上了那个神秘预言,如今已经成了难以解开的谜团。那个神秘预言,还会操纵人们的心灵多少年,谁也无法知道。它像命运的烙印,不是烙在谁的肉体上,而是烙在人心之上,烙在无法触摸的时间之中。"①《宋史·太祖纪》等史书中都曾记载过这个神秘预言,其成为中国历史长河中的一个著名谜团。也是因为这个预言的影响,导致"陈桥兵变"前两天出现的亢星与太阳并行时发生的"重日"(双日)这个自然现象,也在思想舆论上成为强化"此天象乃新天子上位之征兆,正应了'点检做天子'之预言"②的催化剂。在漫长的中国历史长河中,提前出现预测新旧王朝变更和帝王更替继位的"谶纬之言"和神秘现象始终是中国历代史书的一个特点,像秦末的陈胜、吴广在起义时也是借助所谓"上天"的旨意和预言来为起义赋予合理性,更遑论《东周列国志》等史传作品更是有意夸大、渲染这些神秘预言和现象了。在《大宋王朝·沉重的黄袍》中,尽管"点检做天子"和"重日"这些神秘现象成为推动"陈桥兵变"发生的一个关键原因,但是作者却并没有把它们安排为推动宋朝历史故事发展的叙事动力,而是借由赵普与赵匡义的对话很快揭示出谜底——后者是制造"点检做天子"木雕与谣言的幕后指使人。赵匡义的理由在于保全自身的荣华富贵:"此前,我用谣言帮我兄长除去张永德,这是帮他上位成为新的点检,这次,我令谣言再起,乃是为了助他登上帝位。如今,普天之下尽枭雄,真正的英雄却不多。我大哥算得了一个。有他当皇帝,我等富贵可保,百姓可安。"③赵匡胤手下其他人率先推举赵匡胤为新天子,表面上是顺应天意,深层动机同样是为了保证自身安全和已有的身份地位:"待哪个节度使自己称了帝称了王,我等以后恐怕都得难逃一劫,更勿论什么荣华富贵了。"④也就是说,公元960年年初在开封城外发生的陈桥兵变,表面上赵匡胤称帝建立宋朝属于"天命所归",实际上真实的原因在于人心所向。进而言之,由于当时处于天下混乱的五代十国末期,"陈桥兵变"的发生虽然有些突然,但更是顺理成章的历史事件,因为在8岁幼帝统治下的后周就是一块肥肉,不但周边的北汉、南汉、南唐、后蜀、吴越、辽国等多个国家不断窥探时机准备入侵,而且后周内部很多拥有兵权的悍将也在时时觊觎皇位,迟早会发生推翻后周的兵变与朝代的变更。赵匡胤和他的下属只是找到合理兵变的理由并占据先机地先下手而已。

《大宋王朝·沉重的黄袍》之所以对这个神秘事件进行"解谜"和解读,直接原因在于何辉作为一位研究宋代历史的学者,希望通过小说中的想象与具体细节描写来突破学术研究拘泥于史料的、冷冰冰的历史解读方式:"我想到要以小说的形式来写宋代,很大的原因是要

---

① 何辉:《大宋王朝·沉重的黄袍》,中国人民大学出版社2013年版,第18—19页。
② 何辉:《大宋王朝·沉重的黄袍》,中国人民大学出版社2013年版,第60页。
③ 何辉:《大宋王朝·沉重的黄袍》,中国人民大学出版社2013年版,第70页。
④ 何辉:《大宋王朝·沉重的黄袍》,中国人民大学出版社2013年版,第61页。

解决纯粹学术研究所无法解决的或不便解决的问题。"①虽然直到今天史学界关于谶纬之言"点检做天子"是人为还是天意尚未有最后定论,但何辉却根据史料与当时的社会背景等方面进行联想与大胆推断,从而把赵匡义作为炮制它的幕后人和"陈桥兵变"的推手,为这个疑案提供了自己的解答方案。这个答案在逻辑上显然具有一定的可信度,也为《大宋王朝》系列小说奠定了现实主义的精神基调。它还体现出作者的科学历史观:不渲染、夸大带有神秘主义色彩的历史事件和现象,而是从当时的社会历史背景、政治家的政治权谋等角度来推测和寻找到造成这些神秘事件的人为力量或自然天象。这也说明,中国历史中的改朝换代与时事变迁并不是什么"天道"和必然会发生的所谓"宿命"造成,而是"人力"——这才是改变历史进程的决定性力量。在这种现代历史观下,第五部《大宋王朝·王国的命运》中出现了南汉的"内苑羊吐珠"神秘事件,作者同样揭示出这实际上是宋朝领导秘密察子(刑侦机构)的法能和尚专门针对南汉主刘钑迷信巫术而采取的一个政治谋略,目的是散布"南汉将亡"的谣言,从精神上打击南汉君臣并瓦解南汉的民心;该部小说还提到谋士孙光宪在公元937年曾对统治荆南的领导人高从诲指出当时出现的"日有双虹"现象,预示着"天下会出现双雄争斗的局面"②,然而作者依然没有把这种神秘现象作为推动故事继续发展的一个线索,在此后的故事情节中也没有出现"双雄争斗"的场景。从这个角度来说,《大宋王朝》系列小说的历史观属于马克思主义的辩证唯物主义理论范畴,也是其现实主义精神的一种具体体现。

二、倡导现代"英雄观"

其次,以尊重生命个体存在、实现个人价值为核心的现代"英雄观"是贯穿《大宋王朝》系列的一个重要主题。这种带有当下中国社会时代色彩的"英雄观",由中国当代历史小说的现代性所决定,其中一个具体表征体现在如何处理生命个体的感性情感和个人追求的责任使命感之间的关系上。第一种处理方式以《大宋王朝·王国的命运》中年轻将军王承衍的观点为代表。王承衍在《大宋王朝·天下布武》中首次出现时,是以节度使王审琦大儿子的身份担任天下牡丹节的守卫工作,此后他机智地跟踪并解救了被杀手周远等人绑架的阿燕公主与李雪菲姑娘,在潞泽之战中自告奋勇地带人穿过偶然发现的山洞石洞庭奇袭上党抱犊山的李筠叛军,然后又被赵匡胤委以跟随南唐使者去南唐并说服南唐国主迁都南昌的重任。在这位智勇双全的年轻人心中,显然是责任重于一切、理想价值高于生命:"尽管受到人生困惑与怀古情绪的影响,王承衍却一刻不曾忘记自己的使命。'无论怎样,每个人都背负着自己的使命。或许,不断承担有意义的使命,便是我人生的意义所在。我一定得完成我的使命

---

① 何辉:《大宋王朝·鏖战潞泽》,中国人民大学出版社2017年版,第329页。
② 何辉:《大宋王朝·王国的命运》,作家出版社2018年版,第122页。

啊!'王承衍这样想道。"①然而当他在南唐听到南唐君王李璟对七子李从善所说的"生命胜过所有的荣誉,胜过所有的智慧"②时受到震撼,突然认识到个体生命的存在实际上与个人责任感同样重要,因此他对大宋以后会灭掉包括南唐在内的其他小国而"统一天下"的历史使命产生了某种怀疑:"这位年轻将军的心,曾经是那么坚硬,那么坚定,那么明澈,为了他心中的目标,他可以不惜牺牲自己的性命。但是,在这一刻,他的心中产生了疑惑,他那颗明澈的心,现在被李璟那番动情的话搅浑了。他如钢铁般坚硬的心中突然有一部分变得柔软了。"③感性生命体验的苏醒使王承衍的"英雄观"发生很大变化。作者也借此指出,只有在刚硬的使命感、责任感中融入柔情的父母子女人伦亲情、男女异性爱情及对美好生活充满眷恋等情感因素,才是一个刚中带柔、有情有义的中国历史英雄应该具备的使命感。也正是因为王承衍转变成一个有血有肉的、有感情的英雄人物,为他后来在唐镐府中救下美丽的窅娘做了一定的心理铺垫。

第二种处理方式以赵普、赵匡义等所谓有作为、有谋略的"贤臣"为代表。这类人物的"英雄观"是把追求更高的政治权力和权势作为个人存在的主要价值意义。在《大宋王朝·大地棋局》中,当赵普面对屠杀韩通一家的大将王彦升强横地进入自己家中肆意搜查时:"他突然感到无比悲哀,自己一介书生,不,顶多算半个书生,即便再有智谋,在暴力面前,也根本没有丝毫的抵抗能力。在这种情况下,他还能依靠谁呢?他所能想到的,就是依靠更为强大的权力。只有更为强大的权力,才能制止眼前的暴力,因为在那权力背后,有着比眼前的暴力更为强大的暴力。"④这种位卑权小的悲愤心理与他此前早就有的个人理想——"他改变天下藩镇割据的雄心也将有可能借赵匡胤之手而得以实现"⑤结合起来,成为推动这位宋朝第一谋士追求更高政治权力地位的一个心理动因。阴险狡诈、擅长权谋的皇弟赵匡义之所以鼎力支持兄长赵匡胤夺取后周政权建立大宋王朝,除了意识到兄弟命运紧密联系在一起,一荣俱荣、一损俱损外,内心还始终隐藏着等大哥过世后由自己来继承皇位,最终登上至高无上的权力巅峰的念头。因此他一方面成为赵匡胤治国理政的左膀右臂,另一方面也俟机结交拉拢权臣并暗暗寻找各种机会除去自己的竞争对手皇子德昭。从另一个角度来说,作者多角度多层次地挖掘出赵匡义、赵普等人性中丑恶,甚至是邪恶的一面,包含着对他们的批判针砭,然而又本着现实主义的精神,并没有站在中国传统伦理道德的角度来有意丑化这种从个人利益出发的自私行为,这既因为作者对封建社会残酷凶险的政治斗争有深刻的认识,更是因为这种"英雄观"实际上是对当下社会中一些流行观念的直接反映。从二月河的作品开始,推崇良臣重将具有"明哲自全之道",即他们兼具报国之志与虑事之智的政治智慧

①　何辉:《大宋王朝·王国的命运》,作家出版社 2018 年版,第 148 页。
②　何辉:《大宋王朝·王国的命运》,作家出版社 2018 年版,第 161 页。
③　何辉:《大宋王朝·王国的命运》,作家出版社 2018 年版,第 162 页。
④　何辉:《大宋王朝·大地棋局》,中国人民大学出版社 2014 年版,第 81—82 页。
⑤　何辉:《大宋王朝·沉重的黄袍》,中国人民大学出版社 2013 年版,第 75 页。

逐渐成为一种流行的文化思想,尤其是在近年流行的《美人心计》《步步惊心》《后宫·甄嬛传》《延禧攻略》《如懿传》等影视历史剧中,更是从凸显、实现个人价值的角度,在现代人面对职场激烈竞争的生存智慧、官员的官场智慧与中国古代政治权谋、古人政治智慧之间找到相互衔接的路径,或曰使二者得以"打通"。这也导致读者的价值观与阅读期待心理中的"英雄观"都发生变化,因为从自身的、个人的角度来思考问题和保存个人权益、利益,不再是一种自私自利的行为,而在一定程度上成为现代中国人个性主义的一种折射,一种"集体与个人"双赢的新观念之反映。从这个角度来说,赵普他们也是一种适应时代需要而产生的所谓"时代英雄",身上不可避免地带有近年社会文化转型中出现的权势至上、功利至上的某些"时代病"特征。

显然作者对这种"时代英雄"也并非认同,因此有意塑造出宋朝开国皇帝赵匡胤这个充满理想色彩的英雄人物以达到委婉批判、质疑前者的文学目的,这也是《大宋王朝》系列小说中的第三种英雄观。赵匡胤作为受到后周皇帝器重的良将,他对后者充满感恩之情,是赵普、赵匡义等人背着他发动了"陈桥兵变"并把他推上皇位,在建立宋朝后,他经常被自己是背叛周世宗的"逆臣"的愧疚感折磨,但是也逐渐意识到自己为了保存自身,除了夺位外别无选择:"五代之中,没有哪个臣子在道德上没有丝毫瑕疵!世间所有活着的人,为了生存,仿佛都挣扎在鲜血淋漓的角斗场中。……但是他没有其他的选择,他知道自己必须清楚地认识到这个事实。"①这说明保住个人的性命作为自身承担国家民族责任义务的一个必要前提和物质基础,已经成为当下国人的一种思想共识,也是中国当代历史小说的共识。同时还是中国当代历史小说业已形成的一种创作特点或曰传统:把中国古代帝王将相中的人性与兽性同时呈现出来,塑造出血肉丰满的人物性格形象,像二月河笔下的康熙、雍正、乾隆等清代帝王与隆科多、张廷玉、李卫等大臣的形象,这也是现实主义精神的重要体现。然而不同于赵匡义的阴狠毒辣、好色却又无情的阴谋家形象,赵匡胤在面临个人爱情与统一天下、建立太平盛世的责任的选择时,尽管他的内心同样充满了矛盾斗争:"为了胜利和荣誉,他愿意赌上自己的生命。为了开创一个太平的时代,他愿意赌上全部的人生。为了爱,他愿意赌上自己的心,可是,为了爱,他能赌上整个王朝和天下的百姓吗?"②但是他却对已经去世的妻子贺氏、青梅竹马的恋人阿琨、现任妻子如月和深沉爱恋的柳莺姑娘都充满着真诚的感情,同时对自己冷落如月充满了内疚感,明显不同于赵匡义对妻子小符与情人小梅的、主要是利用她们为自己谋利益的情感心理。何辉通过二人爱情态度的对比,也隐晦地表达出对当下社会曾一度流行的为国家大义而舍弃个人情感、为达目的不择手段的冷酷君王形象的批判。从这个角度说,《大宋王朝》系列小说中的赵匡胤既是一个有政治抱负、谋略智慧的伟大君王,他把自己存在的人生意义与价值追求确定为结束战乱,给天下百姓一个太平盛世和安居

---

① 何辉:《大宋王朝·大地棋局》,中国人民大学出版社 2014 年版,第 22—23 页。
② 何辉:《大宋王朝·天下布武》,中国人民大学出版社 2015 年版,第 4—5 页。

饱暖的生活;他的想法又是每一个屡经残酷战争与战乱苦难的普通中国人想法的反映与折射,这使他又属于广大人民群众中的一员。这种既胸怀国家社稷大业又拥有真诚人性情感的英雄人物,是作者高度赞扬的一种"英雄观"。

概而言之,《大宋王朝》系列小说中的三种"英雄观"均体现出对中国传统历史观的扬弃,既迎合又超越了当下国人的价值观念,一方面宣扬个体生命的宝贵与个人价值的实现,根据当下广大读者的阅读心理期待塑造出民族精英,即能承担民族国家共同体的政治责任、有道统加持与治国理想的主权者(帝王君主)和辅助者(官员大臣)等英雄形象。很多英雄在人格上尽管并非完美,像赵匡义、赵普等狡诈的权臣,然而他们都做到了对内结束国家的内乱战争与重新建立正常的社会秩序,对外守卫民族共同体的安全并争取更大的国家利益,可以说为保卫国家与民族生存做出了巨大贡献。也是在这个意义上,《大宋王朝》前四部主要写了赵匡胤这位开国皇帝悲悯世人的情怀与高瞻远瞩的领袖权谋,而在第五部就开始写他处理内部叛军时开始用"重典"——斩杀了已经投降宋军的扬州叛将李重进的百多名亲信将官,不过这都无损于他是一个重情重义、充满人情味的开明君主;另一方面又试图借助再现中国古人的聪明才智、重义信诺、崇尚节义等优秀传统品质和人文关怀,来弥补当下物欲横流、拜金主义流行、消费主义至上等社会精神缺陷。因此,这三种"英雄观"不但使《大宋王朝》系列小说在思想观念上具有现代性色彩,与那些思想观念陈旧的宋朝历史演义小说相区别,由此也接通了当下社会中的部分文化思想与意识形态,并激活了中国传统文化资源,通过弘扬宋朝历史中的优秀传统文化等手段来进一步增强中华民族精神的凝聚力,以便对当下社会的精神价值进行重构。同时这也是《大宋王朝》对当下中国文坛的一个重要贡献。

三、"大结构"的情节框架

《大宋王朝》系列小说不但在思想内容、人物塑造等方面体现出对"五四"新文学现代理性批判精神的继承与发展,而且在情节结构安排、叙事节奏等形式方面同样体现出诸多现代性特点,超越了此前的宋代历史小说。具体来说,中国当代历史小说通常会通过塑造不同类型的、拥有多层次性格特点与隐秘的内心精神世界的历史人物及纷纭复杂的历史事件来讲述多个故事,如同何辉指出的:"历史,在人类文明有限的发展进程中,是以延绵不断的方式存在的。一个人的故事和许多人的故事伴生着;一个人的故事还未结束,另一些人的故事已经开始。"①这些复杂多样的历史故事显然是作者"以历史之酒杯浇灌自身之块垒"的文学产物,带有浓厚的作家主体性色彩与当下社会的部分思想意识,这在前文已指出。与此相对称、相呼应,《大宋王朝》系列小说舍弃了传统的章回体形式,而是在结构上采用了每一部既独立成书同时又具有整体性的一种复合式"大框架":"这部大作品中任何一部的故事,都是一个相对完整的故事,但从结构方面看,它是大结构中的一个部分。就大结构而言,我尝试

---

① 何辉:《大宋王朝·鏖战潞泽》,中国人民大学出版社 2017 年版,第 334 页。

用一种交叉式、嵌套式的结构来叙事。这种结构设计,多少也是为了符合结构背后的历史本身。"①这种框架结构受到英国数理哲学家博特兰·罗素、怀特海合著《数学原理》中观点的启发,尝试运用现代自然科学的数据方法来组织文学作品的内部结构,即通过项(分子)、关系、关系域、结构等因素与它们彼此之间因不断碰撞、相互联系而产生的多种关系、关联②来逐层搭建故事框架,这样不同人物之间复杂微妙的关系、各个王国与割据政权之间关系的诸多变化等,甚至同一座城市在不同历史时期的变迁历程等,都被抽丝剥茧、条理明晰地爬梳与整理出来,达到了该作品的创作目的:"北宋与辽、北汉、南唐、吴越、后蜀、南汉、荆南等割据政权在很长一段时间内长期争雄、相互博弈、此消彼长。……创作这部小说的目标之一,就是将历史的复杂性,以故事的方式,通过关系域变化与结构变化的复杂性呈现出来。"③这种"大框架"从现代科学理念中衍生出来,显然是现代理性批判精神的又一种具体呈现,也成为《大宋王朝》系列小说在形式技巧上追求现代性、创新性风格特点的一种体现。

尽管"大框架"赋予大宋王朝故事情节结构上的统一整体性,较好地契合了作品中的新叙述方法、"大历史观"④等独特特点,然而它却存在一些缺陷,例如在一定程度上会导致产生用僵化理念代替生动形象的"主题先行"及作品缺乏多姿多彩的想象虚构、丰富的情感体验等问题,这些缺陷其实也是很多自然科学理论被引入文学后必然要面临和解决的一种困境,不论是在文学研究中,还是在文学创作上。⑤ 何辉为了抵消、弥补这些缺陷,有意在全文中设计张弛有度的叙事节奏作为"大框架"的有益补充,同时融合进更多的审美因素,强化其中包含的人性情感力量、想象虚构性和内容的趣味性等文学性因素。

四、用现代白话诗歌放慢叙事节奏

作为一位写出了气势磅礴、感情充沛的长篇诗歌巨作《长征史诗》的诗人,何辉在《大宋王朝》系列小说中充分发挥出诗人的特长,运用清丽优美的现代白话语言(普通话)在宏伟壮阔的宋朝历史故事中营造出充满诗情画意的氛围与意境,以此放慢故事的叙事节奏。《大宋王朝·天下布武》开头由赵匡胤的微服私访引出他在扬州发生的故事。扬州自古以来便是中国的文化名城和兵家必争之地,是一座浸透了深厚历史文化底蕴和人文情怀的古城,可说是历尽苦难沧桑的中华文明古国与历代中国人的象征:"于是,一块土地、一个地名,便有了喜怒,有了哀乐,有了豪壮,有了温柔,有了乖戾,有了平和,有了洒脱,有了残暴,有了宽仁,

①　何辉:《大宋王朝·王国的命运》,作家出版社 2018 年版,第 1 页。
②　何辉:《大宋王朝·王国的命运》,作家出版社 2018 年版,第 352—354 页。
③　何辉:《大宋王朝·王国的命运》,作家出版社 2018 年版,第 352 页。
④　可参考张清芳的《大历史观铺陈赵宋王朝兴衰》中的相关观点,《中国社会科学报》,2017 年 3 月 23 日。
⑤　可参考张清芳的《海外中国现当代文学研究的理论偏执》中的相关观点,《中国社会科学报》,2018 年 2 月 13 日。

有了一个人可能拥有的一切性格和情感。于是，一块土地、一个地名，便将中国人的前世、今生、后世紧紧联系在一起，它们超越家族的血缘，它们超越民族的分别，它们超越了时间。"①在这种情感充沛的抒情中，何辉灌注了现代国人对国家、民族、个人命运的哲理性思考，从"文化共同体"的角度把扬州古城看作中国这个现代民族国家的一种象征："于是，它们从古到今，从东到西，从南到北，穿越无数春秋冬夏，彼此相连，彼此呼应，渐渐形成一个容纳了无数记忆的共同体。……对于这个共同体中的每一个人而言，往往想到一片土地、一个地名，便会热泪盈眶，便会百感交集，因为，就在这片土地上，就在这个地名中，他或她可以感受到数千年来祖先血脉的流动，可以感受到无数欢喜与悲伤，伴随着时光的洪流，冲击着在时间中旅行的孤单的个体。"②这种由文化共同体形成现代民族国家的观点，可说是本尼迪克特·安德森《想象的共同体——民族主义的起源与散布》中的现代民族国家观念在《大宋王朝》系列小说中的一个具体例证，同样是后者接通当代文化思想的一个证明。

第四部《大宋王朝·鏖战潞泽》的开头部分接续了上一部赵匡胤带领手下赴柴守礼举办的洛阳牡丹会故事，作者同样借助洛阳龙门石窟来抒发情怀："它们伫立在那里，以一种静默的方式存在着。它像是静止的时光隧道：它们既是北魏，也是东魏西魏；既是北齐，也是北周；既是隋朝，也是唐朝；既是宋朝，也是未来的任何一个朝代。只要它们伫立着，它们便是时光，它们便是历史，它们便是文化，它们便是逝去的先人的灵魂在今日的存在。"③此处龙门石窟的意象不禁令人想起中国当代诗人杨炼的史诗《大雁塔》中的西安大雁塔意象、余秋雨的散文《白发苏州》中的苏州意象等，还有该书中提到的开封、金陵、武昌等古城，都是镌刻着古典中国与现代中国之国魂的文化共同体。从这个角度来说，中国历史故事也属于文化共同体范畴，会唤起每一位中国读者相似的情感与中华民族记忆，这也是中国当代历史小说始终很受读者欢迎的一个心理原因。

这些可与中国当代诗歌、散文名篇相媲美的抒情诗句，通常被有意安排在《大宋王朝》系列小说中每章的开头部分，及紧张激烈的政治斗争故事与残酷厮杀的战争场面前后，其审美作用不仅在于渲染故事的氛围，而且对叙事节奏具有重要的调节作用，使读者产生了一张一弛、松弛相间的阅读效果，强化了阅读记忆。具而言之，读者先是在诗情画意的诗句中放松心情，接着在随后出现的刺激性场景中开始被吊起紧张情绪，使身心沉浸在壮美崇高的审美经验中；反之亦然，读者在感同身受高度紧张激烈的政治斗争和军事战斗之后，紧接着进入由抒情文字造就的诗意氛围中，自然会放松紧绷的神经而进入优美平静的审美感受。这种张弛有度的节奏感，有效避免了读者总是处在同一个心理强度而产生的审美疲劳和倦怠，而且紧张与放松相间的心态也最有利于读者保持阅读兴趣，提高阅读效率。

---

① 何辉：《大宋王朝·天下布武》，中国人民大学出版社 2015 年版，第 6 页。
② 何辉：《大宋王朝·天下布武》，中国人民大学出版社 2015 年版，第 6 页。
③ 何辉：《大宋王朝·鏖战潞泽》，中国人民大学出版社 2017 年版，第 4 页。

五、放慢叙事节奏的另两种方法

此外，《大宋王朝》系列小说中放慢叙事节奏并产生张弛相间叙事节奏的方法还有如下两种。一种是通过不同历史人物之口直接引用唐朝古典诗词与他们自己写就的诗歌来抒发感情和人生感触，或是作者在文中引用中国古典诗词歌赋来描写风物人情，其中一个目的就是为了营造诗情画意的氛围并以此来调整叙事节奏，与前面提到的那些用普通话写就的诗情画意句子作用相似。例如在《大宋王朝·王国的命运》中，南唐出使宋朝的使者唐丰一行在返回途中遇刺，当他有惊无险地返回南唐都城金陵（南京）时，在城前不禁吟诵了唐代诗人刘禹锡的《石头城》，以此表达自己劫后余生、见到南唐故土的喜悦心情及对它的热爱之情。还有吟诵扬州、洛阳等古城的众多古典诗词及赵匡胤、李璟等人创作的诗词等，这样的例子在文中非常多。不仅如此，何辉的目的还包括展示、普及中国古典诗词的伟大成就——这是中国当代历史小说的一个普遍特点，更重要的是借此重构并还原出活生生的历史场景、活生生的人物形象："它们不是死的文字，而是活在历史长河中的人的精神与思想，也正是历史中的人曾经真实生活过、思想过的有力证明。在小说中，也会不时引用人物在史载中的原话（通常是非常重要、反映真实历史人物个性或见识的关键语）。这也是本系列小说致力开创的风格之一——期望在读者心中创造出一种历史与现代共存的印象。"[1]正是这些古典诗词歌赋的存在，把宋朝历史的真实性与文学的真实性融为一体，在历史的风云变幻中描绘出人物个体的细微情绪变化，在已经逝去的历史时空中重现当时人们的生活与命运。这也是《大宋王朝》系列小说力求达到的一个美学效果。

另一种方法则是通过穿插在文中的多个缠绵爱情故事来中和、减轻惊心动魄的各种斗争与残酷血腥的战斗场面所造成的紧张氛围和情绪，使故事叙事节奏得以张弛相间、疏密有致。这些爱情故事既包括贯穿前五部的逃亡贵族青年韩敏信与阿燕公主之间爱而不得的爱情悲剧、赵匡胤与几个女性之间因战乱造成的爱情悲剧，还有围绕赵匡义、王承衍、李雪菲等人分别展开的爱情故事，及在后几部将会陆续出现的其他历史人物的爱情故事等。其中韩敏信与阿燕公主之间的悲伤爱情带有浓厚的传奇色彩。当阿燕首次在大相国寺偶遇卖画的韩敏信时，后者对这位美丽善良的女子一见钟情，并且把她当作照耀自己黑暗的复仇之路中的一束"金色的光"[2]；后来伪装成待漏院食手的韩敏信再次遇到阿燕时，才知道她是仇人赵匡胤的妹妹，此时心中非常痛苦，却依然无法忘记她。在他利用不知情的阿燕之手把有毒的早餐带进宫中给赵匡胤吃，随后知道阿燕也吃了早餐中毒之后，真挚的爱情很快就战胜了复仇之心——他到赵匡胤面前自首并给出解药，为赵氏兄妹等人解毒。韩敏信被赵匡胤释放后投奔了叛将李筠，最后在潞泽之战中被杀死，死前还回忆起阿燕，为他们两人的爱情悲剧

---

① 何辉：《大宋王朝·王国的命运》，作家出版社2018年版，第356页。
② 何辉：《大宋王朝·大地棋局》，中国人民大学出版社2014年版，第50页。

落下帷幕。虽然韩敏信最初对阿燕是单相思,但是阿燕慢慢被他的深情感动,最终在心里也爱上了他:"这种爱,由大量悲苦构成,但是,在这种悲苦中,隐藏着没有功利、没有私心的纯粹的情感,隐藏着对同样性质的爱的共鸣。她知道,若非为了她,韩敏信的复仇计划本可以完美地实现。……是韩敏信对她的爱。这一刻,她真切地意识到,原来爱真的可以超越时间与空间。要不然,他已经死了,已经在另一个世界了——如果没有另一个世界的话,她怎么还会想起他呢?"①这个悲伤的爱情传奇伴随着韩敏信沉重黑暗的复仇故事的开始、发展与结束,既为后者增添了很多亮色和暖色,又成为读者宣泄、减轻紧张压抑情绪的一个出口,具有缓和故事叙事节奏紧张度的阅读效果。要指出的是,《大宋王朝》系列小说中的爱情故事并不是近年热播的《芈月传》《延禧攻略》等"宫斗"作品中披着爱情外衣的那些尔虞我诈、虚情假意、你死我活的政治阴谋斗争,而是自然纯朴、干净纯情的爱情。即便是好色无情的赵匡义,他尽管对小符、小梅两人带着利用目的,不过对李雪菲却是怀有自己也没有察觉到的真挚爱情。这些爱情故事委婉地批判了当下社会中充满功利性与各种欲望的爱情观念,也是现代中国人希望在古代历史中寻找到超功利的纯真爱情的一种反映。

六、结 语

综上所述,何辉的《大宋王朝》系列小说文、史并重,在严谨的历史依据和历史考证的基础上融入文学的虚构与想象,以现代理性批判精神及现实主义精神重新审视和构建赵宋王朝的历史故事,在遥远的宋朝历史与当下现实生活之间、皇室宫廷庙堂与世俗粗鄙民间社会之间架设起互动了解的桥梁,亦用感性的个人情感柔和了冷硬抽象的宋朝历史,增加了审美性、趣味性和时代性;作者还以"大框架"的结构形式和张弛相间的叙事节奏来消解中国当代历史小说中常见的浓厚说教色彩,冲淡残酷血腥的战争与战斗暴力带来的恐惧感,既体现出历史的深度和严肃性,又增强了作品的审美特征。该作品同时使读者在壮阔波澜的历史画卷中感受宋代历史变迁的复杂多变与波谲云诡的政治权谋活动,在细腻抒情的日常生活细节中体验跳动活跃的个人情感世界变化与亲切温暖的世俗生活脉动。如果说二月河的历史小说是新时期以来中国当代历史小说中"俗"的代表,在雅俗融合的大趋势中表现出"俗"的一面——传统章回体的通俗形式、民间鬼怪故事、媚俗的性爱细节描写、神秘天道轮回现象等,那么何辉的历史小说则把雅俗融合中的"雅"传统继续发扬光大,主要体现在充溢其中的现代理性批判精神、现代小说的复式"大结构"、提倡现代英雄观、从社会现实角度解读历史谜团、设置适合现代读者阅读习惯的张弛有度的故事叙事节奏等特点,是中国当代历史小说中"雅"的代表。从这个角度说,何辉的《大宋王朝》系列小说中的"雅"与二月河历史小说中的"俗"相互补充、相辅相成,不但推动了新时期以来中国当代历史小说在"雅俗融合"的道路上越走越远,而且也成为一种使其得以继续发展繁荣的推动力。

---

① 何辉:《大宋王朝·王国的命运》,作家出版社 2018 年版,第 59 页。

《繁花》插图研究

沈　雷[*]

（南京大学　中国新文学研究中心，南京　210023）

内容摘要：《繁花》的二十幅插图与《繁花》文本承载着共同的理念。在文本叙事中时间被虚化而空间感被强化，人物在位移与空间中展开一个个故事；插图则弃绝传统"绣像"而凸显空间结构，4幅地图成为叙事与活动的总纲。文本叙事中一个突出特点是电影感的生成，其与插图空间感、画面感的静态呈现相得益彰，在对空间的强化中我们可以瞥见金宇澄在《繁花》中对"上海城市记忆"、上海空间意识构建的欲望。此外《繁花》的插图通过复相关与错位呈现的方式摆脱了沦为解释情节的装饰品的命运，也使得文本叙事的平滑时间流具有了波动的调性，打破了语词叙事连贯性的单调。

关键词：《繁花》；插图；空间；叙事

一

"副文本"的概念由热奈特提出，他认为，"副文本"与正文本相对，是进入正文本的"门槛"。他指出："（副文本）为文本提供了一种（变化的）氛围，有时甚至提供了一种官方或半官方的评论……它大概是作品实用方面，即作品影响读者方面的优越区域之一。"[①]也就是说，副文本的意义之一在于给正文本提供了阐释工具，影响读者对文本的理解。插图作为副文本中的一种，可以从视觉领域影响读者对正文本所构建的文学世界的想象，对文本阐释有重要影响。金宇澄的《繁花》不仅因改良沪语的使用备受讨论，同时书中配备的二十幅插图也引起了不少关注，值得注意的是，所有插图均由金宇澄本人绘制。有学者把我们所处的 21 世纪称为读图时代或图像时代，文学与图像之间的相互渗透较之以往时代也更为频繁，笔者

＊　作者简介：沈雷，南京大学中国新文学研究中心硕士研究生。

① 　［法］热拉尔·热奈特：《热奈特文集》，史忠义译，百花文艺出版社 2001 年版，第 71 页。

认为从插图的角度来详细分析解读《繁花》文本,是一个独特的视角,不仅能从"语—图"关系角度深化对原作的理解,而且具有很强的现实意义。

《繁花》采用双线并行的叙事结构——以繁体字、单数章叙述二十世纪六七十年代上海的日常生活,以简体字、双数章叙述九十年代的上海图景,"过去"与"现在"两个时空同步展开,并在第二十八章两线重合,共同前进。由上海文艺出版社发行的 2014 年版《繁花》中收录了作者金宇澄手绘的二十幅插图,以插页的形式分散插入文本中。笔者对二十幅插图进行了整体梳理、归纳①:一、从时间上划分,只有 3 幅插图与 90 年代上海有关(战后日本女人来华,常熟徐总于楼上、众人于楼下听书,小毛死前回忆梦中的日晖港),其余 17 幅均与六七十年代相关。二、从插图的内容上划分,表现习俗生活的有 4 幅(物质匮乏年代的梦幻邮票、练身体的武器如石担石锁等、样式各异的开瓶器、1967—1971 年的时髦装束);表现魔幻想象的有 3 幅(战后日本女人来华、蛇年忆蛇、小毛死前回忆梦中的日晖港);表现空间状况的有 13 幅,其中又可细分为 4 幅地图(60 至 90 年代卢湾区地图、沪西局部记忆地图、记忆地图压缩版、《繁花》叙事总地图),3 幅房屋建筑结构图(大自鸣钟弄堂小毛居所三层剖面图、曹杨新村"两万户"十室房屋剖面图和马桶间洞眼、春香的婚房剖面结构图),6 幅空间结构图(阿宝和蓓蒂在屋顶眺望图,国泰影院建筑图,从君王堂到新锦江酒店变迁图,国营旧货商店内景图,常熟徐总于楼上、众人于楼下听书图,黎老师今昔悲欢图);我们不难看出空间图占比较大。三、从插图出现的位置来划分,去除引子和尾声部分,有 5 幅插图出现于偶数章节(其中 2 幅为地图、2 幅与该章情节相符,仅有"样式各异的开瓶器"一图与章节不符),其余均出现于单数章节,与按时间划分中多数插图与六七十年代叙述有关相匹配。四、从插图与文本的契合度上划分,有 7 幅图呈复相关②,其中 4 幅为地图,其余插图均与某一文本叙事相关,但只有"国泰影院图"与"练身体武器图"与文本叙事同步,剩余插图中有 6 幅超前于文本叙事,6 幅滞后于文本叙事。综上,笔者认为金宇澄将更多目光投注于六七十年代的上海,并通过数幅空间图像与《繁花》文本的空间叙事形成强烈互文,以期构建具有"上海味道"的上海城市空间记忆,复相关图像与错位呈现是图像符号对语词符号的阻隔,打破了语词叙事的连贯性单调。

二

亚里士多德认为,诗源于模仿,多样的艺术类型源自各异的模仿媒介。莱辛提出:"全体或部分在空间中并列的事物叫作'物体'。因此,物体连同它们的可以眼见的属性是绘画所特有的题材。全体或部分在时间中先后承续的事物一般叫作'动作'(或译为'情节')。因

---

① 参见附录《繁花》插图详表。
② 所谓"复相关"在本文中指图像与多处文本叙事相关。

此,动作是诗所特有的题材。"①也就是说绘画是空间的艺术,而诗(文学)是时间的艺术,绘画要展现最具包孕性的一刹那,诗则要通过持续性动作体现该物体最具形象性的面貌。进一步地,莱辛指出诗和画可以通过暗示的方式来弥补自身弱点,达到向对方转化的目的,因为"一切物体不仅在空间中存在,而且也在时间中存在","动作并非独立地存在,须依存于人或物"②,语图互文、语图互仿也就具备了实现的可能。所谓语图互仿即两种不同的符号以自身特性对对方进行模仿,所谓的语图互文,是指语言和图像共同呈现在某一文本,二者相互映衬于同一层面,语图交错,收紧了语言和图像的空间距离。赵宪章认为,自宋元以来的后文本时代,语图关系的主要特点是语图互文。③

语图互文现象古已有之,中国第一部严格意义上的文学类小说插图应属宋朝的《列女传》,到了明清时期,小说与图像之间的关系更为紧密。程国赋研究发现明朝通俗小说的插图从"全相"过渡为"绣像",小说插图的功用从解释情节转换为表现人物形象、性格。④ 鲁迅指出,宋元小说中"出相"的形式为每页上方为图像,下方为文字;明清以降,流传开来的"绣像"只画小说中的人物;"全图"刻画的是每章回的整体故事。鲁迅认为,小说插图的目的在于激发读者购买的欲望和降低文本理解的难度。⑤ 鲁迅在这里不仅区分了插图的类型,而且提出了自己对插图功用的理解。在小说中添加插图的形式被中国现代文学所继承,如图文并茂的小说期刊《小说画报》。"插图"在《辞海》中的解释为:"文学作品的插图为画家在忠于作品的思想内容基础上进行的创作,具有独立的艺术价值。"⑥M. H. 艾布拉姆斯在《镜与灯》里构造了一个体现文学艺术作品四要素关系的模式图,后来,刘若愚把"世界、读者、作品、作者"的关系改造为以下模式:

从图中不难看出这里形成了两个完整的系统:外在世界影响作者→作者对此做出反应创作出作品→作品与读者相遇→读者因阅读作品而对自己认识世界的看法有所反应、改变和调整。同时,这一完整的系统是可逆的,读者认知的世界影响读者对作品观念的接受,并通过作品理解作者的理念,进而感知作者所认知的世界。龙迪勇提出,若把"读者"置换成"画家"则能解释故事画(插图)创作的心理动因,他认为图像是对文本的模仿,即对"模仿"的再一次模仿。⑦ 从历史上看,多数画家处于读者身份,是"模仿的模仿",但也存在一些情况,画家与作家同为一体创作了一个复合的作品,比如英国作家萨克雷便在他的长篇小说《名利场》中加入自绘插图;张爱玲也常在小说中插入自己创作的或是由好友创作的插图,最著名的莫过于女友炎樱为《传奇》第三版绘制的封面,张爱玲痴

① [德]莱辛:《拉奥孔》,朱光潜译,商务印书馆2013年版,第90页。
② [德]莱辛:《拉奥孔》,朱光潜译,商务印书馆2013年版,第90—91页。
③ 参见赵宪章:《文学和图像关系研究中的若干问题》,《江海学刊》2010年第1期。
④ 参见程国赋:《论明代通俗小说插图的功用》,《文学评论》2009年第3期。
⑤ 参见鲁迅:《连环图画琐谈》,《鲁迅全集》第6卷,人民文学出版社1973年版,第33页。
⑥ 辞海编辑委员会:《辞海》,上海辞书出版社2002年版,第169页。
⑦ 参见龙迪勇:《图像叙事与文字叙事——故事画中的图像与文本》,《江西社会科学》2008年第3期。

迷于绘制女性图像，发表在《杂志》上的《红玫瑰与白玫瑰》就有五幅张爱玲手绘的插图。① 不过无论是萨克雷还是张爱玲，他们的插图都是基于情节而突出人物形象，但金宇澄手绘的插图则是突出空间、器物而淡化人物形象的。

《红楼梦》插图"黛玉葬花"，
王希廉评本）

我们认为，这和作者意图传达的信息有关。众所周知，传统小说的一大重点在于对人物形象的塑造，而小说中的人物"绣像"插图则有助于向读者直观地展示人物言行与性格，凸显人物形象。《红楼梦》第二十三回叙述的"黛玉葬花"的故事与左图"黛玉葬花"两相对照，让读者直观地感受到林黛玉多愁善感的人物形象。

在《繁花》中我们看不到明显的人物形象刻画，金宇澄自己也说他在创作中放弃了"心理层面的幽冥"，"借古画，对人物的认识，寥寥几笔，画一个人，散点透视"②，在《繁花》中作家没有对人物心理进行探索，在本可以涉及心理展示的地方通过"某某不响"的形式转换，读者对人物的理解只能通过人物间的对话获取，而"不响"所产生的心理留白只能由读者去猜测而不具有唯一确定性，如第五章（以下提到的章节均使用简体字）阿宝在祖父家遇到蓓蒂和马头：

> 蓓蒂说：种橘子树呀。阿宝不响。蓓蒂说，我进来帮忙。阿宝说，不要烦我。蓓蒂说，看到马头，不开心了。阿宝不响。蓓蒂说，马头，过来呀。马头走过来，靠近篱笆。蓓蒂说，这是阿宝。马头说，阿宝。阿宝点点头。蓓蒂说，不开心了。阿宝不响。③

一百来字中出现了三处"不响"，这三处"不响"按照传统叙事模式往往可以在心理层面大书特书，进而形成确定性的人物心理，但金宇澄在此处采用了被热奈特称为"外聚焦"的叙述视角，"外聚焦叙事意味着绝不进入人物的主观世界，仅叙述他们的行为和动作，只从外部观察，不做任何解释"④，这导致了人物形象的模糊化和意义阐释的多样性。这三处"不响"意义可能相同也可能不同，依赖读者接受而产生模糊且流动的人物形象，无怪乎玲子抱怨"阿宝比较怪，一辈子不声不响……阿宝的心里，究竟想啥呢"，也"搞不懂沪生心里，到底想啥呢"⑤，玲子的印象也是我们读者的印象，没有鲜明的个人，有的是一群众生相。仔细观察金宇澄绘制的二十幅插图，会发现他把"不塑造人物"的想法也贯彻其中，与张爱玲相比，他的插图根本没有人物绣像，二十幅图像中仅有五幅出现了人像，却并不注重对人物相貌、神态

---

① 参见姚玳玫：《描摹女性——张爱玲的文学插图》，《文艺评论》2005年第6期。
② 金宇澄、朱小如：《我想做一个位置很低的说书人》，《文学报》，2012年11月8日。
③ 金宇澄：《繁花》，上海文艺出版社2013年版，第68—69页。
④ ［法］热拉尔·热奈特：《热奈特文集》，史忠义译，百花文艺出版社2001年版，第136页。
⑤ 金宇澄：《繁花》，上海文艺出版社2013年版，第442页。

的描摹,5幅图中有3幅能准确看清人的情态,2幅只具有模糊的人形,但稍加观察可以发现,无论是精准的还是模糊的,人物都只是作为一个物体来看待。比如"中国邮票"一图,重点不在人物,而在于人物手中拿着的琳琅满目的食物,暗示物资匮乏的年代;"日本女人来华"一图作者试图通过四个女人(或者说物体)的发型穿戴来传达当时的"贬日"情绪;同样,"文革装束"一图,意在展示发型、装束,以至于左方女性呈现"无脸"状态。

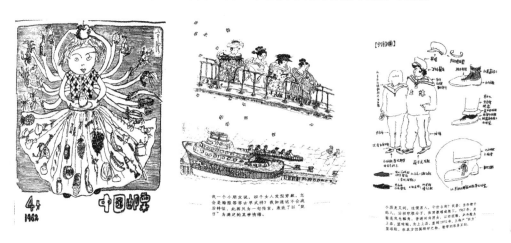

(三图从左至右:"中国邮票","日本女人来华","文革装束"①)

三

人物性格的塑造不是金宇澄在《繁花》中所追求的,《繁花》中的人物更像是载体,呈现着时间的、空间的存在,也就是我们所说的日常生活。《繁花》中插图的一个突出特点是从人物描绘转向空间建构。正如前述,《繁花》的插图中有13幅涉及空间建构。为什么会有如此多的空间图像? 我们认为这与《繁花》文本紧密相关。《繁花》第一章伊始,便描绘了阿宝、蓓蒂二人爬上屋顶看到的景象:

> 瓦片温热,眼里是半个卢湾区,前面香山路,东面复兴公园,东面偏北,看见祖父独憧洋房一角,西面后方,皋兰路尼古拉斯东正教堂……此地,是阿宝父母解放前就租的房子,蓓蒂住底楼,同样是三间,大间摆钢琴。②

此处像地图般精确指明了每个建筑所处的空间位置,同时指出了阿宝、蓓蒂家的房屋结构。不止阿宝,金宇澄还对《繁花》另两位主人公沪生和小毛的居住空间、活动空间进行了具体描述,沪生家住"茂名路洋房",小学六年上课地点"分布于复兴中路的统间,瑞金路石库门客

---

① 三图为金宇澄:《繁花》,上海文艺出版社2013年版,第5章、第12章、第15章插图。
② 金宇澄:《繁花》,上海文艺出版社2013年版,第13页。

堂，茂名南路洋房客厅……"①，小毛家住大自鸣钟弄堂，底楼是理发店，二楼住着爷叔和银凤两家，自家住在三层。《繁花》的六七十年代叙述以三人为三个圆心画出大大小小无数个同心圆，随着一个个圆的起笔与收束，阿婆、淑婉、马头等人物匆匆登场又草草谢幕，有时圆与圆交叉，构筑出更大的关系网，"上只角"与"下只角"的故事得以沟通串联。

叙事总是和时间相联系的，从一个动作 A 到另一个动作 B 再到动作 C，其间是时间的更迭（有时还包含空间的位移），我们常说叙事就是在时间之中讲故事，但在《繁花》文本叙事中，空间被突显，时间却被模糊化。如果没有细读文本，我们很难确定事件发生的具体时间，见到的多是"此刻""当时""当年""这天""有一个阶段"等看似具体清晰然而由于参照时间的缺席而更显模糊的时间表述，这些时间表述是人物心理时间的体现，处于日常生活中的人们并不刻意追求年月日时分秒的绝对精确，曾军认为，《繁花》中的时间意识包含着"个人史"意味，普通人的人生不会被宏大历史所记录，"沪生"等人的生活也不必像宏大历史那般精确、规范。这种不精确的、无定指的时间概念是普通人依托个体记忆时所形成的时间意识。②金宇澄将时间虚化的同时使空间凸显，根据莱辛式"暗示"所言，"诗也能描绘物体，但是只能通过动作，用暗示的方式去描绘物体"③，构建出一幅幅空间活动图像。《繁花》中有多处描述建筑结构，如第十一章对"两万户"的描述："此种房型，上海人称'两万户'，大名鼎鼎，五十年代苏联专家设计，沪东沪西建造约两万间，两层砖木结构，洋瓦，木窗木门，楼上杉木地板，楼下水门汀地坪，内墙泥草打底，罩薄薄一层纸筋灰。每个门牌十户人家，五上五下，五户合用一个灶间，两个马桶座位。"④第二十一章像照相机一般对春香的婚房进行空间扫描：从前厢房进到里屋再到阁楼，每个位置摆放的物件都被详尽地罗列出来。再如第二十五章对黎老师住处的描写："一股霉气，房间居中，摆一只方台子，旁边坐一个白发老太。阿宝说，黎老师。台面上，一双旧棉鞋，鞋垫，半碗剩菜，痰盂盖，草纸，半瓶红乳腐，蚊香，调羹，破袜子，搪瓷茶杯，饼干桶，肥皂，钢钟镊子，药瓶，咬了几口的定胜糕，干瘪苹果，发绿霉的橘子，到处是灰。"⑤这三处空间描述对应插图 12、15 和 16⑥，突出的是结构、方位与物体，就像一幅又一幅的静物素描，读者在阅读文字的时候立即被代入了空间感，这也就是西飏所言的"《繁花》的人物仿佛已在电影中，有时是一个镜头，有时是一组画面"⑦的电影感，《繁花》对"电影"也情有独钟，沪生与小毛相识于排队购买电影票，阿宝与蓓蒂爸爸议论电影《第四十一》，阿宝目睹李李剃度，"混合到西方电影里，等于李李的回答，我愿意"⑧，小毛也说，"人的脑子，讲起

① 金宇澄：《繁花》，上海文艺出版社 2013 年版，第 16 页。
② 参见曾军：《地方性的生产：〈繁花〉的上海叙述》，《华中师范大学学报》2014 年第 6 期。
③ ［德］莱辛：《拉奥孔》，朱光潜译，商务印书馆 2013 年版，第 91 页。
④ 金宇澄：《繁花》，上海文艺出版社 2013 年版，第 136 页。
⑤ 金宇澄：《繁花》，上海文艺出版社 2013 年版，第 339 页。
⑥ 本文所有插图编号均以附录《繁花》插图详表为准，下同。
⑦ 西飏：《坐看时间的两岸——读〈繁花〉记》，《收获》2012 年秋冬卷。
⑧ 金宇澄：《繁花》，上海文艺出版社 2013 年版，第 426 页。

来一团血肉,其实是一本照相簿,是看无声电影"①,从叙述者到人物都在讲述着一部记忆中的心理电影,朱小如说得好,"这部小说最突出的地方,在我看来也就在于金宇澄具备着,将动态的'生活场景'像'电影镜头'般细致入微、栩栩如生地再现出来的写作功力"②。双线并行的叙事结构类似电影的"平行蒙太奇"与"闪回",时空的交错进行使读者仿佛踏入五光十色的异质电影空间,而插图的出现无疑增强了电影感、画面感与空间感。

插图的意义在于空间感的"给予"。首先绘画本就是空间的艺术,读者在阅读过具有空间质感的文字后再凝视绘制空间内容的插图,对空间感的把握将极大增强,比如我们上面提到的三处空间描绘,配合插图,能够让读者更直观地把握上海六七十年代的生活空间(又如左图所展示的小毛居所的空间结构)。其次,文本与插图是作者主观世界两种不同形式的投射,我们认为手绘插图与老照片、旧地图的不同之处在于后者较前者具有更强的科学性和客观性,而手绘是一种艺术创作,是作者基于经验结合主观所创作的产物,对于理解作者的主

《繁花》第17章插图——小毛居所

观世界有重要作用。比如插图13,作者自言是按记忆所画的沪西局部图。插图并不追求地图般的精确,它所努力还原的是记忆中的生活。我们无法确定是插图模仿文本,还是文本模仿插图,抑或二者共同的源头是作者的主观世界。单从读者接受角度来说,4幅地图及各式各样的空间结构图、习俗生活图和魔幻想象图都直观地向读者敞开了记忆中的世界,使得读者更容易进入文本空间。金宇澄说"我对上海,与大部分上海人一样熟悉,是不需要逛了才熟悉的那种熟悉"③,所以他写"走出陕西路弄口,右手边,就是24路车站,这是沪生指点的路线……等电车到达长寿路,小毛下来……附近就是草鞋浜,此地一直往北,西面药水弄,终点站靠苏州河"④,这些文字对于他来说信手拈来,上海人读来也"不隔",但作为一部全国发行的长篇小说,外乡人读者面对一个个地名则"隔"之又"隔",甚至损害了文本构建的空间感,插画地图的存在无疑解除了这一危机。第三,插图的图像叙事打破了语词叙事的连续性。按照叙事学的观点,故事时间与叙事时间不一定同步,故事时间在一个明确的故事中是恒定的,但是叙事时间则可以因不同的叙述方式而改变,叙事时间与故事时间的长短比较会产生省略、概要、场景、停顿四种情况,停顿使叙事时间无限大于故事时间,罗钢认为,在停顿的情形下,有关事件、环境和背景的描写被无限延长,故事则是静止的。⑤ 陆涛进一步提出:

① 金宇澄:《繁花》,上海文艺出版社2013年版,第429页。
② 朱小如:《好读且十分耐读的长篇佳作——评〈繁花〉》,收入《2012中国小说学会排行榜》,二十一世纪出版社2013年版,第484页。
③ 金宇澄、朱小如:《我想做一个位置很低的说书人》,《文学报》,2012年11月8日。
④ 金宇澄:《繁花》,上海文艺出版社2013年版,第19页。
⑤ 罗钢:《叙事学导论》,云南人民出版社1994年版,第150页。

"插图的出现同样使叙事的停顿成为可能,其功能类似在绵延的叙事时间中插入的景物描写和叙述者的评论等,从而造成了停顿。"①他认为插图版的《红楼梦》中的文字与图像是两种不同符号,文字符号的叙述由于图像符号的插入而被阻断,因此形成了停顿。②《繁花》中的插图也有同样的停顿功能,但其功能显然更复杂。程国赋认为,插图出现的位置一般与重要情节相挂钩,其作用在于暗示读者,凸显重点③,也就是说,在传统的图文关系中,图像叙事与语词叙事保持一致进度,大多数小说插图本均遵从这一程式,但是《繁花》二十幅插图中仅有两幅与文本叙事同步。我们认为图像叙事的前置或后置是一种先锋性的试验,是图像叙事对语词叙事连贯性的挑战。前置的插图(如插图1、16)不仅由于视觉的凝视带来叙事的停顿,还具有"导读"功能,先于文本叙事出现,让读者首先形成视觉印象的空间感、画面感,在其后遭遇文字时再度强化空间记忆;后置的插图(如插图8、14)则提供"回望"功能,打破文字叙述的连贯性,《繁花》采用双线并行结构及大量人物对话,我讲、你讲、他讲,故事纷杂且没有突出情节,读者在阅读中常常忘记前文,而插图能让读者在视觉凝视中重新唤起前文本的记忆,比如说插图14位于第二十二章,内容描绘的是第八章的说书场景,中间相隔数章,读者看到此插图,文字叙事便遭到阻隔,思绪自然跳跃回第八章情景,而插图也非随意放置于第二十二章,插图内容与"徐总和汪小姐事件"相关,其后的文字部分中,徐总叙述了当日他与汪小姐在楼上的情况。如果我们把文本叙事看作一条平滑的时间流,将某一事件的发生视为时间流中的一点,每一点都按照时间流的秩序移动,那么插图的不确定式显现(前置、同步或后置)则可以看作时间流上的叛逆性"跳跃",进而形成了时间流的波动,打破了语词叙事的连贯性,使得叙事更有张力。文本插图虽然不能脱离文本而独立存在,但插图的叛逆性"跳跃"既打破了语词连贯性叙事的单调,又避免了为实现情景"回看"而重复语词叙述的累赘。除此之外,《繁花》插图还具有图像并置的特点,如插图2、6、12以及四幅地图,插图2将1960年排队买国泰影院的电影票的情景(第三章)与"文革"时在上海电影院攒纸扇的情景(第九章)并置为一图,突破了时空界限,无形中增加了对文本的信息摄入量。插图6则以上帝视角描绘了从君王堂到伟人像再到新锦江大酒店的历史变迁。而四幅插图更是打破了两个年代的壁垒,以全知视角,把两个时代出现的人物、他们活动的地点一一标出,每一个地名都与文本有着巨大的互文性,如"国营旧货商店"就对应"文革"时抄家叙述以及为蓓蒂找钢琴的故事;中山公园则铭刻1967年深秋沪生与姝华到中山公园去看远东最大梧桐树的记忆。相较于旧地图,手绘地图除了由主观空间构建外,还有一个不同在于,手绘地图只需显现与文本叙事相关的空间,摒除无关地点,使得空间感的获得更直接、准确。

综上所述,作为副文本出现的二十幅插图与《繁花》正文本承载着共同的理念。在文本

① 陆涛:《叙事的停顿与凝视——关于〈红楼梦〉插图的图像学考察》,《红楼梦学刊》2010年第三辑。
② 陆涛:《叙事的停顿与凝视——关于〈红楼梦〉插图的图像学考察》,《红楼梦学刊》2010年第三辑。
③ 程国赋:《论明代通俗小说插图的功用》,《文学评论》2009年第3期。

叙事中时间被虚化而空间感被强化,人物在位移与空间中展开一个个故事;插图则弃绝传统"绣像"对人物形象的追求而凸显空间结构的特征,4幅地图成为叙事与活动的总纲。文本叙事中一个突出特点是电影感的生成,其与插图空间感、画面感的静态呈现相得益彰,在对空间的强化中可以瞥见金宇澄在《繁花》中对"上海城市记忆"、上海空间意识构建的欲望。此外《繁花》的插图通过复相关与错位呈现的方式摆脱了沦为解释情节的装饰品的命运,也使得文本叙事的平滑时间流具有了波动的调性,打破了语词叙事连贯性的单调。

附录:

《繁花》插图详表

——按插图出现先后排列

插图	内容	语图关系	所处位置	语图位置关系	所处时代
1	阿宝和蓓蒂在屋顶眺望	相关	引子	前置于文	60年代
2	(上图)上海电影院纸扇; (下图)国泰电影院买票队伍	复相关	三章	(上图)前置 (下图)同步	60年代
3	梦幻邮票、食物	相关	五章	后置于文	60年代
4	卢湾区地图,标明人物住址,活动空间	复相关	七章		60—90年代
5	练身体的武器,如石担、石锁	相关	九章	同步	60年代
6	从君王堂到新锦江酒店的历史变迁	复相关	十一章		60年代
7	二战后日本女人乘船来华	相关	十二章	前置于文	90年代
8	国营旧货商店内景	相关	十三章	后置于文	60年代
9	样式各异的开瓶器	相关	十四章	前置于文	60年代
10	1967—1971年的时髦装束	相关	十五章	后置于文	60年代
11	大自鸣钟弄堂小毛居所三层楼剖面图	相关	十七章	后置于文	60年代
12	"两万户"阿宝住处外观＋10室剖面分布图＋马桶间洞眼	复相关	十九章	三幅图依次对应十九章、十一章、十五章	60年代
13	沪西局部记忆地图	复相关	二十章		70年代
14	常熟徐总、汪小姐于楼上,众人于楼下听书	相关	二十二章	后置于文	90年代
15	春香的婚房剖面结构图	相关	二十三章	后置于文	70年代
16	"桃花赋在,凤箫谁续",黎老师的今昔悲欢	相关	二十五章	前置于文	70年代
17	蛇年忆蛇,半缸赤练蛇	相关	二十七章	前置于文	70年代
18	记忆地图压缩版	复相关	二十九章		60—90年代
19	《繁花》叙事总地图:人与事的大致方位	复相关	三十章		60年代至2000
20	小毛死前回忆梦中日晖港	相关	尾声	前置于文	90年代

"中国的巴里"
——论熊式一对詹姆斯·巴里的接受

倪婷婷*

(南京大学 中国新文学研究中心,南京 210023)

内容摘要:熊式一作为巴里剧集的中文译者,其英语写作也深受巴里的影响。"以一种知交密友的语调传递"的叙事方式,以及聚焦于"迷人的家庭生活"的书写,充分反映了《王宝川》等作品深得巴里风格的精髓。但熊式一并不止于模仿,他为善于想象的英语读者呈现的中国叙事,包含了多重阐释的空间,其中交织了一个中国作家与生俱有的家国情怀,显现了熊式一融会中英文学艺术资源的匠心。"中国的巴里"的提出,虽然附着了 30 年代特殊的中国语境下价值评估的偏差因素,但它对熊式一与巴里的关系的明确指认,仍然不乏启示意义,至少它提供了一个理解三四十年代旅居西方而为中国代言的作家及其作品的参照样本。

关键词:熊式一;巴里风格;《王宝川》;温源宁

- -

30 年代因《王宝川》(*Lady Precious Stream*)在伦敦、纽约等地热演数百场而大出风头的熊式一[①](Shih-I. Hsiung 1902—1991),在国内时只是一位颇具才气却没多大名气的翻译家。[②] 自 1929 年起,熊式一致力于英国作家詹姆斯·巴里[③]剧集的译介,仅在《小说月报》上

---

* 作者简介:倪婷婷,文学博士,南京大学中国新文学研究中心教授。

基金项目:教育部人文社会科学重点研究基地重大项目《中国现当代作家外语创作论》阶段性研究成果(项目批准号 13JJD750009)。

① 熊式一(Shih-I. Hsiung 1902—1991),原名熊适逸,常用笔名熊适逸、熊式式、熊式一。

② 熊式一在《出国镀金去,写〈王宝川〉》中总结他去英国前的工作,"到了一九三一年,我在北京、上海、南昌各地公私大专学院前前后后都教过几年书,又曾以文言翻译佛兰克林自传,以白话翻译哈代、萧伯纳、巴蕾等人的著作,分别在北京上海出版"。参见熊式一:《八十回忆》,海豚出版社 2010 年版,第 24 页。中国的译介者称巴里为巴蕾或巴雷不一,文中引文出现的巴蕾、巴雷均指巴里,以下不再另注。

③ 詹姆斯·巴里(Sir James Matthew Barrie,1860—1937),英国小说家、剧作家。小说《小牧师》(1891)极为畅销,后改为剧本。戏剧作品有《夸利蒂街》(1901)、《可敬的克莱登》(1902)、《妇人皆知》(1908)、《值十二英镑的相貌》(1910)、《亲爱的布鲁特斯》(1917)等。1904 年底,其经典作品《彼得·潘》初登伦敦舞台,之后在世界各地产生了广泛深远的影响。自 20 年代末起,巴里的中文译作陆续出现,除了熊式一之外,余上沅、梁实秋、叶公超等也为巴里在中国的传播做出了贡献。

就发表了包括《潘彼得》在内的巴里译作八部,受到郑振铎、徐志摩、陈源等人的肯定。1932年底,已过而立之年的熊式一为博一张洋文凭而负笈英伦。《现代》杂志在1933年新年号上刊出简讯称:"努力翻译英国现代作家萧伯纳及巴蕾两氏全部著作之熊适逸氏,已于上月赴英。"[①]就熊式一而言,詹姆斯·巴里的名字已然成为他身份标签里无法忽略的信息,而事实上,巴里与熊式一之间何止是作者与译者的关系,巴里对熊式一英语戏剧及小说创作的影响最大最直接,所以他也是推动熊式一在三四十年代的英语文坛大展风姿的关键人物。因此,当熊式一将改译的《王宝川》呈现在英国读者和观众面前时,这部推演中国唐代传奇的四幕剧很难再被看作一出单纯的中国戏,而是一个地道的跨语际、跨文化性质的世界文学文本,其中散发出的巴里气味,即为印证之一。"文学作品通过被他国的文化空间所接受而成为世界文学的一部分,对话空间的界定有多种方式,既包括接受一方文化的民族传统,也包括它自己的作家们的当下需求。"[②]不止《王宝川》,熊式一在英国完成的其他英语作品,包括1939年推出的三幕剧《大学教授》(*The Professor from Peking*)、1943年出版的长篇小说《天桥》(*The Bridge of Heaven*),都承载了向西方阐释中国的功能,却也不同程度地显现出文化移译和共融的属性。巴里的平权思想,幽默诙谐、由幻传真的格调,浓淡不一地渗入熊式一中国式的情感及表达里。尽管熊式一自始至终坚持从中国文化和艺术遗产中寻找灵感,但不可否认的是,这个中国人实实在在呼吸着伦敦的空气,加上他从不错过英国和欧洲文学精神传统的滋养,所以,不管是《王宝川》,还是《大学教授》《天桥》,在反映了熊式一执着于坚守中国性的同时,它们终究也遵循了非母语书写对可译性、普遍性的要求,这正是这些剧作和小说能为英语读者所喜爱的基本条件。"中国的巴里"这一名号,在去除了因30年代民族危机而附加其上的非理性因素后,不得不承认,它客观上是对熊式一与詹姆斯·巴里关联的明确指认,也是对熊式一融会中英文学艺术资源创新实践的概括。

一、"中国的巴里"的提出

《王宝川》于1934年夏由伦敦麦勋书局出版后,年底国内英文刊物上即刊载了书评。温源宁在《天下月刊》上撰文指出,《王宝川》"这本书一点都不像翻译:这是它的伟大功绩。对整个世界来说,它看起来非常像洛德·邓萨尼的戏剧,由巴里撰写台本。熊先生的英语是优秀的:有十八世纪的味道。他将巴里的戏剧翻译成中文,这也很好地影响了他的风格。毫无疑问,在把巴里的戏剧翻译成中文时,熊先生已浸透了这位剧作家的习语和表达的方式"。温源宁把《王宝川》放在"世界"范围里进行考察,不仅发现了《王宝川》与爱尔兰作家邓萨尼亦真亦幻的剧作的关联,更描摹出了熊式一从巴里那里汲取资源的脉络轨迹。这是对熊式一英语创作资源的精准把捉。从肯定这种有益借鉴的立场,温源宁在书评末尾认为,《王宝

①　施蛰存:《书与作者》,《现代》1933年第2卷第3期(新年号)。
②　[美]大卫·丹穆若什:《什么是世界文学》,查明建、宋明炜等译,北京大学出版社2015年版,第131页。

川》带给大家一种难得的"多样性中有统一"的快乐感受,并表示,"熊先生的第一本英语书值得祝贺。我们希望不久后他会给我们另一本这样的翻译作品"。① 实际上,温源宁并不是第一个指出熊式一创作受巴里影响的人。熊式一还在国内时,徐志摩在翻阅了熊译巴里剧作和熊式一用中文写的剧本《财神》后,就直接反映说,熊式一"得了巴蕾的嫡传",他写的"和巴蕾手笔如出一辙",并四处宣传熊式一"对英美近代戏剧,很有造就";而另一位同行时昭瀛经徐志摩推荐看了《财神》,居然开玩笑说以后要改称熊式一为"詹姆士熊爵士了(因巴蕾为詹姆士爵士)"。② 无论是温源宁由衷而平实的称许,还是徐志摩等人不无夸张的赞誉,他们的评价都不只限于熊式一对巴里的借鉴,同时也包含了对巴里本人的敬仰和对其创作的欣赏。③

然而,一年多后的 1936 年 8 月,随着《王宝川》热在西方急遽升温,温源宁再次讨论《王宝川》与巴里剧作的关系时,除了称呼从亲近的"熊先生"改成礼貌的"熊博士"外,价值评判更是有了云泥之别:"正值《王宝川》在纽约出版之际,美国媒体将熊式一博士誉为'中国的莎士比亚'。这种比较如此荒谬,即便不算愚蠢,也是可笑的。尽管许多人对他翻译的《西厢记》持有不同观点,但作为《王宝川》的译者,熊博士的翻译技巧无可争论。我们还知道熊博士不仅是个好译者,他还拥有一些原创的独幕剧。但是没有人会引用这些表现来证明熊博士和《哈姆雷特》作者的亲缘关系。这些更像是一个聪明的小学生模仿巴里的作品。事实上,适合熊博士的更贴切的名号是'中国的巴里'。熊博士最出色之时是翻译《王宝川》,他最像巴里。通过把巴里的戏剧译成中文,熊博士已把自己浸泡在巴里的习语和言谈举止中。他有巴里的所有把戏。"④温源宁对熊式一与巴里的亲缘关系始终是敏感的,甚至为熊式一冠上了"中国的巴里"的名号,这就像他也曾将梁遇春比作"中国的伊利亚"⑤——梁遇春也是由翻译兰姆而深受其影响的,但不同的是,"中国的伊利亚"之称旨在赞美梁遇春散文和兰姆《伊利亚随笔》有同样引人入胜的魅力,而"中国的巴里"之说却明显透着讥嘲。这讥嘲不仅指向熊式一对巴里模仿的幼稚,更指向了巴里风格本身——"迷人的家庭生活,感伤的微弱欲望,以一种知交密友的语气传递",温源宁认为,这种"巴里的风格有着足够的优雅,然而是波斯猫的优雅,谄媚、悠闲、略微淘气,轻柔得像落在软垫地板上的脚步声,亲密得像猫蜷

① Wen Yuan-ning: Book Review: *Lady Precious Stream* by S. I Hsiung, Published by Methuen &Co. Ltd. London, 8/6, *The China Critic*, 1934, vol. 7, No. 52. 此处为笔者译。文中未标明译者的英文中译,均为笔者译,以下不赘。

② 熊式一:《〈难母难女〉前言》,《八十回忆》,海豚出版社 2010 年版,第 154、155 页。

③ 熊式一在《〈难母难女〉前言》中回忆说,胡适对他翻译巴里剧本一开始是很支持的,但译稿在胡家耽误了好几个月也没出版的迹象。胡适说他很忙,没有时间看译稿,却看了巴里的戏剧全集,"他说巴蕾的文章真好,对话真俏皮,有许多地方他认为绝无法翻译的"。从中可看出,胡适对熊译可能不太满意,但可以肯定的是,胡适对巴里十分敬佩,所以才会说出巴里的妙语一般人无法用中文准确翻出的话。参见熊式一:《八十回忆》,海豚出版社 2010 年版,第 154 页。

④ W. Y. N: Editorial Commentary, *Tien Hsia Monthly*, 1936, No. 3, Vol. 1, p. 5.

⑤ 温源宁:《梁遇春,中国的伊利亚》,《不够知己》,江枫译,岳麓书社 2004 年版,第 143 页。

缩在人的臂弯。极端讨厌巴里作品的猫性的人，自然会对熊博士的作品有相同感觉"。虽然温源宁说他不会对这种风格进行辩护或谴责，但他表示，"对一些人的胃口来说，甜腻到难以接受"，这其中的不满甚至批评之意，一目了然。① 值得注意的是，所谓的"甜腻"，在一年多以前的温源宁眼里，就算不是令邓萨尼这样的西方人销魂的"锦绣"，也是温源宁自己认可的"快乐"之源："它不产生深处的激荡，只有表面一圈涟漪——笑和泪的涟漪。但涟漪也有尖锐的边缘，而笑是真诚的，泪是真实的；所有都在艺术的框架内和谐地混合在一起。"②这近乎对《王宝川》精神内核的肯定，是包含了鼓励的赞许，与温源宁后来说"甜腻到无法接受"的拒斥，形成了鲜明的反差。

温源宁对同一现象的评判，何以在一年多时间里发生那么大的变化？直观地看，是源于对西方媒体过度且离谱地吹捧熊式一和《王宝川》的反拨。温源宁认为，哪怕是出于善意的赞美，只要有违事实，均有害无益，所以美国人用"中国的莎士比亚"来恭维熊式一，反倒使熊式一成为无辜的受害者。温源宁对西方媒体有关中国的不实宣传或溢美之词能保持高度的警醒，委实难能可贵，值得肯定。然而，从"一些人的胃口"改变去探究，会发现存有更深层的动因。1936 年的夏天，迫在眉睫的战争形势，让包括温源宁在内的大多数中国人再无心消受那些"笑和泪的涟漪"，而《王宝川》这样带着"猫性"的戏剧竟被西方人捧上了天，这无疑会刺激甚至激怒为中国命运焦虑不安的国人。左翼剧作家洪深对《王宝川》的政治攻击即发生在这样的背景下。③ 而如温源宁这样一贯冷静而理性的评论者，也很难超然于时代主潮和民族情感而专注"在艺术的框架内"进行审美的评判，他陡然严厉的态度，折射出站在中西文化交界处的中国知识分子在民族危机迫近之时的精神底色。

温源宁提到的詹姆斯·巴里，是十九、二十世纪之交英国著名的小说家、戏剧家。"在三十年代的中国，巴雷的名字并不是陌生的。他很像安徒生，使日常生活与神仙幻境相结合；又像狄更斯，在欢笑的边缘洒下悲伤的眼泪。"④巴里享誉世界的作品是《彼得·潘》⑤，中国人最早了解巴里是通过银幕看了由《彼得·潘》改编的电影《小飞侠》。1928 年《巴里戏剧全集》出版后，次年即传入中国并受到关注。除了《小说月报》陆续刊载了多部巴里的译作外，胡适主持的中华文化基金会也曾有过用庚子赔款津贴出版巴里戏剧全集中文版的设想。当

① W. Y. N：Editorial Commentary，*Tien Hsia Monthly*，1936，No. 3，Vol. 1，p. 5.

② Wen Yuan-ning：Book Review：*Lady Precious Stream* by S. I Hsiung，Published by Methuen &Co. Ltd. London，8/6，*The China critic* 1934，Vol. 7，No. 52.

③ 洪深：《辱国的王宝川》，《光明》1936 年第 1 卷第 3 号。

④ 伍蠡甫：《〈可钦佩的克莱敦〉代序》，[英] 詹·马·巴蕾：《可敬佩的克莱敦》，余上沅译，中国戏剧出版社1982 年版，第 2 页。

⑤ 原名为《彼得·潘：不会长大的男孩》(*Peter Pan：or The Boy Who Wouldn't Grow Up*)，1904 年 12 月 27日在伦敦首演。美国派拉蒙公司根据巴里剧作于 1924 年改编成电影，中文译名《小飞侠》。1929 年 10 月，新月书店出版了梁实秋翻译的小说《潘彼得》，Peter and Wendy 原著于 1911 年出版；1931 年《小说月报》第 22 卷第 2 号至第 6 号连载了熊式一翻译的剧本《潘彼得》。

时的文坛及出版界引介巴里的热情，充分反映了中国人对巴里价值包括巴里风格的肯定。几乎与熊式一同时翻译了巴里《可敬的克莱登》①剧本的余上沅称赞说："巴雷热爱人类，富于伟大的同情心。在剧中他运用了充分的动作，生动的对话，巧妙的构思，风趣的诙谐与幽默，以及感人至深的沉痛，'就像西风一样清新'扫人耳目，使人为之一爽。巴雷是不朽的。《可钦佩的克来敦》堪称他的代表作，也同样是不朽的。"②至于熊式一，在国内时"读到他所有的舞台佳作，喜出望外，逐一译为中文，有的便在上海商务的《小说月报》上发表了"③。作为巴里的崇拜者，熊式一把巴里视为与威尔士、萧伯纳和吉卜林齐名的"英国现代文学界四巨擘中的一个"，盛赞巴里"富于民权思想"，"他的文风(Barrieism)独成一格，如：一、善能够把几种绝然不相同的思想，连在一处，出人意想之外。二、每逢诙谐的地方，总埋伏了深刻的用意。三、对于人情世故，常常把极幼稚的人生问题插进去。四、就是极平淡的词句，里面都藏着绝妙的好文章"。④

无论是余上沅还是熊式一，他们对巴里的激赏，都集中于巴里对平民的同情心，以及巴里寓庄于谐、由幻见真的精妙艺术，这和温源宁1934年谈及熊式一与巴里关系时的评价是相近的。而对已置身英伦的熊式一来说，巴里已经不只是他在国内翻译时仰慕神交的偶像，更是他能亲炙的导师。巴里的人格和才华让这个远道而来的中国年轻人佩服得五体投地："他既不像王尔德那么风流潇洒，善于交际，也不及萧伯纳那样昂昂七呎，口若悬河，见者无不倾倒。他身高不过五呎，其貌不扬，土头土脑，说话脱不了他的苏格兰乡音；全凭他的文字、才能，博得了世界文坛上最高的地位。"⑤在巴里的身上，同样矮小而不被人待见的熊式一找到了一种难以言说的认同感，更找到了凭才华赢取文坛瞩目的信心和希望。巴里和巴里风格很自然地成为熊式一创作时效法的榜样。

二、"以一种知交密友的语调传递"

在国内翻译巴里剧作时，熊式一已经注意到巴里跨界的作家身份，"有些人说十九世纪的巴蕾是小说家，二十世纪的巴蕾是戏剧家，不过他真正的专业还是戏剧"⑥。余上沅同样也指出，巴里擅长"把自己的小说改编成剧本，他在这方面显示出卓越的才能，以至改编过的

---

① 英文剧名为"The Admirable Crichton"，熊式一译为《可敬的克莱登》，译作发表在1929年3月到6月出版的《小说月报》第20卷第3号至第6号上；同年，余上沅译为《可钦佩的克来敦》，于次年5月新月书店出版。

② 余上沅：《〈可钦佩的克来敦〉译者的话》，[英]詹·马·巴蕾：《可敬佩的克来敦》，余上沅译，中国戏剧出版社1982年版，第128页。

③ 熊式一：《〈难母难女〉前言》，《八十回忆》，海豚出版社2010年，第153页。

④ 参见熊式一在巴里《可敬的克莱登》第一幕译文后的附言，《可敬的克莱登》，巴蕾：《可敬的克莱登》，熊适逸译，《小说月报》1929年第20卷第3号。

⑤ 熊式一：《〈难母难女〉前言》，《八十回忆》，海豚出版社2010年，第152页。

⑥ 参见熊式一译巴里《可敬的克莱登》第一幕后的附言，《可敬的克莱登》，巴蕾：《可敬的克莱登》，熊适逸译，《小说月报》1929年第20卷第3号。

剧本远远超过小说"①。能够自如地穿梭于戏剧和小说之间的作家,其创作定然有独到之处。巴里最著名的作品《彼得·潘》,就曾被作者以小说和戏剧的方式反复改写增补。熊式一说巴里在1928年把《彼得·潘》剧本付印时,"增加了许多精妙绝伦的叙事文"②,这其实就是巴里戏剧小说化的痕迹。不仅是《彼得·潘》,巴里其他剧作也如同小说创作,表现了他对叙事、描写的极大热情。余上沅曾特别分析说:"按巴雷的看法,空空洞洞的剧本,不能使读者想象出剧中的背景、服装和舞台上的生动气氛、动作,为了弥补这种缺陷,就应该在剧本中增加一些东西,所以他创作了一种新形式的文学体裁——半小说、半戏剧的作品。他对场景和人物性格的说明是如此的生动、形象,使那些'善于想象的读者'即便不看舞台表演,也不会感到任何的损失。但是巴雷并没有把戏剧变成小说。剧本的描写部分对读者是有益无损的,但并非画蛇添足,它本身是和剧本息息相关的。因此巴雷的剧本,在舞台上使人叫绝,阅读起来也津津有味。"余上沅声称他"选择巴雷的剧本来翻译,正是出于这个缘故"。③看来,巴里在中国的最初接受,在相当程度上是源于译介者们对巴里戏剧小说化的欣赏。

而具体说来,巴里最能抓住读者的其实是他惯常用的那个"我们"的叙事视角,这成为巴里讲故事的显著标记。譬如《可敬的克莱登》中随处可见的那种舞台提示:"倘若要我们来描写克莱登,未免太不雅了,因为他不过是一个奴仆而已。但是谈起来,他在本剧中也是一个人物,所以只好让他自己去表现他自己吧。大家之中,对于下人,都是如此的。我们不必去替他费力。"④在十八、十九世纪的英国小说里,读者经常可以看到流畅的叙事中冒出一段叙述者的评论,有的显得生硬唐突,也有的并不那么令人生嫌。在现代人看来,这类介入性叙述属于一种古老的叙事传统,作者居高临下的议论或旁白,难免笨拙,也妨害了小说的真实性体现。但是,如果考虑到这是小说兴起的时代作者力求与读者建立密切关系的技法,也是可以理解的。况且若是运用得当,也不一定会阻滞叙事整体的血脉畅通。如狄更斯小说里不时出现虚幻的说书人和假设的听众,那些插入性的评论幽默有趣,既调节了气氛,有时也能起到"抵消那种过分的逼真,从而保证他作品的虚构性质"⑤的效果。巴里写作的年代,小说叙事的路数渐变,但他对这种夹叙夹议的方法仍抱有好感,当然巴里并非一味抱残守缺,起码他的叙事者不会永远全知全能,那些叙述者评论更算不得上帝的审判。由于插入部分大多表现得诙谐活泼,不失妥帖,剧本因此增添了不少生气。这也就是温源宁所说的"以一

① 余上沅:《〈可钦佩的克来敦〉译者的话》,[英]詹·马·巴蕾:《可敬佩的克来敦》,余上沅译,中国戏剧出版社1982年版,第123页。

② 参见熊式一在巴里《给那五位先生——一篇〈潘彼得〉的献词》译文后的附言,巴蕾:《给那五位先生——一篇〈潘彼得〉的献词》,熊式式译,《小说月报》1931年第22卷第2号。

③ 余上沅:《〈可钦佩的克来敦〉译者的话》,[英]詹·马·巴蕾:《可敬佩的克来敦》,余上沅译,中国戏剧出版社1982年版,第126页。

④ [英]巴蕾:《可敬的克莱登》,熊适逸译,《小说月报》1929年第20卷第3号。

⑤ [美]苏珊·朗格:《情感与形式》,刘大基、傅志强、周发祥译,中国社会科学出版社1986年版,第342页。

种知交密友的语调传递"的魅力①,熊式一、余上沅们为之倾倒的也应不出其外。

翻译过巴里剧作全集的熊式一对巴里风格无疑是了然于心的,他不着痕迹地消化到自己的创作中。有学者讨论《王宝川》时指出:"因为对象是不谙中国文化历史的西方人,所以他在每一场景前,加写了对剧情即剧中人物的背景介绍说明。"②这个推测固然有道理,但她忽略了巴里对熊式一的影响,那些大量的穿插在剧中的说明,更主要还是因为熊式一借鉴了巴里顾及"善于想象的读者"的需要的叙事方式。像巴里那样,熊式一也是殷勤地引领着读者去想象舞台上将要发生、回味已经发生、注视正在发生的一切。他创作的剧本每一幕的开篇都少不了两页以上的舞台提示,这种提示并非单纯客观的布景设置交代,而是在一个宛若讲故事的场景中,试图与读者推心置腹,以聊天般的亲切语气娓娓道出。这个叙述者的叙述并不一定与作者本人的规范或价值观吻合,因而形同于"不可靠叙述"。譬如《王宝川》第三幕开场前的提示:

> 我们现在到了一个奇怪的地方,名叫西凉。据说这儿的风俗习惯和中国的那些恰恰相反。……
>
> 舞台就代表西凉国王宏伟的宫殿。可能他们有古怪的家具和奇怪的装饰。假如我们不能让观众按照自己的想象力完成场景布置,那么我们将对舞台上的布景十分茫然。
>
> 在这一场中,每件事都是奇怪的,而最奇怪的事是这位西凉国的国王不是别人,正是我们的老朋友薛平贵!我们以为他很久前被敌人杀了,现在却仍然活着。他把西凉国征服了之后,就做了他们的国王。可惜的是,他征服西凉的战史没有记录下来,更可惜我们来迟了,没有赶上他的加冕礼。③

以上这段说明是为了让读者了解薛平贵告别了新婚妻子王宝川带兵出征西凉后的经历,但作者不想在剧中铺陈展开,所以用提示的方式简约交代,同时提醒读者对将要发生的剧情做好心理准备。而即便是描绘舞台场景——西凉国王宫殿,也可以看到,作者总是不忘以"我们"这一叙事视角贯穿,那么恭敬有礼,显然是为了拉近叙述者和读者的关系;同时又显得那么"独具慧眼"。借助这个视角,读者仿佛身临其境,体验到一种特殊的异国风情。然而,值得注意的是,"奇怪"(strange)一词重复出现,却不啻为一种警示,重复带给读者的可笑感觉提醒了叙述之不可靠,有可能是对事实的扭曲。很显然,熊式一是反用了叙述者对西凉国的他者化审视,在客观上构成了对他者化审视的审视,因而"奇怪"的评价里寄寓了作者

---

① Wen Yuan-ning: Book Review: *Lady Precious Stream* by S. I Hsiung, Published by Methuen &Co. Ltd. London, 8/6, *The China critic* 1934, Vol. 7, No. 52.

② [新西兰] 龚世芬:《关于熊式一》,《中国现代文学研究丛刊》1996 年第 2 期。

③ 熊式一(S. I. Hsiung):《王宝川》(中英文对照),商务印书馆 2006 年版,第 91—92 页。此处为笔者译,熊式一这部分的自译与原文意思有出入。

对"奇怪"评价的嘲弄，以及对某种习以为常、司空见惯的地域中心主义观念的讽刺。如果对巴里的平权思想以及幽默、戏谑的叙事风格知晓一二，那么熊式一如此表现，应该不难理解。

相对于《王宝川》，《大学教授》的小说化特征更为明显，它每一幕之前都有对张教授寓所的精细描述，让读者对张教授当下的境况有直观的认知，同时更激发了他们探究寓所主人总能站在时代前列的兴味。譬如第一幕开头：

> 不对，不对！这一定是弄错了。这儿决不是大学教授的家。一个稍微体面一点的工人的屋子，都比这个不堪入目的破房子强多了，整齐多了。四面的墙全脏得厉害——早就应该粉刷粉刷；屋顶破旧得不成话，那一定会漏水；窗户很久没有糊过；至于家具呢——哦！这个可以算是家具吗？——只有两张桌子，三把椅子，一张不像样的床和几个书架子，此外什么也没有。其实这屋子里面的东西全都当作书架子使用。不论是桌子、椅子、床上都堆满了书，就是地上这儿那儿到处都是零乱的书，这可明明白白的表示住在这儿的人，是一个标准的书呆子。我们现在想起来了，大多数的教授都是书呆子，所以呢，也许我们并没有弄错，这儿正是教授的家。……①

剧本起首的提示以叙事者自言自语的方式呈现，如同张教授家的闯入者，一边引领读者东张西望，一边也贴合读者的心思，根据张家的陈设揣摩主人的身份和秉性。而"我们"的口吻同样把读者直接带入张家的场景中，仿佛也成了剧中人，参与到剧情的推进中。与《王宝川》第三幕开场前的提示类似，叙述者的声音同样不是单一的，从"破房子"四处"堆满了书"，到得出主人是个"标准的书呆子"的结论，看上去符合逻辑，其实也是想当然的。随着满腹城府的张教授露面越来越多，这个"书呆子"的说法纯粹成了一个笑话。叙述者带着读者一起误入迷途，成了熊式一最擅长的技法。这样的舞台提示在场与场之间也随处可见，妙趣横生，又意味深长。张教授在不同的时代身边会出现不同的异性伴侣。第二幕中张教授一如既往地移情别恋，对象仍旧是他的女性革命同志，只是这个叫柳春文的女人是现任女主人王美虹的老同学，她以看望同窗的借口敲门进了张家。剧中提示：

> 女仆推开门请进来一位穿绿色中山装的小姐。她穿的虽然是制服，可是她的服装把她的女性美尽量地表露出来了。刚才说她什么也不干，就知道打扮自己，其实她一天忙得很，打扮自己只占了一部分时间而已。……也许我们认为，像她这种人，无论穿什么样的衣服，都会适合而好看的。她长得不高不矮，不肥不瘦。施朱则太赤，敷粉则太白。她头发剪得很短并在右边分开，颜色漆黑，光泽照人。她手上拿着一顶帽子，我们

---

① 熊式一：《大学教授》，台湾"中国文化大学出版部"1989年印行，第1页。

可以放心，假如她把帽子戴上的话，也有她那种俏劲，和没有戴帽子的时候一样动人。……①

　　上述这一段旨在提醒读者注意首次出场的这位小姐严肃的着装和"动人"姿态间的反差。中山装制服具有政治和时代的符号意义，熊式一是想让他的读者通过柳春文的装扮去感知中国国民革命的气氛，但他也明白，英语读者恐怕更有兴趣知道的是，这位透着"俏劲"的不速之客将对张教授和王美虹的二人世界带来怎样的冲击。因此，他的笔调轻松流利，讥刺点到辄止，为读者留下了开阔的联想空间。这种对"善于想象的读者"既体贴又尊重的做法，熊式一和巴里可谓别无二致。

　　《王宝川》《大学教授》中穿插的叙事由于和主题剧情密切相连，辅之以幽默有趣的表达，大多水乳交融，浑然一体，有的还起到画龙点睛的作用。林语堂在评价《王宝川》时认为，熊式一的这种处理是基于"中英文本存在着外在形式的差异，英语版本中没有唱段，而舞台人物首次出场的特征介绍，也不可能出现在中文文本中，这些简短讨喜的特征介绍观众们会忽视，读者却十分喜欢"②。林语堂指出了熊式一用英语创作戏剧时对受众心理的考虑，而事实上这种考虑也和熊式一受巴里"以一种知交密友的语调传递"的特点影响有关，这是熊式一被视为"中国的巴里"的一个关键依据。

　　不仅在戏剧作品中，巴里的这种风格在熊式一的长篇小说《天桥》中也留下了痕迹。读者打开小说第一页即见："本书的开端，谦恭的作者先要极为荣幸地记录一件善事（The humble author is greatly honored to begin his book by recording a deed of philanthropy）。"③这是《天桥》中"作者"——伪装的叙事者——明显介入叙事的印记。④ 就像站在门边恭迎贵宾光临的主人，叙事者在小说的"楔子"起首即向读者致礼示好，其谦卑姿态一望可知。熊式一在写作《天桥》时，虽然还是不忘和读者套近乎，但他也明白，叙事者强行插入文本在现代小说里越来越不被看好，所以就算在开头套用了讲故事的老式技法，也不想真的把自己当成传统小说里的说书人，所以他让这个叙述者甫一现身，即告隐去。尽管如此，这开头第一句话的作用仍不容小觑，犹如一锤定音，整部小说的讽刺基调即由此奠定。这里用了第三人称，其实是作者在《王宝川》《大学教授》里惯用的"我们"口吻的变体，小说"尾声"部分叙述者再次露脸也证明了这一点："一个古代历史学家为我们讲述了一个鹬蚌相争的故事（An ancient historian has told us a story of the snipe and the oyster）。"⑤不管是

---

　　① 熊式一：《大学教授》，台湾"中国文化大学出版部"1989年印行，第61—62页。

　　② Lin Yutang：The Little Critic，"Lady Precious Stream"，*The China Critic*，1935，No.10，Vol.1，p.17.

　　③ Shih-I Hsiung，*The Bridge of Heaven*，New York：G.P.Putnam's Sons，1943，p.3.

　　④ 有趣的是，熊式一在自译中文版"楔子"开头的三个段落重复用了类似"作者要虔心沐手"的句式，显得对这种叙事技法欲罢不忍。参见熊式一：《天桥》，外语教学与研究出版社2012年版，第1页。

　　⑤ Shih-I Hsiung，*The Bridge of Heaven*，New York：G.P.Putnam's Sons，1943，p.293.

"他"还是"我们",插入《天桥》中的这个叙述者角色仍然是耐人寻味的,因为他所讲述的"善事"分明包含了多层次的内容。读者可以看到的是,"楔子"里李明为求子而造桥的"善事",原来不过是一桩伪善事;"尾声"里梅家渡"天桥"终于落成,造福乡里,固然真是善事一桩,似乎呼应了"楔子"开首"作者"的承诺,然而这呼应却是打了很大折扣的。读者只要联想到这座"天桥"是曾为建立民主自由的国家出生入死的李大同隐退还乡后所建,那么就会质疑:这桩仅仅惠及一方的"善事"与李大同宏大的理想抱负匹配吗?李大同的避世之举成全了梅家渡人的幸运,却同时见证了民国初年中国政坛的污浊、社会的晦暗。与《王宝川》《大学教授》不同,《天桥》中插入故事的叙述者声音并不那么强劲,但由此形成的整体反讽结构却一如既往,甚至更为坚实牢固。

"如果说《王宝川》让人感到温馨,轻松和幽默,而熊式一在这部小说里的智慧则时不时地显得尖酸和犀利。"①英国读者的这种阅读感受,恰切地反映了《天桥》这部小说对巴里"半小说、半戏剧"的叙事特色的承传与发展。事实上,巴里这种"以一种知交密友的语气传递"的叙事,既有温和的讥嘲,也不乏辛辣的讽刺。温源宁表示,"在读了《夸利蒂街》后再看《王宝川》,谁会否认熊博士风格里的每一处皱褶都和巴里有着紧密关系呢?"②温源宁侧重的是《王宝川》的轻松和巴里诙谐优雅格调的契合,虽然他的反问里透着不屑,却也没有情绪化到荒腔走板,只是温源宁预设的价值立场多少妨碍了他对巴里风格全面客观的判断。就像巴里在《可敬的克莱登》中对英国贵族阶级"极尽讽刺挖苦之能事,把他们的愚蠢无知,自私自利揭露得淋漓尽致,无以复加"③一样,熊式一的《大学教学》《天桥》对中国权贵阶层追名逐利、猥琐贪婪的鞭挞也未失去应有的力度,对中国近现代社会种种痼弊的针砭也可谓切中肯綮,含英国味又具熊式一个性特色的那种庄谐杂出的讽刺格调得到充分的展示。这一结果自然并不单纯来自作者对巴里风格的模仿,但就如同评价《可敬的克莱登》,再用"波斯猫的优雅""甜腻到难以接受"去对应,无论如何是不合适的了。

三、从家庭生活到家国史实

在把熊式一和巴里相关联时,除了幽默诙谐的格调,以及体贴"善于想象的读者"的叙事方式,也很难绕开两人在主题和题材上的共同偏好——对家庭生活的反映。温源宁认为,"崇拜《亲爱的布鲁特斯》和《可敬的克莱登》的人",很容易从《王宝川》的故事情节中感知熊式一对巴里作品的借鉴,"即使在翻译题材的选择上,熊先生都显示出自己是 J. M. 巴里的忠实信徒"。④

---

① ［英］罗宾·吉尔班克(Robin Gilbank):《熊式一与〈王宝川〉》,胡宗锋译,《美文》2015 年第 1 期。
② W. Y. N:Editorial Commentary, *Tien Hsia Monthly*, 1936, No. 3, Vol. 1, p. 5.
③ 余上沅:《〈可钦佩的克来敦〉译者的话》,［英］詹·马·巴蕾:《可敬佩的克来敦》,余上沅译,中国戏剧出版社 1982 年版,第 128 页。
④ Wen Yuan-ning:Book Review:*Lady Precious Stream* by S. I Hsiung, Published by Methuen &Co. Ltd. London,8/6,*The China critic*, 1934,Vol. 7,No. 52

何止是《亲爱的布鲁特斯》和《可敬的克莱登》，作为巴里的"忠实信徒"，熊式一对巴里的剧作从来不吝赞美，他称《亲爱的布鲁特斯》思想"新颖"，而《可敬的克莱登》"自始至终，所叙述的事实，虽属平凡，而写法却非常深刻"①。熊式一自己改译的《王宝川》，翻译的《西厢记》（*The Romance of the Western Chamber*），再加上创作的《大学教授》《天桥》，最精彩的篇幅也全都与家庭或家族生活、习俗、历史的叙述有关，不同程度地显现出熊式一对巴里的敬意。巴里的剧作常常把人物和故事放在客厅、花园、别墅等家庭场景中展开，巴里"以一种知交密友的语气传递"的，正是这"迷人的家庭生活，感伤的微弱欲望"②，借助于家庭里夫妻、主仆、姐妹、兄弟等关系的揭示以及人情世故的反映，表现人类生活中诸多难以调和的矛盾冲突。熊式一并不像巴里那样因敏感于梦想和现实间的鸿沟而多愁善感，所以他笔下较少流露"感伤的微弱欲望"，但他和巴里一样聚焦于家庭，倾心于以平凡的事实去包藏新颖而不平凡的意味。

不只温源宁对这一点看得很清楚，当时的英国同行也觉察到熊式一题材上的这种喜好。1935 年 9 月，戈登·伯顿利在为熊式一翻译的英语《西厢记》写的序里，对新推出的这部剧与已经被伦敦观众追捧了近一年的《王宝川》进行比较，提到它们对中国生活的描绘中很重要的因素都是"家庭内部的纠纷"，而且"显然是同等级的家庭"，而"两剧的主题都和一位丞相的千金小姐端庄娴静却下嫁到另一个阶层有关"。③ 甚至可以说，《王宝川》当年风靡伦敦，在某种意义上和剧中展示了"迷人的家庭生活"直接相关。当时英国媒体上有评论指出："从艺术家和一般读者的观点看，熊式一的剧作值得无限赞美。在日常现实主义和奇妙事件的迷人混合中，这部剧反映了中国戏剧的典型特征，更为现实性的部分，就像第一幕，提供了一幅非常真实的中国家庭生活和习俗的图画。"④ 而英国诗人兼批评家拉塞尔斯·艾伯克龙比对此尤其感到兴奋，他说："谁能抵挡住这和蔼可亲的魔法，熊先生用他灵巧含蓄的文笔在我们西方人头脑中施了法术……熊先生中国魔法的真正力量不在他用欢快的技巧带给我们想象性的剧场，而是在剧中展示给我们人的生活、心灵和言谈举止。这些有吸引力的人，令我们着迷。我觉得奇迹出现在那一刻，就是王丞相说'今天是大年初一，我们要庆祝一番。眼看要下雪啦，我提议就在这花园里设宴赏雪罢'。赏雪！熊先生就在这儿抓住了我们西方人的心。他笔下这些迷人的人物有我们不具备的秘密：这就是如何生活的秘密。当我们沉浸在剧中人生活与命运的传奇中时，那就是他们的赐予。王丞相在花园里赏雪庆祝新年，这

① 参见熊式一译巴里《可敬的克莱登》第一幕后的附言，《可敬的克莱登》，巴蕾：《可敬的克莱登》，熊适逸译，《小说月报》1929 年 20 卷第 3 期。

② Wen Yuan-ning：Book Review：*Lady Precious Stream* by S. I Hsiung，Published by Methuen & Co. Ltd. London，8/6，*The China critic*，1934，Vol. 7，No. 52.

③ Gordon Bottomley：*Perface*，*The Romance of the Western Chamber*，New York and London：Columbia University Press，1968，p. xxiv.

④ Eduard Erkes：Book Review：*Lady Precious Stream*. An old Chinese play done into English according to its traditional style by S. I. Hsiung. (Methuen & Co.，London) *Artibus Asiae*，Vol. 6，No. 1/2，1936，p. 152.

不是荒诞的虚构,它不会发生在唐宁街。然而,它是熊先生的世界,是这个名曰'宝川'的年轻女子的世界,是精致高雅的真实世界,极具深刻的人性现实,其中的幽默无处不在,值得一观。"①艾伯克龙比的激动可以理解,毕竟《王宝川》第一幕中王丞相全家上下举杯赏雪、吟诗助兴的情境充分满足了西方人对诗情画意的古老东方文明的想象,而正因为如此,其中的溢美之词不能太当真,唐代丞相府邸花园里的风雅能否代表中国家庭的新年习俗,中国人自有说法,但从英国剧评关注的焦点来看,家庭生活确实是吸引英国读者、观众由此通向中国戏剧、中国文化,以及中国人的精神世界的一条捷径。

　　而事实上,无论中西方,人类情感的普遍性决定了相同家庭身份的成员情感及表达具有类同性和相通性。《王宝川》中演绎的夫妻关系、父女关系、主仆关系虽然不完全等同于英国家庭的结构方式,但父母对子女舐犊之爱的天性、夫妻彼此忠诚的承诺,这些都是人类在漫长的文明进化过程中形成的共有的情感反应或伦理规约。所以,林语堂看了在上海由中国演员出演的英语剧《王宝川》后说:"当丞相和他的家人谈到女儿嫁给花匠的耻辱时,是非常典型的英国腔调,我们会相信,任何一位英国贵族或者夫人对于自己的女儿下嫁给平民,都会这样抗议。没有这类欢乐的翻译,这部戏剧就不会在伦敦舞台上如此成功。"②只要设身处地,站在为人父母的立场上,不管是英国观众还是中国观众,对王允不能超越阶级偏见而阻止爱女宝川嫁到家徒四壁的寒窑,即便不能接受,也都会有一份理解之同情。

　　除此之外,家庭生活的核心——夫妻,其理想的组合无疑是婚姻伦理和爱情伦理关系的合一,爱与相互扶持,即成为所有一夫一妻制社会共同信守的道德义务,也常常承载了人类对永恒忠贞爱情的想象和追求,然而事实是,道德和情感的矛盾无时无处不在。王宝川和薛平贵固然尝到了男女之爱的甜蜜,但这甜蜜中却也不乏难以言说的苦涩和酸楚。林语堂在分析《王宝川》时指出:"薛平贵的故事几乎没有史实依据,但已经很好地阐释了广受欢迎的中国民间想象。薛平贵是从一贫如洗到飞黄腾达的典型,提供了一个讽刺人类的心性和势利的极好主题。他常年出门在外,在国外逗留十八年后回乡,这是一个经典的'珀涅罗珀母题'——非常受中国人欢迎。值得注意的是,尤利西斯长期流浪归来,测验他妻子的忠贞这一母题,不仅在《王宝川》这里,在另一个名为《汾河湾》的中国戏剧中也一样被运用。"③珀涅罗珀是荷马史诗里对丈夫奥德修斯(即尤利西斯——笔者注)忠贞不渝的典型形象,在丈夫漂泊海外二十年里,她排除了各种烦扰和困难,等待丈夫的归来。珀涅罗珀的坚贞,在父权

　　① ［英］拉塞尔斯·艾伯克龙比(Lascelles Abercrombie)的英文 Preface,《王宝川》(中英文对照),商务印书馆 2006 年版,第4—5页。

　　② Lin Yutang:*Lady Precious Stream*. An old Chinese play done into English according to its traditional style by S. I. Hsiung. (Methuen & Co., Ltd., London). 1934, *Tien Hsia Monthly*,1935,No. 1,Vol. 1,p. 107.

　　③ Lin Yutang:*Lady Precious Stream*. An old Chinese play done into English according to its traditional style by S. I. Hsiung. (Methuen & Co., Ltd., London). 1934, *Tien Hsia Monthly*,1935,No. 1,Vol. 1,p. 107.

制社会成为完美的训诫妇女的教科书。熟悉希腊神话的西方观众,在听说中国女性王宝川无怨无悔痴等丈夫十八年时,应该不会有违和之感。而《奥德赛》中奥德修斯孤身被冲到海岛后,神女卡吕普索给予他情感和性爱的慰藉,但他还是渴望回归故里。这样的情节也可与薛平贵在西凉享受到代战公主的情爱照拂,却仍心系发妻宝川相比拟。征战在外的英雄寻求婚外情感和肉欲的满足,总是会得到较为宽容的道德许可,无论古希腊英雄还是唐朝的英雄,都不出其外。如果再加上英雄执意回归且不弃糟糠,那他们更是会得到英雄美名之外的另一重道德褒奖。有意思的是,英雄归来之时,奥德修斯一次次考验珀涅罗珀,薛平贵故意戏弄王宝川,这些极为相似的轻薄之举,是丈夫们对他们妻子忠诚情感的羞辱、伤害,却因符合父权制对男性地位和权力绝对维护的秩序逻辑,而被社会接受并成为普泛而正统的思维惯式,大团圆的结局恰恰凸显了林语堂说的人类"势利"的一面,这也被相当一部分读者当成"迷人的家庭生活"的必要补充。《王宝川》被西方观众青睐,而"珀涅罗珀母题"受中国人欢迎,就是因为它们符合了人类对永恒爱情的共同执念,却也透露了史诗或浪漫传奇里夫妻忠诚神话的真相。

在巴里的剧作中,迷人的家庭生活也从来不意味着花好月圆、风平浪静。夫妻间的罅隙、龃龉甚至背叛,巴里虽然不会以剑拔弩张、你死我活的激烈场面来展示,但观众还是被温情而家常的场景吸引并从中领略到哲思妙理。《亲爱的布鲁特斯》中受邀到洛布家乡间别墅小住的几对夫妇,在花园的林子里按自己的梦想重新生活了一遍,而结果是:抛弃了妻子的丈夫如愿与情人终成眷属,在林中却又和前妻关系暧昧;妻子终于离开了丈夫,投入相见恨晚的求爱者的怀抱,但旋即遭遗弃且食不果腹。剧中人感叹:"无论给我们多少机会,我们都会干出同样的蠢事。"他引用了莎士比亚《尤利乌斯·凯撒》中凯切斯对布鲁特斯说的一句话:"亲爱的布鲁特斯,问题不在于命运,而在我们自己。"这与其说是剧中人的醒悟,不如说是巴里对天下所有夫妻的忠告。自称是快乐的英格兰时代的唯一遗民的单身汉洛布,洛布家神秘的花园,花园里只有仲夏节前夕才出现的树林,是巴里制造的幻境,可它并非乌托邦的理想乐园。在巴里的笔下,家庭生活之所以迷人,是因为他巧妙地展示了那些夫妻、儿女和主仆对快乐梦想的追寻以及梦想的失落,让观众既感受到他对人情世故的透悟,也感受到他对世间男女的悲悯。正是这些亦幻亦真的家庭场景,以及活动其间似曾相识的夫妇、情侣的分分合合,在观众心里激起了涟漪,那就是温源宁说的,有着尖锐边缘的"笑和泪的涟漪",是真诚的,也是真实的。而熊式一构筑的中国庭院水榭边,又何尝没有泛起类似的涟漪。在《王宝川》里,身在西凉的薛平贵从未如实告知代战公主自己"使君有妇"的身份而与其情意绵绵,要不是恰好接到宝川的鸿雁传书,他已与代战公主成婚;在《天桥》里,李大同固然自始至终只爱妻子吴莲芬,但他也有过被妖媚且诗词歌赋似乎无所不能的袁世凯九姨太迷得神魂颠倒的时候。和巴里一样,熊式一感知人性的弱点和局限,理解人类不可调和的欲望与良知的冲突,因而在这些看似理所当然又引人发笑的诙谐笔触里,埋藏了耐人寻思的深长意味。

以家庭生活反映家庭以外的世界,是巴里风格的另一个重要标记,熊式一的《大学教授》深得巴里的精髓。熊式一将张教授前后二十年政治生涯中的风雨阴晴都浓缩在张宅这个狭小的场所,并通过张教授与张宅历任女主人关系的变化,侧面展现社会历史的变迁,巧妙地披露出张教授这样的时代弄潮儿人性的幽暗,以及他在国家危急时刻闪露出的一丝光亮。这种以几乎固定的空间来凸显不同时间里夫妻情侣聚散离合的构思,是巴里最擅长的,《可敬的克莱登》《值十二镑的相貌》《遗嘱》均不同程度地采用了这个套式。而熊式一承传了巴里的技法的同时又加以个性化的发挥。《大学教授》让观众看到的张宅,虽说确确实实是张教授与其伴侣一直生活的地方,但随着岁月流逝,张宅在三幕中不仅所在城市换了——分别为 1919 年的北京、1927 年的汉口、1937 年的南京,其本身的沧海桑田更是吸足了英国观众的眼球:第一幕的张家是一间"不堪入目的破房子",简陋寒酸,书籍遍布;第二幕的张寓是一幢宽敞华丽的洋房,"装饰完全是西式",墙上挂着大大的孙中山半身像和小一点的马克思、列宁的照片;第三幕的张府是"一所古朴幽雅的高楼大厦",屋顶挂着美丽的宫灯,墙上挂着政府显要人物的字画,"屋内的情调都是纯粹中国化"。① 与巴里《值十二镑的相貌》《遗嘱》中场景主要作为剧中人活动的背景或舞台有别,《大学教授》中的张宅几乎见证了张教授在权力场上风生水起、平步青云的全过程,是与人物形象相互映衬、互为表里的主体。而张宅的女主人虽然是清一色的张教授的同志,但从第一幕朴素耿直的张太太,换到第二幕里美丽时尚却无脑的王美虹,再换到第三幕里貌似温柔实质有主见有心机的柳春文,其更迭变化对应了张教授作为"五四"时期表面支持学运的革命党人、北伐后"革命群英之中的领袖人物"、抗战爆发前夕"蒋委员长背后的智囊"的身份地位,当然,她们也自始至终验证了张教授私人生活中移情别恋、政治信仰上见异思迁的秉性和手腕。虽然其中的张太太和张教授的离合情节与巴里《值十二镑的相貌》中的设置颇有相似之处,包括妻子毅然决然地离家出走,包括多年后女主人公以女仆的身份被雇佣到家中与原来的丈夫重逢,但熊式一并不像巴里那样着意于男女平等的社会里女性个人尊严和自由权益如何体现的探讨,而是更注重无论男女对民族国家共同责任担当的强调。《大学教授》展示的张教授的家庭生活和《王宝川》中的丞相府邸一样,仍然不乏迷人的风景,但更迷人的地方,显然已超越了家庭。

《大学教授》中的张宅是熊式一精心设计的一个窗口,他让英国观众可以从中瞭望到中国自"五四"运动到中日战事爆发这二十年来的历史风云变幻。而长篇小说《天桥》,也是以李家两代人与一座桥的因缘为中心线索,勾勒出一条自晚清到辛亥革命中国历史发展的轨迹,熊式一对家族兴衰命运的关注,足以令读者把《天桥》视为一部家族小说。和《大学教授》一样,《天桥》中家庭场景的刻绘,家庭成员关系的揭示,既是为了展现真实的中国家庭生活,表现中国人的道德情感、价值理念和风俗文化,更是为了探究并预言中国的前途、命运。巴里擅长在家庭框架里比对贵族和平民、愚昧和智勇,而熊式一笔下的家庭概念具有更明显的

---

① 参见熊式一:《大学教授》,台湾"中国文化大学出版部"1989 年印行,第 1—3、42—43、98—99 页。

外延性和隐喻功能。即便是《王宝川》里女主人公从丞相之掌上明珠下嫁为寒窑主妇、再贵为王后娘娘的传奇情节,也紧紧连接着熊式一作为一个中国作家根深蒂固的家国同构观念。小家庭里的悲欢离合被置于国家兴亡的大背景中展开,儿女情长与江山社稷的盛衰交互作用,又彼此衬托,这是中国戏剧惯常的结构套路,《王宝川》也不例外。更不必提《大学教授》里动荡不安的张家、《天桥》里革故鼎新的李家,它们如同近现代中国的缩影,清晰地折射出熊式一对中国的认知和企盼。从家庭生活和私人情感层面去反映近现代中国革命的历程和影响,有利于帮助西方读者形成对中国历史复杂性的基本理解。就文本叙事而言,这样的家庭书写无疑推进了熊式一对平凡中显不凡、清浅中求深远的巴里风格的拓展。

　　温源宁称熊式一为"中国的巴里",旨在揭示《王宝川》剧作对巴里风格的接受,但"巴里"之前"中国的"这一限制性定语,毕竟表明了他对《王宝川》作者的中国身份归属的界定。"中国"直接为"巴里"分类,并决定了这一词组的存在意义。① 《王宝川》确实散发着巴里的气息,熊式一也确实是巴里的信徒,但这不妨碍《王宝川》仍然是一出中国戏,而熊式一则首先是一位极具家国情怀的中国作家。至于《大学教授》和《天桥》,由于熊式一创作时为中国发声的意图更为自觉明晰,与中国的关联度也更为紧密,中国性的显现当然也就更毋庸置疑了。

---

　　① 所谓限制性定语,是从归属、时间、处所、数量等方面对中心词加以限定制约的定语,它不可或缺,中心词的意义因它的存在而存在。朱德熙认为,"限制性定语的作用是举出一种性质和特征作为分类的根据来给中心词所代表的事物分类"。参见朱德熙:《定语和状语》,上海教育出版社1984年版,第22页。

从变异学看《此恨绵绵》对《呼啸山庄》的改编

赵渭绒　　周红麦[*]

（四川大学　文学与新闻学院；成都　610065）

内容摘要：赵清阁是一位活跃于抗日战争时期的进步作家，话剧《此恨绵绵》是她在暂居重庆期间，根据英国作家艾米莉·勃朗特的小说《呼啸山庄》改编而成的。作者根据梁实秋译本进行剧本改编，融入了抗日战争背景和中国本土文化背景。本文试结合比较文学变异学理论，从赵清阁与《呼啸山庄》的历史性接触开始，研究其接受、影响及其改编过程与契机；讨论在不同文化语境和创作诉求下，两部作品中人物形象的差异性塑造；最后再深入中西文化意象的转换与择取层面，深度探究其中发生变异现象的原因。

关键词：赵清阁；《此恨绵绵》；《呼啸山庄》

　　1847年，英国文学史上著名的勃朗特三姐妹之一的艾米莉·勃朗特创作的唯一一部小说《呼啸山庄》出版，这部小说在当时并不为人所关注和理解，却在此后百余年间不断的阅读和研究中成为经典；近百年后的1944年，中国作家赵清阁根据《呼啸山庄》（旧译《咆哮山庄》）改编而成的五幕话剧《此恨绵绵》出版，出书后在内地多个城市公演，取得了较大成功。她结合当时中国如火如荼的抗日战争背景，以区别于原著小说的话剧形式，赋予了《呼啸山庄》一次新生。然而令人遗憾的是，纵览各种现当代文学史的著述，赵清阁作为一名活跃于抗战文坛的作家，并未与同一时期的知名作家一起在文学史上占据一席之地，学界对其文学创作的研究极不充分。

　　《此恨绵绵》不仅是一部优秀的话剧作品，它对《呼啸山庄》的改编更是反映了文学作品在跨文化传播中出现的变异现象。应该看到，作家并非一味地接受和转述《呼啸山庄》，而同时受到抗战时局、个人经历、审美喜好、传统文化旨趣等因素的影响，对原著既吸收又排斥、

────────────

　　* 作者简介：赵渭绒，文学博士，四川大学文学与新闻学院中文系副教授，硕士生导师。周红麦，四川大学文学与新闻学院硕士研究生。

既保留又革新,实现了一种"创造性的转变"①。

一、赵清阁与《呼啸山庄》的历史性接触

赵清阁是一位富有抗争精神、心系民族抗战的进步作家。她出生于1917年,成长轨迹与新文化运动和"五四"运动的发展相重合,深受民主自由、反帝反封建思想的熏陶。其母亲是书香门第出身,多才多艺,却不幸早逝。母亲在封建社会遭受的不平待遇令小清阁积攒了满腔的愤懑,"她是因为反叛才走上文学创作的道路"②。所谓反叛,便是对封建等级压迫、帝国主义侵略等一切黑暗势力的叛逆和不妥协,这种积极昂扬的抗争精神成了贯穿赵清阁成长经历的重要信条:她在初中尚未毕业时为逃避包办婚姻而只身出走,又在高中刚刚毕业时因发表抨击当局权贵的文章而被逮捕。而身为一位女性作家,她对于妇女在抗战中所处的地位和权利有着相当前卫的见解,早在1936年便对"天下兴亡,匹夫有责"的传统观念提出质疑,大胆发出了"爱国救国,匹妇有责"③的呼吁。

"七七事变"后,中华全国文艺界抗战协会(简称"文协")成立之际,赵清阁已经在时代革命的洗礼中成长为一名成熟的知识青年,她加入文协,并创办了全面抗战爆发后的第一份纯文艺刊物《弹花》。后因武汉战事紧张,1938年7月,赵清阁将《弹花》迁往重庆继续发行。

《此恨绵绵》便是赵清阁在撤离武汉后客居重庆北碚期间创作的,是以梁实秋先生的译本《咆哮山庄》为基础进行的创新性改编。当时二人均为躲避战乱暂住北碚,毗邻而居,并因此结识。这期间赵清阁不仅阅读了梁实秋的译作,更在剧本创作过程中得到了译者本人的指导和建议。她后来在一篇回忆文章《隔海悼念梁实秋先生》中提及了这段经历:"1943年,以英国女作家E·勃朗特名著《呼啸山庄》改编摄制的美国电影《情之所钟》,在重庆放映,深受观众欢迎。当时实秋正翻译《呼啸山庄》,我看过电影,又读了小说,觉得故事感人,译笔文采很有魅力,不愧是一部脍炙人口的佳作,因此决定改编为话剧。并且愿将实秋的译本收进我主编的《黄河文艺丛书》予以出版。实秋高兴地同意了。小说出版后我就进行改编,改编过程中我请教他,因为他熟悉戏剧,早年还演过戏,所以他给了我不少帮助:出点子,提意见;使我得以顺利地完成剧本。"④可以说,梁实秋的译作成了赵清阁将《呼啸山庄》改编成《此恨绵绵》的重要契机。她本人亦十分热爱这部小说及其改编电影,在《此恨绵绵》的序言中表示:"我读过小说三遍,看过电影四次。每读一遍看一次,都深深受着感动!"⑤

不过,改编者一方是满怀反叛精神投身革命热潮的赵清阁,翻译者一方是信奉新人文主

① [美]韦斯坦因:《比较文学与文学理论》,刘象愚译,辽宁人民出版社1987年版,第29页。
② 彦火:《寂寞如斯赵清阁》,《上海文学》2014年第4期。
③ 全国妇联妇女运动研究室编撰《从"一二·九"运动看女性的人生价值》,中国妇女出版社1988年版,第304页。
④ 赵清阁:《长相忆》,学林出版社1999年版,第185—186页。
⑤ 赵清阁:《此恨绵绵》(第2版),正言出版社1948年版,第1页。

义精神下理性、纯正、健康的人性论的梁实秋,《此恨绵绵》必然地被赋予了不同于《呼啸山庄》的全新气质。

实际上,在这一时期的重庆,梁实秋选择翻译《呼啸山庄》显得较为与众不同。抗日战争全面爆发后,随着众多学者、作家、进步知识分子撤往大后方,翻译文学蓬勃发展,表现爱国主义、抒发反战情绪和鼓舞人民抗战的文学题材尤为受欢迎。如海明威的《丧钟为谁而鸣》(旧译《战地春梦》)、《第五纵队》,莱蒙托夫的《匕首》《在牢狱中》,雪莱的诗歌《致英国人之歌》(旧译《给英国的男子》)等作品的译介进入中国,都出自大后方翻译家之手。与上述作品相区别,《呼啸山庄》聚焦于 18 世纪英国荒原上的两个农庄之间的两代人,社会风云隐退至荒原风暴的背面,工业机器让步于个人情感的轰鸣。艾米莉·勃朗特在这个与世隔绝的小天地中,将复杂的人性挖掘到了极致,尽情抒写人性是如何在爱与恨的强烈张力中释放、扭曲和重塑的,配合以富有恐怖和神秘美感的笔触,成就了一本"气势磅礴、使人惊骇的书"①。英国当代著名小说家和剧作家毛姆在其《巨匠与杰作》一书中向读者介绍了他心目中的世界文学十部最佳小说,《呼啸山庄》便是其中之一,毛姆认为:"我不知道还有哪一部小说,其中爱情的痛苦、迷恋、残酷,执着地纠缠着,曾经如此令人吃惊地被描述出来。"②梁实秋翻译《呼啸山庄》主要是因其作为世界名著的文学价值和书中对人性、爱情的深刻探讨。即便是在战时,梁实秋的译介选择也秉持着"译文学作品,应该选择第一流的名著"③的主张,力求忠实地将这部世界名著呈现给中国读者,而较少出于政治性和时代性的考量。

赵清阁在创作《此恨绵绵》时,则对《呼啸山庄》做了大幅度的时代化和本土化改编,正如她在序言中所说,"配合时代和中国环境","主题稍加民族意识的渲染,背景亦改作中国的北方了"④。故事背景从 18 世纪的英国变成了民国二十五年到二十八年间的中国,即公元1936 年到 1939 年,正值抗日战争时期。荒原上的两座农庄"呼啸山庄""画眉田庄"挪移至西安近郊的"太平村""柏园"。相应地,梁实秋先生的译作中被异化处理的人物姓名,在赵清阁笔下做了归化,"恩萧""林顿"两家成为"安家""林家",拗口生涩的音译姓名"希兹克利夫""凯撒琳""哀德加""依萨白拉"替换为更符合中文规律的"克夫""苏珊""海笳""白莎"。而《呼啸山庄》中那种狂风暴雨般裹挟一切的爱情主题,到了《此恨绵绵》这里则让步于强烈的民族意识:民族存亡时刻,抗日战争成了爱情故事中贯穿始终的最强音。男女青年志同道合的抗战理想极大程度上决定了他们对爱情的追求;恋爱进展中的渴慕、受挫、纠葛也影响着他们对待抗战的道路选择。有学者认为赵清阁将原著中"恋爱至上"的主题转变为了"爱情"加"抗战"的二元结构。⑤ 的确,她没有在艾米莉·勃朗特剖析人性、抒发爱恨的道路上亦步

① [英]毛姆:《巨匠与杰作》,孔海立、毛晓明等译,华东师范大学出版社 1987 年版,第 122 页。
② [英]毛姆:《巨匠与杰作》,孔海立、毛晓明等译,华东师范大学出版社 1987 年版,第 125 页。
③ 梁实秋:《梁实秋文集》第 4 卷,鹭江出版社 2002 年版,第 477 页。
④ 赵清阁:《此恨绵绵》(第 2 版),正言出版社 1948 年版,第 1 页。
⑤ 胡斌:《抗战语境中的跨文化改编——论赵清阁戏剧〈生死恋〉〈此恨绵绵〉》,《戏剧艺术》2013 年第 6 期。

亦趋,笔锋一转,驾驭这部舶来的爱情悲剧小说成为抗日文艺中的一辆战车。

在《弹花》创刊号上,赵清阁和杨性天曾以"本社"的名义发表文章《我们的话》,开篇即言"世代的动力,把'象牙之塔'里的艺术推迫到'十字街头',把'为艺术而艺术'的作品,推迫到'变为宣传的工具'"[1],表达了文艺创作应世、应时为抗战服务的迫切性。文章中旗帜鲜明地指出:"抗战高于一切,克敌是共同的要求。在这个要求之下,没有派别的畛域,更没有个人的自由,应该集中力量,贡献政府,以战取最后的胜利。"[2]从中不难看出,在与旧社会的坚决斗争中成长起来的赵清阁,是以怎样的全新视角去改编《呼啸山庄》的。《此恨绵绵》以抗战的激烈盖过了爱情的激烈,以抗战的理想主宰了爱情的理想,赵清阁就是在"抗战高于一切"的信念指引下,实现了与《呼啸山庄》的历史性接触,完成了一次极富时代色彩和本土色彩的跨越性改编。

二、人物形象的差异性塑造

《此恨绵绵》从时代、背景到主题对《呼啸山庄》的全方位改编,使得故事的文化语境从18世纪的英国挪移至抗日战争时的中国,其中的人物形象也必然随之发生"中国化""抗战化"变异。《此恨绵绵》中的人物形象既延续了一部分原著人物的特点,也联系战时语境增添了新的风貌,变得更为贴近现实。为论述的条理性,下面将主要围绕三位有着恋爱关系的男女主人公希刺克厉夫(对应安克夫)、凯瑟琳(对应安苗珊)、伊莎贝拉(对应林白莎)展开,分析两部作品在塑造人物形象方面呈现出了怎样的差异。

(一)"恶棍英雄"与民族英雄

两个故事中的男主人公希刺克厉夫和安克夫都曾经是出身低微、饱受欺凌的流浪儿,同样有着因恋爱受挫而出走、归来后身份转变、展开复仇的经历。

回到呼啸山庄的希刺克厉夫成了一个不折不扣的"恶棍英雄"。"恶棍英雄"指的是哥特文学体裁中兼具迫害者和受害者两种属性的男性形象,邪恶而擅长引诱人。他们所受的迫害引人同情,但他们的强烈反抗也超出了社会道德可容忍的范围。[3] 埃德加的妹妹伊莎贝拉便受到了希刺克厉夫的引诱,错认为他"不是一个恶魔","有一个可尊敬的心灵,一个真实的灵魂"[4],执意与之结婚,导致了自身悲惨的结局。伊莎贝拉在婚后终于发现其真实面目,曾绝望地向女管家丁耐莉写信发问:"希刺克厉夫是人吗? 如果是,他是不是疯了? 如果不是,他是不是一个魔鬼? 我不想告诉你我问这话的理由。可是如果你能够的话,我求你解释一下我嫁给了一个什么东西。"[5]希刺克厉夫霸占画眉田庄和呼啸山庄的过程则充分刻画了

---

① 林夏:《赵清阁的〈弹花〉》,《河南教育》(高教版)2016年第7期。
② 林夏:《赵清阁的〈弹花〉》,《河南教育》(高教版)2016年第7期。
③ 转引自蒲若茜:《〈呼啸山庄〉与哥特传统》,《外国文学评论》2002年第2期。
④ 艾米莉·勃朗特:《呼啸山庄》,杨苡译,译林出版社2019年版,第83页。
⑤ 艾米莉·勃朗特:《呼啸山庄》,杨苡译,译林出版社2019年版,第83页。

他那邪恶的天性：他视人命如草芥，不仅推波助澜了辛德雷的堕落和死亡，使他的儿子沦为下人，甚至牺牲了自己亲生儿子的性命。但在这一切结束、希刺克厉夫终于成为两个农庄的主人后，他却终结了自己的生命，追随凯瑟琳而去了。他的生命中除了对凯瑟琳的疯狂的爱，就只剩对整个人类社会的疯狂的恨，求爱不得便转向恨的发泄。这位"恶棍英雄"自私、残忍，人伦纲常无法约束他，我们也无法从理性和逻辑的角度解读他。

回到太平村的安克夫则成为一位光荣的民族英雄。他出走的直接动因是无法接受安苡珊关于向林海笳借钱供他上大学的提议，宣告了"我是'叫化子'出身，我还当'叫化子'去……不进大学，也一个样能够报效祖国"①的去路；出走后，安克夫成为抗日军队里的一名宣传队长，完成了从受压迫的无产者向献身抗日的无产阶级革命者的身份转变。这位抗日战士负伤归来，被关心抗战的安苡珊和林白莎视为民族英雄，得到了她们对英雄的爱慕。同时，作为"一个受尽了折磨，而仇恨一切的不幸者"②，安克夫仍执行了原著中希刺克厉夫所背负的一部分复仇任务。他在不爱林白莎的情况下与她结婚以报复林海笳与安苡珊，趁虚而入从安苡辛手中夺取了安家的产业。尽管复仇的相关情节让安克夫的形象展现出了某种道德上的阴暗面，但与无恶不作的希刺克厉夫相比，这种作恶的力度明显被极大地削弱了，投身于抗战事业的民族英雄取代了"恶棍英雄"，上升为男主人公的主要形象。

希刺克厉夫在呼啸山庄外的神秘经历从读者的视线中消失，归来便成为愈发不近人情的"恶棍英雄"，不得不引人疑惧；而安克夫离开太平村后选择了革命道路，归来便带着民族英雄的光环进行活动，是易于唤起当时读者的认同感的。

（二）庄园小姐与进步女青年

凯瑟琳与伊莎贝拉是18世纪英国两位有着相反个性的庄园小姐，安苡珊和林白莎却是20世纪中国两位有着相似理想的进步女青年。

凯瑟琳的形象具有复杂性。身为一位庄园小姐，她却天生桀骜不驯、野性叛逆，自小便不受阶级和礼仪的约束，与下等人希刺克厉夫相爱；但她也自私而虚荣，违背本性接受了画眉山庄主人林惇的求婚，最终自食苦果，滑向疯癫与扭曲的深渊直至死亡。另一位庄园小姐伊莎贝拉的形象则单薄许多。她从小生长在温室般的画眉山庄，因其文弱单纯的个性而被凯瑟琳和希刺克厉夫讥笑，后来受到"恶棍英雄"希刺克厉夫的引诱，成为他复仇计划中的牺牲品，落得客死他乡的结局。两位庄园小姐的地位相近，个性相反，却都因自身的爱情悲剧而早早离世。

安苡珊和林白莎却展现出了新异的精神风貌。就身份而言，她们也是出生在资产阶级家庭的少女，却更是抗战时期心系革命的进步女青年。两位女主人公的成长环境从远离尘嚣的荒原农庄置换到了抗战年代的社会和学校，都具备了知识文化的力量，并受到家国大义

---

① 赵清阁：《此恨绵绵》（第二版），正言出版社1948年版，第66页。
② 赵清阁：《此恨绵绵》（第二版），正言出版社1948年版，第66页。

的感召。在性格方面,安荽珊身上依旧保留了凯瑟琳的野性和激情,中学时与安克夫大胆恋爱,对林海箾直言自己是一个"随便惯了的野性女孩子"①;当安克夫以军人身份再次出现在她的病榻前,她便决定"只要我的病一好,马上跟你走!你在敌后方宣传,我在医院作看护"②。但安荽珊的形象过滤掉了凯瑟琳的庸俗性,她与林海箾的结合不是出于"门当户对"的虚荣心,而是出于对林海箾资助其读书和看病的感激。然而有趣的是,我们从林白莎身上基本看不到那个逆来顺受的伊莎贝拉的影子了,伊莎贝拉更像其温文尔雅的哥哥埃德加,林白莎则更像另一个充满叛逆精神的安荽珊。在古板冷漠的林海箾的钳制下,不仅安荽珊感到烦躁不堪,林白莎也发出了"恨不得立刻离开这个家,跑到前方去,再也不要过这种苟安偷生的日子"③的感慨。

赵清阁是一位对于女性在抗战中的作用和地位有着十足自觉的女作家,曾在《爱国救国匹妇有责》一文中表示:"希望我们女人也要在这次世界大战中起着重要的作用,不仅是积极组织看护队,更要努力参加军事的战斗。"④这种对待抗战的充分介入意识,使得18世纪庄园小姐的悲剧命运不再机械地重复在这两位20世纪的中国女青年身上。安荽珊早逝的结局没有改变,但她活着时充满了抗战热忱,死因也主要归结于婚后的郁闷和重病等现实因素,凯瑟琳在去世前精神上所遭受的迷乱、癫狂、恐怖折磨几乎消失了。林白莎则彻底逃离了伊莎贝拉的死亡阴影,她不再任人摆布,从错误的婚姻中脱身后,主动去往抗战前线,成为一名军人,在献身国家的革命事业中获得了新生。

(三)从"恋爱至上"到"抗战至上"

《呼啸山庄》对人物的形象塑造是在极为封闭的恋爱关系中完成的。小说中的两位叙述人,女管家丁耐莉和房客洛克乌德的视线都闭锁在呼啸山庄和画眉田庄之间的小天地里,边界只到从山庄窗户就看得到的吉默吞小镇,但读者从未被故事带去那里。就连希刺克厉夫出走后的经历和伊莎贝拉逃去伦敦后的生活都一笔带过,不为人知。艾米莉·勃朗特让男女主人公的关系在这个逼仄的空间里充分碰撞,以此为基础搭建起了他们的形象。对此,《呼啸山庄》其中一个版本的译者方平在其序言中写道:"女作家所创造的那一个小天地里,人和人之间的关系比当时的现实生活(到了十九世纪中叶,英国已进入了成熟的资本主义社会)中的人和人之间的关系单纯得多;那复杂、丰富的人性也仿佛被浓缩了,只剩下两个极端,不是强烈的爱,就是强烈的恨。"⑤

借用赵清阁在《此恨绵绵》中提到的"恋爱至上"之说,能很精准地概括《呼啸山庄》中这

---

① 赵清阁:《此恨绵绵》(第2版),正言出版社1948年版,第24页。
② 赵清阁:《此恨绵绵》(第2版),正言出版社1948年版,第90页。
③ 赵清阁:《此恨绵绵》(第2版),正言出版社1948年版,第73页。
④ 全国妇联妇女运动研究室编撰《从"一二·九"运动看女性的人生价值》,中国妇女出版社1988年版,第302页。
⑤ [英]艾米莉·勃朗特:《呼啸山庄》,方平译,上海译文出版社1986年版,第39页。

种极度浓缩的形象塑造。希刺克厉夫、凯瑟琳和伊莎贝拉一生中的主要活动被局限在两个农庄的小天地中,种种外部影响因素从他们的生活中消失了,只有彼此之间的爱情才是决定命运最重要的筹码,男主人公的出走、复仇,女主人公的婚姻、生死都与其爱情的际遇息息相关。希刺克厉夫和凯瑟琳的爱情有着相依为命式的偏执性和排他性,正如凯瑟琳所说:"在我的生活中,他是我最强的思念。如果别的一切都毁灭了,而他还留下来,我就能继续活下去;如果别的一切都留下来,而他却给消灭了,这个世界对于我就将成为一个极陌生的地方。"①凯瑟琳在希刺克厉夫出走后与林惇结合,却陷入了痛苦的深渊,在他归来后不久便因精神上的巨大刺激而香消玉殒;此后,希刺克厉夫并未享受他复仇所得的金钱和地位,反而自绝于世。这不是突然良心发现,而是仇恨发泄殆尽后,这个没有凯瑟琳的世界于他而言便不值得留恋。作为第三人的伊莎贝拉,对希刺克厉夫的单向爱情代价惨烈,她不惜与哥哥断绝关系换来了短暂婚姻,却因此葬送了年轻的性命。英国荒原上小小天地里的三位年轻男女,将全部生命力投入了爱情的纠葛里,为之生、为之死,这是多么惊人的力量啊!

我们从《此恨绵绵》的男女主人公身上却找不到这种"恋爱至上"的狂热气质,他们的激情另有去处。换句话说,《此恨绵绵》转而将故事设置在抗日战争的广阔背景中,塑造了"抗战至上"的人物形象。

被"关"在荒原农庄里的读者永远不会知道希刺克厉夫离开呼啸山庄后去往何方,经历了什么才让他变成恶魔般的人物,但一定会知道出走归来的安克夫的经历。他对安苡珊激动地剖白道:"同时我又要让我自己忘记你,所以我才把爱你的心,献给了抗战!"②原来,他去往抗日战争的前线,经历了战火的洗礼,将恋爱中受挫的激情宣泄给了抗战,从寄人篱下的穷小子一跃变成救亡图存的民族英雄。更重要的是,安苡珊病故后,他并未像希刺克厉夫那样在疯狂的报复中消解自己的生命,而是再次回到了前线,继续为抗战事业发光发热。林白莎同样在抗战中找到了出路,伊莎贝拉逃离失败婚姻后一蹶不振,林白莎却大声宣告"我要重新做人,立志干一番救国的事业……现在我决定把自己献给国家了"③。彻底从封建家庭的父权和夫权束缚中挣脱开来,主动走向前方、走向社会,成长为一位与民族命运共呼吸的进步女青年。

当然,这仍是一个爱情故事,但变成了一个被"抗战至上"的时代旋律赋予合法性的爱情故事。深信文艺宣传效应的赵清阁剔除了三位主人公身上非理性、恐怖和人性丑恶的部分,在很大程度上将爱情的吸引力转化为抗战理想的志同道合。两位女主人公对安克夫的爱慕具有浓厚的英雄崇拜色彩,林白莎嫁给安克夫,便源于这种"一个民族英雄,人人会喜欢他,人人会爱护他"④的崇拜心理。安苡珊将自己对安克夫的爱视为某种"鼓励他的义务",正因

① [英]艾米莉·勃朗特:《呼啸山庄》,杨苡译,译林出版社2019年版,第66页。
② 赵清阁:《此恨绵绵》(第2版),正言出版社1948年版,第88页。
③ 赵清阁:《此恨绵绵》(第2版),正言出版社1948年版,第138页。
④ 赵清阁:《此恨绵绵》(第2版),正言出版社1948年版,第98页。

为他是"国家的栋梁、民族的英雄"①,甚至在弥留之际仍劝阻安克夫殉情的想法,叮嘱他为"那神圣抗战的使命活下来"②。

从"恋爱至上"到"抗战至上",《此恨绵绵》中的男女青年形象更加正面化,爱情也更加理性化。《呼啸山庄》中逼仄封闭的农庄被深广激烈的抗战时局取代,小环境中对人格变态和疯癫的大篇幅挖掘被削弱到近乎不存在,而安苡珊和安克夫的婚外情、安克夫对林白莎的始乱终弃也似乎都从"抗战至上"的理念中找到了合法性。赵清阁不再着意渲染人的精神错乱、自然界的阴森可怖,而把蓬勃的青年人放进了火热的时代大潮中。这种为抗战而文艺的论调,自然与原著译者梁实秋有所分歧,赵清阁回忆道:"实秋很欣赏这剧名,我却偏爱这个剧本。"③"此恨绵绵"四字充满了诗意化的悲剧美,符合梁实秋追求纯文艺的"无关抗战"论;而在赵清阁本人极为看重的剧本内容中,确实对意识形态进行了反复强调,损失了部分原著中那些由对人性的深度剖解、对爱恨的酣畅抒发所带来的美感冲力。不过,这正是从《呼啸山庄》到《此恨绵绵》的变异中,人物形象的差异性塑造的意义所在:那便是创作中国的男女青年形象以唤起观众情感上的共鸣,突显主人公投身抗战的道路选择以激发全民抗战的热情和斗志,并借以诉说作者本人在战时的理想和信念。

三、中西文化意象的转换和保留

《此恨绵绵》对《呼啸山庄》做了大量的时代化和本土化改编,上文从赵清阁与原著的接触情况、两部作品之间人物塑造的差异角度来论述这种改编中出现的变异。无论是作者接受影响还是人物的活动都发生在抗日战争时期,这使得目前为止我们的探讨主要是围绕着特定的时代经验展开的,涉及的本土化因素也聚焦于这一时期。但赵清阁一贯主张剧本应该"不仅能演,而且能读",《此恨绵绵》作为一部作者自认为"或许稍嫌文艺性了些"、忠实表现"尊崇情操而唯美的爱底哲学"④的话剧作品,也具有浓厚的文艺性和极高的文学性,作品的本土化变异实际上已经从某一时代的某些表征深入到了更具民族根源性的文化意象的层面。各民族的文化意象都有很多形式,能引起人们的深远联想,如《呼啸山庄》中的荒野和园林、《此恨绵绵》中的岩石与瀑布等,都使用了丰富而鲜明的意象来增强作品的艺术感染力。不过在改编过程中,一些西方文化意象被转换为更为中国读者所熟知的东方意象,另一些则留存下来或得到增补。

小说全篇含义最深广的两个意象便是两个农庄"呼啸山庄""画眉田庄"的名称本身,它们象征了其迥异的自然环境,又分别暗示着各居其中的恩萧、林惇两家人迥异的气质。"'呼

---

① 赵清阁:《此恨绵绵》(第 2 版),正言出版社 1948 年版,第 95 页。
② 赵清阁:《此恨绵绵》(第 2 版),正言出版社 1948 年版,第 152 页。
③ 赵清阁:《长相忆》,学林出版社 1999 年版,第 186 页。
④ 赵清阁:《此恨绵绵》(第 2 版),正言出版社 1948 年版,第 2 页。

啸'是一个意味深长的内地形容词,形容这地方在风暴的天气里所受的气压骚动。"①粗粝而结实的房屋耸立在山上,周围是矮小倾斜的枞树、瘦削的荆棘;而"画眉"令人联想起鸟雀在林苑间宛转啾鸣的宜人场景,"画眉园林是世界上最美好的地方"②,周遭是修建优美的花园和宽阔葱郁的林苑。前者暴露在阴冷而动荡的荒野中,后者则呈现出一派宁静和谐的资本主义文明景象,两相对立。来自这两个对立环境的人物相遇后,必然导致原始与文明、非理性与理性的力量的冲突。

当呼啸山庄、画眉田庄挪移至《此恨绵绵》中西安近郊的太平村、柏园,却消弭了自然环境和人物气质的差别,"太平"和"柏"的选择多是出于与"安""林"两姓相联系的考虑。毕竟无论是狂风不止的荒原沼泽还是精致舒适的园林宅邸,都与抗战时期普通中国民众的生活相去甚远,于是赵清阁转而设置了新的环境:白云山,山上有岩石和瀑布。岩石和瀑布的意象从第一幕布景中的"瀑布声可闻"到第五幕安苡珊临终前的遗言,重复多次出现,成为贯穿全文的重要意象。

岩石坚稳,瀑布绵长,是安克夫与安苡珊爱情的象征。安苡珊离家上大学前,二人对着白云山互诉衷肠:"愿我们的爱,像岩石那么坚!……愿我们的情,像瀑布那么绵长!"③安克夫出走归来后,已为他人妇的安苡珊与他再次并肩看着窗外的白云山,旧情复燃。在安苡珊临终之际,她仍拖着病弱不堪的身体坚持要开窗看一看山上的岩石和瀑布,"岩石还是那么坚硬地耸立,瀑布还是那么绵长地流着",而直到生命终结,他们的爱"也还是热烈地在燃烧着"④,在戏剧冲突的最高潮处,安苡珊的生命戛然而止,热烈的爱情却仍余味悠长,借岩石和瀑布意象的不变、不断,完美呼应了《此恨绵绵》的剧名。

岩石和瀑布的形态对比,一动一静,也被用于形容婚后安苡珊被林海筎禁锢的痛苦和焦虑。林海筎要求她养病要"像岩石似的静下来",但她的心却时刻保持紧张,"像整天流不断的瀑布似的紧张着"⑤。瀑布的轰鸣声则常常作为自然界的背景音,与钟声、风雨声一起响彻,映衬人物内心遭受的巨大冲击和情节上的剧烈冲突,如安克夫出走、安苡辛和安苡珊的死亡。

赵清阁选择岩石和瀑布有其巧思所在,这是中国文学传统中一对广为人知的典型意象。组合在一起时,"高山流水"的文学典故由来已久,伯牙子期的知音之交和安苡珊、安克夫二人之间对爱情和革命事业的志同道合有共通之处。岩石常被用来表现感情的坚定和长久,如《孔雀东南飞》中有"君当作磐石,妾当作蒲苇,蒲苇纫如丝,磐石无转移";也形容人品质的高洁与坚韧,如《石灰吟》中有"粉骨碎身全不怕,要留清白在人间"。"爱情"加"抗战"的二元

---

① ［英］艾米莉·勃朗特:《呼啸山庄》,杨苡译,译林出版社 2019 年版,第 2 页。
② ［英］艾米莉·勃朗特:《呼啸山庄》,杨苡译,译林出版社 2019 年版,第 155 页。
③ 赵清阁:《此恨绵绵》(第二版),正言出版社 1948 年版,第 35 页。
④ 赵清阁:《此恨绵绵》(第二版),正言出版社 1948 年版,第 152 页。
⑤ 赵清阁:《此恨绵绵》(第二版),正言出版社 1948 年版,第 70 页。

结构下,男女主人公之间既产生了生死相依的爱情,又有着志同道合的革命理想,均能与文学传统中岩石的这些意象产生联系。而称颂瀑布的壮美、绵长的文学传统亦自古有之,如李白《望庐山瀑布》中的千古名句"飞流直下三千尺,疑是银河落九天",既适于从声音效果上代替原著中狂风暴雨的部分作用,又适于从形似的角度描绘爱情的绵绵不绝。

不过,或许赵清阁创作有岩石、有瀑布并萦绕着云雾的白云山的一部分灵感,也来源于原著中两座农庄之间的吉默吞山谷。在艾米丽·勃朗特的描述中,从画眉田庄的窗子望出去便是吉默吞山谷,"有一长条白雾简直都快环绕到山顶上(因为你过了教堂不久,也许会注意到,从旷野里吹来的飒飒微风,正吹动着一条弯弯曲曲顺着峡谷流去的小溪)。呼啸山庄耸立在这银色的雾气上面……"①有白色的云雾、有水,并且原著中也提到过山谷另一边的山崖和岩石,两部作品中的山有共同点,甚至在作者的想象画面中可以是同一座,但呈现出了相差甚远的景观。在这个变异过程中,白云山留存了部分吉默吞山谷的特性,将之同化,从中国文化传统获得了相应的意象内涵。

含义深广的环境意象是由细节丰富的小意象填充起来的。距离呼啸山庄和画眉田庄不远处有一座吉默吞教堂,在太平村和柏园附近也有一座礼拜堂,钟声响起的时候,《呼啸山庄》里的人物和《此恨绵绵》里的人物都听得到。"教堂"这个具有浓厚西方宗教色彩的文化意象,被完整保留下来了。赵清阁创作《此恨绵绵》时已经是 1942 年,鸦片战争早已过去百余年,百余年间西方帝国主义不间断的侵略、一次次思想革命和政治运动的爆发,使得中国民众对西方文化已经有相当的认识,教堂早已不是一个陌生的事物,无须转换。而教堂钟声的浑厚、崇高感,对氛围的烘托有着良好的效果。

"花朵"意象则在两部作品之间完全转换了。花在中西方文学作品中都是最常见的意象之一,在荒原石砾上大片生长的石楠花是《呼啸山庄》中一个非常重要的意象,在《此恨绵绵》中却被其他花所取代。石楠耐寒耐旱,生命力顽强,在远僻的荒野里自由而粗放地生长着。这种生物特性与凯瑟琳和希刺克厉夫的人格天性相似,也与他们原始奔放、不受现代文明束缚的爱情相呼应。凯瑟琳在画眉田庄病陷入癫狂的幻觉中时,强烈要求开窗遥望呼啸山庄,对回归自由、自然之身的渴望达到了极致,恳求道:"我担保若是我到了那边山上(指呼啸山庄)的石南(现通常写为'石楠')丛林里,我就会清醒的。"②而到了故事的最后,凯瑟琳、希刺克厉夫、埃德加的墓碑被石楠丛簇拥。石楠意象出现的次数不多,却有着强烈的象征意味,穿插主人公命运的始终:如石楠般自由奔放的天性却备受羁绊,如石楠般生命力强劲却不得善终的爱情,最终又都如同石楠般回归自然、得到解脱。

《此恨绵绵》中没有石楠,代之以美人蕉、桃花与水仙。自《诗经·周南·桃夭》的"桃之夭夭,灼灼其华"始,中国文学就开辟了以花朵喻女子的传统;发展到后来,又有"伤春悲秋"

---

① [英]艾米莉·勃朗特:《呼啸山庄》,杨苡译,译林出版社 2019 年版,第 76 页。
② [英]艾米莉·勃朗特:《呼啸山庄》,杨苡译,译林出版社 2019 年版,第 103 页。

的文学传统,用花之凋零类比青春逝去的感伤,如李清照《如梦令》中的"知否,知否?应是绿肥红瘦"。《此恨绵绵》中花的意象基本上延续了这两个传统。美人蕉出现在安苡珊外出读书后第一次返家,由安克夫为她采来一大捧,既是讨她欢心,也用美人蕉这种鲜艳夺目的花朵表现着此时安苡珊的正当年华、美丽娇艳。桃花和水仙的出现都与生命的流逝相关。病中禁足的安苡珊百无聊赖,抚弄着瓶中的桃花,与林白莎进行了"桃花已经开啦""都快要谢了"的对话,发出感慨:"呵,让我快点好起来吧,上帝!让我也跟着大地新生!"①屋外是大好春光,却因病受困于房中,安苡珊桀骜不驯的天性受到压制的烦闷跃然纸上。剧中的又一个春天来临时,安苡珊已经走到了生命的尽头,这时陪伴她的是一瓶水仙,她再一次抚弄着花儿说:"春天就要来啦,可是,我不能跟你走了!花,谢啦!还能够再开,为什么人死了,就不能够再活呢?"②从上一个春天犹带希望的感伤到下一个春天暮气沉沉的绝望,两次以花自喻,悲剧意味加深了。与石楠相比,以上三种花都是中国读者较为熟悉的种类,且在形象上都更接近美丽、娇弱的年轻女子,花与人的命运相缠绕,为故事增添了别具东方美感的悲剧性。

最后,《此恨绵绵》的剧名也十分讲究,为作品新增入了文化典故上的意象。安苡珊在说完"天长地久有时尽,此恨绵绵无绝期"之后便与世长辞,震撼人心,不仅巧妙点题,还有余韵绕梁之感。只需要这四字、这一句,就能引起中国观众对白居易在《长恨歌》中所写唐玄宗与杨贵妃的爱情悲剧的联想。可以说,这是一个纯然属于东方、属于中国的古代典故,但是唐玄宗对杨贵妃"上穷碧落下黄泉"的执着追随,与一千年后的《呼啸山庄》这部英国小说有着惊人相似的内核——那便是生与死的隔阂也无法阻碍爱情的相依相随。这是古往今来、东西方人性中所共有的某种东西。

毛姆评价艾米丽·勃朗特具有男性气质,并认为凯瑟琳和希刺克厉夫身上都有作者本人的影子,"我以为她本身就是凯瑟琳·恩萧,任性、激动、热情;而我以为她也是希刺克厉夫"③。而胡绍轩回忆赵清阁时说:"她给我的第一个印象是:有男性的健美,又有女性的温柔。"④很多人都认为安苡珊的形象与作者本人有相似之处。那么,或许是出于这种人格层面的独特"缘分",时隔一百年,赵清阁一接触《呼啸山庄》便对其推崇备至,更是将之改编为符合抗战现实的话剧作品,完成了一次文学作品的跨文化改编。本文结合比较文学变异学理论,以《呼啸山庄》和《此恨绵绵》两部文本为中心,辅以实证性的文字材料,讨论了赵清阁所受《呼啸山庄》的影响、《此恨绵绵》改编情况以及改变过程中出现的变异情况。五幕话剧《此恨绵绵》是以梁实秋的译本《咆哮山庄》为基础而创作出来的,但是其创作理念与梁实秋忠于原文、原文化的翻译理念相去甚远。在"抗战高于一切"的口号下,赵清阁对原著进行了

① 赵清阁:《此恨绵绵》(第2版),正言出版社1948年版,第75页。
② 赵清阁:《此恨绵绵》(第2版),正言出版社1948年版,第148页。
③ [英]毛姆:《巨匠与杰作》,孔海立、毛晓明等译,华东师范大学出版社1987年版,第123页。
④ 胡绍轩:《现代文坛风云录》,重庆出版社1991年版,第244页。

时代化和本土化的大胆改编,也就是对抗战色彩的反复涂抹和对文化语境的中国化挪移,以起到鼓舞全民抗战的宣传目的。中国文化的深刻烙印则使其更便于中国观众接受,也为其增添了新的艺术感染力;抗战背景的全方位植入则使《此恨绵绵》脱离了《呼啸山庄》纯爱情悲剧小说的范畴,具有了强烈的意识形态性。于是,两部作品中的人物形象塑造出现了差异性,文化意象也有了极大的区分。当然,我们仍能在这种变异中找到原著的影响痕迹。可以看到,赵清阁改编《呼啸山庄》、创作《此恨绵绵》的过程,不是盲目追随外来文学,也没有带来本国语言的"失语症",而是根据本国文学所面临的社会任务、所生长的文化传统,充分考虑了受众的接受能力和心理,有选择地吸收和改造了《呼啸山庄》的内容,融汇到自身的文化传统中去。

至此,作为他国的英国文学的文化规则已经被接受国,即中国所同化、融合了,这种深层次的变异,便是比较文学变异学理论中的"他国化",也就是"传播国本身的文学规则和文学话语在根本上被接受国所同化,从而成为他国文化和文学的一部分"①。新时期,比较文学想要超越东西方视野的立场局限,超越影响研究和平行研究的方法局限,实现"和而不同"的理想,就必须先从文化异质性和变异性基础上的融汇与创新做起。而赵清阁以其强烈的民族意识和独立个性,对《呼啸山庄》做出的创造性改编,便可作为一个较为优秀的范例,以供我们参考。

---

① 曹顺庆、罗富明:《变异学视野下比较文学的反思与拓展》,《中外文化与文论》2011年第1期。

惠特曼的民主精神对中国现代诗人的影响

杜　璇[*]

（淮南师范学院　外国语学院，淮南　232001）

内容摘要：十九世纪美国著名诗人和评论家惠特曼倾注毕生心血创作的《草叶集》，在世界文学宝库中犹如一颗璀璨的明珠，闪耀着民主的光辉。深受惠特曼的民主精神影响的中国新诗诗人，在一定程度上，抛弃了对政治权威为代表的上层社会人物的趋炎附势和屈膝献媚，大多以一种全新的标准看待底层民众，对农民、工人、妇女等平民的劳动品质的赞美、精神灵魂的发掘、劳苦工作的展现和优秀品格的探索已经成为中国现代诗歌的主要题材之一。本文通过分析惠特曼民主精神在"本土语境"的传播途径、接受状况，以及中国现代诗人在众多的诗学中选择当时并不流行的惠特曼诗歌的原因，探讨其民主精神对中国现代诗人诗歌创作的影响，及其被接受过程中发生的变异现象和原因，以期对当下诗歌的创作和发展起到一定的借鉴作用。

关键词：中国现代诗人；惠特曼；影响；《草叶集》；民主

　　美国诗人的数量庞大惊人，而其诗歌的内容更是博大精深。中国诗人选择译介和传播的标准，在一定程度上是由本土语境决定的，并与国人对美国诗歌的内容及其表现形式的期待有关。国人始终是以本土语境为选择依据及标准来筛选美国诗歌的，而界定"本土语境"却是个复杂的、动态的、系统的概念。中国本土思维方式的特点、心理结构的特征、伦理道德的把控、社会背景的环境因素等，以及对美国诗歌的衡量标准、翻译策略，译作和原作差距甚远的原因，译介所引发的读者热潮的根源，皆与本土语境密不可分。本土语境对美国诗歌的筛选和翻译具有很强的操控性：一方面我们根据本土语境选择、译介、吸收、传播美国诗歌，而其吸收标准、吸收效果、吸收程度则是由本土社会语境来决定的。美国文学是否契合中国社会上主导意识形态的审美品位，是否能为文坛主导意识观念所接受和利用，则是问题的关

---

　　* 作者简介：杜璇，文学博士，淮南师范学院外国语学院讲师。

键所在。冯至认为，接受外国文学有两个条件："第一个条件是，接受影响的时机必须成熟。如果时机没有成熟，外来的事物很不容易被接受。第二个条件是，接受外来事物必须和本土的文化融合，才能产生新的事物。"①中国现代诗人对美国诗人惠特曼的诗歌的译介和接受并非心血来潮之举，就其选择的时机而言，就与本土语境息息相关。在民众的精神面貌发生重大变革的新文化运动时期，人们强烈要求情感思想从封建陈规陋习的压抑状态中充分释放出来；惠特曼的诗歌精神恰恰契合了需要进步而非保守、需要豪放而非内敛、需要民主精神而非专制意志、需要自由之气而非束缚之风、需要开放勇敢而非压抑含蓄、需要高昂之力而非沉沦之音的中国现代本土语境的诉求，因而他的诗歌给中国现代诗人的创作带来了强力的激发和巨大的鼓舞。

一

　　在中国历史上，如果说春秋时期百家争鸣的民本思想中包含着些许民主精神的光辉的话，那么此民主的含义只不过是提醒和警示统治者，令其认识到民众中所具有的、巨大的潜在力量，促使其采取仁政措施，以维护封建官僚专制体系为理想预设的价值标准，更好地统治和控制民众思想和行动。缺乏独立人格、依附于封建专制独裁体制的传统知识分子，基本站在最高统治者的立场，充当经济权力、政治权力和文化权力的尊重者、维护者、阐释者。他们大多以居高临下的视角看待和打量民众，即使古代诗歌中偶然出现关注平民的诗篇，也大多是诗人以旁观者的视角为下层人民掬一把同情之泪，而不是以平等的视角审视和打量底层劳动者。故而自命有丰富知识和超高智慧且热衷在朝堂之上请谏的知识分子就失去了对底层民众生存状态的真切关注和对平民的人文关怀，更不要说关怀被强势权力话语排斥和压制的底层民众个性的张扬了。

　　中国古诗集中表现平民题材的诗歌一般有两种：第一种是丧失于朝堂权威而沦落于社会边缘的失意者，在意兴盎然之时而作的山水田园诗，以隐逸山林的陶渊明所作《归园田居》为典型代表，诗人平时沉醉在"狗吠深巷中，鸡鸣桑树巅"的场景之中体会自娱自乐的惬意。即使在和下层民众进行情感上的慰藉和互通之后，创作出体会到平民生存困境和生活艰辛的诗歌，也会因为自身意识和批判思维的孱弱无力，而缺乏对底层民众的深层关注和理性审思。第二种是批判黑暗现实、书写人民疾苦的诗。诗人在"非求宫律高，不务文字奇；惟歌生民苦，愿得天子知"②的态度的支撑下，对劳动者采取的是居高临下的俯视态度，很少能真正体会、领悟、觉察下层平民的真实情感，更谈不上与其实现心灵共振。有鉴于此，自命不凡的古代诗人普遍缺乏融入平民、并与其打成一片的平等的思想意识。近代科举制度的取消使得知识分子的身份、地位和思想动态发生了巨大变化，与朝堂上传统权威的剥离分裂使得知

<hr>

① 冯至：《冯至全集》第 5 卷，河南教育出版社 1999 年版，第 175 页。
② 白居易：《与元九书》，《白居易全集》，韩鹏杰点校，时代文艺出版社 2001 年版，第 820 页。

识分子用民主的思想理念和价值体系取代了为专制权威歌功颂德的传统实践。恰逢其时，惠特曼诗歌中的平民主义态度、呼唤为下层民众争取权利的民主精神契合了中国诗人向往的民主意识和平等理念，因此，体现民主精神的惠特曼的诗歌一经传入，就与中国现代诗人的思想产生了共鸣。

西方的"民主"一词源于希腊语 demokratia，由希腊语城邦平民和政治两个词合成而来，其基本含义是国家由人民统治、掌管、治理和运作，民主的基本特征是每个公民具有自由支配自己身体和事物的权利。民主政体的前提和准则是自由，自由的一个重要特征是国家轮流地被有人身和思想自由的公民统治和治理，而且每个公民在法制之内能遂心如愿地生活。由此得出结论：人不应该被任何人统治。民主的基本含义是："人民的权利""人民的政权""人民进行治理和统治"。民主首要的、基本的特征是平等与自由并存，它主要表现为每个公民个体不仅应该享有选举、议政、政治管理等政治权利，还具有自由地支配自己的身体、精神、财产等事物的基本权利，而此权力的行使和应用，与他们的身份、财产、名声和地位毫无关系。人人平等、独立自由是民主的首要前提，这和惠特曼提倡的民主精神别无二致。

惠特曼在诗歌中不遗余力地讴歌作为美国精神核心和要义的民主主义精神。1919 年，田汉在《少年中国》发表了题为《平民诗人惠特曼的百年祭》的文章，详细介绍了惠特曼的生平经历、思想特点和诗歌创作，并将其身份评定为"平民诗人"。田汉从惠特曼诗歌中感悟出其诗歌的民主精神内涵，有效地激活了中国诗人对封建体制伦理道德规范的反思。中国现代诗人还意识到，惠特曼的诗歌在现实意识和平民意识两个方面都表现出了全新的精神风貌：在诗歌取材方面凸显平民意识，"以常人为神圣"，强调以"最普通、最廉贱、最相近、最易遇到"的"我"（即平民大众）之日常生活遭遇为主要题材，打破了"旧诗"非神奇的、惊人的、异常的事实不能作诗的信条；在诗歌与生活关系方面注重现实意识，强调"诗人的天职不在于歌吟已往的死的故事而在于歌吟现在的活的人生"。[①] 中国现代诗人普遍认为惠特曼诗歌的精髓，在于它体现出的从对贵族精神文化的赞赏到对孱弱贫困的平民生存状态的肯定，以及对平民的劳动价值褒奖的巨大转变。

二

中国传统诗人视封建伦理制度倡导的原则为自己诗歌创作之方向和行为方式之引领。随着惠特曼诗学精神的深入影响，诗人的评价体系也不断地分崩离析。惠特曼式的抒情具有较强的主观指向性，为了唤起民众对充满民主思想的领袖的尊敬和崇尚，刻意在诗中为读者塑造了很多推崇民主思想的领袖，以凸显伟人的爱国热情，及其建立民主自由的美国新大陆的坚定信念，淡化了伟人们其他的身份特征和政治抱负。诗人往往通过描写伟人们对政治生涯和社会经历的反思，突出表现他们不畏苦难而不断磨砺自己的意志，坚持宣扬自己的

---

① 刘延陵：《美国的新诗运动》，《诗》1922 年第 1 卷第 2 号。

政治理想和人生信条,把具体的、活生生的、具有独特的个性特征和气质的伟人,塑造为具有民主思想观念的个体,使得民众淡忘了伟人们个人具有的独特性格,而铭刻于心的,则是伟人们为底层民众实现民主精神的光辉形象和高尚品德。

在《当紫丁香最近在庭院中开放的时候》《啊,船长,我的船长呦》《亚伯拉罕林肯》中,诗人以雄健的笔调,描绘出了林肯因毕生为美国民众的解放和美国民族事业的复兴献身而受人爱戴的场景,对林肯推崇民主的政策着力歌颂,对其执着地追寻平民精神的价值予以了充分肯定。对于林肯等伟人而言,他们生命的最大驱动力在于民主精神的实践和应用;他们的人格魅力也在于其对民主精神的坚持不懈的追索和发扬;他们的民主理想与非民主现实惨象的巨大沟壑导致了其内心无限的悲哀、苦痛、凄凉、彷徨,也成为激励他们永不停止地寻觅个体生存价值和灵魂支柱的生命动力。因此,与其说诗人惠特曼所塑造的,为美国民主事业鞠躬尽瘁、死而后已的伟人们是恪尽职守的民主精神的代言人,倒不如说是为民主精神能彻底实现的普罗米修斯般的殉道者。

在《哥伦布的一个思想》中,诗人迷恋于哥伦布为美国新民族的构建和壮大而甘愿奉献自我的伟大壮举和思想信念。惠特曼淡化了哥伦布妄图实行殖民扩张的思想,旨在凸显其试图把民主思想植入民众灵魂深处的崇高行为,以平民文化心理来观察这位具有传奇经历的政治领袖,使其成为普通民众所肯定和赞同的历史伟人。

即使伟人们在奋不顾身苦苦追寻民主、进行民主价值认证的人生道路中,由于受到历史和时代的原因暂时受到挫折,诗人也以激越的膜拜之心对他们投以真诚的敬意,因为诗人对领袖们的价值预设深信不疑并由衷支持,在《致一个遭到挫败的欧洲革命者》《献给被钉在十字架上的人》《格兰特将军之死》《法兰西》《与祖先们一起》等诗中,诗人的抒情糅合了记忆、联想和想象,对伟人们的高贵精神和坚定意志的称颂溢于言表,诗人对在艰难困苦中仍然不放弃传播民主精神的伟人献上一曲曲赞歌,诗人遮蔽了领袖们在希望人人平等、人性解放的信念传播中遭受旁人误解的乏力、悲观和无奈,相反,他把伟人们比作耶稣等先知,竭力凸显他们为民主精神的实现克服了种种非人的苦痛和折磨,最终带给民众各种福祉的感人事迹。由此,诗人塑造了很多平民精神的传播者、维护者和捍卫者,与孤独悲怆、坚韧博爱的民主人士,他们以坚定不屈的姿态不断演绎着民主精神的阐释和推广的艰难历程。惠特曼一方面在诗歌中着力描绘伟人们在推行民主自由的理念而遭受种种沉重的打击和深重的灾难时不屈不挠的精神意志,在潜移默化中提升了充满悲悯力量的领袖们的道德人格和人文情操;另一方面在灵魂深处希望领袖心中的民主思想成为民众要求摆脱一切非民主势力禁锢和束缚的精神力量,并渴望全体民众在生活中以民主的价值体系为行为规范和行动准则,并把此种精神内化为自己的自觉认识,为美国人性的舒展奠定强大而坚实的基础。

逐渐从封建传统权威意识形态中脱离的中国现代诗人承担着民主精神传播者和解释者的责任,借助民主精神这一重要中介,普遍抛弃了古代诗人美化和神化君主和圣人的形象的做法,肯定平民的存在价值和生存意义,以平民主义视角赞美推行民主精神、为平民效力的权威人士。七月派代表诗人邹荻帆直接表达自己对惠特曼的喜欢,他以《送给你一枝紫丁香——读〈草叶集〉后给惠特曼》肯定惠特曼的具有民主精神的诗歌主题,表现自己对平民诗人惠特曼由衷的接纳和热爱。

郭沫若感情热烈、想象丰富、精力旺盛,正是这种开朗豪放的性格和奔放的情感使得郭沫若舍弃了缠绵柔婉、灵动温婉的诗境,他的豪放粗犷的气魄以及他火山喷发式的诗歌激情和惠特曼的诗歌创作状态非常相似。郭沫若曾经翻译的惠特曼的《从那滚滚大洋的群众里》,发表在《时事新报》副刊《学灯》上,惠特曼的原诗的标题是"Out of the Rolling Ocean, the Crowd",标题为"从滚滚的人海中",原诗是首情诗,而郭沫若呼应"五四"时期人们对民主精神的渴望,在翻译当中进行"创造性的叛逆",翻译成鼓动人们为民主奋斗的诗歌。郭延礼曾经指出"五四"浪漫主义诗学译介的特征,他认为由于这一时期的译者是以改造社会为目标的爱国志士,他们翻译外国文学、翻译诗歌,主要还不是基于文学因素的考虑,而是为了鼓动民气,呼唤国魂,宣扬爱国主义和民主主义。[①]

郭沫若对惠特曼的《草叶集》非常喜爱和痴迷,甚至狂热到一发不可收的程度,在日本和朋友蒲风谈到外国诗歌时指出:"尤其不能不读的是惠特曼(Whitman),他的东西充满'德谟克拉西加上印度思想'的思想,和我们的时代虽有距离,但是他的气魄的雄浑、自由、爽直、是我们所宜学的长诗。"[②]

在《向世界致敬》中,惠特曼向来自世界各地的民主人士致敬。被称为"中国的惠特曼"的郭沫若,在诗歌《晨安》中直接向美国具有民主精神的华盛顿、林肯和惠特曼致意;在《匪徒颂》中,郭沫若依然向"反对王道堂皇"的叛逆者惠特曼献礼;在《雪朝》中,郭沫若没有像其他诗人那样,给英国散文家和历史学家卡莱尔戴上神性的光环而顶礼膜拜,而是深化他作为民主制度和无产阶级精神的推行者身份,肯定他以民众为目的、以民主思想为道德准则和行为指引的优秀事迹。

在诗歌《对于一座坟的概述》中,惠特曼为发展黑人教育医疗和改善伦敦平民生活捐献金钱的名人皮波迪大唱颂歌。全诗细致地描绘了"我"在沉思中浮现在脑海中的满身油污的机械工人、衣衫褴褛的流浪汉、穷困潦倒的饥民等底层人民,并向他们表达了敬意和思念之情。而在郭沫若的《电火光中》中,"我"在幽暗的心中想象到了苏武、贝多芬、米勒,即使人生受挫、身处逆境,而陷于生命的荒原,仍然怀抱服务平民的强烈欲望,并以之构成了他们的生活目标,由此激发出了他们在为平民的福祉不懈奋斗的人生道路上,追寻着自己生存的意义和价值。郭沫若在《三个泛神论者》中,讴歌了中国的道家代表人庄子、荷兰的名人斯宾诺莎和印度受人尊重的伽皮尔。然而,诗人不是将他们作为哲学家、思想家等文化名人进行书写,他指出:自己敬佩他们的原因不仅仅是他们沉醉于深不可测的哲学理论里不能自拔,也

① 郭延礼:《中国近代翻译文学概论》,湖北教育出版社 2005 年版,第 78 页。
② 郭沫若、蒲风:《郭沫若诗作谈》,《现世界》1936 年创刊号。

不是因为他们尊贵至上的社会地位,而是因为他们和平民一样,脚踏实地地辛勤劳作,过着自食其力的生活。诗人遮蔽的是他们辛酸艰苦的物质生活,突出的是其以劳动者的身份,和平民同呼吸、共命运的行为方式。

"五四"新文化运动的革命飓风,极大地催生了青年诗人内心的民主思想。闻一多曾经这样说道:"五四时代我们受到的思想影响是爱国的、民主的,觉得我们中国人应该如何团结起来救国。"[1]爱国诗人闻一多曾经背井离乡,只身一人到美国纽约的科罗拉多大学留学。他在其选修的"现代英美诗歌"的课程里,对惠特曼的诗歌所体现出的民主精神可谓赞赏有加。在宣扬民主精神的观念上,他非常赞同惠特曼,并且在自己的诗歌创作中借鉴和吸收了惠特曼的诗歌中所展现出的真挚的爱和民主精神。李野光在其研究中也曾简明扼要地说道,"惠特曼对闻一多有很深的影响"[2],并试图从闻一多的诗歌《南海之神》中寻找证据。惠特曼的《当紫丁香最近在庭院中开放的时候》中,详细阐述了林肯推行民主精神的伟大事迹,并深重悼念这位遇刺身亡的现代革命先驱者。《南海之神》把孙中山定位于民主主义的宣扬者和筚路蓝缕的民主国家的开拓者,诗人以同样雄健的笔调和磅礴的气势,歌颂了民主政治家孙中山先生的非凡禀赋和伟大功绩,为他的仙逝而痛心不已。如同惠特曼对林肯的尊重、赞美和褒奖,闻一多歌颂了孙中山关心平民的美德、犀利的眼光和奋斗拼搏的意志。艾青曾多次提及惠特曼这位精神导师对他诗歌创作的启迪和影响,他曾经这样表述:"从诗歌上说,我是喜欢过惠特曼……"[3]艾青在多种场合中表达了他对惠特曼的赞赏。1946年,艾青在和美国驻中国大使馆的工作人员费正清先生的谈话中曾经这样表示,他希望:"美国给中国送来的是惠特曼,而不要送来马歇尔。"[4]艾青在《和平书简——致巴勃鲁·聂鲁达》中,这样怀念惠特曼:"没有人会忘记美利坚为争取独立和自由的战争;没有人会忘记林肯——伐木者出身的人宽阔的胸襟;没有人会忘记惠特曼像一株巨大的橡树,纯朴地站在大地上,日夜发出巨大的声响。"[5]

在《献给被钉在十字架上的人》中,惠特曼取材于被钉在十字架上的耶稣的故事,描写的是他在接受外界独裁势力的严酷审判时,仍然没有低下高昂的头颅,仍然把民主的观念传播给人间的事迹。诗人对这位灾难沉重的承受者和民主的仁慈布道者的礼赞之情溢于言表。艾青的《一个拿撒勒人的死》同样取材于《圣经》中被钉在十字架上的耶稣的事迹。通过歌颂受到苦刑时依然坚持把民主和博爱精神献给世界的耶稣,真挚地歌颂了诗人为民众谋幸福而自我牺牲的英雄精神。艾青在《一个拿撒勒人的死》中写道:"经了苦刑的拷问/这拿撒勒人/坚定地说胜利呵/总是属于我的!"[6]诗人颂扬了向人间布施民主的牺牲者,对世界上反

① 闻一多:《五四历史座谈》,《闻一多全集》第3卷,生活·读书·新知三联书店1982年版,第536页。
② 李野光:《惠特曼研究》,上海外语教育出版社2003年版,第237页。
③ 艾青:《〈惠特曼传〉序》,选自《艾青散文》(上),中国广播电视出版社1994年版,第126页。
④ 艾青:《艾青谈诗》,花城出版社1982年版,第182页。
⑤ 艾青:《和平书简——致巴勃鲁·聂鲁达》,《艾青说锐意人生》,中国青年出版社2007年版,第263页。
⑥ 牛汉编《艾青名作欣赏》,中国和平出版社1993年版,第245页。

法西斯的英雄、革命斗士和人民领袖给予了热情的礼赞,这些诗深沉地抒发了诗人对为民族的生存、发展和为民众幸福而自我牺牲的伟人的欣赏和崇敬,这和艾青对惠特曼诗歌中民主的精神的借鉴存在着一定关联。

惠特曼《法兰西》一诗中的抒情主人公听到了远渡重洋的渴望民主的声音,看到了殖民者屠杀婴儿,妇女等民众的悲惨景象,体会到了在统治者肆意横行的铁蹄下杀气腾腾的场面。为此,他要讴歌民主精神,要为全世界一切国家和人民送上他的自由之音。艾青的《芦笛——纪念故诗人阿波里内尔》中,抒情主人公目睹了黑暗社会贪婪盗贼的丑恶嘴脸,目击了玷污了昔日光荣胜利的果实的邪恶的统治者,感受到了殖民主义给人们带来的种种灾难。因此,主人公吹起了象征民主精神的芦笛,宁愿饿着肚子也要放声吹奏一曲曲体现民主主义的赞歌,并使歌声漂洋过海至全世界。由此可见,两位诗人都肯定了领袖们在黑暗中盼望着光明、在专制中期盼着民主、在绝望中满怀希望地憧憬着光明未来的高尚情怀。

绿原在其诗歌《读惠特曼》中这样描写道:"伟大的诗人,在奴隶拍卖行/灵感像嬉戏的/鹰群一样/飞/他看见/被捆绑着手脚的奴隶/闪出了/带电的肉体的美。他唱着唱着/想把全世界唱成/一个美利坚。"①诗人刻画了致力于对平民给予精神的关怀和灵魂的拯救、带给人们的是温暖自信的惠特曼的创举,诗人尤其欣赏和赞同惠特曼的和底层民众充分融合的思想理念。

蒋光慈在《哭列宁》中表达了对于列宁病故的消息深感痛苦不已,用六个"死啊"开头,诅咒出卖阶级的尔贝尔也、法兰斯的蒂姆松林、卑贱的刚伯尔斯、带假面具的威尔逊等反民主主义者,用惠特曼式的长排句抒写列宁"葬在全世界资产阶级的欢笑里,葬在全世界无产阶级的哀悼里,葬在奔腾澎湃的赤浪里,葬在每一个热爱光明的人的心灵里"②。诗人对追求民主精神的革命导师列宁的去世深表遗憾,揭示出列宁的不幸逝世带给人们精神上的巨大悲痛,列宁的事迹给民众带来的是自由民主、光明博爱,而他的去世使得主人公对反民主的反动派们有着彻入骨髓的憎恨之情。

中国现代诗人主要描写的在面对善良和邪恶、民主和专制、正义与罪恶之时,领袖们对民主精神的忠诚和对民主制度的维护,有力地提升了充满民主精神的领袖们的道德人格,激发了民众歌颂和赞美这些推行民主精神的领袖们,并把先驱者们提倡的民主精神内化为自觉的行为诉求。因而可见,中国现代诗人对充满民主精神的领袖形象的刻画与其大量地阅读了惠特曼的把伟人作为深刻内涵的民主精神的传播者和实践者的诗歌是不无关联的。

三

主要流露和表现文人士大夫思想情感的中国古代诗歌中偶有抒写普通百姓苦难生活

---

① 绿原:《绿原选集》,人民文学出版社 1998 年版,第 130 页。
② 蒋光慈:《新梦哀中国》,人民文学出版社 1983 年版,第 92 页。

的,但大多是从贵族阶层的立场出发,带有所谓的贵族气息,对平民给予的只是居高临下的施舍,虽然他们在诗歌中表现了百姓苦难的生活,但普通老百姓只是作为诗人同情的对象,诗人们没有真正地体会到他们的疾苦。"五四"新文学革命运动后,诗歌创作的主题逐渐转移到关注普通群众的思想情感,他们迫切需要外国体现民主精神的诗歌的丰富营养来滋补他们的诗歌写作。而惠特曼的《草叶集》最大特点就是诗歌中主要人物不是帝王将相等贵族阶级,也不是《史诗》里塑造的传奇人物,而是以平民为主角,表现抒情主人公和劳动人民完全融合在一起,并发现平民身上崇高的品质,分享他们的喜怒哀乐。由此可见,惠特曼的体现平民主义的诗歌精神深受我国现代诗人的普遍欢迎。

惠特曼是美国民主制度的衷心拥护者和热心维护者。在惠特曼的《欢乐之歌》《我自己的歌》《向世界致敬》《大斧之歌》《我听见美洲在歌唱》等诗中,对平民工作生活的呈现和展示与其和劳动民众的接触交流息息相关,他以自身经历为基础,用豪迈的笔触来描写平民工作生活的场景,而更加值得注意的是,惠特曼很少强调野蛮荒芜、严寒残酷的环境对平民造成的肉体摧残和精神伤痛,平民在他笔下作为人生智慧的拥有者、时代风气的宣扬者和新型社会的开拓者而加以称赞,简要而言,平民百姓在惠特曼的诗歌中具有如下心理特征:

第一,生活在充满民主气息的社会环境中的平民,不是将自己的行业标准和行为准则纳入传统道德规范系统之中。他们具有美国现代社会的文化倾向和精神诉求,即使生活在艰苦贫瘠的物质条件和社会环境中,大多数人依然兴奋高昂,因受到了民主意志的滋润,在生理和心理精神上都得到了前所未有的舒展。

第二,平民对民主的社会风气的清楚认知。他们为生活在以民主的价值观念铸就的生存空间而感到由衷自信和自豪,并用自己蓬勃的精神抵抗难以承受的苦难。有的平民因生活的压榨而过早去世,诗人为之感到震撼,并为这些被贵族阶层所唾弃的平民献上自己的祝福之歌。由此,大多数平民看到了自己的希望,对未来充满着殷切期盼和美好憧憬,也因此强烈地拥护民主制度的实施和运行。

第三,诗歌中的平民以追求惬意人生和道德进步为精神起点,以民主价值体系的建构为奋斗目标,认为贵族是对平民人性的束缚、挤压和虐杀的暴君,他们质疑权力的把握者和享受者,强烈否定、抨击、嘲讽、谴责专制制度的荒诞性、残暴性和虚伪性。

郭沫若的诗歌《地球,我的母亲》《上海的清晨》《雷峰塔下》中,不乏惠特曼民主精神的缩影。郭沫若采用平视的视角打量平民,经常主动融入下层民众当中,从工人、农民等底层民众的角度出发去感受生活的苦难,对底层民众的生活处境感同身受,把挣扎在生活苦海之中的贫民作为自己的兄弟姐妹看待,并把民众的乐观精神熔铸于自己的灵魂之中,因此,在郭沫若的眼中,平民与名人别无二致,知识分子与农民阶级平起平坐,诗中处处闪耀着民主精神的光辉,使诗歌创作发出蜡烛般的光辉,照耀和温暖着黑暗的社会现实下灵魂颤栗的平民。在《上海的清晨》中,郭沫若质疑、否定和抛弃拥护和称赞贵族阶级的传统做法,转而挖掘普通劳动者的优越精神和崇高行为。诗人启发民众,使其意识到自己是民主价值的重要载体和民主理念的承担者,激励读者认识到具有强大力量的平民完全可以鼓足勇气挣脱重重束缚,从传统价值体系的奴役和压迫中解放出来。平民在诗人眼中不是抽象意义上的群体,诗人既不是在持有高标道德的准则下对贫民进行高高在上的灌输发号,也不是在当前政治体制的框架下对其进行示范引领,而是要和他们在贵族所鄙夷不屑的地带一起握手,去奋斗打拼。郭沫若的平等思想不是停留在思想家们对民主精神的口头传播中,而是努力地促使民众对此彻底理解和感受领悟,使得民主精神变为推动人性解放和社会进步的历史动力,从而为平民的未来打造出一个充满幸福温馨的伊甸园。

艾青关于平民的诗歌理论和惠特曼颇有相似之处。惠特曼注重诗歌的时代性,即诗歌要能反映当下的社会思潮和时代风貌:"对于一个想成为伟大诗人的人,直接的考验就是今天。如果他不能以当今的时代金色犹如浩大的海潮来冲刷自己的话,如果他不能将他的国家从灵魂到身体全部吸住,以无比的爱紧紧的缠住,如果他并非自己即是理想化的时代,那么,就让他沉没在那一般的航程中去等待自己的发迹吧。时代、国家,始终是诗人在无限时空精神的依托。"①在他看来,诗歌一定要扎根于时代,"必须记住,第一流的文学并不是凭它的本身的光辉发光,诗歌也不是,他们是在客观环境中成长,是发展的,那真正的生命之光常常是很奇怪的来自别处,我想说还有远比这些扎根得更深、耸峙得更高的东西能作为现代诗歌的最佳因素。这些因素,就《草叶集》来说便是它诞生之前就先预定确定了的那些不同于别的作品的东西,今天的美国,六七千万彼此平等的有自己的生活、感情未来的人民,在我们周围沸腾的大众,而我们是其中不可分割的部分"②。惠特曼创作诗歌的宗旨之一就是竭尽所能地表现自己所处特殊的时代与环境下的美国民主精神。

惠特曼诗歌中的平民意识和民主色彩也给艾青以深深的启发。惠特曼在《老爱尔兰》中描写充溢着爱的母亲为儿子奉献出了自己的青春,现在变得消瘦褴褛、哀婉忧伤,诗人为她致敬;在《给一个普通妓女》中,诗人居然冒天下之大不韪,为被世人所唾弃的妓女正名,而且以自己的姓名入诗:"镇静些——在我面前放自在些——我是惠特曼,像大自然那样自由而强壮,只要太阳不排斥你,我也不排斥你,……我的姑娘呦,我同你订一个婚约,我责成你做好值得与我相会的准备,……,直到那时我以意味深长的一瞥向你致敬,因为你没有把我忘记。"③"我"没有排斥和鄙夷被世人所不齿的妓女职业,反而作为一个积极的主动者,强烈要求和妓女建立友善的恋爱关系,并一直对烟花女子持有很深的敬意和爱意,对平民人格的尊重和肯定在"我"追求幸福的过程中充分体现出来。在《驯牛者》中,"我"惊奇和羡慕这位目不识丁的驯牛者热爱驯牛职业,并把牛驯得俯首听命的高超技术;在《火花从砂轮上四处飞溅》中,诗人为弓背憔悴、瘦削下巴、衣衫褴褛的磨刀匠献礼。

---

① [美]惠特曼:《草叶集》(上册),楚图南译,人民文学出版社1978年版。
② [美]惠特曼:《草叶集》(上册),楚图南译,人民文学出版社1978年版。
③ [美]惠特曼:《草叶集》(上册),楚图南译,人民文学出版社1978年版,第722页。

艾青汲取了惠特曼对底层劳动人民的同情和悲悯的精神，但又深情礼赞称颂的真诚感情。诗人在《大堰河——我的保姆》一诗中，一方面对饱经风霜、勤劳善良的大堰河表示深深的敬佩，通过长排句来罗列大堰河做饭、缝衣、养鸡、照料孩子的终日辛劳，情真意切地为其所象征的中国千百万平民献上一曲赞歌；另一方面为勤奋淳朴的大堰河毫无怨言且终生无法摆脱的悲惨命运发出哀叹，流露出的是同情和敬爱的真挚感情，由此也进一步增加了对于其出身的地主家庭的隔膜感和憎恨感。艾青对底层平民的爱意真实自然、亲切感人、发自肺腑而令人为之动容。诗人借鉴了惠特曼的《斧头之歌》中所列举的各种职业的人享受劳动的惬意场景，也汲取了《我听见美洲在歌唱》中"我"所听见的很多不同职业的人在劳动中充满欢声笑语的场景的抒写手法。在《透明的夜》《画者的行吟》《九百个》等诗歌中，诗人描绘了城市中欢快干活的屠夫、与大海搏击以及在河流中打鱼的渔民、在广袤的荒地垦殖的农民、在高原上吃苦耐劳的劳动者，他们对个体存在价值的肯定以及对困窘环境的对抗，无不具有惠特曼描写的乐观的平民形象的影子。诗人在《透明的夜》中着意刻画了"酒徒""醉汉""浪客""过路的盗""偷牛的贼"等被黑暗社会压迫和剥削到了走投无路的地步，但又真诚友爱、善良勇敢、热情豪爽的流浪汉人物群像，并称赞"他们/才是大地真正的主人！"①细腻地描绘了"我"和他们在一起生活的其乐融融的场景，塑造出了充满乐观野性的、蓬勃向上的、带有强烈反抗精神的平民形象。

同样，对于被剥削、被压迫、被奴役，并饱受生活苦难的平民的关注，也成为邹荻帆诗歌的主题之一，深刻体验到生活艰辛的诗人对底层劳动人民产生了真挚和深厚的感情。评论家伊万认为，邹荻帆是从惠特曼的诗歌中得到启迪，他的诗歌主题是爱和爱的交融。② 笔者认为，除此之外，邹荻帆还从惠特曼诗歌中吸取了民主精神。邹荻帆的《雪与村庄》《没有翅膀的人》《太阳是从这里滚出来的》《木船航行在河流上》《给一个熟睡的士兵》《草原上》把炽热的赞歌献给修建新公路的农夫，献给饱经风霜的劳苦水手们，献给在战场中体会生存困境的士兵、农民、人力车夫、乞丐、摊贩、壮丁、糊火柴盒的工人，并和他们一起感受劳动者的苦难和贫穷。诗人在《太阳是从这里滚出来的》中兴奋地高歌："我同我的伴侣们行进着，我们自由自在地唱着歌：我们祖国，多么辽阔广大，她有无穷田野和森林。"③而抒情主人公和其他开拓者们穿着新的草鞋走上修长的路，奔向光明幸福的未来。诗中描写农夫挑着土和石头，在路基上打桩，用水车绞干坑里的泥水的情景，令读者自然而然地想起了惠特曼在《开拓者呦！啊，开拓者呦》一诗中描绘的拓荒者以高亢的精神不停地工作的场景。

在《走向北方》中，"我们/每天/跋涉在/灼热与尘封的大路上/砂子与汗水填在耳根/贴在背上的/是湿答答的汗衣"④，但是，我们在追逐自由和光明的道路上是无比快乐的，"我们

---

① 艾青:《艾青诗选》，四川文艺出版社 1986 年版，第 11 页。

② 伊万伽江斯基:《当之无愧的荣誉》，《邹荻帆诗选》，人民文学出版社 1997 年版，第 349—350 页。

③ 邹荻帆:《邹荻帆诗选》，人民文学出版社 1997 年版，第 36 页。

④ 邹荻帆:《邹荻帆诗选》，人民文学出版社 1997 年版，第 8 页。

将以粗粝的脚趾快乐而自由地行走在中国的每一条路上，吻合祖先们的足迹"。恶劣的生存状态没有造成人们精神的疲惫和偏枯，对民主和光明的渴望成了平民的精神寄托和灵魂慰藉，诗人以嘹亮的歌喉来讴歌光明、鞭挞黑暗。诗人在《没有星光的河流》中这样写道："负着比黑夜还重的忧郁/木船不休止地在没有星光的河流上航行/因为他们有一个想望/明天/太阳会照在他们的脚跟。"[1]诗人没有过多地展示民众因经历种种磨难而日渐萎缩的生命，面对苦难，民众没有感觉迷惘委琐、苟且堕落，而是释放出了生命中生机勃勃的强力，彷徨失落和感伤痛苦的情绪被积极乐观的态度代替，如此可知，惠特曼的诗歌给这位诗人带来了一定程度的影响。

总之，惠特曼体现民主精神的诗歌通过译介在中国现代诗坛得到了大力宣扬，传播后在一定程度上改变了现代诗人的审美观和价值观，为新诗的创作和发展提供了新的主题，也进一步促进了中国现代诗人抛弃对政治权威等社会上层趋炎附势、阿谀捧场、卑恭献媚的传统做法，以一种全新的标准来看待底层民众的生活，使中国诗人把对农民、工人、妇女等社会弱势群体劳动品质的赞美、精神灵魂的发掘、辛勤劳作事迹的展示、优秀品格的探索作为现代诗歌的主要题材而不断地推向深处。

---

① 邹荻帆:《邹荻帆诗选》，人民文学出版社 1997 年版，第 8 页。

镜像的认同:斯特朗对中国左翼文学运动的书写

黄 静*

(西南大学 外国语学院,重庆 400715)

内容摘要:"红色三十年代"的历史语境营造了世界左翼作家的对话,美国左翼作家安娜·路易斯·斯特朗在 1930、1940 年代也遭遇了中国的左翼文学运动。她笔下的中国左翼文学运动是其在精神信仰、个人经历、文化背景等多重视角下建构的镜像世界,她认同中国左翼文学的启蒙宣传功能,向往中国左翼作家"且写且作"的生活状态,肯定中国左翼文学生态和文艺秩序。与此同时,借着对中国左翼文学盛况的诗意书写,斯特朗也间接表达出对美国左翼政治运动的反思和批判。

关键词:安娜·路易斯·斯特朗;中国左翼文学运动;认同与想象

- -

"红色三十年代"作为世界历史语境,左翼文化思潮的高涨搭建了中外作家的对话时空。特别是 20 世纪的三四十年代,大批美国作家、记者纷纷来华,中美左翼作家同呼吸、共命运地抗击法西斯和资产阶级反动统治,呈现出中外左翼作家交流史上前所未有的发展态势。并且,它的"交往不同于以往呈不对称的或单向的文化交流,它是双向的基本对称的互动过程,两国左翼作家都强烈地认同世界革命文学中蕴涵着的鲜明的民主意识、人道精神和历史使命感,两国左翼文学相互理解、相互声援、相互渗透,共同发展,从而谱写了中美文学交流史上最美好的篇章"①。特勃兰特、史沫特莱、斯诺夫妇、卡尔逊、艾黎、希伯、艾金生、卡尔曼、斯坦因、爱泼斯坦、福尔曼、武道、白修德、普金科等人一批批走进红区,采访中共高层领导人,与广大文艺工作者交朋友,创作了许多优秀作品,特别是"他们写出的报告文学作品在各国出版或在报刊发表,把中国解放区的新生活及抗战斗争介绍给世界人民,增进中外人民

* 作者简介:黄静,文学博士,西南大学外国院学院讲师。

基金项目:本文为重庆市社会科学规划培育项目 2016PY75 和中央高校基本科研业务费专项资金资助 SWU1509407 阶段性成果。

① 冒键:《20 世纪 30 年代中美左翼文学关系初探》,《扬州大学学报》2006 年第 6 期。

的了解,使中国解放区得到世界人民更广泛的同情和支持"①。美国著名左翼作家安娜·路易斯·斯特朗就是其中重要代表,她先后六次来华,在中国居住了近30年,足迹遍布中国各地。她一生创作颇丰,前期发表大量促进美国工人运动的社论和600多首讽刺短诗;后期专注于描写苏联和中国革命,出版了36本书,大部分是以中国为题材的纪实作品。她是一位著名的"政治人物",也是一位活跃的"社会活动家",但其作家的身份及文艺观却被遮蔽、被忽略了。对中国现代文学与世界文学关系的研究,斯特朗也是中国文学自我认知的一个重要参照。特别是在1930、1940年代,她正好遭遇了中国轰轰烈烈的左翼文学运动,其态度和认知也不失为中国左翼文学运动的一面镜子。

一、大众启蒙:中国左翼文学的宣传功能

斯特朗完全聚焦中国共产党,始于1937年她的晋察冀边区之行,这是她的第三次中国之行。1937年,她得知中国建立了抗日统一战线,就迫不及待地来到中国,想见证中国上下同仇敌忾、一致对日的壮举。根据这段经历,斯特朗创作了《人类的五分之一》,主要讲述中国全民抗日的战时状态,其中章节"中国的戏剧投入战争""中国的新女性"专门描写中国作家、文学、艺术如何参与抗战行动。《中国人征服中国人》则描述了解放战争时期延安地区政治、经济、社会、军事方方面面建设新中国雏形的情况,在"你们会长虱子的"一节中,斯特朗以特例的方式讲述了陈学昭在延安的新身份和新生活,也介绍了赵树理小说对农村民主新生活的描写。她对丁玲、徐静、周立波、田汉、穆木天、高兰、胡兰畦等众多中国左翼作家的描写散见各处,向世界读者展示他们在戏剧、朗诵诗、墙报、小说、秧歌等方面的创造性及与大众的和谐互动。

相对而言,斯特朗不看重中国内部的政治矛盾,而强调左翼文学对中国社会的启蒙作用,认为:"文学作品变得简单而富有情节,目的是为了唤醒民众","越来越多的有名的作家用他们的笔来为抗战服务","中国的戏剧已经投入战争"。② 实际上,埃德加·斯诺夫妇也同样关注中国的左翼文学,自30年代初始,耗时5年,他们组织编译了鲁迅、柔石、丁玲等一大批左翼作家的短篇小说,命名为《活的中国》。斯诺认为:左翼文学是为了反抗"国民党的反动统治而掀起的'革命文学'"③。他的夫人海伦·斯诺也认为:"现代中国文学运动紧跟着政治上革命运动的变迁。"④他们充分肯定左翼文学的革命性,强调文学的政治立场和功能。尽管都强调文学的社会功用,斯诺夫妇所指的是国共对峙阶段左翼文学的政治倾向在于反抗压迫,而斯特朗则关注左翼文学在统一战线后的新特点,即普遍激发人民的抗日

---

① 张大明、陈学超:《中国现代文学思潮史》,北京十月文艺出版社1995年版,第1254—1255页。
② 〔美〕安娜·路易斯·斯特朗:《斯特朗文集》第3卷,傅丰豪等译,新华出版社1988年版,第149—150页。
③ 〔美〕埃德加·斯诺:《活的中国》,文洁若译,湖南人民出版社1983年版,第4页。
④ 〔美〕尼姆·威尔士:《附录一:现代中国文学运动》,《活的中国》,文洁若译,湖南人民出版社1983年版,第341页。

情绪。

具体说来,斯特朗眼中的中国左翼文学运动具有以下特点。

首先,为了实现全民抗战的启蒙和宣传,中国左翼文学创作具有灵活性。创作在取材、语言方面可因地制宜,情节亦可即兴而作。斯特朗大为赞赏田汉独幕剧的传教影响与改编,兴致盎然地讲述了上海剧团当即为山西农民创作剧本一事。因为之前上海题材的戏与山西农民生活脱节,他们通宵赶排了一个反映农民觉醒的、用山西方言表演的新剧"保卫农村",表现一农户在日本人到来前后思想变化的历程。老农认为农民应该服从于任何政权,这样日本人或许会仁慈。结果日本人杀害了他和儿媳。最后,儿子带着农民战斗队回来报仇。老人临死前告诫儿子,抵抗是唯一的出路。在斯特朗看来,这种情节模式具有普遍意义:"它并不花许多笔墨来描述日本的国际性的帝国主义政策,而是刻意具体地把侵略者描绘为强盗和杀人凶手,描写他们焚烧房屋,强奸妇女。它的主题与其说是'抵抗帝国主义',不如说是'保家卫国'。"①换句话说,她认为中国左翼文学不仅限于口号式的抗日动员和宣传,直接抨击日本入侵的非正义性,而是以普通人的生活为切入点,形象地再现他们无法规避、无路可退的生存绝境,最大化地激起大众的抗日情绪。

其次,中国左翼文学遵循现实主义的创作原则。她提到上海剧团排演的独幕剧"黄浦江两岸"把那些冬夜游到日本船上安置炸弹的码头苦力们的抗日故事搬上了舞台。该剧的主人公是两个苦力,一个年老的,在下水之前喝了点酒以御寒,另一个刚新婚不久,犹豫着要不要抛开新婚妻子犯险,结果两人为了民族大义还是跳入水中。在爆炸声中,年老的顺利归来,年轻的则被日本人抓获。在日本人的严刑拷打下,他没有出卖同志,最后被增援部队救了出来。对剧中文学人物、情节的设置,斯特朗持肯定意见:"戏演得好极了","这两个苦力都没有以一种浪漫主义的英雄的面貌出现。一个喜欢饮酒说笑,另一个则开始时不敢干,在日本人严刑拷打时又大声呻吟","上海的剧团清楚地给了大家一个启示,告诉人们,即使像平凡的上海码头苦力那样的普通人,也具备英雄的本质,这对观众是一个莫大的鼓舞"。②无疑,斯特朗极为赞同文学形式、内容设置贴近人民的现实生活,尽量将故事背景具象化和真实化,包括表现人物复杂的心理矛盾。除了肯定戏剧人物的真实性之外,斯特朗还强调该剧的喜剧性。如"情节惊异地充满了喜剧场面",人物言行"都充满了现实生活中的滑稽动作","中国人似乎是天生的喜剧演员"。此外,墙报也以"一种轻松的、甚至幽默的笔调"来讨论"怎样帮助伤员""怎样发现汉奸"等一些现实而迫切的问题。这样看来,中国左翼文学既是现实的,又是乐观的。它既反映了残酷的战争对现实生活的冲击,又呼吁达观的生活态度,启蒙着大众积极面对抗战。

再次,中国左翼文学是"大众的文学"。斯特朗接触到的左翼文学有戏剧、朗诵诗、小说、

---

① [美]安娜·路易斯·斯特朗:《斯特朗文集》第3卷,傅丰豪等译,新华出版社1988年版,第150页。
② [美]安娜·路易斯·斯特朗:《斯特朗文集》第3卷,傅丰豪等译,新华出版社1988年版,第146页。

墙报、口头广播、秧歌、民间小调等形式。在形式上,它与中国的民间文艺结合,形式多样;在空间上,它从城市走向乡村,普及面广。她表扬丁玲领导的八路军剧团将"平型关大捷"编演成"中国的茶馆里喜闻乐见的形式"——"大鼓戏"①,秧歌为"一种独特而大众化的宣传方式","表现出来的是一个国家人民的觉醒"②。而且,它似乎无处不在,以铺天盖地之势迎面而来。"诗人们开始亲自走向农村,把他们的诗歌朗诵给农村的群众听"③,小说家、剧作家迁往内地。在山西一个极偏僻的小村庄,她竟同时遇上了巡演的八路军剧团和从国统区来的上海剧团。在去武汉的途中,又碰到了学生剧团在向大后方迁移途中表演爱国剧目,进行抗战总动员。在农村,随处可见当地学生和儿童学习抗日剧,在乡村学校里演出,"甚至孩子们在游戏中也模仿这样的短剧"④。斯特朗感动于难民营中出来的由 24 名上海孩子组成的"儿童剧团",最小年龄为 9 岁,最大的 19 岁。他们能表演 9 个剧目,都是由著名剧作家创作的当时流行的剧本。可见,"大众的文学"是在战争形势紧逼下普通大众有着极高热情和参与度的集体狂欢,而普通大众因享受、模仿、传播文学而成为"文学的大众"。这一盛况也被当时的文艺创作者和后来的研究者捕捉。丁玲写道:"这里都挤满很多的有趣的短篇和诗歌……遍地的浮映着,如同海上的白鸥,显得亲切而可爱。"⑤晋察冀边区的街头诗达到了极盛:"到处可以看到街头诗……这些诗人绝不高坐在缪司的宝殿里,凭着灵感来描写爱与死的题材,他们已经走进乡村,走进军队,使诗与大众相结合,同时使大众的生活诗化。"⑥可以说,斯特朗准确而真实地描写出普通群众参与文学盛会的场景。

"看剧"是一道美好的风景:"平型关战役"让观众全神贯注地倾听,"下午五时,灰褐色村庄上空一轮暗淡无光的太阳开始落山。三个月的严寒天气并没有减弱这个村子的活力。……庭院里,密密麻麻地占满了七八百名前来开会的人"⑦,"太阳落山后,冬天的繁星在乡村剧场上空闪闪发光;舞台上点起了煤油灯。在凛冽的正月的夜晚,身着蓝灰色军装的士兵站着,边看,边笑,边鼓掌,直至十点以后"⑧。凛冽的冬夜、原始的舞台、繁星、油灯与密密麻麻的着迷的观众构成巨大的反差,也是极致的和谐,被称为"在中国所看到的最好的戏"⑨。打动斯特朗的正是这种反差下的和谐,物质落后的中国农村成为孕育、传播文学的摇篮,却让大众享受精神上的欢愉和凝聚。抗战的语境成就了作品与观众的亲密互动,异域时空交错下的美好和谐画面,映射出的正是一颗迷失在资本主义现代都市的喧嚣与骚动之

① 〔美〕安娜·路易斯·斯特朗:《斯特朗文集》第 3 卷,傅丰豪等译,新华出版社 1988 年版,第 145 页。
② 〔美〕安娜·路易斯·斯特朗:《斯特朗文集》第 3 卷,傅丰豪等译,新华出版社 1988 年版,第 373 页。
③ 〔美〕安娜·路易斯·斯特朗:《斯特朗文集》第 3 卷,傅丰豪等译,新华出版社 1988 年版,第 150 页。
④ 〔美〕安娜·路易斯·斯特朗:《斯特朗文集》第 3 卷,傅丰豪等译,新华出版社 1988 年版,第 151 页。
⑤ 汪木兰、邓家琪编《苏区文艺运动资料》,上海文艺出版社 1985 年版,第 152 页。
⑥ 蓝海:《中国抗战文艺史》,山东文艺出版社 1984 年版,第 93 页。
⑦ 〔美〕安娜·路易斯·斯特朗:《斯特朗文集》第 3 卷,傅丰豪等译,新华出版社 1988 年版,第 144 页。
⑧ 〔美〕安娜·路易斯·斯特朗:《斯特朗文集》第 3 卷,傅丰豪等译,新华出版社 1988 年版,第 145 页。
⑨ 〔美〕安娜·路易斯·斯特朗:《斯特朗文集》第 3 卷,傅丰豪等译,新华出版社 1988 年版,第 144 页。

境的心灵在异域找到了它的理想归处。

与此同时，斯特朗也对中国左翼文学颇有微词，如认为有些剧本内容简单，演出方式业余而粗糙，并且剧情也有一定的刻意性。这种批评只是斯特朗个人对文学的爱好，一落到中国左翼文学现实，她为其做辩解，认为恰是"简单"才促成了左翼文学在大众中的普及性，因"刻意"才能实现文学的唤醒功能。在这一点上，斯特朗旗帜鲜明地坚守了她的左翼立场。

二、服务抗战：中国左翼作家身份的多样化

伊格尔顿曾讨论到"文学的本质"，认为文学不能被"作为一个普遍定义提出来"，因为它"具有历史的特定性"，即便是"文学经典"或公认的"伟大传统"，也是"一个由特定人群出于特定理由而在某一时代形成的构造物"①。由此观之，中国左翼文学由其历史语境决定了它不同于美国和苏联左翼文学的特性，在思想启蒙、民族独立、阶级革命的复杂历史语境中，左翼作家的精神思想和生活方式的选择都不能绕开这些重大社会问题。斯特朗看待中国左翼作家的战时身份和文学创作也持这样的历史眼光和左翼视角。

在她看来，是"西安事变以及随之而来的民族统一战线的形成"促使中国新文学的产生，并对作家创作和生活产生了巨大影响。认为："战争不仅激励着中国的作家们去创作新的、英雄主义的题材，战争也破坏了原来的戏剧和文学方面的文化中心——上海、北平——并且迫使作家和剧作家们分散居住在中国各地。作家们和演员们的足迹遍布全中国。他们在内地各省避难；他们在战斗的前线寻找题材，艺术被迫回到了人民中间，内地省份的一种新的文化开始了。"②她深刻体会到战争对文学题材、文学场域、文学发展产生的作用，同时也使作家自我认同发生了身份的转变。他们不仅仅是文学创作者，还因战争而担当了其他社会角色，出现了作家的农民化、战士化和演员化。她也能理解"许多作家走上前线积极为唤醒民众而工作"，"他们中的大多数人由于活动太忙，而无法花时间来考虑写作的理论问题"③的战时状态，赞赏文学日益成为一种交流工具和宣传手段。

在她眼里，胡兰畦是新女性的代表，是"一个文静的、相当自信的年轻妇女，富有幽默感，极其坦率和诚实"，"胡小姐本人对中国农民的思想了解甚深"④。斯特朗很看重作家与农民的关系，表扬胡兰畦组织的劳动妇女战地服务团是一个"奇迹"，工作效果大于军官或大学生：她们充当村民与士兵沟通的桥梁，成功劝动农民收割庄稼和照顾士兵；让士兵尊重农民的劳动成果，拿农民东西付钱；并机智地劝阻了军纪败坏的士兵们的溃退，还改造了数十名"小汉奸"。丁玲和她的"战地服务剧团"也是作家、艺术家们如何当好演员、当好前线战士的典范。他们辗转于晋察冀边区演戏，向群众发表演说，在农村的墙上作漫画，教农民唱歌。

---

① ［英］特雷·伊格尔顿：《二十世纪西方文学理论》，伍晓明译，陕西师范大学出版社1987年版，第11—13页。
② ［美］安娜·路易斯·斯特朗：《斯特朗文集》第3卷，傅丰豪等译，新华出版社1988年版，第147页。
③ ［美］安娜·路易斯·斯特朗：《斯特朗文集》第3卷，傅丰豪等译，新华出版社1988年版，第151页。
④ ［美］安娜·路易斯·斯特朗：《斯特朗文集》第3卷，傅丰豪等译，新华出版社1988年版，第159页。

斯特朗请丁玲谈谈中国文学发展的趋势,丁玲回答说:"我对文学的发展趋势一无所知;我刚在前线呆了六个月。然而我对一个作家的责任有着清楚的认识。他今天只有一个任务:为拯救国家出一份力量。我们不能因钻进文学理论而迷失方向,我们需要的仅仅是写作,以唤醒民众。""我们像普通士兵一样生活,我们吃的东西不足,我们交通工具主要是自己的两只脚。"①面对文学和民族独立的抉择,作家们自觉选择了后者,用手中的笔来对大众进行抗战思想启蒙,甚至亲自投入抗战,历经士兵的种种艰辛和危难。但是,物质生活的匮乏和生存环境的恶劣却无法抑制精神的满足,"你也看到,我们的生活十分艰苦,但是当我们的观众看到我们来了,脸上就露出了笑容,甚至在这种充满着危险和死亡的环境下也是如此。所以,我们也感到快乐"②。

斯特朗称陈学昭是"一位成功的作家","共产党已经给了她发挥作用的机会"③,她在延安的生活完全与农民接轨。斯特朗见陈学昭是发生在她 1946 年 8 月 1 日飞抵红色圣地延安之后。这一次她来中国的主要目的是了解以延安为雏形的"新中国"社会主义建设的情况,在文化方面,她关注到延安的文艺青年,陈学昭是她浓墨重彩表现的一位女作家。在她的描述中,陈学昭是上海一名丝绸商的女儿,却无法在国民党辖区立足,之前因参加过 1925 年至 1927 年"大革命"时期的女权运动而受到蒋介石政府的压迫,无奈去法国待了 9 年。斯特朗以陈学昭从一位资产阶级的小姐转变为一位有着坚定的共产主义信仰的作家为例证,说明作家因政治信仰的皈依而甘愿走进农村、走向农民。斯特朗认为陈学昭是以投奔"自由"的名义来延安的,因为延安给了她新的希望,"作家比大多数人更需要精神食粮。在这里,作家的生活是十分令人满意的"④。陈学昭告诉斯特朗:"毛(泽东)号召我们去了解我国人民,到他们中间去,描写他们的生活。我们到农村去有双重好处:我们可以去传授一些关于卫生的知识,进行一般性的启蒙工作;同时我们自己则可以进一步熟悉我国的农村生活。我特别需要去农村,因为我在国外住了这么多年。我们这些作家多数来自上层,对中国农民都缺乏了解。""在中国历史上,知识分子从未同人民有过如此密切的联系,也从未使文化如此深入人民,直至最底层的中国农民之中。"⑤陈学昭甘愿屈居靠近悬崖顶端窑洞的简陋之地,自愿教农民冬学,帮助妇女做家务,如扫地、喂牲口和推磨,斯特朗看到了这些发生在她身上的奇迹,并以浪漫化的口吻描写了她精神至上的理念。她惊叹陈学昭完全克了令西方女性最头疼的农村生活障碍——对虱子的恐惧,直至由衷地赞叹:"陈小姐已经彻底同中国农村居民相结合。"⑥显然,陈学昭转向底层农民的现实生活,是受到延安文艺座谈会上毛

① [美]安娜·路易斯·斯特朗:《斯特朗文集》第 3 卷,傅丰豪等译,新华出版社 1988 年版,第 151 页。
② [美]安娜·路易斯·斯特朗:《斯特朗文集》第 3 卷,傅丰豪等译,新华出版社 1988 年版,第 151 页。
③ [美]安娜·路易斯·斯特朗:《斯特朗文集》第 3 卷,傅丰豪等译,新华出版社 1988 年版,第 292 页。
④ [美]安娜·路易斯·斯特朗:《斯特朗文集》第 3 卷,傅丰豪等译,新华出版社 1988 年版,第 293 页。
⑤ [美]安娜·路易斯·斯特朗:《斯特朗文集》第 3 卷,傅丰豪等译,新华出版社 1988 年版,第 292—293 页。
⑥ [美]安娜·路易斯·斯特朗:《斯特朗文集》第 3 卷,傅丰豪等译,新华出版社 1988 年版,第 294 页。

泽东文艺思想的感召和影响，斯特朗虽是对其个人生活的肯定，实际上也是对延安文艺讲话精神及作用的认同。

在斯特朗笔下，不管是担当军民桥梁的胡兰畦，还是过着普通战士生活的丁玲，抑或是与农民结合的陈学昭，她们无一例外地流露出乐观和满足的精神状态。她们可能远离了纯粹的文学，选择了以简单的、多样的文学样态为抗战进行宣传。她们且写且作，一边是作家在写作，一边还担任社会其他工作。在共产党的文艺方针的指导下，她们积极地与工农结合，走群众路线，超越闺帏和亭子间的个人世界。而且，斯特朗持续关注中国左翼文学和作家创作，认为他们在不同历史时期呈现出不同的特点。第一个阶段是丁玲所代表的"统一战线"时期的"革命文学"阶段，作家们自觉"表现革命战斗英雄、唤醒民众抗日"。第二个阶段是陈学昭所代表的延安时期的"工农兵文学"阶段，作家们以农村体验进一步促进"文艺的大众化"。特别是表现作家在《在延安文艺座谈会上的讲话》之后精神上的归属感和生活上的融合性，标志着在民族革命完成后，左翼作家在思想上对中国共产党的皈依。多年以后，斯特朗也坦承了延安之行对她的影响。她在 1965 年致信母校奥柏林大学第 60 届校友联谊会时提到，留在中国，不仅是因为她发现在中国有最广大的听众，而且是因为那里始终存在着"延安时期就已激发了我的那种清澈透明的同志情谊和清澈透明的思想意识"①。

三、真实与想象：斯特朗的左翼文学之梦

《纽约时报》曾评价斯特朗并非一个报道真实新闻的记者，而是一个拼命想改变世界的狂热的传道者。斯特朗反驳道："作为一个记者，我非常清楚世界上没有绝对的真实。我们各自都有真实——那就是我们的图画世界。我说我反映真实时，我的意思是说我将描绘我的图画。"②斯特朗的话不无道理，在意义的建构中，没有绝对中立的主体，"真实"也是相对的。任何人都不可能占据普遍、客观或中性的主体地位，所谓中立和客观不过是一种幻想而已。福柯在《知识考古学》中也提道：没有一般的陈述，也没有自由的、中立的和独立的陈述，陈述有助于或者阻碍实现某种欲望，顺从或者违背某些利益。任何陈述都有它产生的具体语境和话语体系，都受制于具体的权利—欲望—利益的网络。即使像"地球是圆的"这样的陈述也会随着讲话者的立场与具体语境产生不同的意义。③ 因此，斯特朗所描绘的中国左翼文学运动，不过是她眼中的真实，也有其想象的成分。尤其是当"左翼"成为她描绘的世界蓝图上最亮眼的语词的时候，其笔下的现实就自有其左翼化的倾向了。

如果我们联系斯特朗的相关背景及思想，也许更能充分说明这一点。她出身富裕家庭，自小是个生活在上帝花园里的姑娘，由于父母良好的教育和引导，不像大多数白人那样对穷

① ［美］特雷西·斯特朗、海琳·凯萨：《心向中国：斯特朗六次访华》，王松涛译，解放军出版社 1986 年版，第 152 页。

② 张威：《晚年斯特朗：挣扎和妥协》，《名人传记》2015 年第 9 期。

③ ［法］福柯：《知识考古学》，谢强、马月译，生活·读书·新知三联书店 1998 年版，第 124 页。

人、黑人怀有偏见。她与第一批走上左翼之路的美国作家一样,受到爱德华·贝拉米的乌托邦社会主义小说《回顾》的影响,更加坚信"财富公有、平均分配"的理念。1911 年美国堪萨斯城的儿童福利展的工作让她第一次发现了"社会主义"和"阶级"。福利展结束后,为了资本的"高效率",她怀着悲愤的心情解雇了家里有两个嗷嗷待哺的孩子的制图员。从那时起,她就立志于创造一个结构完全不同的社会,开始为美国左翼文化运动摇旗呐喊。1919 年,北美洲史上第一次总罢工在西雅图上演,为了鼓舞工人的士气和斗志,身为劳工领袖之一的斯特朗创作大量署名为"安妮丝"的打油诗和社评文章揭露资本主义的弊端,嘲讽地方上一些所谓的爱国主义者参加的竞选活动、荒唐可笑的间谍恐慌症,抨击木材厂、矿山等企业中的浪费现象,揭露战后欧洲的混乱局面。不过,在谈到"新世界""自由"和"世界工人"等无产阶级话语时,则笔调乐观、轻松。她的文章在美国劳工、社会主义报刊上以及世界的工人报纸中赢得了极大声誉,有的还被自由刊物竞相转载。她在回忆录中不无自豪地说:"现在回过头来再谈这些诗作,能使我形象地看到我们西雅图左翼分子的风貌。"①与当时许多思想激进的美国文艺青年一样受共产主义信念的感召,她前往苏联朝圣,却因错过见证无产阶级革命最激动人心的时刻而抱憾。从此,她长期密切关注中国及其他发生了无产阶级革命的国家。

从 1925 年起,为了追随中国革命的浪潮,她辗转来到广州、武汉、湖南等几个革命活跃之地,在这之前,她在美俄生活、斗争的经验让她以为中国的希望在新兴工人阶级身上。加上受当时斯大林早期扶助国民党路线的影响,她接触的对象是中国的大军阀、国民党高层和共产国际高级顾问。然而,随着对中国现实了解的不断加深,军阀的贪婪和国民党的腐败让她反感,特别是当她意识到初具现代感的工人运动沦为国民党派系斗争的工具时,她彻底抛开了对社会主义革命构成阶级、以工人运动为主的形式主义的先见,转而关注日渐壮大的中国共产党领导的农民革命和轰轰烈烈的文学运动。斯特朗之所以对中国左翼文学的启蒙宣传功能深有体悟,对中国左翼作家"且写且作"的生活状态流露出真心向往,与她个人浓厚的左翼情怀有关。中国左翼文学是斯特朗在精神信仰、个人经历、文化背景等多重视角下有意建构的镜像世界,它映射出斯特朗等世界左翼作家对中国"红色三十年代"左翼文学运动的认同与想象。

显然,斯特朗的左翼书写既反映了中国左翼文学运动真实的一面,也体现了她个人的、主观性的想象。首先,在斯特朗眼里,中国左翼文学的发生和发展是由中国具体语境决定的。一般认为,俄国十月革命的成功引发了 30 年代世界性左翼政治文化运动。苏联文学亦是中国左翼文学运动的重要理论来源,"各国各民族的革命文学者都以它为榜样,亦步亦趋,同唱一曲,由此形成一股历史性的潮流"②。同时期的海伦·斯诺回忆道:"我惊奇地发现中

---

①　[美]安娜·路易斯·斯特朗:《斯特朗文集》第 1 卷,朱荣根等译,新华出版社 1988 年版,第 83 页。
②　张大明:《不灭的火种——左翼文学论》,四川文艺出版社 1992 年版,第 5 页。

国的文学运动像艺术一样是为左翼主宰着的,虽然主要是模仿俄罗斯人的。"①尽管斯特朗在俄国也生活了近30年,在回溯中国左翼文学的源头时,她没有像海伦那样强调苏联的影响。"1919年的文艺复兴运动把中国青年的注意力引向欧洲和美国的作家们,并打破了中国古典著作的统治地位和影响。……作家和戏剧家们模仿着外国作家的作品",之后20多年的战争破坏了"在中国占支配地位的文化中心和欧美文化进入中国的渠道,这就迫使中国人去寻求新的文化和途径"②。换言之,左翼文学是欧美文化进入中国的路径被战争阻碍后,中国文艺界被迫进行的一种新的尝试。其实,对苏联文艺的世界影响,斯特朗并非毫无看法。她在《寻找苏联真相:对诚实问题的诚实回复》一文里,专门针对俄国审查制度答复读者的质疑,而认为莫斯科作为艺术麦加圣地的地位不容置疑,"即便有审查存在,如戏剧、电影和小说,俄国的艺术仍举世瞩目","有文化的人越来越多,大众参与艺术创作日益增多。数以百万的乡村记者,成千上万的乡村剧作社,千千万万的乡村和工厂的管弦乐队,满足了大众内心的情感表达,也迎来了文艺的复兴"③。斯特朗在维护俄国艺术地位的同时,也指出了大众参与度高的特点,这种良好的创作生态,孕育了文艺大繁华的盛况。这样的画面在两年之后,也就是描写中国左翼文学的时候,似乎又一次重现。不过,她并未像大多数学者那样将中国左翼文学的繁荣归因为苏联的影响。

斯特朗对中苏文学关系的模糊态度,可以追溯到当时她对泛马克思主义的质疑。在她的自传《换了人间》里,她对共产主义、苏联、美国共产党进行了区分。虽然信仰共产主义,但作为一名美国知识精英,她一直保持着理性思考的习惯。在奥柏林求学时期的斯特朗对苏联有着无限憧憬,迫于美国意识形态的压力,她不得不与"马克思"保持距离,"即使偶然听过一些关于马克思的传闻,但我的整个学生生活也会使我尽量不重视他,最后把他置之脑后"④。鉴于对美国共产党盲从于莫斯科的不满,中年时期的斯特朗批评道:"如果美国共产党人真的不是把马克思主义当作教条,而是当作一种分析方法来使用,那末,他们就不是仅仅根据莫斯科的命令来领导美国工人",造成了"一种昼夜不分的混乱,毫无机会的混乱"⑤。因此,她在1937年之后的中国书写,就有意摆脱莫斯科的束缚,而尽量贴近中国本土去述说。在此之前,她却是事事将苏联作为参照物,言必称"俄国的经历"。所以,对斯特朗而言,延安的经历是一场思想上的洗礼和意识上的明晰化。她曾坦言:"在延安的多次讨论中,我觉得自己的思想开阔了,而在过去几年中我意识到自己的思想在莫斯科受到束缚,变得僵硬。"⑥她的传记作者特雷西·斯特朗也说道:"共产党人不仅是住在延安,而且把这个落后

① [美]海伦·福斯特·斯诺:《一个女记者的传奇》,新华出版社1986年版,第112页。

② [美]安娜·路易斯·斯特朗:《斯特朗文集》第3卷,傅丰豪等译,新华出版社1988年版,第147—148页。

③ Strong, Louise Anna. "Searching Out the Soviets: An Honest Reply to Honest Questions", *The New Republic*, 1935, Aug. 7, p. 359.

④ [美]安娜·路易斯·斯特朗:《斯特朗文集》第1卷,朱荣根等译,新华出版社1988年版,第47页。

⑤ [美]安娜·路易斯·斯特朗:《斯特朗文集》第1卷,朱荣根等译,新华出版社1988年版,第419页。

⑥ [美]安娜·路易斯·斯特朗:《斯特朗文集》第2卷,郭鸿等译,新华出版社1988年版,第15—16页。

的中国城镇改造成为一座综合性的、繁荣昌盛的文化城。安娜·路易斯一生梦寐以求的居住地就是象延安这样的地方。"①所以，斯特朗认为，中国左翼文学的独特性在于它毫不掩饰地将文学与中国共产党的政治诉求统一起来，按照革命现实需要进行创作，没有去遵循苏联模式或美国模式。

美国左翼文学运动兴起于1929年的经济大萧条，到1935年第一次"美国作家大会"在纽约召开时到达顶峰，之后便迅速走向衰退。在此期间，它围绕"无产阶级阶级文学"的界定，对作者的身份及阶级属性、读者群体、文学主题、写作视角等方面进行了多次论辩。它既遭受来自右派"艺术"还是"宣传"的质疑，又陷入是否应该完全服从美共政党路线的反思，更苦恼于美共盲目跟随共产国际的政治策略和效仿苏联的文学政策。就当时美国左翼文学与苏联的关系，研究左翼文学的芭芭拉·弗莱教授批评道："美国共产党主导的文化运动的确是寻求苏联领导的。如果不理解为始于1928年的左转，结束于支持'人民阵线'以及1935年解散里德俱乐部——这些策略均符合共产国际对世界共产主义形势分析而下达的主要指示，美国无产阶级文学的兴衰是无法理解的。"②而且，1937年第二次"美国作家大会"呼吁作家反对法西斯主义而不是反对或改变资本主义制度，这种变了味道的无产阶级文艺观造成了美国左翼作家的思想混乱。此前斯大林清除异己的"大清洗"、肃反扩大化、大饥荒等早已让那些满心期待着社会主义的人们心生疑惑。尤其是1939年苏联与纳粹德国签署"互不侵犯条约"的行为更是给左翼作家致命一击。再加上美国经济的复苏使得"社会主义"不再那么令人向往，"当大萧条度过了最难熬的日子，'新政'逐渐得到民众的拥护，经济开始复苏，一时的革命热情开始冷却，激进主义也潜移默化地从政治批判转变成了文化批判的武器，不少在激进主义大潮中加入美国共产党的知识分子纷纷退党。一场轰轰烈烈的文化运动就这样虎头蛇尾地结束了"③。这场文学运动给斯特朗留下的印象是负面的，因为它没有执着的政治理想，只是一场因资本主义经济危机而引发的激进的文化运动。它陷于"艺术"还是"宣传"的泥沼，刻意与党派保持着疏离，既没有赢得普通大众和政党的真正支持，也没有达成内部的一致。它既想以左翼的名义吸引更多的人参与变革，又想刻意保持文学的独立性，结果造成内部的混乱和最终瓦解。所以，斯特朗对其多有不满，而将赞许的目光转向了中国左翼文学。

其次，对斯特朗而言，中国的左翼文学阵营，不仅仅是思想上、政治上的同盟，又是一个文化上、地域上的"他者"，正是这种跨文化的间距产生一定的想象空间，代替了她心目中左翼文学理想之一隅。她借异国书写间接实现了自己作为一个左翼文人的政治理想。对她而言，最有意义的事情就是"成了描写革命变革的作家"④，当初她在美国鼓动工人罢工，却苦

① ［美］特雷西·斯特朗、海琳·凯萨：《心向中国：斯特朗六次访华》，王松涛译，解放军出版社1986年版，第92页。

② Foley, Barbara. *Radical Representations: Politics and Form in US Proletarian Fiction*, 1929—1941, Duke University Press, 1993, p. 72.

③ 虞建华：《现代主义和激进主义——对峙背后的姻联》，《英美文学研究论丛》2000年第1期。

④ ［美］安娜·路易斯·斯特朗：《斯特朗文集》第2卷，郭鸿等译，新华出版社1988年版，第18页。

于没有积极的方案和理论。"我们满怀激情地相信,一场伟大的变革正在到来,可是这变革的时间和方式我们却不清楚。因此,当我们从芝加哥返回西雅图的火车上看到表明这场伟大变革真正到来的第一迹象时,都吓得目瞪口呆。"①时过境迁,当她将中国作为一面镜子来审视美国文化时,中国便如同一个能创造幻觉性和补偿性的异托邦。中国左翼文学呈现出文学与政治、群众、社会等的和谐与完美、乐观与有序,以及在中国共产党的领导下,对自己的使命和生存状态的清晰认识,乐于在群体中实现个人的价值,这些都让斯特朗发现了一个文学新大陆。

当然,斯特朗对中国左翼文学的认识因受其政治立场的影响,也带有一定的思维惯性,如同她在美国、苏联有着激进的冲动一样,她在表述中国左翼文学时常常使用"革命""人民""无产阶级""资产阶级""压迫""反抗"等概念。她经历了三种不同文化形态,始终追求以共产主义来抵抗资本化的影响。她因看到美国资本主义的弊端而去了苏联,但是在苏联依然无法完全施展自己的理想,便来到革命势头正盛的中国,实现了担当"革命记录者"的夙愿,称新中国为"理想的归宿地"。不管在哪里,她看到的始终是阶级对立的矛盾、新旧社会的天壤之别。在中国,即便加上"抗日"的历史语境,她依然忽视了左翼文学运动内部的矛盾性、文学与政治关系的复杂性。众所周知,中国左翼文学运动是复杂的,远非斯特朗所描绘的那么和谐、那么有序。在队伍结构上,一些作家、艺术家以"抗日救亡"的名义聚集在一起,其人员构成是复杂的,有真正的革命作家,也有革命爱国青年,还有摇摆不定的中间人。在观念上,他们对"革命与文学"本身都有着不同层面的理解。因观念和动机的差异曾产生多次激烈的文学论争和笔战:创造社和太阳社的论战、"自由人"与"第三种人"问题、"大众化"和"拉丁化"的口号之争等。而且,就创作而言,作品质量也参差不齐,当时就已有大量批评的声音。在持久的战争环境下,长期物质匮乏不仅使作家的生活条件恶化,也消磨了他们的意志。受党内某些"极左"政策的影响,作家思想也受到一定规约。丁玲在1940年代初期就流露出不满情绪,有颓丧和虚无主义情绪。陈学昭在土改中被关押审查,被迫天天写交代材料。"我惋惜自己没有可能把时间和精力用在研究一种学问上,或者看点书也好,而把时间和精力消耗在这种莫须有的可悲而又可笑的对质中了。"②这些作家的思想和心理状态,斯特朗并没有完全了解和表达,而只是展示左翼文学激进的、革命的一面。或许是斯特朗有意忽略;或许她更愿意从积极面来肯定中国的左翼文学运动;或许她来的时机正好错过了作家思想的动荡期;或许是因为斯特朗不精通中文,没有机会深入作家心理;也或许对于中国作家而言,斯特朗虽然是一名国际盟友,但毕竟是外国人,他们觉得不必也无法向她完全展示内心。因为外来者的身份,斯特朗看到了中国人所看不到的景象;但也正是因为外来者的身份,她无法如中国人看得那么深入、那么全面。

①　[美]安娜·路易斯·斯特朗:《斯特朗文集》第 1 卷,朱荣根等译,新华出版社 1988 年版,第 83 页。
②　钟桂松:《天涯归客——陈学昭》,河南人民出版社 2000 年版,第 283—284 页。

在世界左翼思潮的影响下,斯特朗作为一名国际左翼知识分子,以热情的姿态游走于多个爆发无产阶级革命的国家之间。她对革命的兴趣和了解远远多于文学,习惯于宏观上把握事物,而无法体会中国左翼文学内部的差别,忽略了事物内部的矛盾和复杂。斯特朗将中国左翼文学运动的独立性放大了,其内部的和谐有序也被充分凸显,强调了中国本土语境的推动力,而将其与世界左翼文学的关联模糊化了。一句话,斯特朗建构的中国左翼文学图景有着鲜明的政治色彩,所映射的恰是她的世界左翼文学理想,成为如同欧洲启蒙运动先驱们所赞美的"天朝上国"一般的文学幻梦。

"五四"新文学的引介、实践与接受

——论张我军与鲁迅的文学相遇

徐　榛*

（厦门大学　台湾研究院，厦门　361005）

内容摘要：中国"五四"运动百年纪念之际，考察两岸新文化运动的互动与影响意义重大。台湾青年张我军推崇"五四"新文化运动，重在表现语言改革与新文学理论框架的建构，批判社会现实与抵抗文化殖民；他也推崇鲁迅，重在文学创作实践，聚焦社会具象与文化思想启蒙，他的小说明显能看到鲁迅文学的影子。张我军与鲁迅的文学相遇提供了两岸文学互动的实例，同时也体现了"五四"新文化与鲁迅文学还没有言尽，仍是观察两岸文学关联性的重要媒介。

关键词：张我军；鲁迅；引介；接受；文学实践

近现代台湾史是一部殖民史，台湾在近代一直受到外族侵略，日本作为东亚最先步入资本主义进程的国家，其对外军事扩张将东亚各地区连成整体。而中国随着"五四"新文化运动的爆发，为周边弱小民族提供了文化变革的案例。中国大陆的变革自然也受到台湾文人的关注，对台湾新文学的影响主要表现为：一是提倡白话文，二是引介新文学理论与作品。前者使台湾作家在语文改革上有了遵循的方向，后者使台湾文学的创作有了模仿的对象。①台湾在社会与文化政策上都受到殖民当局的控制，语言统一对强调民族主体性意义重大，而白话文具备反映和批判现实的功能；其次，中国大陆现代文学作品的引入，无疑给岛内作家提供了模仿写作的对象，大陆与台湾在民族和文化上同根同源，极易产生共鸣，再加上"五四"新文学的启蒙性和反抗性，正是台湾知识分子需要的，并可直接运用到文学实践中而有效地转化成反殖民的力量。鲁迅作为新文化运动的主将，不仅在中国、东亚，甚至在世界文坛都产生重大影响，而张我军作为我国台湾新文化运动的先锋，直接接触并受到"五四"新文

＊　作者简介：徐榛，文学博士，厦门大学台湾研究院助理研究员。

①　陈芳明：《台湾新文学史》（上），联经出版事业股份有限公司 2015 年版，第 60 页。

化的影响,又和鲁迅有过直接见面的经验,在文学活动与实践上势必更加关注鲁迅。正值"五四"运动百年之际,笔者以两岸新文化运动的先锋为例,具体分析两者作品,揭示张我军对鲁迅文学接受的同时,从文学的角度再次佐证了两岸在新文学上的关联性。

一、新文学的引介:破旧与建新

张我军(1902—1955),台湾板桥人,1921 年至厦门,此后转至上海,1924 年前往北京学习,在此期间接触并受到新文化运动影响,从而担忧台湾文学界,成为发起台湾新文学运动的先锋。他于 1926 年 8 月 11 日拜见住在北京的鲁迅,同时还赠送四本《台湾民报》,并得到了他的勉励。鲁迅曾回忆:"还记得去年夏天住在北京的时候,遇见张我权(军)君,听到他说过这样意思的话:'中国人似乎都忘记台湾了,谁也不大提起。'他是一个台湾青年。……但正在困苦中的台湾的青年,却并不将中国的事情暂且放下。他们常希望中国革命的成功,赞助中国的改革,总想尽些力,于中国的现在和将来有所裨益,即使是自己还做学生。"①

虽然这段话是鲁迅所说,但可见张我军对大陆与台湾关系的判断,并对大陆文学革命的发展报以积极的态度,也能感受到他通过大陆新文化运动来反观台湾文坛的可能。同时鲁迅通过张我军,对台湾青年与台湾现状投以关注。这是张我军与鲁迅直接见面的经验,也是一次双向的文学关注现象。

台湾文化运动伴随着政治运动,张我军切身经历了日本殖民统治在台湾制造的一系列政治事件,深刻认识到通过文艺揭露现实与唤醒民众意识,以及对台湾文学界进行变革的迫切性。于是他在《台湾民报》上发表了被称为"台湾新文学革命发难檄文"的《糟糕的台湾文学界》,文章中直接提出了"台湾差不多诗就是文学,文学就是诗了"的论断,在开篇就展开对台湾诗歌现状的批判,从中可见:一、旧诗已无法承载当下社会需要的文化内涵,显示了旧诗创造力的衰败;二、旧诗成了文人进行消遣的文字游戏,对青年产生了负面影响;三、旧诗人甚至将文学作为配合殖民统治的媒介,成为歌颂殖民统治者的赞歌。可见,张我军掀开了现有文学界充斥着的向殖民统治者献媚和示好的面纱,充满了反封建反殖民的文化内涵和要求拯救青年的反抗诉求。最后他建议对文学感兴趣的人:"一、多读关于文学原理和文学史的书;二、多读中外的好的文学作品(诗、剧曲、小说等)。前者可以明白文学是什么,方不走入与文学不相关之途。知道文学的趋势,方不死守僵尸而不知改革。后者可以养成丰富的思想,而磨练表现的手段。"②他提出了从文学理论到作品,从文学接受到实践的要求。此外,他还于同年发表《为台湾的文学界一哭》,与旧诗派代表连雅堂论争,痛斥旧诗人盲目守旧的传统思维,次年发表的《绝无仅有的击钵吟的意义》,形象地将旧诗社发起的"击钵吟"比作"诗界的妖魔"。因此,张我军以大陆新文学运动为参照对象,以旧诗为新/旧文学冲突

---

① 鲁迅:《鲁迅全集》第 3 卷,人民文学出版社 1981 年版,第 425 页。
② 张光正编《张我军全集》,台海出版社 2000 年版,第 8 页。

的发起点展开论争,尝试打破台湾旧文学体制。

笔者认为,实现"破旧"最有效的手段便是"建新",张我军批判旧诗的同时,积极致力于介绍新文化文学理论,这是他反思和改造台湾文学界的重要一步。1925年他在《请合力拆下这座败草叶中的破旧殿堂》中提道:"我们最为憾的是,这阵暴雨却达不到海外孤悬的小岛。于是中国旧文学的孽种,暗暗于败草叶中留下一座小小的殿堂——破旧的——以苟延其残喘,这就是台湾的旧文学。"①这里表达了台湾文学属于中国文学的意识,他的"中国中心论"尝试对那个时代的台湾文坛与知识分子进行批判。他阐释了胡适的"八不主义"和陈独秀的"三大主义",引用胡适的《文学改良刍议》,认为大陆旧诗受到新文学的颠覆和改造,台湾文学界也应该继承和效仿,这也配合了他批判旧诗人、提倡新文学的要求。

解构旧文化体制就要建构符合新文化改革的语言系统。张我军在谈新文学时认为:"我们现在谈新文学的运动,至少有二个要点:一、白话文学的建设;二、台湾语言的改造。"②显然,首先强调文学革命的重要性,再联系到台湾的文学现实,强调语言改革为首要任务。并提出最直观的解决方案:"如果欲照我们的目标改造台湾的语言,须多读中国的以白话文写作的诗文。"③他借用胡适"国语的文学,文学的国语"的观点,提倡使用白话文、改造台湾语言,特别是解决文学中使用台湾方言的问题。与"五四"新文化的语文改革不同,台湾的语文改革肩负着双重的文化任务:一是主张采用白话文体;二是为了抵抗殖民当局的文化侵略。但殖民地台湾进行白话文改革还受到了"国语"冲击,虽然张我军主张语文改革得到了新文学家的支持,但并没有实现完全以白话进行创作,表现出日文与台语并存的文化现象。

完成对当下文学现象的批判,就需要文学理论与作品作为变革的指导,张我军于1924到1925年间在台湾引介了新文学作家鲁迅、郭沫若、冰心、郑振铎等人的小说、诗歌、散文、文学批评等体裁的作品,为台湾新文学发展提供了文学案例。他以《台湾民报》为宣传阵地,引介和登载了大陆文学作品与文学理论,成了大陆新文学的重要传播者,鲁迅作品与译作也被介绍到台湾岛内。《台湾民报》最早从1925年开始转载鲁迅作品与译作,首篇便是他于1925年1月1日开始担任编辑时转载的《鸭的喜剧》,可见他对新文学代表作家,尤其对鲁迅的作品相当重视。

根据张耀仁的统计,《台湾民报》共引介新文学作品50篇,鲁迅作品占7篇,译作2篇,分20期转载。④ 张我军转载鲁迅作品情况:小说4篇、杂文1篇、童话翻译2篇,他还在《研究新文学应该读什么书》中选入鲁迅《呐喊》集,可见他对鲁迅的推崇。他以文化传播者的姿

---

① 张光正编《张我军全集》,台海出版社2000年版,第15页。
② 张光正编《张我军全集》,台海出版社2000年版,第53页。
③ 张光正编《张我军全集》,台海出版社2000年版,第57页。
④ 张耀仁:《想象的"中国新文学"以赖和接任学艺栏编辑前后〈台湾民报〉为析论对象》,《2007青年文学会议:台湾现当代文学媒介研究青年文学会议论文集》,文讯杂志社2008年版。

态将大陆新文学作品与文学思潮引进台湾,一是打破了台湾文坛一潭死水的现状,二是为台湾社会提供接触大陆新文学的可能性,也为台湾文学提供新文学创作的模板。

张我军是台湾新文学运动的先锋,他在解构台湾旧文学上表现为揭露与批判,在建构台湾新文学上表现为引介与实践。他认为:"新旧文学的分别不是仅在白话与文言,是在内容与形式两方面的。"①对新文学实践内容的思考指向"如何写"与"写什么"的问题,所以他结合理论进行白话文写作实践,其诗集《乱都之恋》是殖民地台湾出版的第一部白话文诗集,也被认为"不仅是张我军所倡导的新式创作理论最有力的明证;更为台湾新文学萌芽期的新诗创作提供了样板,起了示范的作用,对台湾新诗的开创之功不可泯灭"②。张我军在 1929 年后逐渐退出了台湾文坛,主要从事翻译编辑工作。日据时期除了发表新诗集外,还发表了三篇小说——《买彩票》《白太太的哀史》和《诱惑》,扩大了白话文创作体裁的书写。值得注意的是,张我军从社会活动到文学引介都对鲁迅相当重视,那在文学实践上是否也存在对鲁迅文学接受的可能性,笔者尝试发现张我军与鲁迅在文学实践上的关联性。

二、文学实践的补写:知识分子的困境

如上文所述,张我军的小说是在台湾推行文学语言变革运动的亲身示范,三篇小说取材于北京留学生活,从而与同时期台湾作家形成"非本土性和本土性"创作的对话而形成不同的文化感受。正如他所说:"我们做诗做文,要紧的是能将自己的耳目所亲闻亲见,所亲身阅历之事物,个个自己铸词来形容描写,以求不失真,而求能达物写意的目的。"③他力求创作的真实性,三篇小说正反映了北京生活时的所见所闻所感,而非想象文学。小说主要描写知识分子形象,他的第一篇小说《买彩票》就带有强烈的自传性色彩,关注知识青年的生存与命运。

张我军刻画了一个台湾留学生陈哲生在北京求学生活的困顿,试图通过彩票中奖来维持留学生活,但最终只能放弃学业回台湾。小说主人公明显带有张我军的影子,有学者考证:张我军投考北京大学未果,在厦门得到的遣散费也所剩无几,他的经济情况不允许他滞留北京,只好决定先离开大陆。④ 他的留学生活成为故事原型,而彩票成了留学生面对的共同议题,知识青年是行为主体,彩票是重要媒介。笔者发现鲁迅也有彩票意象出现在《端午节》中,笔者将考察张我军《买彩票》与鲁迅《端午节》(下文简称为《买》《端》)的文学关联性。

(一)知识分子文化身份

如果说鲁迅以旁观者身份观察底层人民精神世界的话,那在阐释知识分子精神世界时

---

① 张光正编《张我军全集》,台海出版社 2000 年版,第 28 页。
② 田建民:《张我军评传》,作家出版社 2006 年版,第 128 页。
③ 张光正编《张我军全集》,台海出版社 2000 年版,第 19 页。
④ 田建民:《张我军评传》,作家出版社 2006 年版,第 48 页。

具有文学现场性的特点。随着军阀政府与封建旧势力的镇压,知识分子呈现三种面貌:一、守旧派占领社会主流;二、新式文人出现反复的文化性格;三、"假"文人混入新式知识分子队伍。鲁迅《端》中塑造的方玄绰虽是知识分子,但又兼具官僚身份,他的社会身份与文化身份发生了冲突。他和鲁迅笔下其他知识分子不同,不像孔乙己、陈士成等继承了封建文人的性格,表现出传统文人捍卫者的姿态;又不像魏连殳、吕纬甫等表现出新文化运动下新式知识分子的文化面貌,但随着中国社会再现军阀统治横行的客观现实,逐渐屈服于现实而表现出文化性格的反复性特征;也不像涓生和子君作为新文化运动中的生力军,反抗传统和追求个性解放的思想坚决,但个性解放缺乏社会基础而注定失败。显然方玄绰和其他知识分子形象之间存在着隔阂,他的官僚主义性格自然是鲁迅批判的对象,但鲁迅要通过他来提出中国知识分子生存困境的问题。

而张我军《买》描写了陈哲生在北京的留学生活,当时张我军也在北京求学,他对"五四"前后中国社会的观察比较直接,将留学生活的困境借助陈哲生反映出来。两位作家都对知识分子的生活困境进行了观察,那又如何解决呢?"彩票"成为知识分子试图解决生活危机的途径。有趣的是知识分子对"买彩票"表现出鄙夷的态度,但真正面对客观实际时又产生了投机心理,就形成了"对投机行为的鄙视"与"投机心理的滋生"的矛盾,也是其"文化性格"与"生活现实"冲突的具体体现。鲁迅虽不像张我军全篇为"买彩票"事件进行铺垫,但小说最后对方玄绰"买彩票"的心理描写与张我军形成了对话。

抛开方玄绰官僚主义者的社会身份,鲁迅将他设置为"教员"的形象,这就界定了方玄绰在新文化运动中"启蒙者"的文化身份符号,而张我军塑造的留学生陈哲生就被界定了在新文化运动中"被启蒙者"的文化身份符号。笔者认为,首先,张我军一是尊重文学创作的真实性,以自己的留学生活为原型,二是也可以将这篇小说看作对《端》中知识分子形象的一种补充,从"教员"到"留学生",即从"启蒙者"到"被启蒙者"。其次,通过彩票事件,一是表现出知识分子(无论是教员还是学生)都面临着生活危机;二是对投机行为持有鄙夷态度的知识分子在实际生活面前都产生了投机心理。即使鲁迅对方玄绰这类知识分子进行了讽刺,张我军对社会贫富差距进行揭露,但都显示了两位作家共同关注知识分子的生存问题。这个层面上可以看出张我军对鲁迅书写主题与对象的延续与补充。

(二)"彩票"事件与角色模型

笔者从张我军小说着手,"彩票"成为主人公陈哲生完成故事事件的中间物。整个故事以陈哲生为中心人物出现了一系列矛盾:一是贫困留学生与富足留学生的矛盾;二是继续学业与中途辍学的矛盾;三是鄙视买彩票与决定买彩票的矛盾。而三对矛盾在内容表现上也有差别:第一对属于外部矛盾,后两对属于人物内部矛盾,而第三对矛盾才真正涉及小说主题,前两对矛盾都在为彩票事件做铺垫。

单从《端》题目来看,两篇小说毫不相干,但从关键词"彩票"入手,就会发现小说内部的关联。上文指出两者都关注知识分子生存问题,张我军对留学生的救赎表现为对"彩票"寄托希望,而鲁迅同样有知识分子在一瞬间将希望寄托于"彩票"的幻想。笔者将从两个角度分析:一是提起"买彩票"事件的主体;二是"买彩票"事件本身。

有关"买彩票"事件都不是由当事者提出,而是由他者来完成。鲁迅《端》中写道:"方太太怕失了机会,连忙吞吞吐吐地说:'我想,过了节,到了初八,我们……倒不如去买一张彩票……'"①而张我军《买》中写道:"林天财说:'老李,咱们这几天钱很涩,多不好过日子?明天咱们去买二张彩票,你一张,我一张,看谁运气好,或者碰巧获得头彩,从天上掉下万千块钱,你我都可不愁了。'"②两位作家都尝试保持了知识分子当事者的纯洁度,而出现生存危机时由他者及时提出方案。

不仅如此,作家在描写买彩票事件时出现了有趣的现象。鲁迅描写方玄绰对彩票的观察:"那时他惘惘的走过稻香村,看见店门口竖着许多斗大的字的广告道'头彩几万元',……但似乎因为舍不得皮夹里仅存的六角钱,所以竟也毅然决然的走远了。"③而张我军描写道:"他一步出那家书店,即看见对角有家彩票店,门面贴着许多黄纸,写着黑字,打着红圈:'湖北正券——头彩二万元——后天开彩。'……他交了六毛钱,接了两张彩票,一溜烟跑回寓所。"④总体看来,鲁迅和张我军在知识分子"是否买彩票"的问题上出现了不同结局,但是在对关键词"彩票"的提出和介绍,甚至彩票中奖金额与票价上几乎都呈现出一致性,也就比较直观地显现出张我军延续了鲁迅作品的一些情节与细节。

再有,考察小说人物"借钱事件"的态度描写。鲁迅在小说中写道:"他自己说,他是从出世以来,只有人向他来要债,他从没有向人去讨过债,所以这一端是'非其所长'。……向不相干的亲戚朋友去借钱,实在是一件烦难事。"⑤类似的情节在张我军的小说中也有出现:"唉!唉!学费将完了……乐善好施!乐善好施之人肯供人家的学费吗?……说好话!说好话不就是摇尾乞怜吗?办不到!绝对办不到!"⑥这一次的"借钱事件"都发生在两位主人公生活十分窘迫时,妻子或恋人提出建议。方玄绰和陈哲生都持拒绝的态度,而且两位作家在用词上也极为相似,鲁迅在表现方玄绰态度时用的是"非其所长""烦难事",这里表现了方玄绰作为知识分子的自负心理,坚决不向生活卑躬屈膝的决心;而张我军的文字中使用了"摇尾乞怜""办不到!绝对办不到!"的字眼,体现陈哲生虽然贫困,但绝不失文人气节的态度。其中"摇尾乞怜"与"非其所长"所要表达的情绪和态度非常相似,并且张我军比鲁迅表现得更直接。

从叙述学角度来看,这属于"故事事件"和"角色模式"的模仿。所谓"故事事件"模仿就

---

① 鲁迅:《鲁迅全集》第1卷,人民文学出版社1956年版,第123页。
② 《台湾作家全集》第2卷,前卫出版社1991年版,第267页。
③ 鲁迅:《鲁迅全集》第1卷,人民文学出版社1956年版,第123页。
④ 《台湾作家全集》第2卷,前卫出版社1991年版,第269页。
⑤ 鲁迅:《鲁迅全集》第1卷,人民文学出版社1956年版,第118,121页。
⑥ 《台湾作家全集》第1卷,前卫出版社1991年版,第266页。

是以"借钱"来展开故事,或者塑造人物性格。"角色模式"跟人物有关,叙述学认为:"'角色'直译可译为'行动素',即把它完全是作为故事行动的一个因素来考虑,而不是从其自身的心理和道德方面来考虑。"①"角色模式"包含主角与对象、支使者与承受者、助手与对头三个部分。考察鲁迅和张我军"借钱事件"的"角色",就只有方玄绰和陈哲生两个人物,因此不管是"借钱事件"的行动主体,还是从行动的支使者与承受者来看,都指向这两个直接行为主体,即在"故事事件"上刻画的"借钱事件"。同时在塑造"借钱事件"的"角色"上,对"角色"的态度心理描写,继续了鲁迅在"角色"上的塑造,甚至在选用词汇上也是如此,无不透露出两个作品的关联性。

(三)与"彩票"相关的多种比较

两篇小说充满了对比和讽喻的修辞手法。所谓对比,就是把两种对立的事物或者同一事物的两个不同方面进行比较。运用对比,或使对立事物的矛盾鲜明突出,揭示本质,给人深刻的印象;或使事物对立的两个方面互相映衬,相得益彰,给人深刻印象。② 在文学批评中表现为关键人物的外部世界和内部世界两个方面的对比。外部世界就是关键人物以外的人、物、事;内部世界就是指人物本身,这是两种向度的观察。

《端》为知识分子发声的同时也表现批判意识,表面上是互相矛盾,但这就是鲁迅对中国知识分子现状最真实的反映。中国知识分子身处官僚主义横行的社会环境中,贫富不均让知识分子出现生活危机。鲁迅小说中的方玄绰一方面作为知识分子对官僚主义造就的贫富不均感到不满,另一方面作为官僚他又为官僚集团的行为寻找正当的借口,因而表现出矛盾的个体存在。小说主要将对比的角度集中于内部世界对比的层面上,指向知识分子"思想启蒙/权利主义"二元对立的双重文化身份所造成的多重矛盾。笔者重点考察由"彩票"引起的对比。

鲁迅关注知识分子生存问题,在体现其双重身份矛盾性时就揭示了生存困境的主题,即他为什么要做官?即便做官也未能改变他的生活状况。鲁迅无法不思考知识分子的生存问题:

> "我想,过了节,到了初八,我们……倒不如去买一张彩票……""胡说!会说出这样无教育的……"这时候,他忽然而又记起被金永生支使出来以后的事了。那时他惘惘的走过稻香村,看见店门口竖着许多斗大的字的广告道"头彩几万元",仿佛记得心里也一动,或者也许放慢了脚步的罢,但似乎因为舍不得皮夹里仅存的六角钱,所以竟也毅然决然的走远了。③

① 罗钢:《叙事学导论》,云南人民出版社 1995 年版,第 101 页。
② 唐松波、黄健霖:《汉语修辞格大词典》,中国国际广播出版社 1990 年版,第 252 页。
③ 鲁迅:《鲁迅全集》第 1 卷,人民文学出版社 1956 年版,第 123 页。

小说借方玄绰妻子再次暴露生活贫困的事实,并提出买彩票的建议,方玄绰展现出知识分子对"投机手段"的不屑,但马上又转向另一个极端,回想起自己看到卖彩票店家时,尝试通过买彩票来改变贫困现实的场景,但又再次放弃投机心理,更有趣的是他马上念起《尝试集》回归现实。方玄绰对"买彩票"事件的态度转变表现为"不屑—动摇—放弃"的过程,而所隐射的主体文化意义则是"新式知识分子立场——般生存立场—新式知识分子立场"。总体来看,笔者认为其双重身份的矛盾正体现了官僚主义与知识分子之间的矛盾,知识分子的生存问题在官僚主义横行的社会中又会联想到买彩票事件,对投机活动的思考、打消投机心理的方式又表现出知识分子反复的文化性格。

张我军则补充了知识分子被启蒙者形象,彩票同样成为留学生试图解决生存问题的途径,如果说鲁迅是借知识分子的投机心理反衬面临的生存危机,那张我军则是将投机心理转变为实际行动,忧虑知识分子生存状态的同时,也批判了贫富不均造成的社会问题。其小说中写道:

> "老李,咱们这几天钱很涩,多不好过日子？ 明天咱们去买二张彩票,你一张,我一张,看谁运气好,或者碰巧获得头彩,从天上掉下万千块钱,你我都可不愁了。""这倒不错,没有你提醒,我倒忘了这条发财的捷径。"他也不管有人在睡没有,大鼓其掌赞成林的意见。①

林、李也是留学生中的一类知识分子,因沉迷于享乐而生活窘迫,想通过买彩票的投机活动继续荒诞的留学生活,可以说是知识分子队伍中存在的隐患群体。他们和陈哲生形成贫富对比,显然张我军想要关注知识分子留学生活中的窘境,更重要的是对留学生中隐患群体的投机心理和行为进行揭露和批判。

另外,张我军又写道:"其实陈哲生没有睡,……心中暗暗咒骂他们。……想起彩票来,他由直觉上感到中国人的可鄙,不想发奋做事,却只望着买彩票发横财。"②

陈哲生对林、李的谈话表现出鄙夷的态度,与买彩票的态度形成对比,划分了两种知识分子的经济观和生活观。张我军通过知识分子在遇到经济问题时的应对方式:一面将知识分子分化为两个阵营,揭露了其所存在的投机心理;一面又打破了只对知识分子观察的视野,借由知识分子对整个中国人性格中的可鄙性进行思考。这里明显有鲁迅式创作痕迹,但张我军并未就此结束故事,继续写道:

> 彩票！ 彩票二字蓦地浮现出他的意识界。他想,我正没有法子弄学费,昨日他们给

---

① 《台湾作家全集》第 2 卷,前卫出版社 1991 年版,第 267 页。
② 《台湾作家全集》第 2 卷,前卫出版社 1991 年版,第 268 页。

了我这个暗示,我虽鄙弃它,但这也是一种绝无仅有的办法。买彩票固然是一件可耻而傻透的事,然而,……我何妨去偷偷的试一试?①

　　这里设置了陈哲生内部世界两面性的比较。陈哲生非常鄙弃买彩票的投机行为,但他在批判的同时,却也试图通过买彩票来改变目前的经济状况,并认为"这也是一种绝无仅有的办法"。陈哲生自身也出现了"买彩票的可耻"与"绝无仅有的办法"的矛盾,其实质就是"经济来源"与"生存问题"的冲突。小说最后张我军描写了陈哲生明知道买彩票不会成功但还愿意尝试,并幻想中奖后的景象,但结局是他因经济问题返乡。张我军将陈哲生置身于"明知不可行"与"不得不为之"的两难选择中,体现了对知识分子生存困境的无奈。

　　对比和讽喻的修辞手法常常一起使用,"讽喻从内容上看,非采取说故事的方法不可;从修辞功能来看,着重于教育或讽刺"②。通过故事人物或情节的比较达到教诲的目的,对比是形式,而讽喻更侧重内容。两位作家通过由买彩票引发的对比表现主题意识,鲁迅是通过人物内部世界两面性的对比:一方面表现方玄绰文化身份的矛盾性,因为文化身份的矛盾,使得知识分子脱离不了官僚主义的影响,而表现出文化性格的不彻底性;另一方面知识分子面对生活问题时,提出了通过投机行为改变生活现状的途径,方玄绰虽最终放弃并抱有鄙夷的态度,但也直指了知识分子的生存危机。而张我军延续鲁迅对知识分子的观察,将观察的视角集中于一群"被引导""被启蒙"的群体。张我军一方面将留学生中"不同性格"的人物进行对比,"学业派"本身存在的经济问题与"玩乐派"奢侈消费后引发的经济问题的比较,一来对前者的生存问题提出思考,二来对后者的弊病进行批判;另一方面将陈哲生本身对"买彩票"的态度和行为进行对比,一来从中国人的可鄙性延伸至对知识分子文化性格的批判,二来也对其实际生存困境投以关注。那两位作家想达到怎样的讽刺与教诲?

　　鲁迅通过方玄绰双重身份的比较,讽刺了作为启蒙主力军的知识分子的不彻底性,同时也讽刺了知识分子的投机心理;张我军也通过两类留学生,讽刺了青年知识分子存在的享乐主义遗风,以及投机心理,进而深入到对中国人可鄙性格的揭露。两位作家以具有反差性的对比讽刺了当下中国知识分子存在的种种问题,最终都向读者传达了知识分子生存困境的主题,生存困境不仅包含经济危机,更包含了文化危机。笔者认为《买》对《端》中的知识分子形象进行了补充,在主题意识上延续了鲁迅创作风格。

三、文学实践的仿写:知识女性的爱情悲剧

　　张我军《白太太的哀史》(下文简称《白》)于 1927 年在《台湾民报》上连载,小说以回忆的方式讲述了白太太的婚姻史。这是一篇有关女性主题的小说,但其议题不只是讲女性问题,

---

① 《台湾作家全集》第 2 卷,前卫出版社 1991 年版,第 268 页。
② 唐松波、黄健霖:《汉语修辞格大词典》,中国国际广播出版社 1990 年版,第 542、544 页。

还包括了对知识分子的观察、对旧官僚体制的抨击、对男权社会下女性悲惨遭遇的同情,以及对知识分子恋爱婚姻的反思等。张我军将关键词集中在"知识分子""女性""婚姻"和"死亡"上,这与鲁迅《伤逝》的书写主题很相似,引起笔者考察两篇小说的关联性。

（一）知识女性的失语、出走与回归

新知识分子形象在新文化书写中登场,鲁迅对知识分子的观察也是自省过程,剖析知识分子内部世界。鲁迅《伤逝》中有关知识分子爱情悲剧有两个关键词:爱情和悲剧。鲁迅小说中也有写爱情悲剧的,比如《离婚》中爱姑从前期反抗到后期失去自我的感情悲剧;《祝福》中祥林嫂从丈夫死后被卖给他人为妻到后期在纠结于"人死后到底有没有灵魂"的疑问中死去的悲剧等。但《伤逝》有别于前者的是,它的主体不是底层民众,而是知识分子,鲁迅赋予他们自由恋爱模式。爱姑和祥林嫂在男权社会中被推到"被牺牲"的位置上,鲁迅在《我之节烈观》中就提出传统男权社会中女性的生存模式:失语与死亡,接着新文化作家陆续对中国传统的反人类话语展开批判,提出女性话语权问题。《伤逝》让子君对传统男权话语发起挑战,一反传统女性"自我缄默"式的话语模式,而是主动的自我选择,子君表现反抗精神的自我独白出现了数次:"我是我自己的,他们谁也没有干涉我的权利。"①鲁迅借子君之口与男权社会发生正面碰撞,虽然鲁迅给了知识分子新的爱情模式,给了女性挑战传统男权话语的可能性,但他们并没有完成爱情而注定是悲剧。因此,这就不能单纯地停留在传统男权社会对青年男女自由恋爱扼杀的问题上,还要思考其深层原因。小说以"如果我能够,我要写下我的悔恨和悲哀,为子君,为自己"②开篇,笔者认为其关键词是:悔恨和悲哀。涓生和子君为了爱情离开了公馆,和社会底层人一起合租在破旧的四合院中,表现追求自由爱情的决心。那涓生为何感到"悔恨和悲哀"呢?

小说中的爱情故事穿插的重要线索就是男女"从相爱到不爱"的过程,因为情感转向了另一个关键点——"隐瞒与不瞒"的两难选择。如果"不瞒",涓生将会从"不爱"的困惑中解放,但如果"隐瞒",涓生将继续忍受琐碎的生活,他不断地放逐自己,但子君"孩子一般的眼色"又使涓生将"说出真实的勇气"变成"勉强的欢容"。涓生在"真实和说谎"中不断拷问自己,最终选择了"不瞒"。但对子君来说,这不是对爱的解放,而是"她以后所有的只是她父亲——儿女的债主——的烈日一般的严威和旁人的赛过冰霜的冷眼"③,而最可怕的是"虚空的重担",在此尽头便就是"无碑的坟墓",这里影射了子君死亡的悲剧。涓生选择"真实"后并没有得到精神解放,反而发现自己是一个卑怯者,而"那时使我希望,欢欣,爱,生活的,却全都逝去了,只有一个虚空,我用真实去换来的虚空存在"④。即自己的"真实"换来了两个人的"虚空"。这是涓生在自我忏悔和审判:一是涓生将真实的重担给了子君,使她重回传

① 鲁迅:《鲁迅全集》第 2 卷,人民文学出版社 1956 年版,第 110 页。
② 鲁迅:《鲁迅全集》第 2 卷,人民文学出版社 1956 年版,第 108 页。
③ 鲁迅:《鲁迅全集》第 2 卷,人民文学出版社 1956 年版,第 125 页。
④ 鲁迅:《鲁迅全集》第 2 卷,人民文学出版社 1956 年版,第 128 页。

统家庭的原点;二是涓生拒绝"隐瞒"后却换来了更大的虚空。这是一对矛盾的结局,即"隐瞒"与"真实"都是"虚空"。汪晖认为:"子君的命运是悲剧性的,而涓生的处境却具有荒诞的意味。虚空或绝望不仅是一种外部情境,而且就是主人公本身;他的任何选择因而都是'虚空'与'绝望'的。这种'虚空'与'绝望'是内在于人的无可逃脱的道德责任或犯罪感。"①这里所说的"虚空"与"绝望"就是在对人,特别是对青年知识分子从情感困境到生存与文化困境进行提问。

总体来说,《伤逝》一方面以知识分子的爱情悲剧来表现中国封建传统社会中无法实现知识分子的自由爱情,女性仍处于"失语"状态,甚至走向"死亡";另一方面知识分子在追求爱情的过程中,凸显出了对人生存与文化困境的思考,知识分子挣扎于"真实"与"谎言"充满矛盾的困境中,而也指向了对实现自我情感可能的思考。

张我军《白》晚了《伤逝》将近两年,其标题也反映了两个关键词:女性和悲剧。日本女孩花子是渴望有所依靠的孤儿,接受了中国留学生白先生的求婚,最终决意和他结婚。小说中写道:"虽然我来到东京的本意,是想一面做工,得生活的安定,一面求些学问,但是相形之下,还是与他结婚为妙。所以决意、决意、决意、决意与他结婚。"②一是交代花子是思想进步的知识女青年;二是连用四次决意强调了女性对爱情的渴望。但双方的朋友揭露白先生的卑劣,甚至还有家室,于是就凸显了中心词"欺与瞒"。但白先生婚后并没有回乡省亲,文中写道:"一半也是依了白太太的要求,而一半却是因为他的朋友已在北京替他谋好了位置的缘故。然而最重要原因,还是白先生着实有不能带着新娘子回家的所以。"③不明的"所以"就给女性的婚姻埋下了祸根,表现了第二次"欺与瞒"。白先生不仅有"欺与瞒"的性格,而还有中国官僚的恶习,甚至对白太太加以拳脚。小说中提到日本女子是最能服从的,马上表现女性在男权话语下失语与服从的文化特征。虽然是日本女性的性格使然,但也体现了在中国官僚社会下,女性必定患上"失语症"的事实。

"失语"的白太太借关东地震之机离开了白先生,呈现了女性的"出走模式",而《伤逝》中也出现子君的出走,那么女性的出走是反抗还是失败后的回归?子君重新回到传统男权家长制的文化语境中。但白太太的出走与其说是反抗,不如说是回避。当她收到白先生的书信后再次回来,而男性的书信实现了第三次"欺与瞒"。白先生与上司姨太太的丑闻将白太太推向死亡的边缘,白先生儿媳妇的到来结束了她的生命,白太太临死前叹息:"白先生!我嫁给你之时,是这样瘦得像鬼的人吗?前后才十年哩,你竟把我弄成这般。是命运的恶作剧呢?还是人类的残忍?"④女性在男性三次"欺与瞒"的话语下走向了死亡,但最后女性向社会发出了挑战宣言,虽以疑问结束,但女性已然回答:这是人类的残忍。

---

① 汪晖:《反抗绝望——鲁迅及其文学世界》,河北教育出版社2000年版,第311页。
② 《台湾作家全集》第2卷,前卫出版社1991年版,第275页。
③ 《台湾作家全集》第2卷,前卫出版社1991年版,第276页。
④ 《台湾作家全集》第2卷,前卫出版社1991年版,第283页。

总之，张我军《白》一方面揭露知识分子对女性"欺与瞒"的爱情，继续了男权话语下女性的"失语"状态，也将女性推上了"死亡"之路；另一方面女性有所觉醒，为何女性成了人类残忍的牺牲品？提出了女性的生存困境；再次，还直接批判了中国官僚主义的根深蒂固。结合两篇小说来看，张我军也紧扣"爱情"和"悲剧"两个关键词，通过知识分子的爱情悲剧对中国社会进行反思，虽然女性面对爱情危机时表现各异，但主旨思想和《伤逝》一致，女性的"失语"是男权社会的产物，而生存与社会环境更是值得深思的议题。

（二）叙述主体的"经验叙事"

笔者认为，考察故事展开时应关注叙事情境和叙事手法两个方面。基本叙事情境有三种：一是第一人称叙事情境；二是作者叙事情境；三是人物叙事情境。① 鲁迅《伤逝》全文采用第一人称叙事视角，包含两种自我："经验"的自我和"叙述"的自我②，即作品中现在的"我"在讲述过去的"我"的故事。比如小说开篇："如果我能够，我要写下我的悔恨和悲哀，为子君，为自己。"③直接表现了第一人称的两种"自我"，涓生是现在的叙事者，也是虚构艺术世界的参与者，重新回忆并记录对"过去经验"的叙述，所以第一人称所包含的两种"自我"相互联合或对立，就完成了对整个故事的叙述。

张我军《白》中也通过对"过去经验"的追述来展开故事，小说中写道："'白太太死了！'A君的母亲于谈话中，突然一沉重的声音，叹了一口气说。我与A君都目瞪口呆了！"④接着马上在第二章节展开回忆："这是去年冬天的事。我重到北京才几天。一日，正在A家谈闲天，突然进来一位年在30左右的妇人，……过了一会儿，A君就给我们介绍了。伊正是我所推想的白太太。"⑤"我"在朋友家聊天时，听说了有关白太太去世的噩耗，这才让"叙述"的我展开对"经验"自我的叙述。

但张我军解开"白太太之死"的谜团时，却选择了和鲁迅不同的叙事角度。他先借"叙述"自我引出白太太的日记："我昨晚一夜翻来覆去没睡好。这不消说又是为了照例的结婚问题。但我总算得了一个结果，因为我已经决意同他结婚了。……"⑥应该注意到"我"已然变成了白太太，原先"叙述"自我已消失于故事之外，但从第四章节开始讲述白太太的婚姻，一直到白太太死去，都是采用作者叙事情境讲述故事。因此，张我军虽说开始延续了《伤逝》中"涓生式"故事视角，但随后"我"一直在故事中进进出出，表现为第一人称情境的"现实"自我—叙事情境的反映人物—作者叙事情境的"我"。鲁迅笔下的涓生是作为"真实"自我讲述"自己"的故事，而张我军笔下的"真实"自我讲述第三者的故事，呈现了叙事角度的变化。

---

① 罗钢：《叙事学导论》，云南人民出版社1995年版，第163页。
② 罗钢：《叙事学导论》，云南人民出版社1995年版，第171页。
③ 鲁迅：《鲁迅全集》第2卷，人民文学出版社1956年版，第108页。
④ 《台湾作家全集》第2卷，前卫出版社1991年版，第272页。
⑤ 《台湾作家全集》第2卷，前卫出版社1991年版，第273页。
⑥ 《台湾作家全集》第2卷，前卫出版社1991年版，第274页。

其次，考察小说叙事手法中叙事的时间顺序。热奈特说："研究叙事的时间顺序，就是对照事件或事件段在叙述话语中的排列顺序和这些事件或时间段在故事中的接续顺序。"①就是要考察叙述话语顺序。而在文本中叙事时间发生错位有两种形式：倒叙，讲述在叙事时间点之前发生的事件；或是预叙，对叙事时间点之后可能发生的事件进行铺垫和预设。两篇小说都采用了倒叙的叙事手法，两位作家在告知故事结局的同时也提出了问题，即涓生为何悔恨和悲哀？白太太为何死去？进而引起回忆。两位作家都选择了"真实"自我的情感再现，前者再现了涓生对当下虚空的反思和回忆子君在时的情景；而后者再现了"我"对白太太死的同情。两种情感都是借由现实的情景而勾起对往事的追忆，并引起小说回忆叙事。

（三）知识女性命运的具象

小说中的人物是作者借以讲述故事的代言人。人物的统一性也是事件之间的重要连接因素。② 虽然两位作家叙述视角不同，但从女性悲剧命运出发，就应关注两个女性形象。首先是女性登场时的外貌描写。《伤逝》涓生对子君的回忆："于是就看见这笑窝的苍白的圆脸，苍白的瘦的臂膊，不得有条纹的衫子，玄色的裙。"③《白》中"我"初见白太太时的回忆："我便常常想起苍白的、瘦削的、面庞中央挂着一副棱棱的鹰鼻子，而懒容可掬的白太太。"④有关女性的描写出现了重复词汇：苍白和瘦。对子君来说，"苍白、瘦"是她和涓生私奔前的外貌描写，通过女性外貌特征表现与家长制对抗的艰难；而对白太太来说，是被白先生"欺与瞒"的婚姻打击后的外貌描写，女性命运进入自由婚姻后并没有得到实质性的改观，仍是男权社会的牺牲品。因此，无论是婚前的子君还是婚后的白太太，"苍白"和"瘦"是传统男权社会语境赋予女性的文化标签，从而形成女性命运表现的延续。

其次，女性性格也表现为两个方面：一是对自由婚恋的态度；二是被男性抛弃的态度。女性面对爱情时都与父权家长制或社会舆论发生冲突，都表现出不退缩的决心。鲁迅写道："'我是我自己的，他们谁也没有干涉我的权利！'……她默想了一会之后，分明地、坚决地、沉静地说了出来的话。"⑤子君直接向男权家长制正面宣战，强调了女性婚恋自由与自主性存在，尝试打破沉默于男权话语下"失语"的文化症状。在争取女性权利的同时，完全站在了男权社会的对立面，并且连续使用"分明地""坚决地""沉静地"三个词组，一是展现知识女性自我觉醒与反抗的决心，二是暗示了男权话语占主流的社会文化语境中可能潜伏的危机。而张我军则写道："决意、决意、决意、决意与他结婚。……现在我已决意嫁给他而无后悔了。"⑥他连续使用四次"决意"，也表现了女性毫不犹豫的性格。四次"决意"分明包涵了鲁

---

① 罗钢：《叙事学导论》，云南人民出版社1995年版，第133页。
② 罗钢：《叙事学导论》，云南人民出版社1995年版，第79页。
③ 鲁迅：《鲁迅全集》第2卷，人民文学出版社1956年版，第108页。
④ 《台湾作家全集》第2卷，前卫出版社1991年版，第273页。
⑤ 鲁迅：《鲁迅全集》第2卷，人民文学出版社1956年版，第110页。
⑥ 《台湾作家全集》第2卷，前卫出版社1991年版，第275—276页。

迅"分明地""坚决地""沉静地"的文化内涵。女性对婚恋自主性的强烈要求正体现了整个社会语境对女性压迫的程度之深,也可以预见对个人自主性话语追求的女性势必会遭到传统男权社会的镇压,所以两位作家都没有给男女知识分子设置一个脱离社会语境的乌托邦式的婚姻生活,而将两位女性拉回现实中——她们被男性抛弃,遭遇男权社会的镇压。鲁迅写道:

> 在她的凄惨的神色中,加上冰冷的分子了。
> "奇怪。——子君,你怎么今天这样儿了?"我忍不住问。
> "什么?"她连看也不看我。
> "你的脸色……"
> "没有什么,——什么也没有。"①

张我军则写道:

> "白先生!我嫁给你之时,是这样瘦得像鬼的人吗? 前后才十年哩,你竟把我弄成这般。是命运的恶作剧呢? 还是人类的残忍?"②

两位作家都呈现了知识女性被告知"不爱"后的状态,鲁迅通过男女对话表现女性的"非正常",涓生表达了"不爱",但对伤害子君却浑然不知,体现了男权社会对女性压迫已被合理化,成为社会集体认知。子君的隐忍已表明女性的挣扎只是无谓的牺牲,也反映了作家对社会的批判和对女性自主权和生存困境的担忧。而张我军借白太太之口,正面对男性提出了抗议,直接点明女性在男权社会下成了"鬼"的事实。他又让女性提出疑问:女性的出路到底在何处? 表达了对当下社会的批判与对女性命运的忧虑。总体来看,张我军在描写知识女性的登场和在爱情婚姻前后的性格、情感态度变化上,甚至出现与鲁迅相同或类似的词汇、形式和场景,但张我军在主题与情感表达上较之鲁迅,表现得更为简单和直接。

四、余 论

正值中国"五四"运动百年纪念之际,考察两岸新文化运动的互动与影响意义重大,一是再现新文化运动的历史与现实意义,二是再次呈现了两岸文学上的关联性。作为新文学运动的主将鲁迅,在语言、形式和内容上进行文学革命,率先完成了中国新文学史上第一篇白话文小说,并在文学实践的主题上反映社会各阶层的命运,在反传统上提出女性问题,在启蒙中反思知识分子的文化性格,尤其引起了弱小民族文人的共鸣,从而对本土社会的文化环

---

① 《鲁迅全集》第 2 卷,人民文学出版社 1956 年版,第 118—119 页。
② 《台湾作家全集》第 2 卷,前卫出版社 1991 年版,第 283 页。

境进行批判与反思,尝试展开文学革命。台湾文化与大陆文化同根同源,经由台湾留学生与文人的引介,自然而然地受到"五四"新文化影响而掀起岛内的文化运动风潮。

值得注意的是,当时的台湾完全沦为日本殖民地,在社会性质上和大陆不同,再有日本文化殖民政策,从而文化意义上由"自我"转向了"他者"的存在。拉康认为:"没有他者,就不可能有主体。自我与他者不是简单的、分离的、自治的范畴,不是二元对立中完全分离的两个本体位置……我们还要理解自我是在何种程度上总是从他者那里汲取营养的。"①而张我军的文化活动与文化实践如实地呈现了拉康"自我—他者"关系在文化意义上的表现。他推崇"五四"新文化运动,重在表现语言改革与新文学理论框架的建构,旨在批判社会现实与抵抗文化殖民;他也推崇鲁迅,重在文学创作实践,旨在聚焦社会具象与文化思想启蒙。从张我军小说中明显能够看到鲁迅文学的影子,而鲁迅的不朽便在于此,他对中国社会与人的观察与文学思考具有经典性与普遍性的特征。当然,影响与接受绝非刻板的模仿,虽然台湾新文化初期,存在对"五四"新文学作品的模仿痕迹,但也可以发现台湾社会的独特风景。张我军与鲁迅的文学相遇提供了两岸文学互动的实例,同时也体现了"五四"新文化与鲁迅文学还没有言尽,仍然可以成为观察两岸文学关联性的重要媒介。

---

① ［美］于连·沃尔夫莱:《批评关键词——文学与文化理论》,陈永国译,北京大学出版社 2015 年版,第 222 页。

以"复眼"透视复数的乡土与生命

——吴明益小说中的自然意识与生态关怀

郭俊超*

（山西师范大学 文学院，临汾 041004）

内容摘要：吴明益是当下台湾文坛年轻一代中颇受瞩目的作家。他具有长期野外自然观察、自然散文写作以及相关研究的实践和经验，这使他具备了一种"生态思维"的文学自觉，这种"生态思维"渗透于其乡土书写中，使其作品呈现出明显的自然意识和生态关怀。他大量使用自然视角/符号在乡土传统、现代文明与历史进程中铺展各种生态创伤，以此投射对生态伦理的反思；并进而对灵性、人性价值于生态的救赎意义，"复眼"观照自然的路径进行了审视，在生态关怀的认知策略上渗透出在人与自然的互动关系中建构人的主体性，在科学与传统、现代与神秘纠缠错综之中理解生态价值的趋向，且透露出从生命本体来审视自然与人类关系的视野。

关键词：吴明益小说；乡土文学；自然意识；生态关怀

- -

在台湾年轻一代的作家中，吴明益当下的写作颇受瞩目。如果要从吴明益目前的文学创作中抽出几个关键词，应该是乡土、历史与自然/生态。无论是在他所谓"非虚构"领域的自然书写，诸如《迷蝶志》《蝶道》《家离水边那么近》等作品所展示的以蝴蝶和水域生态为中心的散文创作，还是颇能体现其才华和想象力的小说创作，吴明益对台湾土地、历史和现实的思考及书写与前世代作家相比，都呈现了更丰富多元的视野。就小说而言来标示其创作身份，吴明益经常被冠以新/后乡土作家，刘亮雅曾评价道："在非小说创作中，吴明益经常被视为自然写作作家，在小说创作上，他则被视为才华横溢的年轻乡土作家。两种身份看似不同，但他的乡土关怀与生态关怀其实难以分割。吴明益的许多小说都可视为自然书写。"①

＊　作者简介：郭俊超，文学博士，山西师范大学文学院副教授、硕士生导师。

基金项目：国家社科基金一般项目"当代台湾乡土小说流变研究（1965—2015）"（18BZW149）；山西高校哲社一般项目"台湾新乡土小说研究"（2017236）。

① 刘亮雅：《迟来的后殖民：再论解严以来台湾小说》，台湾大学出版中心2014年版，第136—137页。

在台湾乡土小说的谱系中观照吴明益的小说,则能看出乡土观念与生态思维融合的特质,即作家在乡土书写中自觉地渗透了许多与自然生态有关的元素。作者通过自然与生态思维切入乡土认知、历史进程、现代文明以及驳杂的日常现实生活,加之现代、后现代叙事"魔法"的嵌入,从表现意蕴到审美实践上,他的小说都体现了王德威对其评价时所肯定的"复眼"美学。从文学史价值上观察,这种书写方式在一定程度上拓展了台湾乡土小说的视域和空间。简义明在以"乡土"为中心,反思八九十年代台湾文学史思维中的排他性弊病时,曾以吴明益的乡土叙事为例论证道,"这是加进生态学思维之后的'乡土'叙述与故事,也是过去从未产生过的'乡土'认识"①。在台湾文学的发展流程中,乡土文学与自然书写之间具有一定的承续关系。二十世纪七十年代乡土文学论战之后,文学生态呈现了本土化的转向,此时文学中的"乡土"取向,包含着回归本乡本土、反对西化、聚焦社会现实与矛盾、关心土地与大众生活的思想。在这种思想的催化下,作家开始重新审视并建构台湾的土地与历史认同,且进一步认识到自然环境在台湾乡土、历史与现实中的意义并正视其在现实中所遭受的各种危机,由此环境意识和生态关怀伴随环保运动逐渐高涨,创作领域出现了所谓的"自然书写"与"生态文学",乡土文学在一定意义上刺激了自然书写的发生和自觉。其实,台湾本是被海洋包围、被山林覆盖的岛屿,故而那些关注与台湾岛屿紧密相连的山林海洋的自然书写,未尝不是一种更广义形态的乡土文学。与台湾二十世纪七八十年代以降的自然书写相比,吴明益的同类散文创作,摆脱了前代作家创作中的文类惰性,在现实关怀、哲学思辨与文学审美间逐渐达到一种平衡。作者把科学态度、现实观察、感性体验与文学哲思融为一体,将丰富的自然生态知识与广博的人文历史及自我生命体验结合起来,在相对客观而又柔性的姿态中展现对生态环境的思考,将台湾自然书写推向新的高度。

吴明益的自然书写,是把文学创作与野外踏查、自然观察及学术研究有机结合起来。吴明益最初把自然书写界定为以散文为大宗的非虚构型文类并专注于此类研究,这些研究包括对台湾现代自然书写宏观层面的理论审视与"史"的建构,也包括个案层面以散文为主的重要作家自然书写的特质及其不同的生态伦理观的深入阐释,并进而扩展到对科普书写、河流书写、湿地生态与水伦理、园林书写与园林观等领域的思考。之后吴明益也开始关注自然书写中尚待厘清的几种"空隙",其中一种是"可试着以台湾战后小说为主要文本,并持续探寻台湾小说中潜存的'自然意识'"②。并且他已开始对钟理和、宋泽莱、李永平以及部分台湾少数民族作家小说中的自然意识进行初步的探析,他认为这类研究尚可扩及台湾二十世纪三十代与七十年代两次乡土文学论战的文本。吴明益的自然书写研究,刻意规避了学术语言的矫饰与枯燥,带着文学性的温度与质感,呈现出别样的学术特质。吴明益在自然书写

---

① 成功大学台湾文学系主编《台湾文学史书写国际学术研讨会论文集(2)》,春晖出版社 2008 年版,第393 页。

② 吴明益:《天真智慧,抑或理性禁忌? 关于原住民族汉语文学中所呈环境伦理观的初步思考》,《中外文学》2008 年第 37 卷第 4 期。

方面进行创作研究的经验与知识累积,以及从野外踏查所获取的实践和反思,使他具备了一种用"自然眼光"及"生态思维"对世界进行整体观照的自觉,在进行小说创作时,这种"生态思维"所蕴含的生态伦理就镶嵌在小说的表层肌理或潜存于深层结构。美国生态批评家从文学研究的角度论及这种生态思维时指出:"文学研究的是相互关系,而生态意识提升与拓展我们的相互关联意识以涵盖人类与非人类世界。文学生态学思维要求我们认真对待非人类世界,正如以前的批评方法对待社会与文化所构成的人类领域一样。"①吴明益的小说呈现出一种繁复的面相,或许也是从他所聚焦的蝴蝶所代表非人类世界的"复眼"中汲取的灵感。其作品中的自然意识与生态关怀似乎已成为吴明益小说的一种风格和标志,也映现他对台湾乡土、社会与历史极具个性化的透视。

一、乡土书写中的生态呈现及其反思

吴明益经常在他的乡土书写中渗透自身的生态观念,将人类的乡土世界和非人类的自然世界交织的生存伦理进行对话与互映,他往往利用一种复调式的叙事脉络把人的生命体验与自然物的幽微变迁糅合在一起。具体而言,这种方式是通过在叙事中建构一种"自然视角"来实现的,即刻意凸显非人类世界的自然符号在叙事中的隐喻意义和价值体现,进而在文学想象中铺展各类生态创伤与环境危机并由此投射对生态伦理的反思。

吴明益的小说创作从短篇开始,并出版了短篇小说集《本日公休》(1997)和《虎爷》(2003)。代表性短篇《虎爷》是一篇充满异质神秘元素的乡土小说,作品既展现民俗与民间信仰在建构乡土社会与地方性文化中的意义,又通过"动物"符号来表现自己的生态思考,即反思自然("动物"符号)、风俗信仰传统(舞狮、乩身等习俗仪式)与乡土社会的现代化这三者之间潜在关联。作者一方面以舞狮活动为重点召唤出浓重的民间文化记忆并展现这种乡俗仪式在现代社会的不断消解,另一方面又铺叙屏仔被虎爷附身后的拟动物形象及其神秘力量,以及由此引发的叙事者和民俗学家的对话,民俗学家力图通过不断访查,为这种神秘行为提供科学解释,在整体叙事中把现实感、科学感与神秘感交织在一起。情节的推进中,又植入一些自然化的形象,那只被关在笼子中的果子狸具有野性的力量,眼神充满神秘,果子狸正暗示着被现代化所抑制与封闭的自然力量。吴明益的这一叙事路径昭示着人类在一定程度上通过乡间民俗、乩身等方式实现自我与自然神秘的内在呼应,而台湾的殖民现代性及现代性进程切断了二者间的关联。因为现代的理性与科技文明往往把乡野的某些民俗文化视为愚昧和落后,从而将其抑制或污名化。刘亮雅借助班雅明的理论和廖炳惠"神秘现代"的概念指出,吴明益的短篇《虎爷》《厕所的故事》等作品中民俗与乩身正昭示了对神秘与现代的暧昧态度。这种结合神秘与现代的视野,在认同科学观察的同时,也认同人类与自然更

---

① [美]格伦·A.洛夫:《实用生态批评:文学、生物学与环境》,胡志红、王敬民、徐长勇译,北京大学出版社2010年版,第53页。

深层次的神秘关系。① 乡俗文化中的神秘色彩蕴含着先民在长期开疆拓土过程中积淀的自然崇拜等深层心理文化结构,这种生态文化在乡土传统被现代文明改造后开始逐渐瓦解,人们在科技理性的支配下建构一套"除魅"的强大话语体系,进而不断剔除或忽略其潜在的价值。生态批评家鲁枢元借助生物学家莫兰的论述指出,人类历史已经转向生态学的时代,进而在"大自然的普遍科学"中,人类不能只有"技术的面孔""理性的面孔",应该在人类的面孔上也看到神话、节庆、舞蹈、歌唱、痴迷、爱情、死亡、放纵……②《虎爷》中,作者借助一些自然符号和乡俗文化表达了自然及其中的神秘和野性力量在乡土传统中的失落,进而审视自然、民俗与乡土间的内在关系。吴明益希望自己能在不否定科学理性的前提下,来进行某种"还魅书写","我期待自己朝着这样的'还魅书写'走去。那并不是否定科学,而是要部分巫师借助于自然的能力,去寻找科学所展开的,足堪带我们到更遥远出神时空的可能性"③。在他看来,找回与神更接近的魔法时空,正是赎回人与自然更为理解交融的神秘天启。长篇小说《天桥上的魔术师》实则与《虎爷》有着类似叙事逻辑,只不过叙事场景从乡土转移到了都市的庶民生活。小说中的地景空间"中华商场"是老台北具有地方性和乡土性特质的地标。这座建造于六十年代的商场,早在九十年代初期,随着都市的急速扩张和现代化而被拆除。吴明益在另一长篇《睡眠的航线》中也有对这座商场的描述:从地缘上,商场里的人可以大致分为两种,从乡下到台北找活路的人,跟随国民党到台湾却没有住到眷村或没有得到政府分地而得以种田的人,他们靠手艺跟运气到都市谋生,对人生并没有什么了不起的理想与期待,就是过一天是一天。④ 这些由于各种因素来到都市谋生的"异乡人",我们更多看到的是他们所遭遇的各种无聊、疏离、孤寂、失意。在几个相互关联的不同故事中,总是伴随着人物的失落、失踪、死亡和各种情感的创伤,商场中的社会生态投射到他们情感中的,是某种虚幻、不和谐、不安全感甚至恐惧感。这种转型期的都市乡土空间中不但有人的失落,还有动物的失落,而动物的失落在某种程度上又强化了人的失落。台湾学者黄宗洁在论述该小说时,指出自然有其威胁性,又有其迷人的力量,人在面对自然时总是矛盾。如果不能同时看到恐惧与着迷的双重情感,就无法理解城市文明回应自然时的矛盾心态。⑤ 小说中各类动物的不断死亡与失踪昭示着城市文明在发展过程中与潜在的乡土传统和自然力量的隔断,这种隔断实际上又加剧了人的不安和孤独情绪。小说中颇有意味的一个形象是"扮装大象","我"穿上大象装在商店门口招徕顾客,却产生了一种复杂情绪,所有人像送葬队伍一样出现在"我"面前,而"我"却无法真实地触碰到他们。躲在大象装中的"我"与父亲近在咫尺却无法

---

① 刘亮雅:《迟来的后殖民:再论解严以来台湾小说》,台湾大学出版中心 2014 年版,第 139—145 页。

② 鲁枢元:《生态批评的知识空间》,《文艺研究》2002 年第 5 期。

③ 静宜大学台湾文学系编《台湾的自然书写:2005 年"自然书写学术研讨会"文集》,晨星出版社 2006 年版,第 72 页。

④ 吴明益:《睡眠的航线》,二鱼文化事业有限公司 2007 年版,第 132—133 页。

⑤ 黄宗洁:《论吴明益〈天桥上的魔术师〉中的怀旧时空与魔法自然》,《东华汉学》2015 年第 21 期。

抚平隔阂,站在热闹的人群中却倍感孤单,众人只愿意在那只扮装大象所展示的"迷人的巨大动物"面前获取对自然力量虚幻的短暂的审美满足。"扮装大象"颇有象征色彩,指向城市现代化过程中人类通过科技和商品为自我建构出来的碎片化、虚拟化的自然幻象,这种自然幻象无所不在地侵入日常生活空间中,使得人们习惯性适应了一种虚拟满足而日渐割裂了自我与自然的真实联系,正如有论者曾尖锐指出:"现代化侵略性地、不公平地将'自然的'空间转变为'建构性'的空间,这种共同的轻率特性为生态批评提供了批判利刃。"①从中华商场中人物身份上观察,他们是较早从乡下到都市谋生的外来者,从而与乡土及传统生活中蕴含的荒野体验及其归属感逐渐疏离。作品通过一些虚拟动物的"野性之光"来暗示人这种归属感的丧失、城市与荒野的隔断以及对自然之重要特性——荒野价值潜意识的心理依赖:那只没有瞳孔的石狮子不断出现并给人带来奇异的感觉,会让人感到有"火焰般的光流转其间",而幻觉中看到厕所中走出的那只华丽的斑马又让人闻到了没有去过的"非洲大草原的味道",诸如此类的"动物"形象在故事中不断浮现。"动物"正是"荒野"所具有的"野性"特质的呈现,"荒野"作为某种自由、纯净、和谐及秩序的象征为工业化、城市化过程中出现的混乱和失序提供了一种修补和反观的视角。另外,吴明益的这一写作路径也昭示着,从生态整体主义的伦理思维出发——比如利奥波德(Aldo Leopold)在《沙乡年鉴》中提出的"土地伦理"及"土地共同体"的概念可视为生态整体思维的典型,台湾关注自然生态的前现代作家,更多投入的是生物观察、野外踏查与山林海洋等自然本身的探索,相对忽视了城市与生态之间进行内部融合的关联性书写。在当下加速上演的城市化进程中,城市不可避免地成为人类生活的巨大聚集地,如何建构城市与生态有效融合的新伦理,是未来台湾写作者需要进一步探索的议题。

在另外两部长篇小说《复眼人》与《单车失窃记》中,作者分别以现实和历史的角度演绎人与自然的灾难,作者在复线交织的叙事脉络和生命体共生的整体网络中,把不同人物的生命史与自然物的命运遭际糅合在一起,进而勾连起繁复庞杂的议题。《复眼人》的叙事视野更为扩大,放到全球化的格局中审视岛屿的环境创伤,叙事中散发着一种末日情感,这种末日情感源于杨照所谓的"毁灭的日常庸俗",那种无所不在的日常毁灭不断摧毁外在的山海环境进而吞噬人物的情感状态,人与人的情绪都沾染了挥之不去的忧郁。故事中海洋上的垃圾岛是现代高度消费文明的产物,它意味着全球化中无所不在的"物"的流动性以及由此伴生的"毁坏"的膨胀和流动。另一座岛屿瓦忧瓦忧岛似乎象征着自然作为生命体所具有的内在循环和逻辑。环境不断恶化的台湾岛、充满乌托邦色彩的瓦忧瓦忧岛以及恶之象征的垃圾岛三者交汇碰撞的时候,意味着面对环境灾难,所有存在物皆无法独善其身,也进而展演出不同生命体及其意识的交汇与化归,以及岛屿、大陆及海洋,海洋文明与大陆文明在环

① 〔美〕劳伦斯·布伊尔:《环境批评的未来:环境危机与文学想象》,刘蓓译,北京大学出版社2010年版,第27页。

境恶化面前所面临的同一性。此外,从历史的角度来理解自然,是吴明益自然散文写作具有的一个特质,在长篇小说《单车失窃记》中,作者发挥了这一策略,把自然投射到人类的殖民史、战争史中,召唤出战争与文明带来的毁坏与创伤,并从生态视域检视人类历史的盲点。对此他曾反思道:"环境变动亦存在于历史之中,且是历史的一个重要层面。过去将人的经验与自然的变动分离叙述思考的历史,该是修正的时候了。"①小说在"寻父"这条主线之外,延伸出一条生态殖民的隐喻和线索,这一线索以蝴蝶和大象等动物所遭遇的生态创伤的历史来呈现。二十世纪初日本在台湾开始蝴蝶标本的采集工作,并逐渐设置专业的工厂进行产业化运作;之后发展到蝴蝶"蝶画"的制作,这些用大量蝴蝶的美丽躯体制作的工艺品被销往日本及欧美国家,成为现代消费文化下的商业用品。在经济利益和生活压力的双重驱动下,台湾的底层民众沦为了专业的捕蝶工人,大规模的蝴蝶捕杀,给台湾蝶种及其生存带来了灭顶之灾。除此之外,作者还铺叙了战争时期以大象林旺为主角的动物们的遭遇以及关于动物园的历史。无论对于人还是动物,战争经验都成了无法被抹除的痛苦记忆和挥之不去的梦魇,故事中几个经历战争的重要角色精神上无不遭受战争阴影与创伤的折磨。同时,动物的创伤与人的创伤又构成了一种相互映照和互文性的呈现。战争时期在食物短缺的形势下,日军曾大肆屠杀台湾动物园中的动物;普通居民在饥饿的逼迫下到处搜罗食物,连河畔的乌龟都被作为食物杀戮殆尽;东南亚参与战争的大象被俘虏并成为人类炫耀战争功绩的资本,它们中的幸存者随军队经历长途跋涉、重重磨难与死亡,最终被驱逐到异国他乡。

从生态批评和生物的立场出发,蝴蝶、大象等动物的遭遇正暗示着征服者在种族的殖民进程中也隐含着物种的殖民主义,而人类伴随战争与文明的历史进程往往忽略了被损伤的"自然"这一沉默无言的角色。吴明益以生态殖民主义观点对自然书写进行延伸思考时曾提道:"与一般国族或文化体的殖民关系不同,自然书写的反省往往触及人对自然(土地)的殖民关系,从同种间的国族/民族斗争,延伸到异种间(包含生物与环境)的权利义务关系的思辨上。"②生态殖民是从自然环境、生物群落等方面对殖民地进行改造或侵害,进而迫使被殖民者逐渐转向殖民者所要求的观念和生活模式,它是一种更隐秘的权力关系和侵略力量,显然台湾的殖民史还伴随着侵略者在无形的生态帝国主义思维下进行的物种移植与掠夺、地理地名置换、地景改造以及资源劫掠中的环境破坏等。相比吴明益散文类的自然书写,小说《单车失窃记》展示了作者更大的历史关怀,把同种与异种间的斗争与殖民关系皆囊括在内,从而呈现了历史复杂的面相与繁复的褶皱。小说结局,泥土中的种子成长为参天大树,把曾作为战争武器埋入土地的脚踏车融进自身的躯干中,这种独特的自然景观或许隐喻着大自然本身所具有的强大生命力与包容力,也蕴含着期望人类文明与自然万物和谐共存、相互融合的生态理想。

---

① 吴明益:《台湾现代自然书写的探索 1980—2002:以书写解放自然 BOOK1》,夏日出版 2012 年版,第 212 页。
② 吴明益:《台湾现代自然书写的探索 1980—2002:以书写解放自然 BOOK1》,夏日出版 2012 年版,第 210 页。

二、自然救赎:灵性/神性、人性与"复眼"观照

吴明益从散文创作到小说创作,一直蕴含着关于"复眼"的思考,"复眼"可谓吴明益从蝴蝶的生理构造中延伸出来的理解自然、生态与生命的一种方式和视角,并在此基础上塑造了一个贯穿不同作品的"复眼人"的角色,"复眼人"在某种意义上升华为一种对生态创伤的哲学思考和拯救之道,蕴含着作者的自然观和生态观,也意味着吴明益力图更多地站在其他生命的立场上来体验他们的生存处境,"理解其他生命的眼光与美感,新伦理才有建立的可能"①。他一方面期望能够转变人类中心主义心态和宰制型社会加诸自然身上的重重负累和伤害,另一方面,也试图把人类的知性和感性、理性智慧和心灵体验结合起来,以便更好地感知自然的生命之光以及蕴藏其中的"幽微天启",从而深入理解生态伦理的内在价值,寻求人与自然的和解共存之道。

在长篇《复眼人》中,作者对"复眼人"形象进行了集中的塑造。"复眼人"在作品中是一个充满灵性色彩的"隐形人",他从另一个层面为人类提供了观照自然的途径。主人公阿莉思的丈夫——登山爱好者杰克森在濒死之际聆听了复眼人的生命观和自然观。复眼人把"只能观看而无法介入"作为自己存在的唯一理由,他告诫人类,"人以为自己不用依靠别种生命的记忆也能活下来……以为只有自己能够哀伤,以为一枚石头坠落山谷不带任何意义,以为一头水鹿低头喝水没有启示……事实上,任何生物的任何微细动作,都是一个生态系的变动"②。人类以为可以无视大自然特定的运行密码与神秘的启示,以技术性、功利性的姿态来介入、利用甚至破坏生态系统。而复眼人所代表的自然特征及其警示意在指明,大自然在整体上不但是一个完善、和谐、有机而又统一的生态系统,更是一个充满灵性的生命系统。另外,复眼人的灵性特征,其神秘性与悲悯情调,则蕴含着自然神性价值与人性价值的统一,进而唤起人类对生命体的敬畏之心,并聆听与正视大自然神秘的呼唤。"复眼人"对自然与生态的认知超越了人类的功利心态与科学界限。"复眼人"正代表着吴明益所谓自然力量中"幽微天启"的部分,通过某种神秘力量开启人与自然的对话。这种通过非理性的感性经验生发出来的生命观和宇宙观正是要跳脱"人类中心主义"的视域,以一种整体观来审视自然,通过神性与人性自然中蕴藏的人文精神和情感力量促使人们审视自然为人类提供的归属价值、心理价值和美感价值,审视另外一个充满人性力量的"自我"。复眼人"观察而不介入"的姿态接续了传统宗教中神性力量,人类可以通过感知复眼人的"灵性"价值来唤醒自己内心的力量,即关于信仰的、审美的、人性的精神力量。

有论者指出,环境与生态危机在更深的层次上是人类无视或割裂了人性系统与生态伦理的内在统一,"生态伦理学的人性基础就是人性系统之自然属性、社会属性、人类意识及其

---

① 吴明益:《蝶道》,二鱼文化事业有限公司 2010 年版,第 279 页。
② 吴明益:《复眼人》,新星出版社 2013 年版,第 257 页。

复杂关系而形成的有机整体对大自然的绝对的开放性,人性系统的存在和发展绝对地依赖于大自然,大自然的生态完整性和复杂多样性以及由此决定的生命力,也根本上决定着人性系统的'生态'整体性、复杂多样性和生命力"①。在吴明益的小说中,当人类通过与自然的接触而唤醒自身的人性力量,以开放的人性系统来拥抱自然,改变对待自然与生态的态度和方式时,他们就成了拥有"复眼"与"灵性"的"复眼人",其生命价值就得到了升华,也进而获得对自我及自然的救赎之道。在《复眼人》中,沙拉的父亲阿蒙森从捕鲸人转换为保护海豹的斗士,最后却被猎豹者残杀在空寂的冰原上,因为其人性力量的复归,沙拉在他眼睛中看到了"复眼"的灵光。登山人杰克森和儿子托托在山林神奇的、原始的力量召唤下不断攀登高山,深入丛林腹地感知大地的神奇和脉动,最后却殒命山谷,他们都在濒死之际,聆听了自然的精灵——复眼人充满忧伤与悲情的启示。同样,作者在《单车失窃记》中以魔幻化、拟人化、人性化的方式赋予大象一种神秘的灵感,它们能够预知死亡、感知灾难、释放慈悲、回报恩情,并与人类进行情感的交流,这正昭示着灵性/人性自然所具有的人文情怀与情感力度能唤醒人类自我的人性体验。在自然界中,大象之类的动物本就有极高的智慧与灵性,故事中的大象同人类一样,以强大的承受力共同体验并分担着战争带来的疼痛、恐惧、死亡以及感知生命在灾难中的卑微无奈。人类与大象在战争与创伤面前所呈现的慈悲情怀以及互相救赎和抚慰的行为,同样昭示着恶行泛滥的灾难中人性力量的回归。战争时期与穆班长相处过的大象林旺,年老体衰之时在台湾圆山动物园与穆班长相遇,仍能用其灵敏性和记忆力向老朋友表达自己并未忘却对方的温情;而动物园管理人胜昭先生为了保护名为"玛小姐"的大象免受处决,冒着生命危险将其藏匿到地下通道里,在台北大空袭中他拯救了大象,自己却被压死在通道中,这种悲剧氛围中无不散发着人性的光辉。

"复眼"观照不但意味着从整体的视域来审视人与自然的关系的复杂性,且注重不同生命体内部互为关联的立场与诉求,注重彼此之间的互视、启示与对话,珍视包括人类在内的所有不同生命形态的内在价值。吴明益在对《迷蝶志》的内容进行分类时谈道:"透过各种蝴蝶与人类互动过程中的某些线索(自然志),与人类本身的发展,乃至自身的生命史,进行呼应与对话。"②从文学创作的角度而言,吴明益从不把思维局限在单一视域内,而是建构很多的"单眼",来交织成一张复杂的网络,让思考在发散中得以深化。在《睡眠的航线》中,生态、梦境、战争交织互映构成了这篇小说特殊的格局,这篇以"战争和历史"为核心叙事的作品中,时时渗透着人与自然的"互视",体现着理性、神性与人性的对话及融合,从对自然的感悟中体认人类自我的存在,从而追寻生命存续的内在本质和统一性。故事开篇叙事者透过朋友沙子的植物学与生态学的知识,来铺陈箪矢竹开花与死亡的情节,到了故事结局发现竹子在自然界中的异常生态表现,实际上是为了和人类在灾难中的生存处境进行呼应。竹子开

---

① 吴文新、王丰年:《论生态伦理学中的人性问题》,《哲学与文化》(台湾)2006 年第 33 卷第 6 期。
② 吴明益:《选择〈迷蝶志〉的思考与书写》,《文讯》2000 年第 182 期。

花并非全部会死亡,总有一两棵强韧生活下来,并占领那些死亡后没有迅速重生的竹子的土地。而人类也同竹子一样,经过残酷的战争灾难而存活之后,更好地理解了生命延续的真谛。没有经历过战争的年轻的"我"辈一代,通过追寻父辈伴随战争与灾难的历史进程,与沉默无言的父辈达成沟通与和解,弥合了被战争创伤割裂的父子关系,这正如竹子通过开花与死亡获得新生一样。此外,那只名为"石头"的乌龟作为床脚的垫脚石负载着沉重的压力和残酷的现实,依靠进入人类的梦境来减轻重负,却熬到战争结束,乌龟的行为中散发着苦难中自然生命不可思议的韧性与能量。以生态及自然的视角来反观人类战争与文明进程,意味着"战争的背后其实还有战争,而灾难的背后仍将有灾难。人类能一代一代地活存下去,无非是这些苦与难维持了生与死的恒定"①。小说以东南亚大海啸的新闻事件结束,正是昭示着苦难之中生命的循环、生死的恒定。无论是箭矢竹和乌龟代表的自然,还是伴随着战争进程的人类历史,都有着内在的类同的循环密码和存活之道,这本就是生态文化对人类所具有的导向价值之一。故事中还设置了一个超越世俗世界与人类眼光而以神的姿态出现的"菩萨"形象,"菩萨"虽全知全能,洞悉世间万物,收集一切生命的祈求与愿望,却无法介入干涉现实,这样的形态显然是"复眼人"角色的延伸,也是包容万物的自然与土地的化身。吴明益曾认为自然本身就是宗教,就是哲学,"菩萨"以慈悲的心态拥抱自然万物并珍视所有生命的内在价值,从而把宗教性的众生平等论与现代生态哲学中的物种平权思想以及把对人的关怀扩大至所有生命的理念接续起来。

三、吴明益生态关怀中渗透的认知/书写策略

自然与生态问题的出现与解决的过程,也意味着人对自我主体性进行重新确认和建构的过程,即人从根本/本质上的一种自觉和自省,这种人的自我主体的建构,不但要放到人与人、人与社会、社会与社会的相互关系中,也应在人与自然、人与其他生命体的关系中来建构,正如法国研究生命伦理的哲学家施韦泽所谓"人的意识的根本状态是'我是要求生存的生命,我在要求生存的生命之中'"②,这种观念强化的是作为不同主体的生命之间彼此处在关联与共生的状态中。东亚社会的近现代史,渗透着一种弱肉强食的进化论逻辑,对强者崇拜,对弱者歧视甚至殖民,弱者在强者的殖民论述下甘于自我殖民化,在人与他者的关系或社会与社会的关系中,演化为一种由强弱而主从的关系、依附与(主动)被依附的关系,这种关系甚至沉淀为人自我潜意识的一部分延续至今,且人类把这种思维投射到人与自然的关系中,使得二者关系变得恶化。在《单车失窃记》中所铺叙的台湾兵被日本征召到东南亚参与战争的故事,充斥着战争、人类和自然生灵,殖民、被殖民与反殖民,以及国族、族群及物种

---

① 吴明益:《睡眠的航线》,二鱼文化事业有限公司 2007 年版,第 295 页。

② [法]阿尔贝特·施韦泽:《敬畏生命:五十年来的基本论述》,陈泽环译,上海社会科学院出版社 2003 年版,第 46 页。

等之间的关系,这种关系中也投射了上述问题的存在。诸如大象在面对殖民与反殖民双方力量时的命运和遭遇,在日本的军队中,它们作为运载战争武器的工具被奴役;而日本战败,它们被由弱者逆转为战胜者的中国远征军俘获时,又成为其炫耀战绩的资本被驱使。此外,日本在台湾进行殖民时,台湾的底层民众为了获取经济利益,也大肆对岛内的蝴蝶等物种进行毁灭性捕杀,进而加剧了自身的殖民化处境。这种关系投射的是被/反殖民者面对自然时,流露的或许是殖民者对待被/反殖民者同样的意识形态。人在与自然的相互关系中重构自身的主体性时,也应该正视自然作为与人共生存在的主体性的一面,而不仅仅把其当成单向度的对象与客体,当成被役使者或被依附者。吴明益在叙述中所彰显的自然灵性的一面,正是提升自然的主体性位置。并且,应在此基础上进一步培育新的生态意识,即把人与自然之间由主从关系建构为互为主体的关系,如此才能逐渐扭转生态危机的思想根源。同时在吴明益的小说中,也经常会通过叙事视角的转换站在自然的立场上来展示其遭遇和情感。《复眼人》中既用第一人称来叙述人类社会不同个体与角色在环境灾难中的不同思索与行动,也以瓦忧瓦忧岛的视角来呈现他们所代表的自然的逻辑和选择;《单车失窃记》中则以大象的立场来透视其面对战争时的命运和感受。另一方面,作者在不同的作品中,用了大量笔墨来展现人在与自然物的交流、对话、碰撞中所升华的意义及人自身发生的各种变化,作者所喻示的是,人如何既在社会和历史中,也在与自然的交流对话中建构自我,完成对人之为人的本质力量的升华,跳脱那种惯性的历史逻辑和思维逻辑,进一步走向自觉与自省,这种自觉与自省对改善人与自然的关系就显得十分重要。对此,吴明益曾谈到,对于大多数人来说,无论他们的心智将来发展成什么样,"学习如何以一个'人'的姿态去面对其他生命(包括人与其他异种生命),恐怕是更为紧要的课题"[1]。

此外,面对自然环境与生态文化在当下社会中所暴露的现代性弊病,吴明益通过小说创作来呈现他生态关怀的面相和对生态伦理的反思,他的作品在整体的认知中还渗透着科学主义(工具理性、科技、现代文明等)、传统价值(民间/民俗文化、神秘经验、宗教、信仰、传统思想等)与自然生态三者之间互映交融的辩证思考。吴明益认为台湾自然写作在现代环境伦理冲击下表现出三种思索的路径,分别是对现代文明(科技、都市、物质消费)的批判,对传统价值(中国文化)的批判,寻求"灵性"的托寄。[2] 吴明益对现代文明和传统价值并非盲目地批判或褒扬,而是辩证地思索这些知识系统对生态伦理的影响和意义。中篇《复眼人》中,作者既批判了人类滥用科技对气候和生态带来的负面影响,同时生物学家利用自身的生物学知识切身体验并融入蝴蝶迁徙的神秘境域与仪式之中,正显示着人类借助科学力量、秉持科学态度才能更好地理解自然。在几部长篇小说中,因为上述认知策略的彰显,使得叙事的

---

① 吴明益:《迷蝶志》,中国文联出版社 2014 年版,第 203—204 页。

② 吴明益:《台湾现代自然书写的探索 1980—2002:以书写解放自然 BOOK1》,夏日出版 2012 年版,第 358—364 页。

风格上显现出现代与神秘、理性与魔幻、祛魅与返魅混杂汇融的特质。长篇《复眼人》中的瓦忧瓦忧岛展现出原住民生活特质的前现代神秘文化,他们生活中蕴含的民俗、宗教、信仰等知识系统隐含着一种自然崇拜、天人合一的传统形态,文中塑造的神秘"复眼人"也展现出原住民的特点,而人类居住的岛屿和海上漂浮的垃圾岛代表着不断膨胀的现代文明与物质消费主义的生活方式以及由此对自然环境和人类自身带来的潜在危害,在这种对比中也透露出对原住民所代表的传统生态文化所具有的正面价值的肯定。《睡眠的航线》和《单车失窃记》中,作者一方面大肆铺展睡眠异常的心理学、医学知识,植物异常表现的生物学知识以及对单车技术文明发展的知识考古;另一方面,叙事中又不断切入梦境的不可解与神秘性、神灵的现身说法、动物的灵性彰显、命运的无奈与无常等。在现代和神秘的错综纠缠中凸显生命的深层隐喻和寄托,进而思索人类与自然及其他生命体在科学、伦理学、宗教及哲学上幽微天启的联系。

吴明益在叙事中也体现出超越种族与物种,从生命的本质趋向上来理解生态伦理的宽广视野,因为环境与生态危机本是跨越国族、种族与物种进而关涉所有生命体甚至非生命体共同命运的议题。长篇《复眼人》中不同国籍、不同族群、不同身份的人物,皆在环境危机之下寻求理解自然的途径,并在此基础上探索对自身精神危机的解救。吴明益在其小说中会不时植入人与动物角色的互为模拟与转换的情景,诸如扮装大象、进入人类梦境的乌龟、被俘后关在笼中表现出动物姿态的美国飞行员等。通过这种模拟与转换来探求生命内在价值的统一性,甚至连非动物的单车、树木及森林,也因参与了人类/动物的命运进程而折射出生命的温度与历史的纵深。除此之外,吴明益在小说中揭示了大量的生态创伤与人的精神创伤,由此进入对人的精神生态的关注。许多生态批评家已经注意到,人类所遭遇的现代性危机,不仅包含着自然生态危机,更可能包含着人类的精神生态危机,这种危机涉及人与自然关系的割裂,还有与社会、历史甚至与自我关系的断裂,使得人的道德感、历史感、归属感、情感意志甚至对诗意存在的价值体验都变得衰弱。鲁枢元认为人不仅是自然性的存在、社会性的存在,还是精神性的存在,同时也就有精神生态的存在,其焦点在于注重人与自我的关系的重建。[①] 在吴明益小说中,自然生态对人精神生态的危机具有一种诊疗作用,人类通过各种途径意识到生态创伤的危害并且聆听自然的启示,会改变自我生存的方式,这种人类自我内在价值的提升与改变也激发对生态创伤的修补并进而寻找更好的对自然及自我的救赎之路。总体而言,台湾的本土化进程以及严峻的生态危机和世界性的生态文明潮流是推动台湾作家以文学创作投注生态议题的动力,吴明益在小说中所呈现的生态关怀是融合在其丰沛的文学想象和出色的叙事能力之中的,他开辟的小说世界复杂而丰饶,从而展示了当下台湾小说不断更新的视野。

---

① 鲁枢元:《文学的跨界研究:文学与生态学》,学林出版社 2011 年版,第 31 页。

论越战时期越南作家与越南华侨作家的汉文诗歌

阮氏维东[*]

（南京大学 中国新文学研究中心，南京 210023）

内容摘要：从 19 世纪末至 20 世纪中期，也就是越南战争爆发期间，越南文化在法国殖民政府的统治下，汉文诗歌创作受到西方现代文学主流派的影响，呈现不少优秀作品。但残酷的战争给多少无辜人的心灵蒙上一层阴影。诗歌作家通过汉文叙述自己的情怀与对时代历史现状的无奈，以及战争给越南人民带来的苦难和惨状，这些著名的作家不仅有越南本土作家，也有越南华侨作家，他们诗歌表达的主题虽然一致，但在某些方面还是存在一定差异。

关键词：越南本土作家；越南华人作家；汉文诗歌

- -

引 言

　　1858 年法国开始入侵越南，并且在越南领土上建立了殖民制度，一直到 1973 年越美战争的结束，越南民族陷入一段悲壮的历史时期。当时已经腐朽的越南封建制度随着阮朝结束而解体，一些由勤王士兵与儒士领导的爱国运动先后被法国当局镇压。在这样的历史背景之下，法国殖民政府从上而下废止越南中文的使用，取而代之的是法文与越南现行的国语字。随着各类法语学校建立起来，越南文化与教育发生了巨大的变化，新知识分子阶层开始出现，他们一边重视越南传统文化，一边也很乐于接受西方文化。虽然他们学习汉语受到很多限制，但还是涌现了不少优秀的越南知识分子与爱国革命家使用汉语创作诗歌来抒发自己的情怀或者致力于国家民族的革命事业，如：阮廷昭、潘佩珠、范周桢、阮春温、胡志明等。

　　从 1858 年至 1973 年，越南全国人民进入了长年抗法、抗日、抗美的斗争中，在此期间不少爱国知识分子不仅亲赴战场，率领人民斗争，而且还以笔为枪，创办文学期刊和报刊，通过

---

　　* 作者简介：阮氏维东，南京大学中国新文学研究中心博士研究生。

诗歌和其他文学作品来号召全国人民参加抗法救国。这些著名的作家不仅有越南本地人，还有越南华侨作家。1937年中国全面抗日战争爆发之后，有不少来自中国大陆的文人学者来到了越南南方西贡，他们与当地华人与越南人一起用白话文宣传抗战救国，这些作品刊发在《越南日报》以及越南华侨救国总会主办的《全民日报》上。作品在奋起疾呼、号召越南全国人民一起同心协力积极参加抗战运动的同时，也叙述了多年的战争给越南人民带来的苦难和惨状，叙述自己的情怀与对时代历史现状的无奈。因此不管是越南人民还是越南华侨，面对战争他们都有共同的心愿、共同的遭遇，他们要一起战斗抵抗共同的敌人。由此本文就选取由越南人与越南华侨作家所创作的与战争有关的近现代汉文诗作进行探讨，展现越南华文近现代诗的独特之处。

一、抗法战争期间的越南作家代表及汉文诗作

从1858年至1945年，在长年抗法战争期间出现了不少爱国诗人与革命家，诗人们通过文字来写出感情真实、体恤民情的诗篇。

阮廷昭（1822—1888），号仲甫、晦斋，出生在嘉定省新平府新泰村（今胡志明市第一郡栋库坊）的一个名门世家，阮廷昭的童年时代是在社会动荡中度过的。绍治三年（1843年），阮廷昭参加乡试，在嘉定场考中秀才，后到京城顺化继续学习。绍治六年（1846年），他准备在顺化参加乡试，但由于母亲突然病逝而返乡奔丧，在归途中因伤心过度而失明，后来转而学习医学，为百姓看病，同时开办学校授徒和创作诗文，《蓼云仙传》就在这段时间内写成。①《蓼云仙传》全文共2076句，用越南语喃字写成，此时作者的家乡嘉定早已沦为法国殖民地，阮廷昭在诗中既描写了自己的科考经历，也表达了反抗法国殖民统治的希冀，这首长诗在传统思想受到法国思想冲击时，也弘扬了越南的传统美德。《蓼云仙传》和《金云翘传》被认为是越南两部最受瞩目和最有影响力的叙事诗。

阮廷昭以其洋溢民族主义和反殖民统治精神的诗作而知名，在越南南方人民和文绅中拥有很高的声誉。阮廷昭的创作可分为两个时期：1858年之前，以古典主义作品为主，代表作是六八体长篇叙事诗《蓼云仙传》；1858年之后，以反映人民抗法现实的作品为主，代表作是《序灼义士祭文》《悼张定诗12首》和《祭张定文》《悼潘从诗12首》《六省阵亡义士祭文》《渔樵医术问答》等。②在作品中他表达了强烈的爱国热情，他歌颂越南传统文化及儒家文化美德，谴责外来天主文化，并因此遭法国殖民者公然禁绝，很多作品也被焚毁。

阮廷昭被越南学界认为是越南古代的最后一位诗人，也是越南近代的第一位诗人。是越南文学史从古代走向近代、承前启后的一位重要诗人。

阮春温（1825—1889），号玉堂、别号献亭，被称为"良江相公"，义安省东城县人，是越南

---

① 于在照：《越南文学史》，世界图书出版公司2014年版，第256页。
② 阮伯世：《阮廷昭〈身世与诗文〉》，西贡新越出版社1957年版。

反对法国殖民统治的革命家。嗣德二十四年(1871 年),考中第三甲同进士出身,初授翰林院编修、署理广宁知府,后任平定督学和平顺省按察使。[①]

阮春温是抗法勤王运动中的出色将领,在文学方面,他的著作有《玉堂诗集》(共 311 首诗)与《玉堂文集》(共 22 篇散文)及一些对联。他的诗歌的主要内容跟紧着新闻、政治题材,表现出深刻的个人意志、人格以及情感。诗歌传达出充满志气、抱负和义气,想为国为民做出贡献的心愿。如《勃兴》一诗中写道:"天地生吾有意无? 生吾终必厚于吾。家无宝货难予累,座有琴樽可尔娱。君子身名单笔掾,男儿分事一桑弧。我年虽少心仍壮,富贵难淫大丈夫。"[②]诗中充满了儒家思想如天生我材必有用、富贵不能淫、威武不能屈等。他当官的时候,虽然官职小,但是心中还是有"报国臣心不敢亏"之精神,如在《述怀》诗中说:"报国臣心不敢亏,那堪人事每相违。临轩有策归臣拣,制阃无才负主知。一去故京投牒晚,再来新所献书迟。此身荣辱何须挂,敌忾丹忱死不衰。"[③]诗人不计较个人荣辱,决心要和法国入侵者斗争到底,只恨自己功名考取时间晚,建言献策忠心报国。

看到国土一步一步地落入法国手里,他使用自己的笔墨武器来痛砭时弊,抒发出自己内心的愤怒。诗歌批判在国破家亡的时候,朝臣们却仍然醉生梦死,而百姓处于生灵涂炭的状况,如《塑望拜》(其一)一诗中写:"区区告塑礼徒施,城郭人民半已飞。钟虚已移唐庙貌,车徒犹作汉威仪。羊堪称兕民何东,象可投怀物更悲。却得宫中言笑好,庭前葡萄是何为。"[④]城里的百姓已经走了大半,民生凋敝而朝中官员还歌舞升华,没有忧国忧民之心,令人十分愤怒。范贵适在《赴北京》一诗中也描绘了战争给人民带来的苦难,诗写:"望望见镇城,寒烟空作基。傶居入民舍,荒凉非昔时。"[⑤]当时法国入侵越南时,烧杀抢掠、无恶不作,人民为了躲避战乱,纷纷离开家乡故土,诗人见此场景有感而发。

不过看到人民勇敢斗争、不怕牺牲的志气,阮春温的决心之精神更加坚定,相信总有一天一定会取得胜利,如在《冬日述怀》诗中他写道:"昔年保驾在边廷,今岁俘车送帝京。世事到头空悒月,年华屈指又週星。新停风景双行泪,故国烟霞一片情。冬至阳生春又到,春梅岸柳暗逢迎。"[⑥]阮春温虽遭遇仕途变化,但并不影响其忠贞报国之心,冬去春来,他对革命胜利充满期待。

总体上看,阮春温诗歌中的主要内容是跟随着国事、政治,体现出个人意志、人格以及对国对民的情怀与责任。在艺术方面正如黎志勇教授所说:"诗文淳朴、憨直、不经过打磨、不光洁华丽。"[⑦]

①　阮伯世、阮光胜:《越南历史人物词典》,胡志明市综合出版社 2006 年版,第 162 页。
②　《阮春温诗文》(第二版),越南文学出版社 1977 年版,第 22 页。
③　《阮春温诗文》(第二版),越南文学出版社 1977 年版,第 26 页。
④　《阮春温诗文》(第二版),越南文学出版社 1977 年版,第 19 页。
⑤　丁连武:《越南诗文选集(1858—1920)》第 1 集,越南文学出版社 1984 年版,第 234 页。
⑥　《阮春温诗文》(第二版),越南文学出版社 1977 年版,第 32 页。
⑦　黎志勇:《文学词典(新版)》,世界出版社 2005 年版,第 1231 页。

阮光碧(1832—1890),字翰微,号渔峰。出生在越南南定省建昌府真定县安培总程浦社(今属太平省钱海县),是越南阮朝的一位官员、诗人,以及在法国殖民时期的一位独立运动家。1869 年中黄甲,先后担任延庆和林操知府,山西、平定按察和国子监祭酒等职。

　　在文学方面,阮光碧留有比较著名的著作《渔峰诗集》,共有 97 首汉文诗,这些诗歌是他在 1884 至 1889 年领导义军抗法期间写的,是越南勤王抗法运动的真实写照,他的诗歌表达了他精忠报国的决心。如一首诗《山路行自慰》:"崎岖莫怕路行难,图报馀生誓寸丹。头上君亲天日照,江山到处护平安。"①这首诗是在抗法战期间所写,他带领义军抗法,用山路崎岖隐喻抗法斗争不会一帆风顺,是一个长期过程,为了国家百姓不畏牺牲,全诗中展现出一种悲愤的声音。

　　潘庭逢(1847—1895),字珠峰,河静省人。著名军事家、儒学学者以及抗法英雄和诗人。潘庭逢的诗歌主要以抗法为主,忠实反映出内心的感情。他的诗作有 13 首,同时还有一些对联与《越史地舆》著作。虽然他的著作比较少,但读者们都能够感受到他本人一心一意为国为民,懂得依靠人民,坚持战斗抗法到底,绝不让步的精神。就在生命弥留之际,他仍念念不忘为抗法斗争的越南人民,如《临终时作》诗写道:"戎场奉命十更冬,武略依然未奏功。穷户嗷天难宅雁,匪徒遍地尚屯蜂。九重车驾关山外,四海人民水火中。责望愈隆忧愈重,将门深自愧英雄。"②这首诗表露出诗人心愿未了的无尽的遗憾,四海的百姓还在水火中,自己却无能为力,只能寄希望于后人,继续抗法,全诗荡气回肠又充满悲愤之情。

　　胡志明(1890—1969),幼名阮生恭,青年时名阮必成,后自号阮爱国。③ 他是越南共产党、越南民主共和国和越南人民军的主要创立者和领导人。历经三十多年在国外奔波寻找救国之路,1941 年回到越南高平省领导革命。虽然生活艰苦、工作繁忙,但胡志明还创作了很多诗歌,他的诗歌成为越南民族文化宝库中的明珠。

　　胡志明的著作有《独立宣言》与《狱中日记》,还有诸多在领导革命期间所写的诗作,有汉文诗与越南国语字的诗作。其中《狱中日记》是胡志明的汉文诗集,1942 年 8 月胡志明在中国广西被重庆国民政府所捕,先后被关押在南宁、柳州、桂林等地的监狱共一年有余,在这段时间里胡志明写下了一百余首汉文诗,反映他在狱中的生活以及爱国的情怀、乐观精神。至今《狱中日记》被视为研究胡志明思想与中越关系的参考材料。胡志明的诗作大部分受到唐律诗歌的影响,如七言《清明》诗中写:"清明时节雨纷纷,笼裡囚人欲断魂。借问自由何处有,卫兵遥指辩公门。"④还有《野景》诗中胡志明写道:"我来之时禾尚青,现在秋收半已成。处处农民颜带笑,田间充满唱歌声。"⑤这两首诗在表达胡志明对自然景观和人民的描述的

　　① 丁连武:《越南诗文选集(1858—1920)》第 1 集,越南文学出版社 1984 年版,第 135 页。
　　② 丁连武:《越南诗文选集(1858—1920)》第 1 集,越南文学出版社 1984 年版,第 189 页。
　　③ 山丛:《绿色荷花》,越南金童出版社 1981 年版,第 18 页。
　　④ 胡志明:《狱中日记》,越南文学出版社 2016 年版,第 52 页。
　　⑤ 胡志明:《狱中日记》,越南文学出版社 2016 年版,第 21 页。

同时,也包含着诗人想要拥有自由与跟祖国人民团聚的愿望。此外,胡志明的诗中,我们常看到一种公而忘私的精神,一颗充满爱的心,永远在乎最简单的事情。

总体上看,越南革命诗歌比较丰富,因为这个阶段的诗歌在内容和艺术方面已经达到较高的成就价值,并且在抗击外来侵略者的战争中,在保护、建立国家事业上占有重要的地位。各世代的诗人们一起并肩同行,创造出一个持久的创意之道路,并取得了许多骄傲的成绩。丰富的作家队伍,为诗歌的发展之路创造了一个宽敞的空间。每个时期的代表作家组成了创作的队伍,形成了一种特别的诗人的类型,即诗人—战士。他们一边拿笔一边拿枪,直接参加国家的伟大军事行动。他们与时代共处,反映时代的气氛,同时也反映与肯定自己在时代潮流中的地位。在历史的关键时刻,诗人自觉排到了第二位置,而把第一位置让给了文化和艺术方面的战士。也因为如此,诗歌的艺术要求就自觉与政治的需求、与国家的历史任务相结合。就在抗法战争初期,诗歌是一种最为发展、最为丰富的类型,因为它很快就转向抗战中的形象、事件与人物。也跟其他文化精神运动领域一样,诗歌就此融入了国家民族的战斗,并成为越南人抗战中不可或缺的精神之需求。

二、抗战期间越南华侨作家代表及汉文诗作

在抗战期间,越南华侨作家与越南作家在文学诗歌方面的发展道路有所不同。越南华侨作家大部分集中生活和定居在越南南方西贡地区。由于历史的原因,越南华侨作家的汉文学创作也分为几个阶段。

萌芽时期(1937—1945):中国抗日战争爆发之后,有不少中国大陆文人来到了越南西贡(别名胡志明市),他们的到来带动了越南华文教育及华文文坛的活跃发展。在国家存亡的时刻里,他们跟越南本地华侨团结一致,同声谴责日本帝国主义的侵略暴行,他们撰写各种形式的文学作品,有传统诗词歌赋,也有大量的白话文学作品,并且发表在《越南日报》《全民日报》《中国日报》等报刊上。

1940年,太平洋战争爆发,越南被日本占领。在此时期,越南华文创作基本被镇压而停止。在越南西贡只出现了一些综合性的华文月刊,如《南风》和《东亚日报》主要发表一些消遣娱乐性的文学作品,此外会有华人作家走"曲线救国"之路,改写一些历史故事、传说,如叮咛(真名为杨冠)的《鸦片战争》、李亦华的《晓风残月》等,在当时也产生了不小的影响。

发展期(1945—1955):在这段时间里,有一大批文人为了避开战乱而来到了越南西贡,如连士升、秦川等人,他们多数在西贡堤岸定居。由此华文写作队伍得以扩大与更进一步的发展。在这种环境下,华文的著作多了起来,有著名作家陶亦夫的《我的歌》诗集、马天里的《都市二重奏》诗集等。

繁荣时期(1955—1975):在这段时间里,特别是1961到1975年越华现代诗快速发展并蓬勃兴盛,从事创作的越南华侨作家大部分是年轻人,他们出生在越南,在战争环境中长大。因此不管是什么题材,他们的表达方式都以现实主义的创作手法为主,抒发作家们在战火中

感受到的生命意识与情感体验。在亲身体验后写出有关战争的诗作,他们对战争给人们带来的那种无奈、恐惧、愤恨、绝望、残忍和死亡等主题进行描述。

而这段时间,南越堤岸数十所华人学校照常兴办,《建国日报》《亚洲日报》《越华晚报》等十几个华文报刊正常出版,据60—70年代台港地区报业年鉴的统计资料显示,越南堤岸出版华文报刊数量之多、水平之高,仅次于上述两地。大量文章的发表,以及文艺刊物的出版也给文人们提供互相切磋的机会,各类文章如诗歌、小说、散文、剧作等,无论是数量还是质量,都空前繁荣,水平也日渐提高。1966年12月,收录了尹玲、古弦、仲秋等十二位越华诗人作品的《十二人诗辑》出版发行,这是越华现代主义诗歌发展的一个重要里程碑。从这时候开始,学习新技巧、追求新风貌的现代诗写作成为越华文坛的一股热潮,带动了众多诗社、文社的成立和诗刊、文刊的出版。由李刀飞、异军、古弦等人发起成立的"风笛诗社"是70年代越南南方华文诗坛阵容最强的诗社,也成为东南亚华文文坛中最有名的诗社之一。

扩散时期(1975—1980):1975年越南全国解放统一之后,越南内部社会政治因素以及国际形势变化的影响,导致越南的华文学校被关门,华文报纸报刊被停刊。此时,有不少华人及华人作家在选择离开越南移民到别的国家去谋生、创业的同时,再次提笔,叙述他们在这移民的道路上所遇到的苦难和险境。他们的这些作品内容真切感人,充满了哀伤与愤懑的心情,如欧清河的《再见西贡》、阮乐化的《海角丹心》、陈大哲的《西贡烟雨中》与《湄江泪》、刘保安的《黑色的海唇》等。

1980年之后,越南实施改革开放政策,重新调整对华关系,改善国内的华裔人士待遇。1990年后,随着越南改革开放政策的深化,越南经济社会的发展,华文的地位越来越提高。1990年6月《解放日报》改名为《桂冠文艺》的华文文学专版,每半月出版一版华文文学作品,为越南三代老、中、青的华文作家提供发表作品的家园。

1975年越南全国统一之后,受越南国内政治对华人极端政策影响,很多华侨作家所创作的作品都没有保存下来,比如陈大哲早期在越南创作的新诗集《无声的歌》《小草集》、小说集《表哥奇遇记》《染发风波》《爱情走在十字路口》、散文集《诗情寄简》、影评集《萍心影话》等著作都已经丢失了。还有李刀飞1975年成立的风笛诗社,在诗人四散飘零之后,大部分作品都被烧毁或失散了,至今所剩下的著作并不多,这都是越华文学极大的损失。

在越南经历的多年战争中,越南华侨作家也同样遭受时代的悲剧与痛苦,越南战争成了他们共同的记忆。他们通过诗歌阐述战火纷飞中的心情与战争经历经验,如刘为安1959年写的诗《弹雨中归来人》:"战鼓笳声/毛骨悚然/不是荒芜/绿水椰青的村邑/烟硝慢慢/兄弟阋墙/何必你死我活/子弹无眼/昨天穿了水桶/今天轰了火炉/是否明天/穿我的尸体……"[1]诗人运用写实的手法以及朴素的语言,真实描绘战争给人们带来的灾难与痛苦。

郑华海的《西贡五行》一诗中写道:"清晨一块面包/剖开的面包/是一张油渍未干的早

---

① 风笛诗社《刘为安作品集》,http://www.fengtipoeticclub.com/luuvian/luuvian-a001.html,1959年发表。

报/唯一的消息乃系/死亡。"①法棍面包是西贡人最常见的早餐之一,而诗人仅用短短五句话,就描绘出战争时期常见的一段生活场景,也揭露出战争残酷的一面。

李刀飞(真名为李志成)是风笛诗社的开创人,他在《TET》②这首诗中写道:"一种烟硝味掠过/一枚枚呼啸的/子弹/玩具屋的倒塌/整街空洞/枪声送走孕妇的婴孩/白发哭着黑发/战争仍喧哗著/血映著眼/……/而 TET/一个凄而且美的节日/生存势必像玻璃的骤然进裂/轰隆声过后/天空有昙云朵朵/烟花不再/嚎哭汇成最后的川流。"诗人提到的 TET 是越南的新年传统节日,跟中国的春节一样,可惜在最重要的日子里,原本一家要团聚在一起,大家高高兴兴地过年,一起放烟花。可是在这个节日里,战争却给大家带来了妻离子散、家破人亡的嚎哭声。从诗人看似冷静的语言背后,我们也能够感受到诗人内心的悲痛与愤怒,同时诗人也希望战争早点停息,天下太平。

古弦毕业于西贡军需学校,他的作品比较独特,也许出于一个军人对国家的职责以及对现实战争期间的体会,古弦的诗作中有时会流露出内心深处的焦虑与苦闷,如在《未题》诗中他说:"总是把愤怒捏成那不完整的形象/在渔港在海岸/甚至在这已经被陌生了的城市/哟!/明日我回去时/这里有没有留下我的自语。"③在《死亡曲》一诗中,古弦描写得很深刻:"孩子你是不幸的/人家已经强奸了你的明日/强奸了你的言语/明日你死时你将饮很多悲哀/你的爱人呢?/你没有爱人所以明日你的墓很孤独/很荒凉。"诗人用一种很直白的语言来呐喊没有明日的痛苦,诗的开头和结尾都很焦虑,没有任何希望,只有凄惨荒凉的人生结局。战争的罪恶,给人们造成精神的重压,作家通过语言文字表达出比较深广的死亡意识,并且具有很强烈的震撼力。

描写战争残忍,炮弹无眼、无情的同时,诗人们还描绘了社会现实不良的现象,民生穷苦、凄惨,如李刀飞在《黄昏的婆婆》诗中所写:"干瘪而又颤抖的双手/拿着块要掉下的彩卷/就像拿着/一张张撕下的岁月/沙哑的声音/似乎在哭诉着/一段漫长而又苍凉的/故事/逐渐西沉的夕阳/斜斜地把她褴褛的身形/投照在剥落的墙壁上/犹如尘封已久的一把/弯弓/啊!/我蓦然记起来了/一只残烛/在黄昏微寒的风里/摇曳/乍闪还灭。"④诗人使用了"弯弓""乍闪还灭的残烛"等形象贴切地刻画出一个贫苦老人的画面。

如心水的《问题》:"孩子冷冷的吃冷粥/风来的时候/妈咪还未来/说那是一种夜班工作/酒味和脂粉和一些/别人袋子里的钱/都会带回来/吻吻乖乖。孩子不懂/不懂爸爸的相片前/为什么老要放着一对/总点不完的白烛/还有那顶难看的/铁帽,把爸爸的头/压得低低,低得不忍/看没穿上衣的孩子……"战争的残酷,让无数家庭支离破碎,无数的家庭失去双亲变成孤儿,征兵也让无数家庭失去男人,让女人变成寡妇,为了养家糊口,一些女性不得不沦

① 郑华海:《西贡五行》,《新大陆诗》2001 年 4 月第 63 期。
② 李刀飞:《岁月》,风笛诗社 2010 年版,第 6 页。
③ 古弦:《未题》,《现代诗谷》新诗 1968 年版。
④ 李刀飞 :《岁月》,风笛诗社 2010 年版,第 25 页。

为娼妓。这都是战争给越南家庭带来的不幸与痛苦，诗人从孩子的视角揭露战争的罪恶，冷粥、酒味、脂粉、白烛，短短几行字，把情感与现实刻画得十分真实。

总体上看，越南华侨的现代诗人所创作的越战诗作是越南华文文学中宝贵的一部分，因为他们长期身在其中，在战场上的琐事记忆，诗人们一个个都描绘记载下来，这种对特定的事件的书写是很宝贵的。那些叙述与感怀的著作，是属于越南居民的共同记忆，也是越南历史中的一段刻骨铭心、充满恐惧的记忆。

三、越南本土作家与越南华侨作家诗作里的异同点

在艺术方面，越南华文诗歌经历了抗法战争与"八月革命"（1858—1945）、第二次抗法战争（1946—1954）、越美战争（1955—1975）的这几个阶段。从 1858 年到 1945 年这段时间，诗歌中还保留着传统的创作风格，最为典型的是受到中国唐诗格律如（八句体、四绝体、排律体）的影响比较深。从 1945 年至 1975 年越南诗歌发生了一个新的突破，即继承传统诗歌的同时，也吸收了西方诗歌的影响，也就是受到法国的现代诗歌，尤其是浪漫诗歌和象征诗歌的熏陶，使得越南诗歌正式从古典时期走进现代时期。因此，从 20 世纪初，越南开始出现一类语言不拘于格律的诗体，这也是由新诗运动中产生的诗歌类型。正如上文中所提到的李刀飞、古弦、刘为安、郑华海等作家的作品。

在内容方面，诗歌里描绘乡村景物的传统仍然保留着，但是因为时代的历史环境，乡村景物在诗歌里不再像传统那么浪漫、美妙，取而代之的是描写现实中战争造成的惨状、艰苦、残忍等乡村景象，以及描写乡村中的农民从军参加抗战的情景。作家们在亲身体验下写出来的战争诗作，对那种无奈、恐惧、绝望、残忍和死亡等景象描述尽致，不过关于军人在抗战中所经历的艰难，作家并没有详细深刻地刻画出来。

整体上看，诗人虽然没有全面深入描写在战争中人的内心深处的思想情感，但是也有些诗人能够表达出自己对战争的想法和感受。

在艺术方面，越南作家不管在哪个时代、在什么样的历史环境下，在诗歌创作方面大部分还是保留着传统唐律的类型。而越南华侨作家也许是在 20 世纪 60 年代，因为受到台湾现代派的影响，所以纷纷丢弃"五四"以来传统白话新诗的表达方式，取而代之的是一类语言不拘于格律的诗体。

在内容方面，越南作家在抗战期间，尽管战争无比惨烈，现实残酷，他们的诗作还是充满希望和乐观的精神，虽然今日是黑暗的，但明日一定会光明。而且，诗歌中除了有战乱场景，也有山水的景色，因此感到战争没那么恐惧、可怕，如阮光碧的《山路行自慰》，还有胡志明《狱中日记》的《望月》这首诗中写："狱中无酒亦无花，对此良宵奈若何。人向窗前看明月，月从窗隙看诗家。"[1]虽然自己是囚犯之身，被关在牢里，不知道什么时候才能重新获取自由，

---

① 胡志明：《狱中日记》，越南文学出版社 2016 年版，第 29 页。

205

但是诗人的精神一点都不沮丧,反而很乐观,以月亮为伴,互相照看,交流心思。

但华侨作家的诗作却有所不同,充斥着社会的黑暗、战争的残酷和死亡的阴影。人生没有明日,茫然度过每一天。也许是他们的处境跟越南作家有些不同。1954年越南第二次抗法战争结束,越南北方取得了独立自主,但1969年胡志明主席逝世之后,在越南南方,美国与吴庭艳政府联合对抗越南北方和越南共产党领导的人民武装力量(即越南南方解放阵线),引发了第二次越南战争。此时越南全国人民又一次陷入战争当中,其中在南方的吴庭艳政府管辖之下,有不少华侨还被逼迫服兵役上战场,因为没有经过军队充实的训练,加上他们基本上都是年轻人,缺乏作战经验,导致牺牲比较多。因此,这时有不少华侨选择移民到别的国家去谋生,避开这场战争,可他们离开越南去别的国家的路上也遇到不少坎坷挫折。曾经孕育自己成长的越南家园,曾经给予自己幸福和快乐,可现在被迫离开,对未来所到达的新的国家如何一无所知,路途遥远、处境险恶,因此他们感到很迷茫,没有一点希望。正如刘保安在逃离的途中所写的《黑色的海唇》一诗所说:"悄悄挥手夜空/便如斯的背离乡井了/去路是茫茫的大雾天/回首是圄图/三十六徒亡命/饮向死亡/……/为了一个信念/漏水的破船在浪里挣扎/在泰国湾内/有人听到歌唱/又一个莫名,心在摇摇/云在摇摇,……"①

直到1986年,越南实施改革开放,重新调整全国内外政策,并且重新调整对华关系,以及改善境内华裔人士待遇。由此华人学校得以复课,华人文化团体、报社也开始成立与展开活动。1990年,随着越南改革开放政策的深化,经济与社会的发展,华文国际地位的提高,越南华文文坛得到新的发展条件,有了新气象,并且一直发展至今。

[本文在写作过程中得到越南胡志明市的越南华人研究中心的黄璇玑会长与河内汉喃研究院的老师们的大力支持,在此表示衷心感谢!]

---

① 风笛诗社《刘保安作品集》,http://www.fengtipoeticclub.com/chayluu/chayluu-a013.htm。

浅说文化自信与中外文化交流

赵本夫[*]

"文化自信"这个题目太大,我主要谈谈文学,谈谈小说,主要谈两个问题。

如何评价中国当代文学,争议一直存在。一种观点认为中国当代文学垃圾遍地,对此根本不屑一顾;还有一种观点认为中国当代文学成就巨大,不乏经典之作。有两套书,一套叫《中国当代名家中篇小说经典》,另一套是《百年百篇经典小说选》,其中有当代也有现代小说,把两者放在一起是需要勇气的,也需要眼光。争议主要发生在批评界和学界,在这一过程中一个有趣的现象是,当代小说作家几乎没人吭气,大家只知道埋头写作,作品好坏任人评点。老实说,我如果年轻几岁也不会谈,但我已经年过七十,七十岁的老人可以随心所欲。中国当代最优秀的文学作品和世界文学是同步的,当代会不会产生经典,答案是肯定的。今天的中国是个充满变革的大时代,急剧的变革开放空前复杂,各种理念情感交织在一起,为伟大理念的诞生交织提供了营养。除非中国作家全是白痴,回头看历史上所有时代都留下经典,而所有的历史都是当代,今天的当代为什么不能。中国现代每年产生上万部长篇小说,大量阅读是很辛苦的事情,但想要做出正确判断只能拓宽视野,增加阅读量。不屑一顾是可以的,但不看小说下结论是不可以的,作家需要发现生活,读者、批评家和翻译家需要发现作者,很可能这部小说的作者没有什么名气。

如何看待国际文化交流? 这是最近很热门的话题,中国文学历来是中国文化的组成部分,中国文化走出去不是为了用中国文化征服世界,也不是去祈求西方世界的赞誉。彼此认同当然很好,不认同也许更好。文学艺术既需要交流,更需要阻隔而独立生成。紫金山在南京伫立了一万年,一点也不封闭,也不寂寞。我就住在紫金山,可以看到四季风景,我曾经请一位篆刻家朋友刻章,上面有五个字"守住一座山"。也许经济的全球化是需要的,但文学的全球化对文学艺术来说却误以为都是福音。如果文化交流最终都导致同质化,这个世界会索然无味。我们进行国际文化交流,是因为人在旅途只是为了看见另外一种风景。据统计全世界有八千多个民族,每个民族有自己的特色,想一想都会叫人感动,这是人类文化之福。

---

* 作者简介:赵本夫,著名作家,曾任江苏省作家协会副主席。

对不同的风景可以喜欢也可以不喜欢,甚至可以不懂装懂,这是每个人的自由。无论是东方还是西方,尊重就够了。上面这些话没有拒绝交流,多年来我一直订阅两本杂志,一本是《收获》,另一本是《世界文学》,两本杂志让我受益良多。我的书房有外国文学专柜,里面放着很多外国作家的作品。我曾经在一次访谈中说过改革开放不仅拯救中国经济,也拯救中国文学,改革开放让我们看到了文学的大世界,从而解放思想、拓宽视野,认识到文学的无限可能。如果我们回头看四十年前的小说,就会发现文学发生了很大变化。很多作家都受到西方作家的影响,但借鉴终归是借鉴,不可能从根本上改变文化的基因和血脉。

东方哲学的包容和神秘是独有的,对此我们应该有充分的自信。对作家来说找到自己,忠于内心,保持自由的灵魂,有尊严的写作,才是最重要的。当我们在文学的世界里周游列国,阅尽人间的春色之后,我其实最想说的是两个字:"回家。"

"求实"与"求是"
——大学究竟能不能培养作家?

叶兆言[*]

不好意思啊,抱着手机上来了。很紧张,我自己写了一份发言稿,这个是毕飞宇教我的,他说你紧张的话,还不如写一个。我原来的计划是坐地铁过来,40 分钟的地铁可以给我一个很好的准备时间。但是昨天晚上 10 点钟以后,突然发来一个通知,说是要接我过来。其实这反而让我感到很困惑,所以我一早起来就写那个稿子,我刚才也在准备。所以我念一下我这个稿子,不好意思,真的不好意思。

各位校友,大家好!很荣幸参加这么一个会,参会是好事,可是要发言,这就有些不好意思。我一生中,最不喜欢的,就是发言。组织会议的张光芒兄让我随便说,其实随便说最难。就像期末考试一样,你如果有个题目,还可以准备,甚至可以作一点弊。一个"随便"你让我怎么考试?这年头,随便哪里是容易之事?往大里说,一部《二十四史》,让人从何说起?随便说,很可能就是乱说,现如今怎么还能乱说呢?对于我来说,不能乱说,起码有两个原因:首先,有人告诉我,现在大学里真不能乱说,因为有录音,有学生可能会告状。其次,我女儿在这儿上班,在这儿当老师,在这儿混饭吃,可怜天下父母心,吃人家的嘴软,为了女儿,我也

---

* 作者简介:叶兆言,著名作家,江苏省作家协会副主席。

不敢乱说。(笑声)但是我知道,我还是会管不住自己的嘴。

今天的话题是"寻根·求实·追梦","寻根"不用多说了,感谢母校,我的根就在这里,除了感谢,说不说,它都是在这儿。没有母校,就没有我的今天。我应该说一说的是"求实"和"追梦"。不知道为什么今天这儿用的是"求实",而不是"求是"。这两个字有很重要的差别,我更倾向于用"求是",而不是什么"求实"。为什么呢?因为"实际"的"实",一说出来,可能会让大家反感。我们经常会听到一种声音,就是南京大学出作家,出小说家,出诗人。今天这个有点热闹的活动……对不起,因为这个不是新写的,好像也不算特别热闹,因为学生自发来的并不多。但是我也感到很自豪,我觉得这就是我们南大,我们南大的学生就是这样,想来就来,不想来就不来。这个因为是我事先写的,所以有点……显然,也是为了显示这么一点辉煌。然而真相是不是真的是这样?我想,起码不完全是这样。说老实话,南京大学在学术上,还是传统的。在"五四"新文化运动中,我们的母校几乎成了旧文化和保守派的最后壁垒。我入校的时候,叶子铭老师就告诉我:"胡小石先生,一生其实就是反对白话文的。""其实"这两个字非常好,它有这种认打不认输的顽固在这里,我挺喜欢这种顽固的。叶老师还很认真地告诉我,他说"我们南大是很看不上什么写作的"。他举的一个最好的例子,就是很多年里,南大的学生留校,就像通常要先当班主任那样,第一年要让他们教新生写作。为什么呢?因为写作最没学问,谁都可以教。大家都知道,叶子铭老师的成名作是《论茅盾四十年的文学道路》。事实上,这只是他的学年论文,而他的指导教师,则是研究古代文论的王旭东教师,那时候叶老师真正想做的学术研究是苏东坡,他的研究生导师是陈中凡先生。因此,如果说我们的母校从骨子里并不是很看重写作,恐怕还真有点这样。

以我个人为例,多少年来,我一直觉得自己的功德不够圆满,一直觉得很遗憾,就是因为没有在这里拿到一个货真价实的博士学位。我同门的师弟、师妹都是博士。他们都是,为什么我不是。有人说我不在乎,不,我其实真的是很在乎。在南京大学读书时,我已经开始写作,但是丝毫不等于说我当时就很想当作家。与写小说相比,我可能更想做学问。所以会这样,当然也跟当时学校的风气有关。因为时间关系,不能说得太多。然而我相信,这种风气应该一直还存在,毕竟传统的力量是无穷的,是有道理的,它远比我们想象的更强大,甚至强大得多。因为这种强大,我们的母校,在文学研究方面,无疑是非常强势的,无论古代文学,还是现当代文学,在评论和研究方面,都非常有地位,都无愧于一流名校。

南京大学有过很不错的作家班,仅此一点,就足以证明这个学校对写作的重视。不过认真分析以后,仍然还是可以有些问号。事实上,作家班只是对已有的文学创作成果的一种收割,是不折不扣的摘桃子。毫无疑问,是作家班的同学给我们母校增加了光荣。很显然,在南大之前,他们基本上已经功成名就。他们可以很客气地说,南大培养了他们,但是南大自己要老是这么说,好像多少也有点掠人之美。好比现在南大有了毕飞宇一样,我们总不能说,南大培养出了毕飞宇。当社会上没有了这些桃子以后,当文学变得不再火热的时候,作家班这个形式就可能变得很困难,比如变成专升本,而专升本这种形式显然已经被证明是失败的。大学究竟能不能培养作家,应该可以成为一个讨论的话题。时代已经改变了,放眼世界,现在年轻一代的优秀作家,绝大多数都是大学毕业,因为大学教育已经完全普及了。因此,大学要出作家,已经不是梦想,即便不是我们有意识地去追梦,未来的作家一定会从大学里走出来,会从我们的母校源源不断地走出来,这几乎是不容怀疑的,这个趋势谁也阻挡不了。谢谢大家!

文学的船

储福金[*]

谢谢各位!当时跟我联系的时候,叫我出个题目,我也是随便想到一个题目,就是《文学的船》。现在想起来,这个词,我第一次听说是在高晓声那里,当时是 80 年代。这句话对我影响很深。现在我有时也觉得作家有点可悲,因为我是非常推崇高先生的,但是现在我有时到一些地方去讲课,问下面关于高晓声老师,下面好像也没有多少反应了。我觉得其实作为一个作家,很可悲。高晓声的作品写得非常好,现在看,很多作品还没有过时,80 年代的很多作品现在都没法看了,但是高晓声的作品依然还能看,而且依然非常好。他当时说过一句话:"不管是歌颂类,还是批判类,它们都在一条船上,那就是文学的船。"在当时,我们都知道,因为受到政治的影响——文学作品几乎都受到政治的影响——他在当时被认为是批判现实主义的代表作家,居然能讲出这样的话来。今天来,看到这个题目的时候,我想到,这大概也是一个"寻根"的意味。就是说那个时候的很多作品不在文学的船上,讲得大一点,它们在社会的船上,甚至可以说是在政治的船上。文学发展到今天,我们想,文学应该是文学本体的东西。很多东西,不属于文学,它们那条船不属于文学的船。

那么文学的船是什么?我们每个作家用他自己的作品去表现文学的船。我曾经想,文学的船是独特的,是表现文学的,表现文学的意味、表现文学的精神,这一类的东西。但是到了一定的年龄,到了现在,我在创作的时候发现,文学的船是一个很大很大的船。它表现的是人生,人生中所有的一切都在这条文学的船上。它也是社会的船,它能够融汇社会,也能够融汇政治,它能够融汇人生,也能够融汇哲学,甚至融汇宗教。所有的人生所能接触到的

* 作者简介:储福金,著名作家,江苏省作家协会副主席。

东西,都是文学所能表现的。

文学这个船很大,它表现我们的人心。年轻时,我说,没有独特表现的作家不是真正的作家,到了一定年龄的时候,我认为作家的大小在于他心的大小。因为真正的作家,能圆融世上的一切,包括我刚才讲的社会的、政治的、哲学的、宗教的,包括经济的、文化的、科技的……所有的这些东西都能够融汇到我们的内心世界中。用佛教的一句话说,叫作"圆融"。我们的作家,心能圆融多大,文学所表现出来的就有多大,文学的船就有多大! 谢谢大家!

新文学作家的语言资源与翻译语言
对文学创作的影响

王彬彬[*]

各位校友、老师、同学们,上午好! 本来我想讲一下我所理解的成为一个好作家的条件,因为我不是搞创作的,像兆言、福金那样,可以讲一些创作体验。那么吃文学饭吃了几十年,我所理解的成为一个好作家的条件有哪些呢? 刚才韩松林说:"这个你都讲了好多次了,我都记住了。"哈哈,那我就换一个。我的论文先不展开,我认为一个人要成为一个好作家,第一要有对人性的强烈而持久的好奇;第二要有对语言的高度敏感;第三要有相对稳定的价值观念。但是我今天不讲这个,我换一个,因为韩松林不听了。我要讲的跟"校友"没啥关系,而是跟每个人都有关系。题目很长,叫《新文学作家的语言资源与翻译语言创作的影响》。

其实,中国作家可能的语言资源,古今差别不大,大概有这么几种:第一,古代文言作品。50 年代的作家受古代文学的影响是比较大的,后来越来越少。第二,古代白话作品。比如《红楼梦》,它对中国现代文学语言的影响之大,很难切实地研究,但我们可以感觉到它对中国新文学语言的影响就像空气一样渗透在各个角落。当然,我们可以找一些具体的例子,比如说张爱玲、白先勇。第三,民间语言。相当一部分作家从民间语言中汲取了营养,比如汪曾祺先生、高晓声先生。第四,同时代或者新文学前辈的语言。比如很多作家受到新文学前辈,像鲁迅、沈从文、废名的影响。第五,外国语言或原文的影响。这个主要集中在"五四"作家——想起来有点可悲,就是外语非常好,能够直接阅读外国的原文作品,并且外国文学的

* 作者简介:王彬彬,南京大学中国新文学研究中心教授、博士生导师。

语言能够直接影响他的汉语表达。胡适肯定是有的。鲁迅的日文很好,日文的一些表达其实影响了他的汉语表达。第六,翻译语言,等下我要专门讲讲翻译语言,或者翻译家语言。不要以为只有今天的作家才受翻译语言的影响,其实古代作家就受翻译语言影响了。比如佛经的翻译,至少从魏晋南北朝时期开始就形成大潮,一千几百年,佛经的翻译,佛经语言对中国文学语言的发展,影响非常深。而佛经语言,就是那个时候的外国文学。著名的"敕勒川,阴山下,天似穹庐,笼盖四野。天苍苍,野茫茫,风吹草低见牛羊",这就是翻译文学,鲜卑族的民歌。所以少数民族的语言翻译成汉语以后,也会影响古代作家的表达。

以上是说今天的作家,或者新文学作家,可能的语言资源。当然了,不同的时期有不同的选择,不同的个体有不同的选择。有时我会琢磨,一个作家的语言资源是什么,哪几种语言影响了他的创作。我们可以举几个例子,比如说鲁迅,古代文言对他的影响肯定是有的,而且很深。古代白话就不要说了,《红楼梦》《儒林外史》《水浒传》,尤其是《儒林外史》的语言对他影响很深。外国文学我刚刚说过,日文的表达可能对他的语言表达有影响。还有佛经翻译,即译成汉语的佛经对他语言的影响也很明显,不光是一些表面的佛经词汇和表达方式。但是我发现,尽管他在30年代老是讲语言的大众化,但是民间语言对他的影响很小。读鲁迅的小说,很少看到民间的、口头的表达——像我们读孙犁、汪曾祺一样,很少。

再一个汪曾祺,古代文学对他的影响肯定是很深的,古代白话也不用说,新文学前辈中,鲁迅、废名、沈从文等人对他的影响很深。翻译语言方面,汪曾祺的外语很差,绝不可能通过原文读契诃夫。但他动辄就讲"伍尔夫、契诃夫、阿索林对我影响太大了""阿索林的语言真好啊",你千万不要以为那是西班牙语,他看的是翻译成汉语的阿索林的语言,可见翻译家的语言对他是有明显影响的。但我们知道翻译和原文之间差别有多大,通常你是找不回来的。什么叫"找不回来"呢?你如果英语很好,日语、德语很好,你去看看译成英文、日文、德文的《红楼梦》《水浒传》,你根本找不回来的!如果翻译回来,那根本就不是《红楼梦》《水浒传》。所以,其实是翻译家语言对他的影响。但是民间语言对汪曾祺的影响很大,他从民间语言汲取了太多营养——一个汪曾祺,一个孙犁,后来还有一个阿城。

刚才储福金说到高晓声,其实高晓声的语言资源,主要是古代文学和民间语言。古代最好的文言小说恐怕就是《聊斋志异》了,它对高晓声的影响太大太大了,没有《聊斋志异》就没有高晓声。他有些短小说,有时整段整段就是《聊斋志异》的语言。

再举一个比较独特的例子,就是张承志。这个作家的语言来源比较独特。古代文言对他的表达有明显影响。张承志的文言很好,他是考古专业的研究生,考古要把地下的资料和地上的文献对照,地上的文献读不懂怎么可能考古呢?新文学前辈方面,鲁迅对他影响比较大。翻译语言,他喜欢艾特玛托夫,但肯定不是从俄文读的;他的日语很好,可以用日语写作。他还有一个特别的语言资源,就是少数民族语言。他的蒙语、维吾尔语都非常好,好到有时像母语一样,这一定对他的语言表达有影响。还有作家阿来的语言资源也比较独特,为什么呢？因为藏语和汉语对他来说，都等同于母语。一个作家，或者一个人，如果有两种语言都像你的母语一样，你的表达一定是不同的。

这是泛泛地说一个作家的语言资源，我要重点讲一下的是翻译语言或者翻译家语言对新文学语言的影响。现当代文学研究界是没有人专门研究这个问题的，但我总觉得它是一个问题。所谓翻译语言、翻译家语言，就是翻译家在翻译外国文学作品时创作的一种语言。它不是外语，但也不同于原来的汉语。一般来说，在表达、语法和结构上会有所改变。说一个真实的笑话，是前几天我在厦门开会听来的。说有一个很著名的作家——大家都知道，我就不说他的名字了，在一次讲座时说，"普鲁斯特的语言真好啊"，"《追忆似水年华》的语言真好啊"，一个学生就说："老师，我觉得普鲁斯特的语言不太好，啰嗦、拖沓、重复。"作家问："你读过吗？"学生说："我读的法文。"当这个老师说普鲁斯特的语言多么好的时候，他是说翻译成汉语的《追忆似水年华》的语言。我们知道，这本书是十几个甚至几十个翻译家合译的。因为我是学外文出身的，我知道翻译家通常有两种手段，一种是直译，一句一句地译，这种情况很少，鲁迅就是；一种是段译，把一段读完，再用汉语表达，只要把这一段的基本意思表达出来就可以了，至于语言顺序，可以颠倒。可以想象，这跟原文的差异有多大！所以，如果你不是读法文，当你说普鲁斯特的语言好的时候，你其实是说翻译成汉语的那个普鲁斯特的语言很好。

还有王小波先生，我印象特别深的是，他老是讲，中国现代汉语最好的语言是翻译家的语言。他说"假如没有像查（良铮）先生和王（道乾）先生这样的人，最好的中国文学语言就无处去学"。如果没有翻译家语言，中国语言就无处去学，那么最好的中国文学语言是翻译家的语言，这里面就有很多问题值得我们思考了。"对于这些先生，我何止是尊敬他们，我爱他们，他们对现代汉语的把握和感觉，至今无人可比。"这样说是有问题的，因为一个好的翻译家，应该尽可能忠实于原文。忠实于原文的翻译，应该是对汉语的创造和丰富，而不是对汉语的感觉和把握。但这也能看出来，翻译家语言对作家的影响是多么大。其实我主要是想强调这个问题。

总体来说，我想强调的就是翻译家语言、翻译语言对我们新文学创作的影响。五六十年代，苏联小说特别流行，不光是思想观念、创作方法影响了当时的作家，它的语言也在一定程度上影响了我们的作家。80年代以后，相当一部分作家的主要语言来源是翻译小说。因为他们对古代文学也没有前辈作家那么大的兴趣，对民间语言好像也不太重视，大量的仿效对象、语言资源和灵感来源都是翻译小说，所以受外国文学的影响基本都是通过翻译小说产生的。也因此，有些作家带有明显的"翻译腔"。

我今天其实就是指出一个现象，我觉得翻译家语言对我们文学创作的影响，是个值得深入思考的问题。谢谢大家！

致我们九十年代的武侠梦

张春晓[*]

　　很抱歉,我也是拿着手机上来的。但是没有叶先生的机智可以完成全文,我只能把提纲大概写在这里。我想我之所以能够站在这里发言,可能是因为,在某种程度上,我代表了九十年代关于写作的一些集体记忆,并且无论成名成家与否,依然是执着于,并且热衷于用手中的笔来织造自己时代的梦想的一名作者。

　　我提交给大会的发言题目是:《致我们九十年代的武侠梦》。我们的主题是"寻根·求实·追梦","求实"为难我了,我不知道该把它划分在哪里,但是先说一下"寻根"。首先,情迷武侠的时代是从赛珍珠的小白楼开始的,那个时候,我还是小学生或者中学生。大家都知道,在 80 年代和 90 年代初的时候,中文系就是在小白楼工作的,我就在它后面的小密室里学习。当时那里堆满了中文系的教材,那是一个洋溢着书香的小密室,同时也会有一些武侠小说,估计是当时一位老师留下来的。所以我就一边学习,一边看武侠小说,在《射雕》大行其是的年代,以及之后武侠风盛行的年代,很多武侠之作都是通过我的母亲从南大中文系的图书馆里借出来的。所以我想,在我的小学至中学时代,实际上武侠就已经在心中发芽。这颗芽之所以能够顺利成长,是因为 1992 年我进入南京大学中文系。首先我要感谢我的同学们,我们当时有集体创作的风潮。不知道有没有同学看过那种"全庸"创作的武侠小说,如果您看过,说不定就是由我的同学捉刀执笔完成的。因为当时一大堆男同学都接受了别人厚厚的稿纸,然后写样章。大概是台湾方面的出版单位来约这些写手,我们班同学确实有人完成了这样的创作,并且拿到了不菲的稿费。当时,作为女生,能够默默写作的,大概就是我了。那时候,我顶着非常用功的名头,天天坐在自习教室里,每天大概写十页纸的文字。写完之后还拿给师兄看,他们会很认真地帮我看错别字。在我印象中,一件很深刻的事情是:一个晚上,在夜色下,走在破旧的台城上,当时的台城还非常的破烂,但是非常有感觉,穿过很高的杂草丛,一直到九华山的塔上。我们在塔边,会畅谈一些可能是人生理想,也可能是感悟。我印象非常深刻的是,有一位师兄说,金庸和梁羽生的武侠小说,里面有非常强的理

　　* 作者简介:张春晓,文学博士,暨南大学文学院副教授。

想主义精神,将来,他会用这个去教育他的孩子。虽然我不知道在后来的生活中是否是这样,但这句话让我印象深刻。我一直以为我把它记在了日记本中,那天翻日记的时候,正好翻到了那天的事情,我发现这句话我从来也没有记下来过,但是就这样一直记在了脑海中。或者是因为我一直把这个话对别人说,所以就形成了这样非常深刻的记忆。当时我们专门有这样的选修课,老师拿出一两次的课,让我们全班同学讨论当时的武侠小说的创作。基本上男生全部站在古龙派,只有女生在金庸和梁羽生派,然后产生激烈的碰撞和火花。我想,就是在我的大学时代,在 90 年代对武侠非常执着的风潮中,我开始了创作。

当然,在继续回溯的时候,我们还会发现,有很多渊源,实际上当时就已经存在,只是最后我们回忆的时候,才发现,原来那个时候其实有些东西已经植入了我们的骨髓中。比如说,当时张宏生老师给我们上古代文学作品选,上到南宋的时候,讲到冬青诗。因为当时杨琏真迦掘了南宋皇帝的墓,然后就有人把这些遗骨全部收拾起来,埋在了冬青树下。当时有很多诗人写这样的冬青诗。我记得非常清楚,当时张宏生老师说,这是一段完全可以写进武侠小说中的情节,它是这样的剑气箫心,侠骨柔情。实际上,我的武侠小说写了三部,我一直想写宏生老师所说的这一段,但是一直写一直写,还没有写到。这是张宏生老师给我的一段话,真的是印象非常深刻。

我的外婆,在她年轻的时候,在中央大学读书的时候,她也是从事历史小说的写作,她写过《辩才禅师》《崖山的风浪》,《辩才禅师》就是讲《兰亭集序》,讲艺术和生命的光辉,《崖山的风浪》就是讲南宋灭亡时候的血腥。当时我看的时候,作为一个少年人,真的觉得这是一种太过于传统的写作方式,因为有那么漫长的心理描写,情节又是如此的简单。但是时隔很多年以后,我会发现,我的博士论文做的也是南宋末的世风与文学,我的小说依然在蒙元之间的一段时间内发展。所以我想,有很多渊源,可能是来自课堂上的,来自大学的风尚,来自不断的学习等,它的浸染是潜移默化的。

我还想说的是关于"追梦",我个人的创作不是很丰富。大家也知道,在高校体制内,我们要花很多精力从事论文以及课题的工作,写作也一直是我的业余生活。我的第一部武侠小说是在我本科毕业时写完的,第二部是跟我的博士论文一起产生的,第三部是在我的哈佛访学期间完成的。这三部作品,我想也是我自己不断追梦的过程。在第三本小说中,我写了一个序(前言):本科时写的小说《风雨情缘》,那时候青春年少,故事也写得风花雪月,侠骨柔情。《雨中花》是与博士论文同步而行,在查找论文资料,同时也在寻找小说细节。而今在《凉蜀风烟》,浸入了十二年来更多的思考。十二年间,我做的学术研究是文学中的民族认同,个人兴趣所在是藏地文化,我试图将对于文化的热爱与执着、对于民族理解的圆融和困惑,落入人物的情绪当中。那么《凉蜀风烟》承载的是一段宋元之交的历史。

说到这里,我想补充一点。其实我之所以做到民族认同,还因为我当年在南大执教的时候,南京大学申请到了一个非常大的课题,就是关于民族认同的。在我博士毕业的时候,我做了三件事情,一个是博士论文,一个是武侠小说,还有一个是到西藏去支教了半年。所以我想，很多浸染就是这样不知不觉而来的。我外婆当年写作《崖山的风浪》的时候，她把她的书稿给汪辟疆先生看，汪辟疆先生就会告诉她，里面那个船应该怎样描写，有很多这样的小细节，想起来就提到一下。

刚才储老师说到"文学的船"，我想也是，就是说在我现在以学术研究为主业的前提下，对我来讲，文学是一条精神生活依托的船。尽管我承认，无论我的理想主义的理念也好，还是我非常传统的写作手法也好，都基本上是落后于时代的。但我依然会坚守我对于理想主义的追求，也会依然坚持驾驶我这条文学的船。我想这个过程，就是不断地追逐自我，从风花雪月，到民族大义，到更多的民族融合，包括对于生命、对于艺术的理解，都是我自己不断追寻中的进步。也想借此切一下我们"寻根"与"追梦"的主题，谢谢大家！

从一本正经到一本不正经

刘国欣[*]

大家好！

在座的都是大家，都是我老师，我是来取经的。我在南大三年，主要学习写论文，可以这样说，主要学习关键词的写作，所以我今天要讲三个关键词：取经、升级打怪、是非。

首先，关于取经，是因为在座许多作家金光闪闪，大名远扬，我觉得确实可以教我很多。来之前我在百度翻阅你们的作品，读得热泪盈眶。想到我排在末尾不应该发言，应该发抖，但我总不能上来抖几分钟吧，所以就还是说几句。我是来向你们取经学习的，请多指教。

其次，就是我在南大的三年，像是打怪升级。我此前受的教育，不是放下就是快乐，就是直挂云帆济沧海。包括我的名字，涉及家庭教育，你们听听，国欣，国家欣欣向荣，我怎么负担得起这个名字？但这哪里怪我。我母亲取的，她把她那代人的希望压在我身上，这是很不负责任的。我此前所受的教育也是如此，要么谈玄论道，直接遁入虚无，十几岁活成几十岁；要么大而无当，让我担不起来。但我在南大三年是升级打怪，命运很神奇，我这样陕北的一个村巴佬，一不小心居然通过录取撞进了南大，成了这里的博士，接着误打误撞三年零三个月毕了业，真像是升级打怪，自己本来也是个怪，居然升了级。这升级意味着穿了很多外衣，

　* 作者简介：刘国欣，作家，文学博士，陕西师范大学文学院讲师。

也穿了许多内衣,外衣别人看得见,内衣是时时警醒自己。外衣你们也知道,很多人看见你,瞪大眼睛,尤其我们村里人,会说:"南大啊!"你立即升起一种自豪感,以及觉得愧不敢当。但也有这种时候,一些人会说:"南大啊?"那表情眼角下拉嘴扯歪,明显就是:"你是怎么混进去的?"可是毕竟表面看起来我升级了嘛。至于能不能打得了生活的怪,那是另说了。说不定最需要打的是我自己,我就是那头怪。

再次,关于"是非",我其实是个有点小邪恶的人,无是非之心,欣赏那些看起来下坠的东西,比如说看到船沉了,我们赶紧把别人推下大海的句子,就觉得很兴奋;在自己的小说作品里,如果能通过伤害别人体验自己,也乐不可支;下坠的、飘的、不切实际的、没有边界的、走街窜巷偷鸡摸狗的,总让人沉醉。然而南大三年让我反思我自己,就像是走在一门心思做一个负的人的小径上结果看见了正的光明大道,然后就看见了自己的渺小和慌张,以及对正的怀疑与邪的反思,对上下、左右、前后的分别。这几年我坚定了上下、左右、前后的无分别,却同时也看见了自己在现实面前是非不分,遁入一种虚无里。我确实是个吊儿郎当的人,南大给了我骄傲,也让我觉得忏悔,因为此前我的生活无分别心,而南大的三年,我导师对我的教育,以及整个南大对我的教育,让我坚定了在精神上对整个世界不再有任何上下、左右、前后之分,不再认为一些表面存在的东西有上下、左右、前后、尊贵之分,比如官位与头衔。但是,却起了是非之心,不再像以前那样认为这也好,那也好,或这也有毛病,那也有问题,而是,有了明确的是非判断,不再模糊是非之间的界线,不再看似科学地表现冰冷的判断,很多时候能感到物伤其类,能感觉到生命深处汩汩流动的河声的欢愉与悲哀。我现在成了一个有是非观的人,并且乐于坚持这一点,这是我导师以及整个南大给我的,让我能看得见生命个体的哀吟,或缠绵,或细碎,而不是继续陷入一种宏大的乐观里模糊视界。当然,宏大也是美的,我要说的是其他,大江大河,小山小水,不对立,没有谁轻谁重,互为补充的。

我站在这里发言其实很惭愧,我总共专心致志的书写生活仅仅一年,就是2018年,一年来认真写作。进入2019年,我的写作陷入困顿,不断搬家让我不断咳嗽,专心致志地咳嗽长达两个月,这让我将一切书写停了下来,反观以前的文学作品,我觉得我太哗众取宠了。我写过《饥饿的女博士》《齐天大剩》《婚姻解剖师》《从苍井空到观世音》等小说,大家听了名字肯定就有感受,完全是迎合市场对生活的偷窥,并非出自一种写作的文学自觉。

今天呢,我就是来取经的,希望以后各位老师多批评指教,让我从既往庸俗的书写里面溜出来。当然,文学从来不是合唱,应该是独奏,这点我也会坚持的,希望在座诸位也坚持。

嗯,就说到这里吧,我是个一本不正经的人,听了前面几位老师一本正经的发言我还是无法一本正经起来。我山里放羊长大,平生三怕——宣誓,领奖,还有就是演讲。这次看见有让我发言的环节,本来就不准备溜回来了,但是又觉得都把我名字标出了,这次不溜回来以后说不定不给我机会回来,所以,我就在此一本不正经地胡说八道了。现在说完了,若有冒犯,请见谅。祝大家一切吉祥如意!

谢谢文学院,谢谢各位老师! 谢谢在座的师兄师姐师弟师妹听我胡说八道!

从"南大系作家"的成长道路反思当下的文学教育

毕光明 *

　　我在这里发言本来觉得很不合适。张光芒教授给我任务,我本来以为就是以外来者即非校友的身份开个会,我不知道还要发言。因为学术研讨,如果对作家作品进行评价,应该首先把作家的作品全部阅读完。没有全部阅读完,我一般不写文章。作家会有变化,针对不同时期的创作,应该找到一个中心意向性。一个找不准作家中心意向性的评论肯定是不成功的。我昨天才看到发言名单,昨晚才匆忙查了一点资料。

　　首先我想从文学地理学的角度,谈一谈我们应该怎么看待"南京大学作家群",或者"南大系作家"。就像汪政先生所说的"江南写作"存不存在的问题,我认为肯定是存在的。像叶兆言先生的很多作品,写得精细、优雅,这说明他非常会讲故事,讲出各种味道,这是典型的受过系统文学教育的人才可能写出来的。他把新文学的传统,与古代文学的手法和韵味、风格,都融合起来,是一个真正堪称经典的小说家。这可以体现出我们所说的"江南写作"的风格。

　　但是整个"南大系"作家又不是只有一种风格的。我们的文学教育、人才培养,主要是系统知识的传授和反思能力的培养。这种反思主要是对文学本身、对文化,以及对生活、历史、现实的反思。具有这种反思能力的人,才有可能在文学创作中提供一种我们所需求的东西,或者文学史所需要的一些东西。赵本夫先生的出现恰恰就说明了这一点。尽管汪政把"江南"的范围划得比较大,它不只是南京这个地方,但是"江南写作"还是没法把赵本夫囊括进去。因为他的出生地在苏北,从文学地理的角度来看,他的地理记忆不同于生活在苏州、南京,甚至不同于生活在扬州的作家。这就是他们创作非常独特的地方。

　　首先,我们的文学教育和作家的培养,可能来自共同的知识谱系,但是二者在作品的阅读上不同。学术研究中,最近流行谁的著作,大家一窝蜂地找来读,新翻译的一本西方的什么著作,或者文学观念,我们都信服它。结果就是,大家都会看到,这个时代我们的硕士论文和博士论文,都会出现相似的情况。这就是一个知识谱系在发挥作用。但是作家不同,他们

---

* 作者简介:毕光明,文学博士,海南师范大学文学院教授、博士生导师。

的阅读选择是很不一样的,即使是阅读共同的作品,还是会根据自己的人生经验、阅历、感悟、个人性的气质等进行选择,这些东西使他们对某些方面感兴趣。像朱山坡,他是一个广西人,在南京接受系统的文学教育,写作后成为广西的"后三剑客"之一,他的地域特点很独特。所以从文学性的写作来说,这种地理感和地理记忆会决定着一个作家。接受相同的教育,艺术创作却呈现出不同的题材选择和不同的风格,这是我们可以看到的。

除了地域之间,还有代际之间的区别。比如叶兆言的创作,他写民国,如果今天的青年人来写,写法可能就不一样了。更年轻的作家,甚至就不想写、不会写民国了,这个就是代际间的区别。还有 70 后作家,像朱山坡,在题材的处理和审美兴趣方面就跟上一代 60 后作家不同。60 后处于中间,比如毕飞宇的写作。我们对"文革"稀薄的记忆和经验,能不能转化成我们这个时代对历史的反思?毕飞宇可以,因为他父亲是"右派",这种在"文革"中受歧视、人生受挫或者一种创伤记忆,就转化成他的小说,比如《玉米》,跟一般的小说就不一样。

还有就是 70 后朱山坡的小说,可能受鲁迅的影响。他的一些短篇可以跟鲁迅先生形成一种互文,你处处看到《伤逝》里的人物,或者咸亨酒店的那个小伙计。把当下的城乡关系表现得非常有味道,这就是受过正规文学教育的人,他知道如何写作,如何去跟文学史上一些形象、主题相联系,甚至题材的处理也是有关联的。

当然,在南大,50 后、60 后、70 后(我不太熟悉南大 80 后的情况),每个代际的作家都已经形成了自己的特点,这就根源于南京大学系统的文学教育。现在大学的文学教育非常少了,我们那个时候,本科阶段现代文学课开一年,外国文学开两年,古代文学至少开三年半。当代文学开一年,每周四节课,这样上一整年。现在大学课程都变了,因为各个学院受教务处的制约太大,在课程设置上几乎没有权力。但南大就不同,正规、名牌大学可能自由度大一点,一般的本科院校根本不可能,所以我们文学院的有些文学课取消了。这些学校根本不可能培养出南大这样的 50 后、60 后作家。

特别是南大一个独特的方式"作家班"。像赵本夫先生,那个时候是鲁迅文学院也读了,北大作家班也读了,后来转回了南大作家班本科毕业。这种受教育跟完整读完四年更不一样。八四、八五年我在北师大进修,坐车穿过整个北京城,去听他们作家班的课。当时莫言在解放军艺术学院学习,也跑去听课。80 年代的那种氛围真的是影响了一代作家。所以他们能够成为大作家,是跟这种教育有关系的。

但是今天我们讨论这个问题,研究"南大作家群"的时候,我们的文学教育还能做些什么?除了培养研究型人才之外,要不要培养学生的阅读兴趣?是不是所有的老师都应该专注去做研究?学生不知道文学是什么,我现在感到的严重的危机,就是大学中文系已经没有文学教育了。记得我八四、八五年给学生上当代文学课的时候,我把图书馆所有的杂志,像《钟山》《花城》《收获》《十月》《当代》全部借来,借了几百本杂志,每个宿舍分几十本,轮流看。那种学习当代文学的方法,培养学生的文学兴趣,现在我们的大学里有没有?看到作家成长的道路,以及他们取得成就的各种因素所起的作用,来反思我们的文学教育,是不是也是我们的研讨中应该注意的。

这次说实话，"南大作家群"有几个作家比较熟一点，有的青年作家的作品没有读。不过，好在这次研讨会以后，听说下一次还有一个研讨，我现在回去的任务就是关注"南大系"作家，系统地读"南大系"作家的作品，希望下次开会可以说一点真正对作品有针对性的东西。我就讲这些，不好意思，谢谢！

传统在动态中建构
——在"当代文学创作与新文学传统"国际学术研讨会上的发言

刘　勇 *

尊敬的丁帆会长、王彬彬会长、张光芒会长、谭桂林会长，
尊敬的各位学界同行，
亲爱的各位老师各位同学：

大家上午好！

非常感谢南京大学中国新文学研究中心给我这个宝贵的机会，让我再次荣幸地回到南京老家参加这次学术会议。首先，请允许我代表中国现代文学研究会全体同仁，向此次会议的顺利召开表示热烈的祝贺，并预祝会议圆满成功！同时喜闻在刚刚顺利举行的江苏省中国现代文学学会、江苏省当代文学研究会、江苏省鲁迅研究会联合召开的会员代表大会上，南京大学王彬彬教授当选为江苏省中国现代文学学会新一届会长，张光芒教授当选为江苏省当代文学研究会会长，谭桂林教授继续担任江苏省鲁迅研究会会长。借此次会议的宝贵机会我谨代表中国现代文学研究会全体同仁向王彬彬会长、张光芒会长、谭桂林会长表示由衷的祝贺！多年来，江苏省中国现代文学学会、江苏省当代文学研究会、江苏省鲁迅研究会在推进现当代文学研究和鲁迅研究方面取得了卓越的、独具特色的成就，我也代表中国现代文学研究会全体同仁向三个学会表示崇高的敬意！我还想借此次宝贵的机会，代表中国现代文学研究会全体同仁，向南京大学中国新文学研究中心几十年来所做出的巨大学术贡献，表示由衷的钦佩和崇高的敬意！

---

　　*　作者简介：刘勇，文学博士，北京师范大学文学院教授、博士生导师，教育部"长江学者"特聘教授，中国现代文学研究会常务副会长。

　　基金项目：国家社科基金重大项目"京津冀文脉谱系与'大京派'文学建构研究"（项目号：18ZDA281）。

南京大学中国新文学研究中心成立二十年来（如果从 1978 年南京大学中国现代文学研究中心成立来看，是四十年来），在凝聚学科历史底蕴、推动学术研究深入、促进学术思想交流方面做出了卓越的贡献！我认为这些贡献，至少体现在以下四个方面。

一是南京大学中国新文学研究中心始终有一种积极进取的锐气和勇气，坚持学术正义，敢于逆潮流而动，在学术研究与学科建设中不断探索求新，对现代文学的历史发展、思潮流变、作家作品等方面进行了极具独创性的研究，取得了学界所瞩目的成果，在学术发展和学科建设上起到了引领和铺路的作用。

二是南京大学中国新文学研究中心一直以深厚扎实的学术积淀开拓学科建设新的格局。在老一辈学者的学术精神的感召下，在深厚的学术传统和扎实丰厚的研究基础上，南京大学中国新文学研究中心关注现代文学学科领域的热点和前沿问题，在与当下社会对话的过程中，涵养学科底蕴，拓展学术视野，"创一流科研队伍，出一流科研成果"，不断开拓出现代文学学科研究的新的局面。

三是南京大学中国新文学研究中心以深稽博考的学术态度推动学术研究不断深入发展，不断走向新的境界。南京大学中国新文学研究中心聚集了众多学界公认的优秀学者和学术带头人，他们勤恳耕耘，不断创新。中心自 2006 年创办《中国现代文学论丛》以来，一直坚持批判立场和人文精神，对学科领域的重大问题和热点问题进行了认真透彻的学术探讨。同时，从中心成立以来承担的国家和教育部及江苏省的一系列重大课题，出版和发表的大量学术著作和学术论文，成为整个中国现代文学研究中辉煌的篇章。

四是以海纳百川的学术胸襟促成了学术交流激流勇进、蓬勃向上的态势。南京大学中国新文学研究中心自成立以来，先后主办大型国际国内学术会议数十次。其中，像 2011 年中心举办的"中国现当代文学研究中的价值观问题研讨会"、2018 年的"百年中国社会与文学的互动学术研讨会暨《中国现代文学论丛》创刊十三周年座谈会"等，都以高规格、大容量，以及充分的思想交锋和深入的学术交流，在学界产生了重大而深刻的影响。

我还想特别提到，中国现代文学研究会的日常工作长期主要在北方进行，中国新文学研究中心则扎根南方。2014 年，南京大学丁帆教授担任中国现代文学研究会会长，一举推进了南北学界的融合，使得现代文学研究领域形成了更大的气象，展现出更大的格局，铆足了更大的锐气！我们有理由相信，中国现代文学研究会在丁帆会长的领导下，江苏省中国现代文学学会、江苏省当代文学研究会及江苏省鲁迅研究会在王彬彬会长、张光芒会长和谭桂林会长的领导下，一定能够带领大家开创更新的局面，取得更大的成就！

以上是我的致辞部分，我的致辞用一句话概括就是："四个会长四个代表。"本次会议有诸多有价值有深度的议题，我想借致辞的机会，围绕"传统在动态中建构"这个话题，简单谈一点自己的看法。

一、传统在历史中形成

"五四"新文学是扎根在传统土壤中的。重新理解"五四"与传统的关系就是要从一个新的角度来丰富对现代文学作家的理解和认识。拿旧体诗词来说,我们常常从鲁迅的新文学创作中看到鲁迅是一个批判国民性的社会批判式作家,而鲁迅的旧体诗创作则让我们看到了一个更加"自我"的鲁迅。鲁迅一生共创作旧体诗 52 题 67 首,其中有 41 题 47 首是在 1931 年及之后 5 年间创作的。鲁迅的旧体诗创作既有个人情怀,又有社会感伤。鲁迅旧体诗最大的价值就在于深刻而细腻地向我们呈现了这位现代思想先驱复杂的心灵世界。可以说,要完整、准确地理解鲁迅,离开他的旧体诗创作是不可能的。再有,我在编撰《曹禺评说七十年》的时候,查到一则资料,吴祖光对年轻人说,你们不了解我和曹禺对京剧的浓厚兴趣,就完全不了解我们的话剧创作。

传统会在不同文化中发生新变。我在日本做过两年的客座教授,发现日本人认为使用筷子是他们的传统。日本人说:"筷子是从中国传来的,但我们把筷子削尖了,筷子就是我们的了。"日本人对很多中国传到日本的文化都采取这种态度。这说明中国传到日本去的文化会变化,你的传统也会变成别人的传统。日本既保守又灵活,汉字当然是中国传到日本去的,但日本一方面创造了属于自己的平假名和片假名,另一方面又给予汉字独特的地位,迄今为止,日本最重要的公文,尤其是法律文件都必须用汉字书写。日本每年在全国推出一个汉字,由京都清水寺住持用巨大的毛笔写成,昭示天下,概括这一年的主要特征。文化的变与不变,在日本体现得比较清楚。

从传统走来的"五四"新文学,一百年来已经建构了自己新的文学传统,成为传统文学的有机组成部分。"五四"至今,百年来新文学与新文化的发展,已经蔚然形成自己的独特的品格与新的传统,它在中国文学与文化的历史长河中已成为不可或缺的一个环节,是整个中国文学与文化传统中的一个有机组成部分。"五四"新文学是最靠近传统的那个点,它的变化也具有根本性,它开启了"现代"的传统。

二、传统在质疑中发展

"五四"一代人是以"反传统"的姿态登上历史舞台的。今天我们再来看"五四"的"反传统",绝对不能将其简单地理解为"五四"新文化对传统的否定,而是一代知识分子在特殊历史节点上对民族性一次集中反思,反思我们的文化究竟哪里出了问题?因此,不管是反文言文也好,反封建伦理道德也好,都突出地体现出了"五四"新文化的一个重要的特质——质疑精神。"五四"初期开始出现大量的问题小说,就是在质疑我们的社会出了什么问题?从劳工到战争、从妇女解放到青年成长、从婚姻自由到家庭,用一个又一个问题来对社会、对人生进行追究、怀疑和诘问,所有这些,都体现了现代文学的责任感和使命感,企图用文学介入现实的"问题","五四"的质疑精神与传统文学的载道精神达成了某种衔接,又在接下来一代又一代作家的创作中延续发展。

"五四"新文学带着对传统文化、文学的质疑开启了新文化新文学的全新时代,而当它今天已经有了一百年的历史形成了自己的传统时,也不可避免地要接受来自我们这个时代的质疑和反思。其实现代文学自诞生以来,它面临的质疑和批判几乎从来没有断过。这种质疑与批判主要集中在两个方面:一方面认为"五四"新文学反传统的姿态,中断了中国传统文化和文学的历史进程;另一方面认为现代文学研究没有学问,不成体系,没有来历,也没有传统。朱自清1929年在清华大学开设的"中国新文学研究"第一次系统地将新文学成果引入了大学课堂。但没过多久,朱自清就把这门课停了,又开始讲"文辞研究""宋诗""历代诗选""中国文学史"等一系列古典文学课程。这个例子很好地说明了"五四"新文学也就是现代文学,在它生成、确立和发展的过程中,其实一直是伴随着种种疑虑和不安的。这种质疑和批判似乎让现代文学有了边缘化的趋势,但同时,这也是现代文学走向经典化的一个契机,让"五四"新文学及现代文学学科冷一冷,静一静,沉一沉,使曾经风风火火、沸沸扬扬的现代文学真正回归文学本身,或许才能更加充分地显现出自身的价值。

质疑从来都不是一件坏事,相反,任何一种健康的、成熟的文化都是在质疑声中成长、成熟起来的。而真正有生命力的传统,不会因为这些质疑而被摧毁,传统文化如此,"五四"新文化也是如此。

三、传统在当下建构

如果说没有历史的积淀,传统便无法形成,那么没有当下发展的需要,传统就无法承接和发展。我们常说一切文学史都是当代史,什么是"当代"?"当代"实在是个太特殊而又太容易被忽视的阶段,我们常常习惯回望历史,习惯展望未来,而却忘了如何去把握当下。但每一段历史都是由当下的每一个瞬间凝结而成的,而每一个未来也都是从每一个当下开始生发的。王富仁先生曾将冰心的诗歌比作"新生的芽儿",其实放眼整个现代新诗的发展,即便是发展到今天已经有了一百年的历史,但在唐诗宋词耸立的巨大文化森林里,它也不过是一株稚嫩的小芽小草而已。可是小草的价值从来不在于它要怎么与森林媲美,小草的价值在于它就生长在我们身边、在我们脚下。我们所要做的,不仅是守护已有的森林,更是要呵护、养成这些小草。或许它现在看上去还是幼稚的、尝试的、实验的、不成熟的,但只有一棵又一棵的小草不断出现、发芽、成长,我们才会拥有一片又一片的文化森林。

历史再辉煌,已经成为历史,我们可以仰望、可以传承,甚至可以附之以新解,但唯独不可能让它重来一次。当下则不一样,我们今天说话的人、写作的人、批评的人、记录历史的人,都是活在当下,我们每一个人都切切实实地与当下发生着这样那样的联系。"五四"的百年,是从"五四"开始,但不是在2019年结束。"五四"百年的历史,是当下的开端,还有相当长的一段发展历程。所以我们在看待当下中国文学时,不是简单地说哪个好哪个不好,也不是跟外国比,而是关注中国文学的当下还有哪些发展点。我们已经有了什么,我们还能继续做什么，这是生活在当下的每一个人面对这个时代都负有的责任。如果因为当下文学形态的"未完成""不确定"而不去重视当下的文学建设，那么再过十年、二十年、一百年，我们回过头看的时候，就只剩下一片空白。

总之，"五四"继承传统而来，同时"五四"又开创了自己的传统，"五四"以来的一百年，无论如何创新，也只是探索和尝试的一小步，但这一小步，一定能走好走下去，因为我们身后有几千年深厚的传统。

占用各位宝贵时间了，谢谢大家！

寻根·求实·追梦

——南京大学校友小说创作研讨会综述

王桃桃　　张　鑫*

（南京大学 中国新文学研究中心，南京 210023）

　　由南京大学文学院、南京大学中国新文学研究中心、江苏文学院、南京大学校友总会、《钟山》杂志社、《花城》杂志社联合主办，由南京大学中国新文学研究中心、南京大学重唱诗社、南京大学凝眸文学社承办的"寻根·求实·追梦——南京大学校友小说创作研讨会"于2019年5月19日在南京大学仙林校区召开，来自全国各地的校友作家与特邀评论家60余人与会。嘉宾们围绕精神的寻根、思想的求实、理想的追梦等主题，考察小说百年发展的历史，探讨当下小说创作存在的问题，梳理南大校友小说创作的成就，并以此促进各届校友作家之间的友谊与交流，弘扬南大校园写作传统，增强校园文学氛围，向母校华诞献礼。

　　上午的开幕式由南京大学文学院党委刘重喜书记主持。南京大学党委常务副书记杨忠教授代表南京大学向前来参会的校友作家代表、嘉宾表示诚挚的欢迎。在致辞中，杨忠教授分别由本次会议的三个关键词"寻根""求实""追梦"出发，深情回顾了南京大学在文学教育与作家培养等方面的历史及其间涌现的著名作家，高度评价了南京大学文学院立足时代、整合多方资源的扎实学风，并寄语南大文学院、中国新文学研究中心等着眼未来，培养更多更优秀的作家。杨忠教授希望本次研讨会能在梳理南大校友小说创作成就的基础上，着力继续丰富创作实绩，增强文学氛围。最后，杨忠教授代表南京大学祝愿本次会议取得圆满成功。

　　南京大学文学院院长徐兴无教授代表南京大学文学院对学校一直以来的支持表示衷心感谢，并从文学的角度阐释了此次研讨会的意义。文学教育不是一种技能的教育，文学院为作家提供的不是写作技巧，而是文学反思的能力和系统的文学知识。通过研讨会，希望各位作家把自己的创作经验和理论反思回馈给母校，反哺母校的文学教育，这是"寻根"最重要的意义。最后，徐兴无教授谈及文学的本质和使命，认为作家不只是自己的做梦和追梦人，还要做人类梦想的织造者。

---

　　* 作者简介：王桃桃，南京大学中国新文学研究中心硕士研究生；张鑫，南京大学中国新文学研究中心硕士研究生。

江苏省作家协会党组书记汪兴国先生代表江苏省作家协会对此次研讨会的召开表示祝贺,并向校友作家们致敬。汪兴国先生首先谈到文学创作和文学教育之间的关系。一方面,文学创作是纯个体的活动;另一方面,文学教育又直接影响到作家的气质、情怀与底蕴。汪先生还提出三点希望:希望发挥好江苏文学平台的作用,为文学事业的发展多做贡献;希望南大校友作家能够把更多更好的作品献给江苏的文学舞台,不断壮大"文学苏军";希望南大的学弟学妹们怀有一份文学的梦想,并勇敢地去实现。

江苏文学院执行院长吴俊教授指出,此次研讨会意味着强烈的认同感,包括对文学、对南大以及校友之间情感渊源的认同,而最实质的是价值观和理念上的认同。吴俊教授提出了"南大系作家"的概念。他认为,一个作家群体的标志有四:有一定体量及规模的作家群体;有标志性的作家作品;是全域性的写作;有较强大的文学再生产机制和平台。"南大系作家"不仅是历史概念,还是一个发展中的概念。最后建议在2020年南京大学建校118周年时,举行"南大系作家"的综合性研讨会。

校友作家代表赵本夫先生认为,决定一个作家精神风貌的是文化土壤,南大校友作家在南大这片土壤上成长起来,使江苏的文学氛围更加浓厚。接着赵本夫先生深情回忆起三十多年前在南大作家班的学习经历,任课老师包忠文先生的学识、人品,及其耿介的性情,让他终身受益。此次回到母校,倍感亲切,既是向母校汇报,也是一次重新学习的机会。

江苏省作家协会书记处书记、《钟山》主编贾梦玮先生结合自己二十余年的编辑经历,认为好的大学文学教育对作家的人文情怀、艺术素养等确实大有裨益。相反,不乏有天赋的青年作家,因为缺少文学教育,处于野蛮生长状态。贾梦玮提到民间有"诗在北大,小说在南大"的说法,他认为,南大校友创作的特色和经验值得认真总结。而"南京大学和《钟山》杂志是南方的两个精神高地"的说法,则反映了外界对江苏文学氛围的基本评价。

花城出版社总编辑程士庆先生用两个"三十年"总结了自己从南大到花城的缘分:86年在南大中文系读书时给花城的《随笔》杂志投稿,30年后到了花城出版社工作;89年毕业离开南大,30年后回到了新校区参加本次盛会。程先生还介绍了江苏作家,尤其是南大校友小说家与《花城》杂志和花城出版社之间的紧密联系。

特邀评论家代表、中国小说学会副会长毕光明教授认为南大在文学与当下社会互动的研究方面所做的贡献极为突出。如果把中国新文学和现当代文学研究看作一艘乘风破浪的船,那么驾驶舱就包括了南京大学。此次研讨会的特色在于,由南京大学自己的学术团体研究自己的作家队伍,这在全国范围内都是难得的。最后,毕光明指出,从文学地理学的角度,将南大校友作家置于江南文化背景下考察有重要的学术价值。

随后举行了揭牌仪式,韩松林、程士庆、张锁庚、储福金等四位嘉宾分别为"南京大学校友小说创作文库""南京大学中国新文学研究中心人才培养成果文库"揭牌。

上午的主题论坛由南京大学中国新文学研究中心副主任张光芒教授主持,毕光明、叶兆言、储福金、王彬彬、王大进、张春晓、刘国欣等七位嘉宾分别做了主题发言。毕光明从文学地理学的角度分析了"南大系作家群"和"江南写作"的文学史意义,并倡议本次研讨会加入"反思当下文学教育"这一主题。叶兆言认为高校的作家培养机制应尽快完成从"大学出作家"向"大学出好作家"的转变。储福金先生的发言以"文学的船"为主题,强调了文学的主体性与包容性,指出文学作品的表现力度与其圆融程度成正比。王彬彬举例阐释了翻译语言对中国现代作家潜移默化的影响。王大进深情回忆了当年课上的一幕幕情景,认为就作家与批评家的关系层面而言,本次研讨会的召开极其必要。张春晓的发言以《致我们九十年代的武侠梦》为题,试图重返20世纪末的南大校园文学现场。刘国欣以80后作家的身份,以"取经""升级打怪""放下包袱"等三个关键词表达了对文学创作的独特理解。

下午的专题研讨分为"寻根与追梦:南大校友小说家创作谈专场"与"求实与鼎新:南大校友小说创作评论专场"。

第一分会场上半场由员淑红主持。赵本夫围绕"如何评价中国当代文学""如何看待国际文化交流"两个问题谈了自己的看法,他认为对作家来说,找到自己、忠于内心、保持自由的灵魂、有尊严地写作,才是最重要的。王洪岳认为高校小说要把人性的幽暗写出来,同时还要能让人看到希望。朱山坡提出短篇小说要具有短篇精神,短篇小说的伟大之处就是给人强烈的感染力和震撼力。刘玉诚认为小说具备了想象、密度等维度才能达到一定的高度。吉小吉则提出文学创作中要特别注意用那些琐碎的、细微的事物去确立文学作品与生活之间的真实性。刘方冰认为百年"五四"也是文学的百年革命,还提出文学的南大对小说空间的建设与开拓。陶怡婷认为小说应该是最接地气的文学样式,现实主义的创作手法更能被文化低的人接受。张悦认为大部分的年轻人有能力分辨小说的质量,虽然阅读习惯发生了改变,但阅读纸质小说那种敦实的满足感是很多网络阅读无法满足的。李亚男认为写小说的人都有一双翅膀,希望赋予小说以力量,让它可以承载更多的人,引起更多人思考,带来更多的启迪。

下半场由宋世明主持。程士庆介绍了《花城》杂志创刊四十年来的四个发展阶段,并总结出杂志一以贯之、至今仍在坚持的"鼓励创新、鼓励探索"的主张。毕飞宇认为当下常常出现的以理性的方式分析小说的习惯,可能会对学习小说写作、进行小说创作造成伤害,他认为对创作来说至关重要的小说思维,绝非条分缕析。苏宁认为我们过于迫切地想和西方文学进行某种融合,但这样反而会对母语造成伤害,不能达到我们自己语言的巅峰。李秋甫认为小说提供了作者和读者争夺自由度的擂台,作者应能不着痕迹地牵引读者。童海青强调小说的主题意蕴和内容形式应该是多元化、丰富化的,写作过程中要沉下心,适当调慢节奏,坚持重质量的工匠精神。曹寇讲述了关于"迈皋桥"的一则小故事,他认为这类鬼故事打通了生与死,打通了恐惧和温暖,是让人感动的伟大作品。黄海燕表达了她对现实主义写作的困惑。陶赋雯从电影研究的角度,以《推拿》小说文本与电影版本为例,阐述了对小说的深刻理解。

第二分会场上半场由王勇主持。岳红以《〈不能说出来〉的痛与悟》为题,从个人生活、创作和信仰的角度,阐述了人物的精神力量与作家的精神力量之间密不可分的关系。丁芳芳以《巨流河》《无问西东》《安娜的照片》为例,探讨抗战记忆与个人记忆的结合,以及宏大叙事与个人体验的结合问题。姚苏平立足于接受美学和传播学的研究方法,从儿童文学刊物、儿童文学评奖等角度,对改革开放四十年来江苏儿童文学创作进行了综合评论。陈进武从地域文化的角度,分析了百年来南京作家的区域流动与审美倾向,认为这些作家在精神气质、审美取向等方面呈现出较大的趋同性,进而呼唤"南京大学作家群"。刘阳扬从个人叙事和历史叙事交织融合的角度对叶兆言的小说《刻骨铭心》进行了探讨。李璐就编辑眼光的形成谈了自己的感受,她强调一名编辑要养成自己的情性,训练自己对文字的感觉能力。庞羽自述写小说是出于对字和词的迷恋,小说就是回归,她喜欢回归古老。她认为小说的意义在于眺望曙光,在于成为解救人们于惊涛骇浪之中的岛屿。

下半场由王洪岳主持。先宏明指出伤痕文学、反思文学,实际上就是对社会的关照,希望作家对该问题进行更多探讨和创作。童立平主张回归文学的本质,希望对文学的表达更接地气。王云燕认为文学创作的道路是艰辛的,坚持很重要。地域文化对小说的影响很大,苏南的温情细腻,西北的粗粝厚重,在作品中都有反映。王景把文学看作自己的好朋友,它给自己带来了阳光、星辰、雨露,丰富的生活,乃至情感寄托。吕小焕从读者的角度,分享了文学对不从事文学工作的人的影响,并结合自己在盲校公益活动和黑暗体验中的经历,呼吁读者和作者共同追寻文学中的一道光。朱莉静交流自己孤独的写作体验,认为此次研讨会对于为作家们提供一个交流的平台和机会,很有帮助。叶维蒂关注于马来西亚特殊环境中的华文文学教育,让我们感受到她对在海外传承与发展中国文学教育事业的责任感和使命感。员淑红指出南京大学自由的环境,及其对独立思想、个体机遇的重视,都让人有一种被启蒙的感觉。在自由讨论环节,嘉宾和同学们还分享了精彩纷呈的观点和思想。

本次会议还举办了两场特别活动,活动之一系根据赵本夫小说《天下无贼》和叶兆言小说《花影》改编的戏剧《大剧作家:纸上传奇》的专场演出。该剧作由吕效平担任艺术顾问,高子文担任监制,由张丁心编剧和导演。活动之二系"2019·南京大学小说之夜",由毕飞宇、张宇主持,赵本夫等众多著名作家、编辑家轮番上台演出。两个晚上的两场活动均在南京大学大学生活动中心举行,以其别开生面的组织方式和原创性的艺术形式吸引了众多观众,在广大师生和作家中产生了强烈反响。

"李森诗歌创作研讨会"综述

刘　欣 [*]

（南京大学　中国新文学研究中心，南京　210023）

2019 年 6 月 6 日，由教育部人文社会科学重点研究基地南京大学中国新文学研究中心主办，由中心新诗研究所承办的李森诗歌创作研讨会于南京大学国际会议中心举行。丁帆、王彬彬、张光芒、傅元峰、方岩、耿占春、顾耀东、何平、何同彬、敬文东、刘大先、隋伦、李海鹏、李明、刘化童、于奎潮、沈奇、一行、育邦、李章斌等学者、诗人、批评家与会，就李森多年来的诗歌创作进行研究与讨论。

　　会议开幕式由南京大学中国新文学研究中心副主任张光芒教授主持。南京大学中国新文学研究中心常务副主任王彬彬教授代表主办方向前来与会的各位学者、诗人、批评家表示诚挚的欢迎和由衷的感谢。在致辞中，王彬彬教授分别就当下诗歌界的氛围、新诗的特点以及诗歌的现代性展开分析，尤其指出李森作为一名学者诗人的独到之处，并寄语新诗未来广阔的发展图景。随后西安财经大学文学院的沈奇教授与河南大学文学院的耿占春教授作为外地嘉宾代表分别对李森的诗歌创作表达了认可与激赏，并预祝本次会议取得圆满成功。开幕式最后，全体与会嘉宾及工作人员进行了会议合影。

　　主题研讨由南京大学中国新文学研究中心傅元峰教授主持。傅元峰认为李森是一位点燃了汉语烛光的诗人，诗人小海首先对此做出回应。小海围绕"风物志文本"和"诗人精神成长史"两个角度谈了自己的观点，认为李森的新作《明光河》构建了一个有着"秩序感"的"自足的世界"。敬文东认可小海的看法，并指出李森的诗歌语言存在较多"感"的成分，是一例极好的语言研究标本。何平则着重强调了《明光河》附录的意义价值，认为附录与此前诗歌所建构的庞杂"意象体"形成了互文关系，具备某些内在性的哲学逻辑。黄梵的发言从"长诗""短诗"切入，针对李森何以写就《明光河》这一体量庞大的长诗进行了剖析和解读，并指出了李森的创作理念与威廉斯诗学观点的相似和契合之处。刘大先的发言梳理了李森近三十年的作品流变，认为 2006 年左右是李森诗歌创作的分界岭，以此为界的前后期作品存在着明显不同的艺术特征和审美取向。李海鹏则看到了李森诗歌中的"前现代"状态，即某种

---

　　[*]　作者简介：刘欣，南京大学中国新文学研究中心硕士研究生。

亲近自然、亲近民歌品质的诗学可能性，并以特拉克尔为例分析了李森作品中视觉艺术的经验成分。

沈奇的发言围绕"上游美学"和"原初写作"展开，认为李森提出的"原初写作"与其"上游美学"的理念精神不谋而合，并就《明光河》的修订问题给出了相应的意见。一行则认为李森的诗歌作品带有寓言性质，同时又以引入文明意识的方法规避了寓言式写作缺乏历史感的弊病，最终构建起一处汉语文明理想的精神原乡。于奎潮归纳出一条李森诗歌创作的演变线索，即由口语化向书面化演进，由抒情体向抑制抒情变化，由自发性向自觉性深化，从情趣向理趣转化，时至今日已经形成了一种"完成"的状态。育邦认为《明光河》是宏观与微观的聚合，既有庞大历史文化背景的支撑，也包含了诸多微观事物的串联，尤其如童谣、传说、神话故事等的介入促使《明光河》成为一个更为综合性以及更具暧昧意味的可阐释性的文本。方岩从本职经验出发，以编辑的视角对李森的"原初写作"做出了判断，认为李森的诗歌有着一种札记式的涣散感，而札记正是我们对世界保持交流的重要方式。同为编辑的隋仑则主张李森所使用的象征意象与特朗斯特罗姆存在相似的艺术考量，不同于传统路径中以具象表达抽象的方式，李森选择以抽象表达具象。刘化童着重提出了一点，认为李森这两年经历了一种反语言学的转向，他不再关注语言本身，而是将目光投向语言表达的先决条件，即语言产生之前的逻辑问题。耿占春针对李森的"原初写作"提出了"天真之歌"与"经验之歌"两种概念，并指出李森的诗歌创作极大程度地过滤掉了民俗学和生活史的内容，应当隶属于"天真之歌"的序列。

与会者就李森诗歌创作的语言策略、风格流变、审美转向、诗体探索等方面展开热烈研讨，大家普遍认为李森的诗歌作品具有较高的艺术水准和广阔的研究空间。值得一提的是，会议讨论中也提供了相当丰富的批评意见。而面对诸多嘉宾的不同声音，李森本人也对此有所回应。在李森看来，他的创作已经不再依托批评界的辩护，但他仍然尊重各位同仁的观点，因为这些讨论能够与其诗作达成一种平行对话的关系。而对于《明光河》的修订问题，李森也态度鲜明地保留了个人的意见，认为诗歌不像科技文、说明文等需要力求准确、不断修改，诗歌是个人的创作，即使需要修改也要由诗人本人完成。

最后，李章斌进行了学术总结，并再次对各位嘉宾的参与和支持表示感谢。李森诗歌研讨会以其严谨的组织方式和自由的探讨形式获得了较好的反响，与会学者、诗人和批评家的发言形成了丰富的研究成果。

"当代文学创作与新文学传统"
国际学术研讨会会议综述

张　宇*

（南京大学　中国新文学研究中心，南京　210023）

　　2019 年，是"五四"运动百年，亦是新中国文学 70 周年，在这一重要的时间节点，由教育部人文社会科学重点研究基地南京大学中国新文学研究中心主办的"当代文学创作与新文学传统"国际学术研讨会，于 2019 年 10 月 27 日在南京大学仙林校区召开。来自中国、美国、日本、韩国、马来西亚等五个国家的 70 余位知名专家学者莅临会议。与会者围绕着新文学传统再认识与再评价、新文学传统与当代文学创作的关系、当代文学创作的价值重估、新世纪文学面临的新机遇与新问题、重要作家作品研究等议题展开深入热烈的研讨。

　　会议分为开幕式、主题发言、专题研讨三个部分。27 日上午，会议开幕式由南京大学中国新文学研究中心张光芒教授主持。南京大学文学院院长徐兴无教授首先致欢迎词，向与会嘉宾表示热烈的欢迎，并向南京大学中国新文学研究中心成立 20 周年表示祝贺。中国作家协会书记处书记、党组成员吴义勤教授对新文学研究中心的历史成就给予了高度评价，指出中心团队始终具有现实情怀、批判精神、学术活力和思想激情，并预祝会议取得丰硕成果。同时，他从三个方面对会议主题展开了精辟论述：首先，新文学传统本身内涵复杂，应承认它的多元性和包容性；第二，关于新文学传统与当代文学创作的关系，后者对前者的延续表现为选择性地接受；第三，研究者对新文学传统、当代文学创作及二者关系的探究，要保持一种反思的态度。北京师范大学文学院刘勇教授代表中国现代文学研究会致辞，肯定新文学研究中心二十年来的卓越贡献：具有积极进取的锐气和勇气；以深厚扎实的学术积淀开拓学科建设新的格局；以深稽博考的学术态度推动学术研究不断深入发展，不断走向新的境界；以海纳百川的学术胸襟促成了学术交流激流勇进、蓬勃向上的态势。随后，他围绕"传统是在动态中建构"的话题展开论述。美国加州大学戴维斯分校奚密教授梳理了北美中国新文学研究的历史沿革及其与国内学界的差异，反思了海外研究过度征用西方理论所带来的问题，并强调了翻译对于文学传播的重要意义。福建师范大学汪文顶教授致辞，回溯了福建师大和南大新文学中心的深远渊源，并高度评价了叶子铭先生在现当代文学研究中的突出贡献。

---

　　* 作者简介：张宇，南京大学中国新文学研究中心博士研究生。

最后,南京大学中国新文学研究中心王彬彬教授致辞,对于各位嘉宾对中心的鼓励和祝福表示感谢。

一

开幕式之后是主题发言与专题研讨环节。主题发言第一场由何锡章教授主持,李怡、谭桂林、李继凯、刘川鄂、黄万华等五位教授围绕当代意识、生命主义传统、文体生态体系、新文学伦理、当代文学发生的海外语境进行了精彩的阐释。陈国恩、毕光明教授进行了评议。

李怡反思了当前学界推崇"当代意识"的热潮,并结合自身学术经验对其展开了深刻的批判与自省。在他看来,"当代意识""当代批评"不是一个不证自明的概念,需要认同、衔接和再造"现代的质地"。只有回到现代,才可能有真正健康的当代。

谭桂林挖掘出新文学被忽视的生命主义传统。他以《新青年》为切入点,发掘和探讨新文学对"生命"的言说及其对生命主义的理论建构,指出生命主义的核心在于对生命的尊重,并且对现代文学学术史上的这一传统的缺失进行深入的检视与反思。

李继凯长期致力于打通近现当代文学研究,他指出"文体生态体系"是新文化、新文学创造的一个文体传统,这一体系具有包容强大生命力的特征。文体的转型与重构,是作家创造力的体现,其对于当代文学有巨大、持久和决定性的影响。同时,文体也需要不断更新。

刘川鄂从启蒙立场出发,再论"五四"伦理由家国天下到个人本位现代转型,重审了"五四"人的本位的个人主义传统、人的文学的重要性,其意义在于反专制集权,倡民主自由;反等级秩序,倡人人平等;反道德泛化,倡全面人性。"五四"伦理因而具有当下性、世界性、人类性。

黄万华梳理出中国当代文学发生的"海外语境",一是从中国大陆经由台湾、香港抵达欧美,一是从中国大陆流徙至香港。这两条路径,作为"文学民间"的重要构成,不仅接续了现代文学的丰厚传统,也参与了当代文学的建构。无论是现实主义的深化、现代主义的兴起,还是城市书写的延续、通俗文学的多元,都显示出现代文学"人的文学""自由是文学"传统的丰富、强韧。

评议人陈国恩指出,发言者围绕"人""传统"两个关键词展开讨论,这两个问题影响深远。刘川鄂提炼出"五四"从家国天下到个人本位的伦理转型,是对"五四"人本主义的开拓性思考。谭桂林借助扎实的史料,聚焦于生命主义传统,强调对人的欲望和本能的尊重。毕光明评论道,李怡表现出对于当代批评的强烈期待。现代批评家更尊敬精神世界、信仰,具有倔强个性和强烈的批判性,这是对当代批评的一个重要警醒。黄万华关注当代文学发生与海外语境,拓展了当代文学范围边界,是重写当代文学史的一个重要参考。

第二场主题发言由刘勇教授主持。王彬彬、洪昔杓、杨剑龙、藤井省三、郜元宝、王润华等六位教授引领听众进行了深刻的思想之旅,围绕鲁迅的晚年思想、鲁迅的作品及形象传播、鲁迅小说插图、鲁迅与东亚推理小说传统展开了世界性的对话,对于当代文学与现代文学的离合、南洋文学想象做了勾勒梳理。由韩春燕、杨洪承给予了精当评议。

王彬彬将情感熔铸史实,澄清了学界对于鲁迅关于抗日救亡问题言论存在的误解。鲁迅晚年经常或直接或间接地谈论抗日救亡问题,十分关注日本侵华问题,也时刻顾念着国家安危。鲁迅晚年时时谈及金元和清朝这历史上两次奴于异族的情形,就是为了警醒国人。而其怀抱的"明末情结",也正是因为现实与明末的高度相似,借古讽今。

洪昔杓借助于翔实的史料考辨,探讨鲁迅作品在近代韩国的传播、接受以及鲁迅大众形象的塑造过程,为鲁迅作品及鲁迅形象在韩国的影响做了一次细致入微的知识考古。他指出,1930年代鲁迅作品在韩国得到了广泛传播,而中日韩大众传媒中鲁迅画像形象与照片形象的广为流布更是促进了鲁迅形象的大众化。

杨剑龙以语图互文的角度对科冈为罗果夫俄文译本《阿Q正传》所画的插图进行了生动有味的细描,指出其具有线条勾勒简约、乡土气息浓郁、人物互有关联、描摹出国民特性等特征。同时,也对插图的缺点如环境氛围的含混提出了批评。

藤井省三细致分析了《酒国》三层故事结构,并通过鲁迅的《狂人日记》、松本清张的《隔墙有眼》、莫言的《酒国》建构起东亚的侦探小说/元侦探小说的系谱。鲁迅影响了松本的社会推理派小说,而松本则影响了莫言的创作。莫言充分继承鲁迅的国民性批判和松本清张推理中对社会性的重视,创造出独具个人特色的社会派元推理小说。

郜元宝教授围绕"当代文学与新文学传统的离合和异同"的话题,考察了当代作家群的代际、人员身份的离合嬗变。从宏观比较梳理当代作家与中国传统、与世界文学的关系,到辨析现当代作家在文体创作多样化上的异同,指出不能简单判断当代作家和新文学传统的关系,要有整体性、历时性的眼光。

王润华的报告视野宏阔,呈现出东西方文化在想象南洋时所体现的差异视角,西方和中国都持有西方中心或中原中心主义,而南洋的本土想象则解构、破除了这种神话,表达出在地化、多元化、边缘性、交杂性的经验与主题;同时,南洋的文学想象进入中国现代文学,也催生了新的中国文学想象。

在评议中,杨洪承表示王彬彬借历史谈当下,通过"晚年鲁迅"研究表达了抗战的感受和思考;藤井的研究辨析了莫言小说中的日本推理小说的影响来源,并由此打破了雅俗文学界限;他们的文章史料扎实,卓见功力。洪昔杓在比较史、接受史的层面上谈鲁迅在异国的接受,杨剑龙谈的苏俄鲁迅小说译本的插图是一种副文学研究,是对文本的重写,由此和洪教授的研究形成呼应;郜元宝也涉及了共和国作家和外国文学的关系,王润华在非虚构和虚构之间探讨南洋形象的书写,都体现了研究者比较文学的视野。

二

27日下午第一场专题研讨会由温潘亚主持,并由王爱松、李章斌、武善增进行评议。研讨主要聚焦于思潮研究,张清华、李永东、刘小波等围绕启蒙、革命、乡土等宏大主题进行了再解读,既有对左翼文学、革命文学传统的观照,又有对启蒙文学、人的文学的新阐发,从多维多元的角度对现当代文学研究进行了整合性思考。

王侃一反学界对于"五四"新文学的全盘反传统的认定,强调中国新文学的"内源性"传统,揭橥"五四"新文化运动根植于传统的内动力,以矫正当前学术界过度西化的理论误植,体现出本土化理论建构的有意努力。

杨洪承认为,叶圣陶的小说创作对现实主义创作方法有接续和改造,将五四以来域外译介的人道主义、自然主义与写实主义等思潮和写作方式接受并予以发展。而叶圣陶与现代中国革命文学生成的创作实践过程的关联,最大程度地体现了作家对于社会人生的融入。

毕光明高屋建瓴地概括出新文学"为人生""为人民"的两个传统。这两个主潮的交替出现、相互冲突,构成了新文学的状貌。而两个传统相互交融、激荡,这也是未来文学发展的方向。

李永东从林希被学界忽略的革命叙事入手,辨识出其话语风格的戏仿转向。其革命叙事特征主要有两种,其一为讽拟经典革命文本的类型化特征,包括身体修辞、故事情节、语言风格等;其二为自我模仿的互文性写作。两种戏仿都指向嘲弄、颠覆经典革命叙事的陈规和观念。李永东还进一步指出,林希对革命的戏仿,则与他的家族记忆与个人体验有关。

陈国恩勾连了革命现代性与中国左翼文学传统,绘制革命现代性的图谱、革命现代性阶级斗争和左翼文学的方向。他指出,对左翼文学的评价必须坚持历史与审美相统一的原则,从革命现代性的历史演进的角度,用艺术与政治相统一的观点,对左翼文学采取同情之理解的理性态度,去探讨其经验教训。

葛飞以知识考古学的路径,辨析了"左联"成立之后对于文学正统与领导权的争夺。有关各家的现实利益、历史名誉权仍有不同,围绕历史问题一直存在着或隐或显的论战,意在追问"正统""划时代"问题是如何发生并演变的,考察左翼内部势力消长、创作路线变化对"文学革命""革命文学"历史叙事的影响。

刘小波瞩目于当代小说创作中的无理据书写与非自然叙事。无理据写作热潮根源于小说技法更新的需要、文学传统的延续、现代性反思,最终指向的是对现实书写的纠偏。他同时指出,无理据写作存在着泛化现象,作家创作时应注意人文关怀、无理据写作的限度,完全陷入虚无主义的书写只能适得其反。

杨华丽关注叛逆的"五四"儿女们成为新一代之父时所面临的复杂的伦理与人生困境,既有爱子辈的殷切之情,又有爱而不得的悲哀,同时还伴随着经济窘迫带来的亲子关系的异化。

童娣独出机杼地考察了网络文学与新文学传统的关联,指出以往学界研究过度强调网络文学的断裂性,割裂其与文学传统的关系。而她结合个人的阅读体验,剖白了网络文学对文学传统立国思想、立人思想的承继,以及对于非孝传统的变革。

张清华反对研究界关于现当代文学等级秩序的切分,考察了启蒙革命乡土主题的互动,启蒙派生了革命与乡土两大主题。并以莫言为例,考察了当代作家对于新文学乡土书写的承袭与变革,哀歌挽歌式的乡村书写,以及对民间文化的价值与立场的重新发现,都将当代文学推向了更为宽广的美学空间。

评议人王爱松认为,毕光明、张清华、葛飞等人问题意识鲜明。毕光明提出的新文学两个传统富有见地。陈国恩有明晰的价值判断系统,理路清晰。葛飞对于正统概念抓得很准确。

李章斌认为,毕光明重返时代语境考察两个文学传统的复杂关系十分富有启发,葛飞精细考察了文学政治的问题,文学正统道统之争具有重要历史意义。杨华丽关注到细微的伦理问题,给人很大启发。

武善增认为本场发言紧扣议题。王侃以魏晋文化给鲁迅带来思想力量来重新思考传统复杂性。童娣则谈到了新文学启蒙主义对网络文学的影响,令人耳目一新,她对叙事方式、伦理关系的考察,亦是对于新文学传统复杂性的凸显。毕光明从宏观角度重新梳理出两个传统,但两者的关系应该再加考察。葛飞细致呈现出文学正统之争背后的复杂政治,而当代样板戏运动背后同样也有文学正统之争。张清华重思启蒙革命乡土的关联,引入世界性和现代性角度,以格非和莫言为当代文学立法,激活了民间文化意识,建构起当代文学新传统。

第二场讨论由李静主持。评议人为刘小波、葛飞、李永东。会议集中对新诗、散文、剧本等多种文体展开研讨。奚密、李章斌、汪文顶、姜建等专家的发言,既有关于新诗语言本体的观察省思,又有对现代散文传统的追溯;与此同时,有多篇研究从世界华文作家作品出发,探讨其与新文学传统的关系,由此展现了另一重研究空间和学术视野。

奚密以优美的语调将英译汉诗的悠久历史娓娓道来。自1930年代第一本英译汉诗出现后不断发展,冷战时期台湾诗歌英译较多,1990年代以后,英译汉诗走向多元繁荣。而在英译过程中,出现了诗人译诗的重要现象,形成了原创与翻译的共同体。

李章斌从昌耀诗歌韵律节奏入手,另辟蹊径,重新理解新诗的"韵律"和"散文化"问题。他指出,昌耀诗歌典型地体现出新诗节奏与音乐营造的创造性和个人性,也反映了新诗节奏的根本特质,即韵律之自由,节奏之自为,形式之自律。

李海鹏剥离出中国新文学传统对于西方"镜子"母题的移植与转换。西方诗学中"镜子"母题与纳蕤斯神话同源,而八九十年代以来的中国新诗对于"镜子"母题进行了重写,镜子的内涵被调整,纯粹超验的"镜子"被打破,由此揭示新诗自语言本体论装置转换时所呈现出的复杂性与规律性。

王爱松的报告具有强烈的问题意识,结合个人经验与社会现象,考察了劳工神圣思潮、劳动主题在百年中国文学中的嬗变。由"五四"时期的"劳工神圣"话语到40—70年代"劳动光荣"话语再到90年代以来的"劳动屈辱"话语,也应对着劳工的社会身份和文化身份的转变与中国的社会转型。而劳动问题的背后,所关涉的是底层劳动者的尊严问题。

汪文顶从散文文体角度考察自由精神的传承。自由精神是文学之目标主题,文体变革之中,散文充分体现自由创造精神,自由成为一种文体意识。自由精神是指自由思想,独立判断,自由言说,自由创造,自由书写。周氏兄弟开创了这一传统。心灵自由的表达,成为散文小品内在规约与精神。

姜建对于开明派的小品散文特质进行了再发现,挖掘出开明派散文对江南山水风物的鲜活描摹,缱绻其间的浓浓乡情、乡思、乡愁,对世俗生活的认同与投入,对民间的情感寄托和精神皈依,彰显出平民的文化身份和情感趋向,以及兼重教育与审美的旨归。自然江南的描摹、平民江南的书写,真诚质朴的情感表达,内在的教育维度,是开明派小品散文所体现出的流派共性。

武善增重新标定了"1964 年京剧现代戏观摩演出大会"的文学史地位,指出其通过对传统文学话语的"接受"与"拒绝",诞生了新的文学话语形态和文学话语规范,深刻地影响和改变了此后文学史发展的走向、面貌和格局,在 1942—1978 年这一文学时段中具有分水岭的意义。

李斌以个案解读来剖析批判当下混乱的思想状况,并重提文学伦理学的批评方法。台湾赵雪君的《祭塔》改写了民间传说《白蛇传》,沉溺于乱伦之恋的赏玩,缺失了伦理立场与抵抗精神。

邓瑷整体把握张慧雯的小说创作,勾勒出其创作的转型与变迁轨迹。张慧雯最初探讨了极端情境下的伦理困境,随后写作转型,小说变得沉郁、冷冽,并最终以及物书写在日常生活中找到了坚实的依托。

程桂婷试图从新文学传统出发,弥合刘以鬯两地书写的裂痕。刘以鬯在新文学浸淫中成长起来,西方现代色彩之下是新文学传统的根基。刘以鬯重视短篇小说的创作,在作品中表现出对于"五四"文学的审视意识与超越的精神。刘以鬯是新文学创作与世界文学的重要连接点。

评议人刘小波指出,奚密系统介绍了译介与传播,还探讨原创与翻译的关系。文学现场、域外经验都十分有启发。李章斌由昌耀公案来展开,具有问题意识、史料价值,学术逻辑令人钦佩。李海鹏从镜子这一意象在文学中的流变,展开了一场理论旅行,以镜子作为纽带串起了百年新诗,来探讨语言本体论的哲思,将形式赋予了更多内涵。

葛飞评价道,王爱松的发言十分有冲击力,视野开阔,资料翔实,体现了强烈的现实关怀,细描出百年劳动神圣思潮的演变。汪文顶用"自由"的文心打通散文的形式与内容,梳理了从"五四"至当下散文的脉络,体现了自由精神的传承和创新。姜建的论文本身就是优美的散文,调和了论述语言和论述对象,优美平和。平民江南概念的提出,有重要美学价值;艺术人格与本真人格的互动,也很有启发性。

李永东指出,诸多研究者关注港台和海外华文文学,切合了传统在海外的主题,体现了一种开放性、跨界思维,也关照到多重地方经验;而李斌坚守文学伦理批评,体现了强烈的道德关怀。邓瑷抓住作家在时间空间变迁中呈现的特性进行细读,梳理出张慧雯作品的演变轨迹。程桂婷则挑战了固化研究思维,而佚文的发现,则有助于整合性研究,对当下也是一种有益经验。

本场讨论最后,李静进行了简要的学术总结,认为本场讨论气魄宏大,可说是"上下一百年,纵横海内外,覆盖全文体"。她对于各位发言表示感谢,并期待与诸位专家再次相会。

<h2 style="text-align:center">三</h2>

第三场专题研讨由李松睿主持,周新民、赵步阳、徐改平进行评议。李遇春、何平、王洪岳、徐仲佳等十位学者从文学史范式、语言、叙事等多个角度对于现当代文学现象进行了解剖,既有对文学史观、文学史分期的宏观新论,也有围绕着现当代作家作品的重评细读。

李遇春提出"中国的文艺复兴"作为一种新的文学史观,有别于启蒙和革命的二元变奏,主张一切历史都在进化中循环、在循环中进化,从中西古今的立体维度去理解中国当代文学。并从同一性和差异性的角度说明,当代作家在不同程度上进行了中国传统的现代转换,这一过程同时也存在着不同的文化取向和审美趣味。

何平宏观讨论了改革开放时代中国文学整体观和分期问题。他确定了改革开放文学的逻辑起点,把自1978以来的文学作为整体来考察,并划分为1978—1992,1992—2012,2012至今三个阶段;在文学空间中,将其纳入世界文学版图进行比较观察。

王瑛探讨的是新世纪文学的跨媒介传播问题。她指出,许多成功的新主流电影改编自文学作品,其票房得益于商业因素的加入,但也表现了大众对影片中主流意识形态的认同。

陈进武的发言则从表象化、经验化、形式化三个方面,展开他对当下文艺创作和社会生活关系的反思。

王洪岳聚焦于鲁迅传统与莫言创作,实际上涉及莫言的文学资源问题,除了鲁迅传统对他的影响,还接受了孙犁对人性真善美的表现,以及红色文学经典对他创作的发酵。

刘弟娥界定了新文艺腔中的俗腔、雅腔,以及雅俗韵律在文本中的矛盾试验。她将新文艺腔作为"历史中间物",从语言角度考察其历史价值,认为它奠定了现代文学及现代汉语的书面语基础,构成现代汉语书面语的重要一翼。

程亚丽对孙惠芬的长篇小说《寻找张展》进行了解读。她认为这部小说是90后的心灵史。不仅具有文学价值,其中的"寻找"指向90后青年通过自我救赎实现自己的存在价值,颇具社会意义。

郭恋东的发言对中国当代文坛近期方言写作问题进行了回顾,并以阎连科、金宇澄、韩少功的创作为例,指出当代作家方言写作呈现出地方认同和知识分子身份认同的特点。方言并不只是语言形式,也是作品要表现的内容本身,表达方式和目的是借由差异重现的方式进行身份建构,从而形成全新的文学景观。

王宇的研究从阶级/阶层与性别两个范畴的复杂关系切入,选取丁玲《阿毛姑娘》和新世纪初的"打工妹叙事"中的代表性文本,对"底层女性"这一形象的流变进行互文性讨论。底层女性作为"他者",其主体位置复杂多元,作家和研究者对其身上任一身份的过度强调,都会造成对其他身份的遮蔽。这指向了新文学传统的一个问题:如何表述他者。

徐仲佳从1954年《洼地上的"战役"》的论争中,探究建国初期对爱情叙事规范进行的调整规训。他指出,爱情的个人主义属性和无产阶级革命事业形成了对立,这一论证实则指向建国后的文学政治场域如何对待"五四"文学资源的问题。

随后,周新民、赵步阳、徐改平分别进行了点评。他们认为李遇春、何平报告人的宏观文学史研究视野广阔,具有重要的理论意义与实践价值,王宇、程亚丽、郭恋东等人对现当代作家作品细读中展现了女性思考和问题意识。同时,评议人也对一些论文中存在的问题或分析进行了商榷。

第四场专题研讨由何平主持,李遇春、王洪岳、徐仲佳进行评议。李松睿、周新民、赵步阳等11位学者发言。主要聚焦于文本细读,以诗性审美的语言深入文本的内在肌理,并探讨了当代创作与新文学传统的关联。

李松睿通过对读《心灵史》及其改定版,结合作者90年代以来各类文学创作,通过文本细读分析作家前后的情感变化,阐释其对宗教的思考,探讨作品中的思想与矛盾性,勾勒出作者思想的演变轨迹,探究其对于当代中国文化的意义。

周新民通过刘醒龙的长篇探讨当代作家如何转换传统,他认为,当代文学创作的过程也是不断建构新文学传统的过程。现代文学和古代文学是一脉相承的,都有认识功能和教化功能。由此,刘醒龙继承了传统文化的优秀品格,也借鉴了古典小说的叙事技巧,实现了对于中华民族精神和艺术气质的回归。

赵步阳在秩序和传统之外重新定位新文学传统,并将其分为三类:需要反思的传统,如周作人《人的文学》;古代文学和新文学的联系,如曹寇对《聊斋志异》的推崇;新文学传统的断裂,如《今天》。作家在秩序之外的写作其实也是在回应新文学传统,以此逼近新文学出现的新问题,重新寻找和传统之间的对话。

席建彬探讨贾平凹小说的诗性特色,认为作家诗性叙事的发生发展表现出由诗意乐观到冷静客观的转变,乡土情结已将其创作引入诗性创作的轨道。同时,贾平凹的诗性书写存在本身的矛盾和冲突,作为他者的城市文化形成对乡土的冲击,最终将乡土文化引入另一个方向。

徐改平以毕飞宇的《玉米》系列小说为研究对象,认为其故事平凡,结合阅读经验和个人感受,提出小说的意义在于作家以悲悯的情怀诉说出新中国的旧女儿们的命运。

王晴飞的研究聚焦了叶弥小说中的饮食男女,从小说推测作家的享乐主义表达背后的动机。小说中表现的"风流"具有解放的意义,以身体的欲望来反抗粗糙的时代风气。"风流"的情与性意味着美和尊严。

刘阳扬对麦家的小说《人生海海》进行解读,认为作家从书写特殊人物到关注世俗常人的生活,发生了转型。但他的写作方法、语言、对人性的书写和他一贯的写作风格一脉相承。

袁文卓通过解读莫言的短篇小说《天下太平》指出，莫言的叙事不单纯是表现对乡土的眷念，还有工业发展下的拷问。这部小说是在生态恶化背景下创作的，体现出作者对现实社会的思考和审美观照，反映出莫言一贯的独立自由精神。

　　周明鹃对经典小说《长恨歌》进行重读，从都市女性的镜像式生存角度出发，小说演绎了"人物""空间""时间"的三重镜像，在亦真亦幻的生存境遇中，重新演绎上海的消费传奇。上海的城市镜像式生存的本质，是一种非我的他者生存。

　　顾奕俊探究了"知识分子的聚会"与八十年代初期长篇小说创作的关联，"聚会"作为一种日常情景，不止于小说叙事层面的表征呈现，更成为文史互证的认识途径，由此返照八十年代初期知识分子言行表现、观念立场。

　　最后，李遇春、王洪岳、徐仲佳对以上发言分别进行了点评，徐仲佳还提出自己对作品解读的几点认识：首先要从文本中寻找它的生活逻辑和审美逻辑，其次在作家的创作历程中寻找创作者，第三要从读者接受环节，明晰作品的召唤结构和读者的接受逻辑。

　　要言之，此次国际学术研讨会成果丰硕，众多专家学者重识、重释、重构新文学传统，考辨当代文学创作与新文学传统的关系，考察当代文学创作的得与失、新机遇与新问题，探讨未来文学发展的走向与可能。此次会议提出了众多新颖议题，形成了一个充分争鸣的学术场域，深刻挖掘出当代文学与新文学传统之复杂关联，以世界眼光、比较视野、多维观照的方式推进了百年中国文学的研究进展，呈现出多元共融的学术盛景。

图书在版编目(CIP)数据

中国现代文学论丛 / 胡星亮主编. — 南京 :南京
大学出版社,2020.8
ISBN 978 - 7 - 305 - 23666 - 2

Ⅰ. ①中… Ⅱ. ①胡… Ⅲ. ①中国文学－现代文学－
文学研究②中国文学－当代文学－文学研究 Ⅳ.
①I206.6

中国版本图书馆 CIP 数据核字(2020)第 148041 号

出版发行 南京大学出版社
社　　址　南京市汉口路 22 号　　邮　　编　210093
出 版 人　金鑫荣

书　　名　中国现代文学论丛
主　　编　胡星亮
责任编辑　郭艳娟
助理编辑　汪思诗

照　　排　南京开卷文化传媒有限公司
印　　刷　南京玉河印刷厂
开　　本　880×1230　1/16　印张 15.5　字数 329 千
版　　次　2020 年 8 月第 1 版　2020 年 8 月第 1 次印刷
ISBN 978 - 7 - 305 - 23666 - 2
定　　价　60.00 元

网　　址:http://www.njupco.com
官方微博:http://weibo.com/njupco
微信服务号:njuyuexue
销售咨询热线:(025)83594756